지하의 리플리

지하의 리플리

퍼트리샤 하이스미스 지음
김미정 옮김

을유문화사

지하의 리플리

발행일 · 2023년 10월 25일 초판 1쇄
지은이 · 퍼트리샤 하이스미스
옮긴이 · 김미정
펴낸이 · 정무영, 정상준
펴낸곳 · (주)을유문화사
창립일 · 1945년 12월 1일
주소 · 서울시 마포구 서교동 469-48
전화 · 02-733-8153
FAX · 02-732-9154
홈페이지 · www.eulyoo.co.kr

ISBN 978-89-324-7494-6 04840
978-89-324-7492-2 (세트)

지하의 리플리

폴란드에서 살다가 프랑스로 이민 온 이웃사촌이자 친구인
아녜스와 조르주 바릴스키 부부*에게
이 책을 바칩니다.

나는 내가 진실이라고 붙들고 있는 것보다는 믿지 않는 존재를 위해 기꺼이 목숨을 바칠 준비가 되어 있는 것 같다. 예술가의 삶이란 근사한 자살에 이르는 기나긴 여정이라는 생각이 때론 들기도 하지만, 그렇다고 해서 아쉽지는 않다.

— 오스카 와일드의 친서 중에서

일러두기

— 본문의 주석은 모두 한국어판 번역자와 편집자가 작성했다.
— 인명이나 지명은 국립국어원의 외래어 표기법에 따랐으나
  일부 굳어진 명칭은 일반적으로 통용되는 것을 사용했다.

1

전화벨이 울릴 때 톰은 정원에 있었다. 전화는 집안일을 해주는 아네트 여사가 받게 두고 하던 일을 계속했다. 돌계단 양옆에 들러붙은 축축한 이끼를 긁어냈다. 눅눅한 10월의 어느 날이었다.

아네트 여사가 높다란 목소리로 불렀다. "런던에서 전화 왔어요!"

"갑니다." 톰은 모종삽을 툭 던져 놓고 계단을 올랐다.

아래층 전화기는 거실에 있었다. 청바지 차림이라 노란 새틴 소파에 앉지 않았다.

"여보세요, 톰? 제프 콘스턴트입니다. 혹시……." 지지직.

"더 크게 말해 봐요. 연결 상태가 나빠서요."

"이제 좀 들립니까? 난 잘 들리는데."

런던에 사는 사람은 매번 잘 들리나, 톰은 생각했다. "좀 낫네요."

"내가 보낸 편지는 받았습니까?"

"아뇨."

"이런, 문제가 생겼어요. 조심하라고 연락드린 겁니다. 일전에……."

타다닥, 웅웅, 감이 멀어지더니 딸각하는 소리와 함께 전화가 끊겼다.

"뭐야." 톰은 가볍게 탄식했다. 조심하라고? 갤러리에 무슨 문제가 생겼나? 더와트 법인 문제인가? 조심하라니? 톰은 회사 일에는 거의 관여하지 않았다. 더와트 유한 책임 회사를 세우라고 한 장본인이라서 법인 수익금의 일부를 받는 것뿐이었다. 톰은 전화기를 노려보며 당장이라도 벨이 다시 울리기를 바랐다. 제프한테 전화를 해야 하나? 아니. 제프가 스튜디오에 있는지, 갤러리에 있는지 알 수 없었다. 제프 콘스턴트는 사진작가였다.

톰은 뒤뜰로 이어지는 프렌치 도어로 걸어가며 이끼나 더 긁어야 겠다고 생각했다. 아무 생각 없이 정원을 가꾸며 매일 한 시간씩 보내는 게 좋았다. 수동 잔디깎이를 밀어서 잔디를 깎고 갈퀴로 잔가지를 긁어모아 태우고 잡초를 뽑았다. 운동 삼아 일하다가 몽상에 잠기기도 했다. 모종삽을 막 들려는데 전화벨이 또다시 울렸다.

아네트 여사가 먼지떨이를 들고 거실로 나왔다. 나이는 환갑 정도 됐고 땅딸하고 다부진 체구에 성격은 쾌활했다. 영어는 한 마디도 못하고, '굿모닝'이라는 인사말조차 배울 능력이 없어 보였다. 톰이 찾던 완벽한 가정부였다.

"내가 받을게요." 톰이 수화기를 집어 들었다.

"여보세요?" 제프였다. "톰, 혹시 이리로 와 줄 수 있습니까? 런던 으로요. 내가 지금……."

"지금 뭐요?" 연결 상태가 다시 나빠졌지만 심각한 정도는 아니었다.

"내가 편지에 모두 적었어요. 전화론 설명할 순 없지만 중요한 일 이에요, 톰."

"누가 사고라도 쳤습니까? 설마 버나드?"

"그렇다고 볼 수도 있어요. 뉴욕에서 내일 누가 온답니다."

"그게 누군데요?"

"편지에 자세히 썼다니까요. 화요일부터 더와트전(展)이 시작하는 데, 그때까지 그 남자를 막아야 볼게요. 에드하고 내 힘으론 역부족이 겠지만요." 제프가 날이 선 목소리로 물었다. "톰, 시간이 됩니까?"

"되기는 되는데." 톰은 런던에 가고 싶지 않았다.

"엘로이즈한테는 알리지 말아요. 런던으로 오는 거 말이에요."

"아내는 지금 그리스에 있어요."

"거 잘됐네요." 제프가 처음으로 안도했다.

제프가 보낸 편지는 그날 오후 5시경 빠른 등기로 도착했다.

런던 NW8.
찰스플레이스 104

톰

더와트 전시회가 2년 만인 15일 화요일에 개막됩니다. 버나드가 새로 열아홉 점을 그렸고 다른 그림들은 임대 전시될 겁니다. 이제 나쁜 소식을 전합니다.

토머스 머치슨이라는 미국인이 있습니다. 미술상도 아니면서 그림을 수집하는데, 상당한 부를 쌓고 은퇴한 인물이죠. 머치슨이 3년 전 우리 갤러리에서 더와트의 작품을 한 점 샀습니다. 그런데 얼마 전 미국에서 더와트의 초기 작품을 본 후 자신이 소장한 작품과 비교하더니 자기 그림이 위작이라고 주장합니다. 당연히 위작이죠. 버나드가 그린 거니까요. 머치슨은 벅마스터 갤러리에 (그러니까 나에게) 편지를 보내 자기가 구매한 작품이 진품이 아닌 것으로 보인다면서, 더와트가 5~6년 전 작품 활동을 하던 시기에 사용하던 기법과 색감을 그 근거로 내세우고 있습니다. 머치슨이 강력하게 이의를 제기할 게 불 보듯 뻔합니다. 이걸 어찌해야 하나요? 톰, 당신이라면 늘 기발한 생각을 해내잖습니까.

　　여기 런던으로 건너와 같이 의논할 수 있을까요? 경비는 우리 갤러리에서 다 대겠습니다. 무엇보다 자신감이 필요할 때입니다. 난 버나드가 최근에 그린 것 중에 망친 작품은 하나도 없다고 생각하거든요. 그런데 지금 버나드가 불안에 떨고 있으니 전시회에는 얼씬거리지도 못하게 하려고요. 특히 개막식에는요.

　　가능하다면 당장 런던으로 와 줘요!

진심을 담아

제프

추신: 머치슨이 편지에서는 예의를 차렸지만, 더와트에게 확인받겠다며 멕시코로 찾아 나서면 어쩌죠?

마지막이 문제였다. 더와트가 이 세상 사람이 아니기 때문이다. 톰이 지어내고 벅마스터 갤러리와 더와트의 절친한 친구 몇 명이 퍼트린 사연은 다음과 같았다. 더와트가 멕시코의 어느 작은 마을로 이주한 후 아무도 만나지 않고 전화도 놓지 않고 살면서 집 주소를 누구에게도 알려 주지 말라고 갤러리에 당부했다는 것이다. 머치슨이 멕시코에 간다면 더와트를 집요하게 찾아다닐 것이다. 그렇게 되면 누구든 평생 그에게 시달리게 될 것이다.

　　앞으로 벌어질 일들이 눈앞에 선했다. 머치슨이 자신이 구매한 더와트의 작품을 들고 나와 미술상들에게 폭로한 다음 신문에 제보할 것이다. 그랬다간 의혹이 제기돼 더와트가 공중분해 될 것이다. 패거리가 톰까지 끌어들이려나? (톰은 더와트의 친구들이자 갤러리 관계자들을 '패거리'라 여겼다. 패거리라는 단어가 떠오를 때마다 치가 떨렸다.) 버나드가 앙심을 품어서라기보다, 성인군자에 가까운 병적인 청렴결백을 실천하고자 톰 리플리의 이름까지 언급할지 모른다.

　　톰은 자신의 이름과 평판을 흠결 없이 지켜 왔다. 그동안 저지른 짓에 비하면 감탄할 정도로 깨끗하게 유지한 것이다. 플리송 제약 회사 사장이자 백만장자인 자크 플리송의 딸 엘로이즈 플리송과 결혼해 프랑스의 빌페르스쉬르센에 사는 톰 리플리가 더와트 유한 책임 회사라는 사기극을 기획해 수년간 수익금을 일부 챙겨 왔다는 사실이 프랑스 신문에 실리기라도 하는 날엔 망신살이 뻗칠 것이다. 고작 수익금

13

의 10퍼센트라지만 완전히 체면을 구기게 된다. 도덕심이라곤 눈을 씻고 찾아봐도 없는 엘로이즈라고 해도 가만있지 않을 테고, 장인은 생활비 지원을 끊고 딸에게 이혼을 종용할 게 훤했다.

더와트 유한 책임 회사는 이제 덩치가 커져서 망하기라도 하는 날엔 파문이 일 것이다. 온갖 미술용품에 '더와트'의 이름을 쓰게 해 주는 조건으로 패거리와 톰이 짭짤하게 챙기던 상표 사용료마저 급감할 테고, 이탈리아 페루자에 세운 더와트 미술 아카데미까지 흔들리게 될 것이다. 돈 많은 아줌마들과 방학이면 유럽으로 건너오는 미국 여학생들을 주요 대상으로 하는 아카데미도 그들의 여전한 돈줄이었다. 더와트 미술 아카데미는 수업료와 '더와트' 미술용품 판매 대금으로 버는 돈보다, 관광도 할 겸 미술 아카데미도 다닐 겸 해서 찾아오는 부유층에게 최고급 저택이나 가구가 딸린 아파트를 소개해 주는 부동산 알선업으로 버는 수수료가 훨씬 많았다. 영국 출신 귀부인 두 명이 아카데미를 운영했는데, 둘 다 더와트 사기극엔 관여하지 않았다.

톰은 런던에 가야 하는지 결심이 서지 않았다. 가서 무슨 말을 하지? 게다가 뭐가 문제라는 건지 이해가 되지 않았다. 화가가 한 작품 정도는 초기 화풍으로 회귀할 수도 있지 않은가?

"저녁은 양갈비로 할까요, 차가운 햄으로 할까요?" 아네트 여사가 물었다.

"양갈비가 좋겠네요. 고마워요. 이는 좀 나아졌나요?" 아네트 여사가 밤새 치통으로 잠을 못 이루다가 아침에 철석같이 믿고 다니는 동네 치과에 다녀왔다.

"이젠 안 아파요. 그레니에이 박사님이 워낙 잘 보시잖아요! 고름이 차서 아팠던 거래요. 박사님이 잇몸을 째서 고름을 긁어내시더니 신경이 떨어져 나갈 거라고 하셨어요."

톰은 고개를 끄덕였지만, 어떻게 신경이 떨어져 나간다는 건지 의아했다. 중력이라도 작용한다는 건가. 톰이 예전에 치과에서 신경 치료를 받을 땐 구멍을 제법 깊이 냈었다. 윗니에도 그랬었다.

"런던에서 무슨 좋은 소식을 들으셨나 봐요?"

"아닙니다. 친구가 그냥 전화한 거예요."

"사모님께선 연락 없으셨어요?"

"오늘은 없네요."

"세상에, 햇살이 얼마나 좋을까요! 그리스라니!" 아네트 여사는 벽난로 옆에서 안 그래도 반질반질한 참나무 서랍장에 광을 더 내고 있었다. "보세요. 빌페르스에선 해가 나지도 않잖아요. 벌써 겨울이 왔다니까요."

"그러게요." 최근 들어 아네트 여사가 똑같은 말만 해 댔다.

톰은 크리스마스가 되기 전까진 엘로이즈는 보지도 못할 것이다. 엘로이즈가 친구들과 티격태격 가벼운 말다툼을 했다면서, 혹은 요트 생활이 너무 길어지자 마음이 바뀌었다면서 불쑥 집으로 돌아올지도 모르지만 말이다. 엘로이즈는 내키는 대로 하는 편이었다.

톰은 기분 전환을 위해 비틀즈 앨범을 틀어 놓고 주머니에 손을 찌른 채 넓은 거실을 거닐었다. 톰은 이 집이 마음에 들었다. 회색 석조로 지어진 네모난 이층집으로, 2층 네 귀퉁이에 있는 네 개의 둥근 방 위로 첨탑이 솟아 있어서, 가정집이 아니라 작은 성처럼 보였다. 정원도 널찍해서 미국 기준으로 봐도 어마어마하게 비싼 저택이었다. 엘로이즈의 친정아버지가 결혼 선물로 3년 전 증여해 준 집이었다. 톰은 결혼을 앞두고 돈이 더 필요했다. 그린리프가 남긴 유산으로는 그가 좋아하게 된 생활을 마음껏 누릴 수 없었기에, 더와트로 사기를 쳐서 떨어지는 콩고물에 눈독을 들인 것이다. 지금에야 후회가 밀려왔다. 처음 그 제안을 수락했을 때만 해도 수익금의 1할은 푼돈에 지나지 않았다. 더와트 법인이 이렇게 커질 줄은 톰도 몰랐다.

그날 저녁, 톰은 여느 저녁때처럼 조용히 혼자 있는데도 속이 시끄러웠다. 음악을 작게 틀어 놓고 식사한 다음 세르방 슈레베르*의 저서를 불어 원서로 읽었다. 모르는 단어가 두 개 보였다. 오늘 밤 침대 옆에 둔 사전에서 찾아볼 참이었다. 그는 찾아봐야 할 단어를 외우는 데 선수였다.

저녁을 먹은 다음, 비가 내리지도 않는데 우비를 걸치고 4백 미터 정도 떨어진 카페 겸 술집까지 걸어갔다. 저녁때면 바 테이블에 서서 커피를 마시곤 했다. 주인인 조르주가 번번이 엘로이즈의 안부를 물으면서 홀로 보내는 시간이 많은 톰을 안타까워했다. 오늘 밤에는 톰이 명랑하게 말했다.

"설마 앞으로 두 달이나 더 요트 여행을 하겠어요? 지겨워질 날이 오겠죠."

"인생 한번 참 화려하게 사시네요." 배불뚝이에 둥근 얼굴을 한 조르주가 꿈꾸듯 중얼거렸다.

* 프랑스 정치인

15

톰은 조르주가 온화하면서도 한결같이 쾌활할 수 있다는 게 믿기지 않았다. 아내 마리는 활기 넘치는 여성으로 갈색 머리에 입술을 빨갛게 칠하고 다녔다. 솔직히 말하면, 마리는 드센 성격을 행복하고 호탕한 웃음으로 상쇄시켰다. 이곳은 노동자들이 찾는 술집이었는데, 이 사실을 톰은 부인하지 않았다. 좋아해서가 아니라 제일 가까이 있어서 어쩌다 보니 이곳을 다니게 된 것이다. 적어도 조르주와 마리는 디키 그린리프 얘기는 입에 올리지 않았다. 파리에 사는 몇몇 지인 중에는 디키 사건을 언급하는 이들도 있었다. 빌페르스쉬르셍에 있는 유일한 호텔인 생피에르 호텔 사장도 이렇게 물었었다. "'그랑라프'라는 미국인의 친구 되시는 리플리 씨 맞으시죠?" 톰은 맞다고 했다. 그것도 벌써 3년 전 일이라 그런 질문을 받아도 —더 깊이 파고들지만 않는다면—긴장하진 않았다. 그래도 그 얘기는 피하고 싶었다. 톰이 막대한 유산을 받았다는 기사도 났었다. 일부 신문에서는 디키의 유언에 따라 매월 일정액을 분할해서 받는다고 보도했는데, 사실이었다. 톰이 유언장을 손수 작성했을 거라는 암시가 깔린 기사는 한 번도 나지 않았다. 톰이 직접 쓴 게 맞았지만 말이다. 프랑스 사람들은 돈과 관련된 일이라면 늘 세세한 것까지 기억했다.

톰은 커피를 마시고 집으로 돌아가는 길에 동네 사람 한두 명을 마주치자 '봉수아르' 하고 인사를 건넸다. 길가에 모아진 젖은 낙엽을 밟다가 미끄러지기도 했다. 인도랄 게 없는 도로였다. 가로등이 아주 드문드문 서 있었기에 손전등을 들고 왔다. 안락한 가족의 모습이 슬쩍 엿보였다. 주방에 모인 가족들, 텔레비전을 보는 가족들, 방수포를 씌운 식탁에 둘러앉은 가족들, 몇 집 건너 안마당에서 목줄에 매달린 채 짖는 개들. 톰은 3미터가 넘는 철문을 밀고 들어갔다. 자갈을 밟자 와삭 소리가 났다. 집 한쪽 구석에 있는 아네트 여사의 방에 불이 켜져 있었다. 그 방에는 텔레비전이 따로 있었다. 톰은 밤에 그림을 그리기도 했는데, 그저 소일거리 삼아서 하는 일이었다. 자기 그림이 형편없다는 것도, 디키보다 못 그린다는 것도 알고 있었다. 오늘 밤은 그림을 그릴 기분이 아니었다. 대신, 함부르크에 사는 지인 리브스 마이넛이라는 미국인에게 언제쯤 일을 시킬 건지 묻는 편지를 썼다. 리브스 마이넛은 이탈리아 백작 베르톨루치에게 마이크로필름을 심어 놓겠다고 했었다. 백작이 빌페르스쉬르셍에 있는 톰의 집에 와서 하루 이틀 묵으면 그사이 톰이 백작의 여행 가방이든 어디든 리브스가 특정하는 곳에서 그 장치를 빼돌린 다음, 일면식도 없는 파리에 사는 아무개에게

16

우편으로 부치기로 했었다. 이런 식으로 톰은 장물아비 같은 짓을 곧잘 해 주었고, 가끔은 보석 절도에 가담하기도 했다. 파리의 모 호텔에 묵는 손님이 방을 비운 사이에 물건을 회수하느니, 손님을 집으로 부르는 편이 간편했다. 얼마 전 밀라노로 여행을 갔다가 베르톨루치 백작을 잠시 만난 적이 있었다. 리브스도 같은 시기에 함부르크에서 밀라노로 내려왔다. 톰은 백작과 그림 얘기를 나누었는데, 빌페르스쉬르센에 있는 톰의 저택에서 하룻밤 묵으면서 톰이 그린 그림도 보라고 설득하기란 식은 죽 먹기였다. 더와트뿐만 아니라 그가 아끼는 수틴*이며 반 고흐는 물론, 르네 마그리트 두 점에 콕토**에, 피카소의 소묘까지 소장하고 있다고 자랑한 것이다. 게다가 톰이 보기엔 유명 화가 못지않거나 오히려 나은 무명 화가들의 작품도 있다고 했다. 빌페르스면 파리 근교니 손님들이 교외에서 즐기다가 파리로 돌아가기에 좋다는 말도 덧붙였다. 톰은 종종 손수 차를 몰고 오를리 공항으로 마중 나가기도 했다. 실패한 적은 딱 한 번. 미국에서 온 손님이 출발하기 전에 먹은 음식이 문제였는지 톰의 집에 도착하자마자 탈이 난 것이다. 그 바람에 밤새 뜬 눈으로 침대에 내내 누워 있느라, 톰은 손님의 여행 가방에 손도 대지 못했었다. 일종의 마이크로필름이었던 그 물건은 리브스의 조직원이 파리에서 간신히 회수했다. 톰은 그런 장치들의 가치를 이해하지 못했고, 스파이 소설을 읽어도 여전히 이해가 되지 않았다. 리브스는 장물아비라서 일정 비율의 돈만 받아 챙겼다. 톰은 매번 차를 몰고 옆 마을까지 가서 물건들을 부쳤고, 가짜 반송 주소에는 가명을 적어 넣곤 했다.

그날 밤, 톰은 잠이 오지 않자 자리에서 일어나 자주색 모직 가운을 걸치고 주방으로 내려갔다. 도톰한 새 가운에는 군복에나 있을 법한 장식용 단추와 수술이 달려 있었다. 엘로이즈가 생일 선물로 사 준 가운이었다. 톰은 슈퍼 발스타 맥주를 마시려다가 차를 마시기로 했다. 원래 차는 거의 마시지 않지만, 밤이라는 묘한 기분에 취하자 차가 나을 것 같았다. 아네트 여사가 깰까 봐 까치발로 주방을 돌아다녔다. 주전자에 찻잎을 너무 많이 넣었는지 차가 자주색으로 우러났다. 쟁반을 들고 거실로 나가 찻잔에 차를 따르고 펠트 실내화를 신은 발로 소리 내지 않고 서성였다. 내가 더와트인 척하면 되지 않을까. 맞다, 이거지!

* 프랑스의 표현주의 화가
** 프랑스의 시인 겸 작가

해결책을 찾았다. 완벽하고도 유일한 해결책이었다.

더와트는 톰하고 비슷한 나이였다. 톰은 지금 서른하나, 더와트는 살아 있었더라면 서른다섯 정도 됐을 것이다. 더와트는 눈동자가 청회색이었다고 했는데. 신시아(버나드의 여자 친구)였나 버나드였나, 둘 중 한 사람이 불멸의 더와트의 생김새를 쏟아 내듯 설명하던 모습이 기억났다. 턱수염을 짧게 길렀다고 하니, 톰에게는 썩 도움이 될 것이다.

제프 콘스턴트라면 분명 톰의 아이디어를 반길 것이다. 기자 회견도 해야 할 텐데. 예상 질문에 대한 답변과 늘어놓을 사연을 준비해야 한다. 더와트가 나하고 키는 비슷했을까? 흠, 기자들 중에 그걸 외우고 다닐 사람이 과연 있을까? 머리카락 색은 더와트가 더 진했겠지만 염색하면 그만이었다. 톰은 차를 조금 더 홀짝인 다음 계속 거실을 서성였다. 무슨 일이 있어도 얼굴만큼은 놀랄 만큼 똑같이 꾸며야 한다. 제프와 에드뿐 아니라, 버나드가 봐도 입을 다물지 못할 정도로 닮아야 한다. 실패할 경우, 기자 회견은 패거리가 해야 할 것이다.

톰은 토머스 머치슨과 대면하는 장면을 상상해 보았다. 침착하고 자신감 넘치게, 이게 가장 중요하다. 더와트가 자기가 그린 자기 그림이 맞는다고 하는데, 대체 머치슨이 뭐라고 더와트가 그린 그림이 아니라고 우기겠는가?

톰은 한껏 들뜬 상태로 수화기를 들었다. 새벽 2시가 살짝 넘은 시간이라 전화 교환원들이 대부분 잠들었는지 응대하기까지 10분이나 걸렸다. 제프가 됐든 누가 됐든 분장을 끝내주게 잘하는 사람을 불러다 놓아야 한다. 신시아 같은 여자가 변장을 책임지고 맡아 주면 좋겠지만, 신시아는 버나드와 헤어진 지 2~3년은 되었다. 신시아는 버나드가 더와트 대신 그림을 그리는 사기극의 진상을 알고도 동조하지 않아서 수익금을 단 한 푼도 받지 않았다.

"여보세요, 말씀하세요." 톰이 자는 사람을 깨워서 부탁이라도 한 것처럼 여자 교환원이 짜증이 밴 목소리로 말했다. 톰은 전화기 옆 주소록에 적어 둔 제프의 스튜디오 전화번호를 댔다. 운 좋게 전화가 5분 만에 연결됐다. 톰은 세 번이나 따라 마셔서 지저분해진 찻잔을 전화기 쪽으로 바싹 끌어당겼다.

"여보세요, 제프? 톰입니다. 어찌 되어 가나요?"

"그대로죠, 뭐. 옆에 에드가 있어요. 안 그래도 전화하려던 참이었어요. 런던으로 올 겁니까?"

"가려고요. 좋은 생각이 있습니다. 내가 몇 시간만 은둔 생활을 하

18

는 친구인 척하면 어떨까요?"

제프가 잠시 멈칫하다가 알아들었다. "세상에, 톰. 정말 대단해요! 화요일에 올 거죠?"

"그럼요, 가야죠."

"혹시 월요일에 오면 안 될까요? 모레요."

"그건 힘들고, 화요일에 갈게요. 잘 들어요, 제프. 분장을 기가 막히게 잘해야 합니다."

"그건 걱정하지 말아요! 잠시만요!" 제프가 잠깐 자리를 비우고 에드와 얘기하고 왔다. "에드가 그러는데, 필요한 물건을 빌릴 데가 있대요."

"동네방네 떠들면 안 됩니다." 톰은 차분하게 말을 이었다. 제프가 기뻐서 펄쩍펄쩍 날뛰는 것 같았기 때문이다. "하나 더요. 혹시라도 일이 어그러질 경우, 그러니까 내가 실패할 경우, 당신들은 친구가 한 장난이라고 발표해야 합니다. 난 이 일과 아무 상관이 없는 겁니다. 알겠습니까?" 머치슨이 구매한 작품이 위작임을 인정하라는 뜻이었다. 제프가 단박에 알아들었다.

"에드가 할 말이 있대요."

"오랜만이에요, 톰." 에드가 목소리를 깔고 말했다. "런던으로 온다니 반갑네요. 정말이지 기발한 생각을 해냈군요. 버나드가 더와트의 옷하고 물건을 가지고 있어요."

"그건 알아서 준비해 줘요." 톰은 불현듯 불안감이 밀려왔다. "중요한 건 옷이 아니라 얼굴입니다. 흠잡을 데 없이 똑같이 변장해야 한다고요. 알겠어요?"

"당연히 그래야죠. 그럴 겁니다."

톰은 통화를 마친 후 소파에 등을 대고 앉았다. 긴장이 풀려서 눕다시피 했다. 런던에 너무 일찍 가서는 안 돼. 기세를 몰아 마지막 순간에 위풍당당하게 무대에 오르는 거야. 브리핑과 리허설을 너무 많이 해도 안 좋아.

톰은 식은 찻잔을 들고 자리에서 일어섰다. 제대로만 해낸다면 놀랍고도 재미있는 경험이 될 것 같았다. 톰은 벽난로 위에 걸린 더와트의 작품을 응시했다. 분홍색으로 채색한 〈의자에 앉은 남자〉라는 작품 속 남자는 윤곽선이 여러 겹으로 덧그려져 있어서, 남의 안경을 쓰고 보듯 상이 일그러져 보였다. 더와트의 작품을 보면 혹자는 어지럽다고 하는데, 3미터 정도 떨어져서 감상하면 또렷이 보였다. 〈의자에 앉은

19

남자〉는 더와트가 아니라 버나드 터프츠가 위작을 그리기 시작하던 초창기에 그린 작품이었다. 맞은편에는 더와트의 진품 〈붉은 의자〉가 걸려 있었다. 학교에 간 첫날이라 그런지, 아니면 교회에서 무서운 얘기를 들어서 그런지, 두 소녀가 나란히 앉아 겁먹은 표정을 짓고 있었다. 〈붉은 의자〉는 8~9년 정도 된 작품이었다. 소녀들이 앉은 자리 뒤로 불바다가 일어서 누렇고 시뻘건 불꽃이 훨훨 타오르는데 뿌연 연기가 자욱하게 낀 상태라, 처음 보면 화염이 한눈에 들어오지 않는다. 그런데 일단 관람객의 눈에 그 광염이 보이면, 정서적 여파가 일파만파 번진다. 톰은 둘 다 마음에 들었다. 이제는 쳐다봐도 어떤 게 위작이고 어떤 게 진품인지 생각나지도 않았다.

　지금은 더와트 유한 책임 회사가 됐지만 초창기 틀이 잡히지 않았던 시기를 회고했다. 더와트가 그리스에서 익사한 직후―자살로 추정된다―톰은 런던에서 제프리 콘스턴트와 버나드 터프츠를 만났다. 톰도 그 무렵 그리스에 갔다가 막 돌아왔는데, 디키가 죽은 지 얼마 되지 않았을 때였다. 더와트의 시신은 발견되지 않았다. 그 마을에 사는 어부들의 증언에 따르면, 더와트가 어느 날 아침에 수영하러 들어가는 모습은 봤으나 나오는 모습은 못 봤다는 것이다. 톰이 신시아 그래드노어를 만난 것도 그 무렵이었다. 더와트의 친구들은 넋이 나가 있었다. 어느 정도였냐면 유가족들보다도 더 충격받고 힘들어했다. 제프, 에드, 신시아, 버나드는 망연자실한 채, 화가 더와트가 아니라 친구이자 인간 더와트에 대해 꿈꾸듯 열변을 토했다. 더와트는 그레이터런던 이즐링턴에서 소박하게 살았다. 당시 제대로 먹지도 못하면서도 타인에게는 한결같이 다정했다. 동네 아이들이 그를 무척 따라서 그의 옆에 그냥 앉아 있었다. 그럴 때면 더와트는 주머니를 뒤져서 동전 하나라도 아이들에게 쥐여 주었다. 더와트가 그리스로 떠나기 직전에 낙심한 일이 있었다. 더와트는 영국 북부에 있는 마을 우체국에 벽화를 그리는 정부 주관 사업에 참여하게 되었다. 벽화 도안은 통과했지만, 완성작이 거절당한 것이다. 벽화에 알몸을 그려 넣었는데 나체가 적나라하다는 게 이유였다. 더와트는 수정을 거부했다. ("더와트가 수정을 거부하는 게 당연히 맞았다고요!" 절친한 친구들이 톰 앞에서 더와트를 강력히 옹호했다.) 그 일로 더와트는 받기로 했던 1천 파운드를 받지 못하게 되었다. 번번이 낙담하던 그에게 그 돈은 마지막 희망이나 다름없었다. 더와트의 수심이 얼마나 깊었는지 헤아리지 못했다고 친구들은 자책했다. 그 벽화에는 어떤 여인도 그려져 있었다는 게 톰은 어렴

풋이 기억났다. 더와트가 절망하게 된 또 다른 이유에 그 여인도 있었겠지만, 벽화를 그리고도 보수를 받지 못하게 된 충격에 비하면 사소해 보였다. 더와트의 친구들은 모두 전문직에 종사했다. 대부분 프리랜서라서 정신없이 바빴다. 더와트가 죽음을 앞두고—돈을 빌려 달라는 게 아니라, 밤에 같이 있어 달라고—그들을 찾아간 시기에는 다들 시간이 없다고 했었다. 더와트는 친구들 몰래 작업실에 있던 가구를 팔아서 그리스로 떠난 후 버나드에게 우울한 심정을 토로하는 긴 편지를 적어 보냈다(톰은 그 편지를 보지 못했다). 그 후 더와트가 실종됐다는 소식이, 다시 말해 죽었다는 비보가 들려온 것이다.

신시아까지 가세하여 더와트의 친구들이 가장 먼저 한 일은 더와트가 그린 그림과 소묘를 모조리 확보해 판매하는 일이었다. 친구들은 더와트의 이름이 살아 숨쉬기를 바랐다. 이 세상 사람들이 더와트의 작품을 보고 그를 인정해 주기를 바랐다. 더와트에겐 피붙이라곤 한 명도 없었다. 더와트는 천애고아였다. 비극적인 죽음으로 생을 스스로 마감한 더와트의 전설은 걸림돌이 아닌 날개가 되었다. 갤러리에서는 대개 요절한 무명작가의 그림에는 관심을 보이지 않는다. 그런데 프리랜서 기자인 에드먼드 밴버리가 본업과 재능을 살려 신문이며 컬러판 부록이며 소잡지며 각종 미술 잡지에 더와트 기사를 닥치는 대로 기고했다. 제프 콘스턴트는 더와트의 그림을 사진으로 찍어서 설명을 도왔다. 더와트가 사망한 지 고작 몇 달 만에 한 갤러리와 연이 닿았는데, 무려 런던 주요 상점가인 본드가에 있는 벅마스터 갤러리였다. 벅마스터 갤러리가 나서서 더와트전을 열자, 더와트 작품의 가치가 순식간에 6백 파운드, 8백 파운드까지 치솟았다.

그럼에도 피할 수 없는 상황이 닥치고 말았다. 그림이 모두, 거의 다 팔린 것이다. 그 무렵 톰은 런던에 살았는데(런던 이튼 광장 인근 사우스웨스트 1번지 아파트에서 2년간 살았다), 어느 날 밤 우연히 솔즈베리에 있는 술집에 갔다가 제프, 에드, 버나드를 만나게 되었다. 세 사람은 또다시 슬픔에 빠져 있었다. 머지않아 더와트의 작품이 바닥날 판이었기 때문이다. 그때 톰이 말했다. "셋이서 더와트를 열심히 알렸는데, 이렇게 끝내려니 무척 아쉽겠군요. 버나드한테 더와트의 화풍과 비슷하게 몇 점만 그리라고 하면 안 됩니까?" 톰은 농담으로 던진 말이었지만, 진심이 절반쯤은 담겨 있었다. 톰은 버나드가 화가라는 것 말고는 세 친구에 관해 아는 게 거의 없었다. 그런데 에드 밴버리만큼 실리에 밝은 (버나드하고는 완전히 딴판인) 제프가 버나드에게 몸을 돌

21

리더니 말했다. "나도 그 생각을 안 한 건 아니야. 어떻게 생각해, 버나드?" 톰은 버나드가 정확히 뭐라고 대답했는지는 기억하지 못했지만, 버나드가 자신의 우상이었던 더와트의 그림을 따라 그린다고 상상만 해도 부끄럽고 두렵다는 듯이 고개를 푹 숙이던 모습이 떠올랐다. 몇 달 후, 런던 길거리에서 에드 밴버리와 우연히 마주쳤다. 에드가 들뜬 말투로 버나드가 '더와트'의 작품 두 점을 훌륭하게 그렸는데 그중 한 점이 벅마스터 갤러리에서 진품으로 팔렸다고 했다.

시간이 흐르고 흘렀다. 톰이 엘로이즈와 결혼한 후 더는 런던에서 살지 않을 때였다. 톰과 엘로이즈는 파티에 갔다가 제프와 만나게 되었다. 파티를 주최한 사람을 만나기는커녕 구경도 못 할 정도로 드넓은 칵테일 파티장에서 제프가 톰을 구석으로 불렀다.

"나중에 따로 볼 수 있을까요? 이게 내 주소예요." 제프가 톰에게 명함을 건넸다. "오늘 밤 11시경에 집으로 올 수 있습니까?"

톰은 혼자 제프의 집으로 찾아갔다. 엘로이즈를 떼어 놓는 건 어렵지 않았다. 그 당시 영어가 서툴던 엘로이즈가 칵테일파티가 끝나자 지쳤는지 호텔로 가겠다고 했다. 엘로이즈는 런던을 사랑했다. 영국제 스웨터라면 껌뻑 죽었고, 카나비 거리를 거닐며 유니언 잭 휴지통을 파는 가게에 들르는 걸 즐겼고, '꺼져'라고 적힌 간판을 보며 좋아했다. 때론 톰이 번역해 줘야 하긴 했지만 말이다. 그런 그녀가 한 시간 내내 영어를 했더니 머리가 지끈거린다고 했다.

그날 밤 제프가 털어놓았다. "이제 더는 다른 곳에서 더와트의 작품을 찾은 척 연기할 수 없다는 게 문젭니다. 버나드가 잘해 주고 있긴 하지만요. 그래서 말인데요, 더와트의 작품이 대량으로 보관된 장소를 발굴했다고 하면 어떨까요? 더와트가 아일랜드에서 잠시 작품 활동을 한 적이 있었거든요. 그래서 그것까지만 팔고 손을 털까 하는데요. 버나드는 계속할 마음이 없어요. 마음 한구석에 더와트를 배신한다는 기분이 드나 봐요."

톰은 잠시 생각에 잠겼다가 입을 열었다. "더와트가 실은 자살한 게 아니라 살아 있다고 하면 어떨까요? 모처에 잠적해서 은둔 생활을 하면서 런던으로 그림을 부친다고 하면요? 버나드가 계속 그린다는 전제하에 하는 말입니다."

"음……. 아, 그런 방법도 있겠네요. 그럼 그리스에 산다고 할까요? 이거 꽤 괜찮은 생각인데요, 톰! 그럼 영원히 계속할 수 있겠어요!"

"멕시코에 산다고 하면 어떨까요? 그리스보다야 멕시코가 안전할

22

것 같은데요. 더와트가 멕시코의 어느 작은 마을에서 은둔 생활을 하는데, 마을 이름은 아무한테도 공개하지 않는다고 하는 거죠. 당신과 에드와 신시아만 알고 있다고요."

"신시아는 빼야 해요. 버나드하고 헤어진 이후론 얼굴을 볼 수가 없거든요. 신시아가 이 일에 대해 속속들이 아는 게 없어서 오히려 다행이에요."

제프가 그날 밤 에드에게 전화해 톰의 제안을 알렸다.

"그냥 생각만 해 본 겁니다. 실제로 가능할지는 모르겠지만요." 톰이 말했다.

그런데 그게 가능했다. 더와트가 멕시코에 살면서 그림을 보낸다는 소식이 보도되었다. 에드 밴버리와 제프 콘스턴트는 자살했다고 알려졌던 더와트가 '부활'했다는 드라마 같은 사연을 더 많은 잡지에 뿌렸다. 더와트의 옛날 사진과 그(사실은 버나드)의 최신작 사진은 실으면서도 멕시코에 사는 더와트의 사진은 공개하지 않았다. 더와트가 인터뷰와 사진 촬영을 허락하지 않았다는 게 이유였다. 그림은 멕시코 중동부 베라크루스라는 항구 도시를 거쳐서 오는데, 제프나 에드조차 더와트가 사는 마을 이름은 알지 못한다고 했다. 그러자 더와트는 정신적으로 문제가 있어서 은둔 생활을 하는 것으로 세상에 비쳤다. 일부 비평가들은 더와트는 작품마저 병적이고 우울하다고 평했다. 그럼에도 그때부터 더와트는 영국은 물론, 유럽과 미국을 통틀어 몸값이 가장 비싼 동시대 화가 대열에 합류하게 되었다. 에드 밴버리가 프랑스에 사는 톰에게 편지를 보냈다. 더와트 작품의 독점 수혜인인 최측근(이제 버나드, 제프, 에드 이렇게 셋으로 줄어들었다)이 톰에게 수익금의 10퍼센트를 떼 주겠다는 것이었다. 톰이 그 제안을 수락한 가장 큰 이유는, 위작이 그려지고 있음을 함구하겠다는 뜻이었기 때문이다. 버나드 터프츠는 악마 같은 재능으로 위작을 그려 냈다.

제프와 에드는 벅마스터 갤러리를 아예 인수했다. 버나드도 지분을 가졌는지는 톰으로선 알지 못했다. 벅마스터 갤러리에서는 더와트의 일부 작품을 영구 전시하면서 다른 작가들의 작품도 같이 전시했다. 갤러리 일은 에드보다 제프가 도맡아서 했다. 제프는 갤러리를 관리하는 매니저를 고용했다. 그런데 벅마스터 갤러리를 인수하기에 앞서 미술용품 제작업자가 제프와 에드에게 접근했다. 조지 야노폴로스라는 자가 '더와트'의 이름을 달고 각종 미술용품을 제작하고 싶다면서, 지우개부터 유화 세트까지 모두 제작할 테니 더와트의 이름을 쓰

23

게 해 주는 대가로 매출의 1퍼센트를 주겠다고 한 것이다. 에드와 제프는 그 제안을 받아들이기로 했다(더와트가 살아 있었다면 동의를 구했겠지만). 그렇게 더와트 유한 책임 회사라는 법인이 탄생했다.

지금까지가 톰이 새벽 4시에 복기한 내용이었다. 왕자가 입을 법한 가운을 걸쳤는데도 한기가 살짝 느껴졌다. 알뜰한 아네트 여사가 밤이면 중앙난방을 약하게 틀어 놓았다. 톰은 다 식은 찻잔을 양손으로 든 채 보이지도 않는 엘로이즈의 사진을 응시했다. 갸름한 얼굴 양옆으로 흘러내린 긴 금발, 지금 그에겐 그 모습이 얼굴이 아니라, 보기에만 좋고 아무 의미 없는 문양으로 다가왔다. 원룸 아파트에서 문을 걸어 잠근 채 틀어박혀 아무도 몰래 더와트의 위작을 그리고 있을 버나드가 떠올랐다. 버나드는 예전부터 형편없는 곳에 살았다. 톰은 수천 파운드에 팔려 나가는 더와트의 명작들이 탄생하는 버나드의 내실을 한 번도 본 적이 없었다. 어떤 화가가 자신의 화풍으로 그릴 때보다 남의 화풍으로 그리는 경우가 잦아지다 보면, 자신의 화풍보다 모방한 화풍에 점차 익숙해지고 편안해져서 아예 몸에 배어 버리다 못해 독창적인 창작물로 승화시키지 않을까? 마침내 굳이 따라 그리려고 애쓰지 않아도 위작 화가가 그린 가품이 또 다른 진품의 반열에 오르는 건 아닐까?

결국 톰은 슬리퍼를 벗고 가운 안으로 무릎을 접고 노란 소파 위에서 몸을 웅크린 자세로 잠이 들고 말았다. 잠이 든 지 얼마 되지 않았는데, 아네트 여사가 거실로 나오다가 기겁하며 비명인지 헉하는 숨소리인지 모를 괴성을 내지르며 그를 깨웠다.

"책 읽다가 깜빡 잠이 들었나 봐요." 톰이 일어나 앉으며 웃었다.

아네트 여사가 커피를 내리러 허둥지둥 주방으로 달려갔다.

2 톰은 화요일 정오에 런던으로 출발하는 비행기표를 샀다. 도착해서 분장하고 설명을 들을 시간은 딱 두 시간뿐이라 긴장할 새도 없을 것이다. 톰은 차를 몰고 믈룅에 있는 은행으로 현찰을 찾으러 갔다.

오전 11시 40분. 은행은 마감이 12시였다. 현찰을 찾는 창구 앞에 늘어선 줄에서 톰은 세 번째에 서 있었다. 하필이면 어떤 여자가 급여로 줄 돈을 창구에서 찾고 있었다. 여자는 바닥에 잔뜩 쌓아 놓은 동전 주머니를 두 발로 잡고 서 있었고, 철창 뒤 은행 직원은 엄지에 침을 묻혀 가며 정신없이 지폐를 세고 금액을 맞춰 보며 두 장의 서류에 총액을 각각 기입하고 있었다. 마감 시간까지 얼마 남지 않았는데 얼마나 걸리려나, 톰은 궁금해졌다. 줄 서 있던 사람들이 흩어지자, 톰은 놀란 눈으로 쳐다보았다. 남자 셋과 여자 둘이 창구 철창 옆에 딱 붙어서 뱀처럼 멀건 눈으로 돈뭉치를 넋을 놓고 바라보았다. 친척이 평생 일군 재산을 그들에게 유산으로 남겨 주기라도 한 것처럼 말이다. 톰은 포기하고 은행을 나섰다. 실은 프랑스에 올지도 모를 영국 친구들에게 프랑을 주거나 팔까 했던 거라, 현찰이 없어도 괜찮을 것 같았다.

톰이 화요일 아침에 짐을 꾸리는데 아네트 여사가 침실 문을 두드렸다. "뮌헨에 가려고요. 콘서트가 있거든요." 톰이 쾌활하게 말했다.

"어머나, 뮌헨에 가시는구나! 바이에른*! 따뜻하게 입으셔야죠." 아네트 여사는 톰이 뜬금없이 여행을 떠나는 모습에 익숙했다. "언제 돌아오시나요?"

"이틀이나 사흘 후에요. 날 찾는 전화가 오면 일단 메모만 받아 둬요. 누가 전화했는지 내가 전화로 물어보겠습니다."

바로 그때, 도움이 될지도 모를 물건이 떠올랐다. 잡동사니 상자에 넣어 둔 멕시코산 반지였다. 맞다, 반지가 있었지. 커프 링크스들과 단추들 사이에 묵직한 은제 반지가 하나 있었다. 뱀 두 마리가 똬리를 튼 디자인이었다. 톰은 별로 마음에 들지 않아서인지 어디에서 샀는지도 까먹었지만, 멕시코산이라는 것만 기억하고 있었다. 반지를 입으로 후후 불어서 바지에 대고 문지른 다음 주머니에 집어넣었다.

오전 10시 반에 온 우편물은 세 통이었다. 하나는 전화 요금 청구서였다. 빌페르스쉬르센 시외로 전화를 걸면 요금이 개별 용지로 청구되기 때문에 봉투가 두툼했다. 또 하나는 엘로이즈가 보낸 편지였다. 마지막으로 미국에서 온 항공 우편도 있었다. 이게 뭐지? 톰은 봉투를 뒤집어 보다가 이름을 보고 기겁했다. 뒷면에 크리스토퍼 그린리프라는 이름과 함께 샌프란시스코 반송 주소가 적혀 있었다. 크리스토퍼가 누구더라? 일단 엘로이즈가 보낸 편지부터 뜯었다.

19xx 10월 11일

여보

* 독일 남부의 주

지금 난 아주 잘 지내고 있어. 식사도 썩 잘 나와. 요트에서 낚시도 해. 제포가 사랑을 전해 달래. (제포는 엘로이즈를 그리스로 초청한 까무잡잡한 남자였다. 톰은 제포에게 엘로이즈에게 해 줘야 할 일이 뭔지 얘기해 줄 수 있었다.)

자전거를 타는 법을 차근차근 배우는 중이야. 뭍으로도 자주 나가. 제포가 사진을 많이 찍어 줘. 벨옹브르에는 별일 없지? 보고 싶다. 당신도 잘 지내지? 초대는 많아? (초대하는 일도, 초대받는 일도 자주 있느냐는 뜻인가?) 그림은 그려? 아빠는 연락이 없으시네.

아네트 여사님한테도 안부 전해 줘.

당신을 꽉 껴안았으면.

나머지는 불어로 쓰여 있었다. 아내가 욕실 작은 서랍장에 있는 빨간 수영복을 보내 달라고 했다. 톰은 항공 우편으로 수영복을 부쳐야 했다. 요트에는 풀장 물을 데우는 시설이 설치돼 있었다. 톰은 곧장 2층으로 올라갔다. 아네트 여사가 여태 침실을 정리하고 있었다. 그는 여사에게 일을 맡기면서 1백 프랑짜리 지폐도 같이 건넸다. 여사가 항공 우편료에 놀란 나머지 느린 일반 우편으로 부칠까 봐 걱정이 되었기 때문이다.

그런 다음 아래층으로 내려가 그린리프라는 성씨를 쓰는 자가 보낸 편지를 허겁지겁 뜯었다. 곧 오를리 공항으로 출발해야 했기 때문이다.

19xx 10월 12일

리플리 씨에게

저는 디키 그린리프의 사촌 동생입니다. 다음 주에 유럽에 도착할 예정입니다. 일단 런던으로 갈 생각인데요, 파리부터 갈지 아직도 마음을 정하지 못했습니다. 어찌 됐든 뵐 수 있으면 좋겠습니다. 숙부이신 허버트 그린리프 씨에게 주소를 받았습니다. 사시는 곳이 파리에서 멀지 않다고 들었습니다. 전화번호는 못 받았는데요, 그건 제가 찾아보면 될 것 같아요.

잠시 제 소개를 드리겠습니다. 저는 올해로 스무 살이 되었고 스탠퍼드대에 다니고 있습니다. 학교를 휴학하고 1년간

군 복무*를 했습니다. 스탠퍼드 공대 복학에 앞서 1년간 유럽을 돌아보며 여유를 갖고자 합니다. 요즘은 많이들 이럽니다. 온통 숨 막히는 일들 천지라서요. 제 말씀은 미국이 그렇다는 뜻이에요. 유럽에 오래 사셔서 제가 무슨 말을 하는지 잘 모르시겠지만요.

숙부께 말씀 많이 들었습니다. 디키 형하고 아주 친하셨다면서요. 제가 열한 살 때 스물한 살이던 디키 형을 봤어요. 금발에 키가 훤칠하던 형이었죠. 캘리포니아에 있는 저희 집에 오셨었거든요.

10월 말이나 11월 초에 빌페르스쉬르셴에 계실 건지 알려 주세요. 만나 뵙고 싶습니다.

진심을 담아
크리스 그린리프

정중히 거절해야지, 하고 톰은 생각했다. 그린리프가(家) 사람들하고 친하게 지내 봐야 좋을 게 없었다. 어쩌다 한번 허버트 그린리프 씨가 편지를 보내면 답장은 꼬박꼬박 써 줬다. 공손하고 예의 바르게.

"여사님, 집에 불 꺼뜨리지 마세요." 톰이 집을 나서면서 당부했다.

"그게 무슨 말씀이시죠?"

톰은 불어로 최대한 해석해 주었다.

"오 르부아르, 므시외 톰! 봉 부아야지!" 아네트 여사가 현관에서 손을 흔들어 주었다.

톰은 붉은색 알파 로메오로 골랐다. 차고에 있는 두 대 중 하나였다. 오를리 공항에 도착해 실내 주차장에 주차하면서 이틀이나 사흘 정도 세워 둘 거라고 했다. 청사에서 패거리에게 줄 위스키 한 병을 샀다. 이미 여행 가방 안에 큼직한 페르노를 한 병 숨겨 놓았다(런던 입국 시 1인당 술 한 병만 반입 가능했다). 녹색 복도를 통과할 때 아예 대놓고 술병을 들고 있으면 세관 직원이 가방을 열어 보자고 하지 않는다는 걸 알고 있었기 때문이다. 기내에서는 런던에서 인기가 식지 않는 프랑스제 무필터 담배 골루아즈도 샀다.

영국에 도착하니 비가 부슬부슬 내리고 있었다. 좌측으로 다니는

---

* 베트남전 당시 미국은 복무 기간 1년의 징병제를 시행했다.

버스가 느릿느릿 기어가며 주택가를 스쳐 지나갔다. 지금은 날이 흐려서 잘 보이진 않지만, 단독 주택에 붙어 있는 이름*을 볼 때마다 놀라웠다. 집집마다 명패가 걸려 있었다. 바이더위, 밀퍼드 헤이븐, 던 원더링, 잉글누크, 싯예둔. 세상에나. 이제 빅토리아풍 건물들이 빼곡히 늘어선 길로 접어들었다. 가정집이었다가 소규모 부티크 호텔로 변신한 건물들이었다. 맨체스터 암스, 킹 알프레드, 체셔 하우스 같은 거창한 이름의 네온 간판들이 입구에 서 있는 도리아 양식 기둥 사이에서 번쩍거리고 있었다. 이 시대의 극악무도한 살인마들이 좁지만 품격이 넘치는 로비 뒤편에 있는 호텔방에서 하룻밤 묵으며 자기네들도 부티크 호텔 못지않게 품격을 갖춘 척하고 있다는 것을 톰은 알았다. 영국은 역시 영국다웠다. 신이시여, 영국에 가호를 내리소서!

두 번째로 톰의 눈길을 사로잡은 건, 도로 좌측에 늘어선 가로등에 걸린 포스터였다. 더와트라는 검정색 글씨는 아래로 기울어지면서 굵게 적혀 있고(더와트의 사인이었다), 컬러로 재현된 더와트의 사진은 침침한 가로등 조명을 받아 진자주색 같기도, 검정색 같기도 했다. 그 모습이 뚜껑을 세운 그랜드 피아노와 닮아 보였다. 이번에도 버나드 터프츠가 새로 그린 위작으로 전시회를 여는 것이었다. 몇 미터 앞에도 똑같은 포스터가 걸려 있었다. 런던 구석구석까지 대대적으로 홍보하면서도 막상 주인공인 더와트는 조용히 런던에 도착했다는 게 이상했다. 톰은 웨스트켄싱턴 터미널에 도착한 후 버스에서 내렸지만, 아무도 그를 주목하지 않았다.

터미널에서 제프 콘스턴트의 스튜디오로 전화했다. 에드 밴버리가 받았다.

"택시 타고 곧장 이리로 와요!" 에드가 들뜬 목소리로 말했다.

제프의 스튜디오는 런던의 부촌 세인트존스우드에 있었다. 2층, 영국식으로 말하면 1층 좌측에 있었다. 너무 화려하지도, 그렇다고 초라하지도 않은 적당히 깔끔하고 작은 건물이었다.

에드가 문을 활짝 열어젖혔다. "세상에, 톰! 이렇게 만나다니 정말 반가워요!"

두 사람은 악수하며 손을 꽉 잡았다. 에드는 톰보다 키가 컸고 귀를 덥수룩하게 덮은 금발을 연신 귀 뒤로 넘겼다. 나이는 서른다섯쯤

---

* 번지라는 숫자 개념이 도입되기 전, 집주인이 자기 집에 어울리는 이름을 붙여 식별하던 데에서 유래했다.

되어 보였다.

"제프는요?" 톰이 붉은 그물 가방에서 담배와 위스키를 꺼낸 다음, 여행 가방에 몰래 넣어 온 페르노도 꺼냈다. "선물입니다."

"뭐 이런 걸 다! 제프는 갤러리에 있어요. 잘 들어요, 톰. 할 거죠? 준비는 다 해 놨는데 시간이 얼마 없어요."

"해야죠."

"버나드가 올 때가 됐어요. 도와주러 와서 설명할 겁니다." 에드가 손목시계를 들여다보며 들뜬 목소리로 말했다.

톰이 코트와 재킷을 벗었다. "더와트가 좀 늦으면 안 됩니까? 개막이 5시 아닌가요?"

"물론 그래도 되죠. 굳이 6시 전에 갈 필요는 없어요. 분장은 내가 해 보려고요. 당신이 더와트보다 별로 작지 않다는 얘기는 제프한테 들었죠? 누가 남의 키나 외우고 다니겠어요? 설사 내가 그걸 기사로 썼다고 한들 말입니다. 더와트는 눈동자가 청회색이었지만, 당신 눈동자로도 충분해요." 에드가 웃었다. "차 마실래요?"

"사양하겠습니다." 톰은 제프의 소파 위에 놓인 짙은 파란색 정장을 쳐다보았다. 품이 무척 크고 다림질도 안 되어 있었다. 볼품없는 검은 구두가 소파 옆 바닥에 놓여 있었다. "술이나 한잔할까요?" 톰이 에드에게 제안했다. 에드가 고양이처럼 조마조마해 보였기 때문이다. 늘 그렇듯, 긴장한 사람이 옆에 있으면 톰은 마음이 착 가라앉았다.

초인종이 울렸다.

에드가 문을 열어 주자 버나드 터프츠가 들어왔다.

톰이 손을 내밀었다. "버나드, 잘 지냈어요?"

"네, 덕분에요." 버나드가 처량한 목소리로 말했다. 버나드는 깡마른 체구에 피부가 까무잡잡했다. 검정 직모에 따스한 검정 눈동자를 갖고 있었다.

톰은 지금은 버나드에게 말을 걸지 않는 편이 나을 거라 생각했는데, 그건 그저 효율을 높이기 위해서였다.

에드가 좁지만 세련된 제프의 욕실 세면대에 물을 받았다. 톰은 더욱 짙은 색으로 염색하라며 머리를 내맡겼다. 에드가 처음에는 슬쩍 눈치만 주다가 점점 성가실 정도로 채근하자 버나드가 입을 뗐다.

"더와트는 어깨를 웅크리고 걸었어요. 목소리는…… 사람들 앞에 서면 약간 부끄러워했어요. 톤은 단조로웠던 것 같아요. 설명하자면 이런 식이었죠." 버나드가 높낮이가 없는 목소리로 흉내 냈다. "가끔 웃기도 했어요."

"다들 그렇지 않나요!" 톰이 긴장한 채 웃으며 말했다. 톰이 의자에 앉자 에드가 머리를 빗겼다. 톰의 오른편에 놓인 트레이 위에는 이발소에서 바닥을 쓸어 머리카락을 모아 놓은 듯한 뭉치가 있었다. 에드가 그것을 살살 흔들어 풀었다. 피부색과 흡사한 얇은 거즈에 턱수염이 붙어 있었다. "제발 조명이 어두워야 할 텐데요." 톰이 중얼거렸다.

"그건 우리한테 맡겨요." 에드가 말했다.

에드가 수염을 붙이는 동안 톰은 반지 두 개를 빼서 주머니에 넣었다. 하나는 결혼반지였고, 또 하나는 디키 그린리프가 끼던 반지였다. 톰은 버나드에게 바지 왼쪽 주머니에 있는 반지를 꺼내 달라고 했다. 반지를 갖다주는 버나드의 가냘프고 차가운 손가락이 파르르 떨렸다. 톰은 신시아는 잘 있냐고 물어보려다가 둘이 헤어졌다는 사실을 떠올렸다. 둘이 결혼한다고 했었는데. 에드가 톰의 머리를 가위로 다듬어 앞머리를 덥수룩하게 냈다.

"그리고 더와트는……." 버나드는 목소리가 갈라지자 말을 멈추었다.

"뭐야, 버나드, 닥쳐!" 에드가 웃음이 섞인 목소리로 날카롭게 외쳤다.

버나드도 덩달아 웃었다. "미안해, 진짜 미안." 진심으로 뉘우치는 듯한 말투였다.

턱수염을 본드로 붙이는 작업이 계속되었다.

에드가 말했다. "여기서 좀 왔다 갔다 해 봐요, 톰. 익숙해져야 해요. 갤러리에 가면…… 사람들 사이로 걸어 들어가는 대신 반대편에서 들어가기로 했어요. 뒷문이 있거든요. 제프가 문을 열어 줄 겁니다. 기자 몇 명을 사무실로 부를 거예요. 사무실 맞은편에 있는 스탠딩 램프만 켜 놓을 겁니다. 작은 램프는 치우고 천장 등 전구도 미리 빼놓았어요. 그래야 불이 안 들어오죠."

턱수염에 본드를 발라 얼굴에 붙이자 서느런 느낌이 들었다. 화장실 거울 앞에 서니 작가 D. H. 로렌스와 닮아 보였다. 입가를 감싼 수염. 톰이 싫어하는 느낌이었다. 거울 밑에 달린 작은 선반 위에 더와트의 사진 석 장이 있었다. 접이의자에 앉아서 셔츠 차림으로 책을 읽는 더와트, 톰이 모르는 남자와 같이 서 있는 더와트, 카메라를 응시하는 더와트. 더와트는 석 장 모두에서 안경을 쓰고 있었다.

"안경을 써야죠." 에드가 톰의 생각을 읽은 듯이 말했다.

에드가 건네는 둥근 안경을 받아 쓰니 훨씬 닮아 보였다. 톰은 아직은 덜 마른 수염이 망가지지 않게 살살 웃었다. 안경에는 도수 없는 유리알이 끼워져 있었다. 톰은 어깨를 웅크리고 스튜디오로 다시 나오면서 더와트의 성대모사를 하듯이 말했다. "머치슨이라는 남자 얘기를 해 봐요."

"목소리를 더 깔아야 해요!" 버나드가 깡마른 손을 힘차게 내저으며 주문했다.

"머치슨이라는 남자 얘기를," 톰이 반복했다.

버나드가 말했다. "제프가 그러는데, 더와트가 초기 화법으로 회귀했다고 머치슨이 주장한대요. 그 남자가 갖고 있는 〈시계〉라는 작품에서요. 솔직히 난 그 남자가 정확히 무슨 소릴 하는지 모르겠어요." 버나드가 고개를 정신없이 내젓더니 어디선가 손수건을 꺼내서 코를 풀었다. "제프가 찍어 둔 〈시계〉 사진을 방금 보고 왔어요. 3년 만에 봤어요. 실물로 본 건 아니지만." 버나드는 벽에도 귀가 달렸다는 듯이 목소리를 낮추고 말했다.

"머치슨이 미술에 대해 뭘 좀 아는 전문가인가요?" 톰은 물으면서도 대체 전문가가 뭘까 생각했다.

"아뇨, 미국에서 사업하는 사람이에요. 미술품 수집가인데 집요하게 매달리고 있어요." 에드가 덧붙였다.

톰은 머치슨이 그 이상일 것 같았다. 그렇지 않았다면 패거리가 이렇게까지 당황하지는 않았을 것이다. "내가 특별히 준비해야 할 게 있나요?"

"없어요. 있나, 버나드?" 에드가 물었다.

버나드가 헉 소리를 내더니 애써 웃음을 지어 보였다. 순간, 그가 몇 년은 어리고 순박해 보였다. 3~4년 만에 만난 버나드는 더 야위었다.

"그걸 알면 좋게." 버나드가 대답했다. "끝까지 밀어붙여야 해요. 〈시계〉라는 그림은 더와트가 그린 게 맞는다고요."

"그건 나한테 맡겨요." 톰은 구부정한 자세로 걷는 연습을 하며 돌아다녔다. 천천히 리듬을 타면서 걸음새가 비슷해 보이기를 바랐다.

"그런데요." 버나드가 말을 이었다. "머치슨이 무슨 말이든 계속하고 싶어 할지도 몰라요. 그게 뭐든지 간에요……. 당신이 소장한 〈의자에 앉은 남자〉에서는……."

위작이었다. "머치슨이 그것까지 볼 필요는 전혀 없죠. 나야 마음에 들지만."

"〈욕조〉라는 작품이 전시회에 걸려 있어요." 버나드가 말을 이었다.

"그게 걱정입니까?" 톰이 물었다.

"같은 기법으로 그린 거라서 조금 걱정이 되긴 해요." 버나드가 대답했다.

"그렇다면 당신은 머치슨이 말하는 그 기법이라는 게 뭔지 알고 있다는 소린데, 그렇게 걱정되면 〈욕조〉를 전시회에서 빼 버리면 되잖아요?"

에드가 설명했다. "〈욕조〉를 전시한다고 홍보가 다 된 상태예요. 그걸 치웠다간 머치슨이 보여 달라면서, 누가 사 갔는지 알려 달라고 할까 봐 두려웠어요."

대화는 아무런 소득이 없었다. 톰은 그들이 혹은 머치슨이 언급하는 특정 그림에서 보인다는 기법이 대체 뭔지 명확히 이해할 수 없었기 때문이다.

"머치슨을 만날 일은 절대로 없으니 걱정하지 마." 에드가 버나드에게 말했다.

"머치슨을 만난 적이 있습니까?" 톰이 에드에게 물었다.

"아뇨, 제프만 만났어요. 오늘 오전이요."

"어떤 사람인가요?"

"나이는 쉰 정도 되어 보였고 덩치가 큰 미국인이래요. 무척 정중하면서도 어딘지 모르게 거만하대요. 바지에 찰 벨트가 안 보이네?"

톰이 바지에 벨트를 찬 다음 재킷 소매를 코에 대고 킁킁거렸다. 좀약 냄새가 은은히 풍겼지만, 담배 연기가 자욱할 테니 남들은 눈치채지 못할 것이다. 어찌 됐든 더와트가 지난 몇 년간은 멕시코 옷만 입고 사느라 유럽에서 입던 옷들은 치워 두었을 것이다. 톰은 에드가 켜놓은 눈부신 조명 아래 서서 전신 거울에 비친 자신의 모습을 바라보았다. 그러다가 느닷없이 몸을 접더니 배를 잡고 웃다가 돌아서서 말했다. "미안해요. 몸값이 어마어마한 더와트가 다 낡아 빠진 옷이나 입고 다닌다고 생각하니 그만."

"당연하죠. 더와트는 은둔 생활을 하잖아요." 에드가 설명했다.

전화벨이 울리자 에드가 받았다. 에드가 누군가를 안심시키는 말소리가 들렸다. 톰이 도착해서 떠날 채비를 끝냈다고 얘기하는 걸 보니 제프의 전화가 분명했다.

톰은 아직 출발할 마음의 준비가 되지 않았다. 뼛속부터 진땀이 흘렀다. 버나드에게 너무 들뜨지 않은 목소리로 말을 건넸다. "신시아는 잘 있습니까? 지금도 만납니까?"

"이젠 안 만나요. 그래도 아주 가끔 얼굴은 봐요." 버나드가 톰을 쳐다보다가 바닥으로 시선을 내렸다.

"더와트가 런던에 나타나 며칠 지낼 거라는 얘기를 들으면 신시아가 뭐라고 할까요?" 톰이 물었다.

"아무 말도 안 할 겁니다." 버나드가 뚱한 말투로 대답했다. "일을 망칠 사람이 아니에요. 확실해요."

에드가 통화를 끝냈다. "아무 말도 안 할 겁니다, 톰. 신시아는 그런 사람이에요. 기억하죠, 톰?"

"그럼요. 어렴풋이요."

"지금껏 입 다물고 있었으니 앞으로도 하지 않을 겁니다." 에드의 얘기를 들으니 정말 그럴 것 같았다. "신시아는 나쁜 사람도 아니고, 입이 가볍지도 않아요."

"참 괜찮은 여자죠." 버나드가 몽롱하게 웅얼거렸다. 누구 들으라고 한 소리는 아니었다. 그러더니 벌떡 일어나 화장실로 내달렸다. 용변이 급해 보였다. 토하러 간 걸지도 모르지만.

"신시아 걱정은 말아요, 톰. 우리가 신시아하고 같이 살잖아요. 같은 런던 하늘 밑에서 산다는 말이죠. 그런 신시아가 3년이나 조용히 지냈어요. 버나드한테 헤어지자고 한 후에도 입을 다물어 주었다고요. 먼저 헤어지자고 한 게 버나드일 수도 있지만요."

"신시아는 잘 지내요? 다른 남자는 생겼고요?"

"그런 것 같던데요."

버나드가 들어오고 있었다.

톰은 스카치를, 버나드는 페르노를 마셨다. 에드는 신경 안정제를 먹었더니 겁이 난다며 술은 입에 대지도 않았다. 5시까지 톰은 설명을 듣고 몇 가지 것들을 다시 상기했다. 더와트가 6년 전 공식적으로 마지막에 목격된 멕시코의 마을 이름을 되뇌었다. 질문을 받게 될 경우, 더와트가 가명으로 그리스 국적의 유조선을 타고 기계에 기름칠도 하고 도장공으로도 일하면서 그리스를 떠나 멕시코 베라크루스로 갔다고 대답해야 했다.

버나드가 코트를 빌려주었다. 톰이나 제프의 옷장에 걸려 있는 그어떤 코트보다 훨씬 낡은 코트였다. 이제 버나드만 스튜디오에 남고, 톰하고 에드가 출발했다. 일이 끝난 후 스튜디오에서 다시 만나기로 했다.

"저런, 버나드가 기운이 하나도 없군요." 톰이 어깨를 움츠린 채

길을 걸으며 말했다. "이런 식이라면 버나드가 얼마나 더 그릴 수 있을까요?"

"오늘 모습만 보고 판단하진 말아요. 버나드는 계속 그릴 겁니다. 전시회가 열릴 때마다 번번이 저래요."

그림은 버나드가 죽자 사자 그리고, 돈은 에드와 제프가 쓸어 담아서 잘 먹고 잘사네. 버나드가 그림을 그리지 않으면 전시회도 못 열 텐데, 하고 톰은 생각했다.

택시가 지나가자 톰의 몸이 확 젖혀졌다. 도로 왼편으로 택시가 지나갈 줄은 미처 예상하지 못했기 때문이다.

에드가 씩 웃었다. "잘했어요. 계속 그렇게 해요."

택시 승차장에서 택시를 탔다.

"참, 갤러리에 매니저를 두었다면서요. 이름이 뭡니까?" 톰이 물었다.

"레너드 헤이워드. 나이는 스물여섯 정도. 킹스로드 부티크를 드나들 것처럼 생긴 아주 독특한 청년인데 게이예요. 사람은 괜찮아요. 제프하고 내가 레너드도 합류시켰어요. 어쩔 수 없었어요. 그래야 훨씬 안전하니까요. 갤러리 관리자로 근로 계약서를 써야 협박을 못 할 테니까요. 그래서 계약서도 썼어요. 월급을 두둑이 주니 놀라더라고요. 그림을 사겠다는 사람도 꽤 많이 데려와요." 에드가 톰을 보며 씩 웃었다. "노동자 계급의 말투를 약간 섞어서 말해야 한다는 거 잊지 말아요. 당신은 아주 잘 해낼 겁니다. 내가 기억하기론 그래요."

3

에드 밴버리가 건물 뒤편 자주색 문에 달린 초인종을 눌렀다. 열쇠가 돌아가는 소리가 들리더니 문이 열렸다. 제프가 문 앞에 서서 두 사람을 뚫어져라 보았다.

"톰! 정말 똑같아요!" 제프가 속삭였다.

세 사람은 짧은 복도를 지나 사무실로 들어갔다. 바닥 전체에 크림색 카펫이 깔려 있었고 책상과 타자기와 책장이 놓여 있었다. 캔버스와 소묘 포트폴리오는 벽에 기대어져 있었다.

"완전히 똑같아요! 정말이지 영락없는 더와트라고요!" 제프가 톰의 어깨를 두드렸다. "턱수염이 떨어지면 안 되는데."

"강풍이 불어도 안 떨어져." 에드가 덧붙였다.

전보다 살이 오른 제프 콘스턴트의 얼굴이 달아올랐다. 인공 태닝을 해서 그럴지도 모른다. 셔츠 커프스엔 사각 골드 링크가 끼워져 있었고, 검은 바탕에 파란색 줄무늬 정장은 새로 산 것 같았다. 제프가 쓴 부분 가발이 눈에 들어왔다. 일명 헤어피스라 불리는 것을 붙여서 휑한 정수리를 가렸다. 지금쯤 정수리에는 머리카락이 얼마 남지 않았을 것이다. 갤러리로 나가는 문은 닫혀 있었다. 문틈으로 왁자지껄한 소리가 새어 들어왔다. 온갖 음성을 뚫고 한 여성의 웃음소리가 들렸다. 톰은 거친 바다 위로 솟구치는 돌고래 소리 같다고 생각했지만, 지금은 시를 쓸 기분이 아니었다.

"6시네요." 제프가 손목시계를 보느라 소맷자락이 쭉 삐져나와 있었다. "이제 몇몇 기자한테 가서 조용히 얘기해야 할 때가 됐습니다. 더와트가 왔다고요. 지금 영국에 있으니 절대로……."

"하하! 절대로 뭐?" 에드가 끼어들었다.

"우르르 몰려들지 말라고 해야지." 제프가 단호히 말했다. "나한테 맡겨."

"여기에 앉아 있어요. 서 있어도 좋아요." 에드가 비스듬히 놓인 책상과 뒤에 있는 의자를 가리키며 말했다.

"머치슨이라는 남자도 왔나요?" 톰이 더와트의 말투로 물었다.

제프가 굳은 얼굴로 미소를 머금었다가 함박웃음을 지었지만, 편안해 보이진 않았다. "아, 그럼요. 당연히 머치슨도 만나야죠. 일단 기자들부터 만난 다음에요." 제프가 안절부절못하면서 밖으로 나가려는 눈치였다. 사실 할 말이 더 있어 보였지만 자물쇠에 꽂힌 열쇠를 돌리더니 나가 버렸다.

"물을 마시고 싶은데요." 톰이 물었다.

에드가 여닫이문을 열듯 책장을 열자 그 뒤로 감춰진 작은 욕실이 나왔다. 톰이 허겁지겁 물을 들이켠 다음 욕실에서 나오자, 남자 기자 두 명이 제프와 함께 사무실로 들어오고 있었다. 둘 다 놀라면서도 신기해하는 표정을 지었다. 한 명은 50대였고, 다른 한 명은 20대였지만 표정은 둘 다 비슷했다.

"『텔레그래프』의 가드너 기자를 소개합니다." 제프가 말했다. "더와트, 이쪽은……."

"퍼킨스입니다." 젊은 남성이 대답했다. "『선데이』……."

세 사람이 인사를 나누려는 순간 노크 소리가 들렸다. 톰은 류머티즘에 걸린 사람처럼 구부정한 자세로 책상으로 걸어갔다. 사무실에는 갤러리로 나가는 문 옆에 있는 전등만 켜 놨는데, 톰이 있는 자리에서 족히 3미터는 떨어져 있었다. 톰은 퍼킨스 씨가 플래시가 달린 카메라를 들고 있다는 걸 눈치챘다.

남자 네 명과 여자 한 명이 더 입장했다. 이런 상황에서 톰은 무엇보다 여자들의 눈썰미가 두려웠다. 여자 기자는 『맨체스터 ○○』에서 나온 엘리너 아무개라고 자신을 소개했다.

이제 질의가 시작되었다. 제프가 한 사람씩 차례로 질문하라고 했지만, 부질없는 일이었다. 다들 자기가 묻는 질문에 대한 대답을 들으려고 몸이 달아 있었다.

"멕시코에 계속 사실 겁니까, 더와트 씨?"

"더와트 씨, 이렇게 뵙다니 뜻밖이네요. 런던에 오신 이유가 뭡니까?"

"더와트 씨라 부르지 마십시오." 톰이 불편하다는 듯이 요청했다. "그냥 더와트라고 불러 주세요."

"최근작이 마음에 드십니까? 작품을 많이 그리셨던데요. 이번에 선보이는 작품들이 본인의 최고작이라고 보십니까?"

"더와트, 멕시코에서 혼자 지내시나요?" 엘리너 아무개라는 여자가 물었다.

"그렇습니다."

"사시는 마을 이름을 말씀해 주시겠습니까?"

기자가 세 명 더 들어오자 제프가 그중 한 명은 밖에서 대기하라며 만류했다.

"제가 사는 마을 이름은 절대로 밝히지 않겠습니다." 톰은 느릿느릿 말했다. "마을에 사시는 분들께 좋을 게 없으니까요."

"더와트, 혹시……."

"더와트, 일부 비평가들은……."

누군가 주먹으로 문을 쾅쾅 내리쳤다.

제프도 문을 두드리며 맞받아쳤다. "지금은 들어오실 수 없습니다."

"일부 비평가들에 따르면……."

이제 문이 빠개질 듯한 굉음이 나자 제프가 어깨로 문을 밀었다. 문이 휘진 않을 것 같자 톰은 문에 두었던 시선을 차분히 기자들에게로 옮겼다.

"공개하신 작품이 피카소가 인물의 얼굴과 신체를 분할해서 그리는 입체파로 접어들던 시기의 작품과 흡사하다는 평이 있는데요."

"제 작품은 시기로 나눌 수가 없습니다." 톰이 반박했다. "반면, 피카소는 시기가 나뉘죠. 그래서 피카소를 콕 짚어서 비교할 수 없습니다. 하고 싶어도 할 수가 없는 거죠. 막연히 '피카소가 좋다'라고 말할 수 없는 이유는, 특정 시기만 떠올릴 수가 없다는 데에 있습니다. 피카소는 사물을 있는 그대로 그리지 않고 장난을 치죠. 그건 뭐 괜찮습니다만, 그런 변주를 일으킴으로써 사물의 진정한 모습, 고유하면서도 통합된 개성을 박살 내고 있습니다. 그렇다면 피카소의 개성은 대체 무엇일까요?"

기자들이 열심히 받아 적었다.

"이번 전시회에서 가장 마음에 드는 작품은 뭡니까? 어떤 작품이 가장 마음에 드시나요?"

"그런 건 없습니다. 이번 전시회에 가장 좋아하는 작품이 있다고는 말씀드릴 수 없습니다. 고맙습니다." 더와트가 담배를 피웠던가? 글쎄. 톰이 제프의 담뱃갑에 손을 뻗어 책상 위에 있는 라이터로 불을 붙이는 순간, 두 명의 기자가 불을 붙여 주겠다며 벌떡 일어났다. 톰은 수염에 불이 붙지 않도록 조심했다. "제일 좋아하는 작품이라면 예전 작들을 꼽겠습니다. 〈붉은 의자〉와 〈추락하는 여인〉입니다. 안타깝게도 모두 판매됐지만요." 톰은 뜬금없이 〈추락하는 여인〉이 떠올랐는데, 실제로도 그런 제목의 그림이 존재했다.

"그건 어디에 있죠? 어디에 있는지는 몰라도, 작품명은 기억이 나네요." 누군가 중얼거렸다.

톰은 낯을 가리는 은둔자처럼 제프의 책상 위에 깔린 가죽 매트에서 시선을 떼지 않았다. "저도 모르겠습니다. 〈추락하는 여인〉은 미국인에게 판매된 것으로 압니다."

기자들이 다시 질문을 퍼부었다. "판매 현황은 마음에 드십니까, 더와트?"

(누군들 만족하지 않을까요?)

"멕시코에서 영감을 얻으십니까? 이번 전시회에 멕시코를 소재로 한 작품은 없던데요."

(잠시 난관에 부딪혔지만 무난히 넘겼다. 평소 상상했던 것을 그림으로 표현한다고 설명했다.)

"지금 지내고 계신 멕시코 마을을 조금만 더 설명해 주시겠습니까?" 엘리너가 물었다.

(톰이 대답할 수 있는 질문이었다. 단층 건물에 방이 네 개 있으며, 집 앞에 바나나나무가 심겨 있다. 오전 10시면 여자가 집에 와서 청

소를 해 주고 정오에는 먹거리 장을 봐 주는데, 갓 구운 토르티야를 사온다. 그러면 점심으로 토르티야에 붉은 콩, 일명 프리홀레스를 싸서 먹으며, 고기가 귀한 동네지만 염소 고기는 먹을 수 있다. 여자의 이름은? 후아나라고 대답했다.)

"마을 사람들이 당신을 더와트라고 부르나요?"

"전에는 그랬죠. 그런데 더와트를 각자 다양하게 발음하다 보니 지금은 필리포가 됐습니다. '돈 필리포', 그러니까 우리 식으로 말하면 '필리포 씨'죠. 이것 말고 다른 이름은 필요가 없습니다."

"그럼 당신이 더와트라는 걸 마을 사람들이 모르겠네요?"

톰이 또다시 은은한 미소를 지었다. "마을에 계시는 분들은 『더 타임스』니 『아츠 리뷰』 같은 미디어에 별로 관심이 없으십니다."

"런던이 그리웠습니까? 런던에 오시니 어떠신가요?"

"심경에 변화가 일어서 런던으로 돌아오신 건가요?" 젊은 퍼킨스가 물었다.

"네, 갑자기 오고 싶었어요." 톰은 수년간 홀로 멕시코의 산악 지대를 지켜보느라 지치고 달관한 사람처럼 미소를 머금었다.

"가명으로 유럽을 돌아다니시기도 하나요? 은둔 생활을 즐기신다고 들었는데요."

"더와트, 내일 10분만 시간을 내 주시면 대단히 고맙겠습니다. 어디에 묵으시는지 여쭤 봐도 될까요?"

"죄송합니다. 어디에 묵을지는 아직 정하지 않았습니다."

제프가 기자들에게 퇴장해 달라고 간곡히 요청하자, 카메라 플래시가 터지기 시작했다. 톰은 고개를 숙였다가 사진 기자의 요청에 따라 고개를 들었다. 제프가 하얀 재킷을 입고 술잔이 담긴 쟁반을 든 웨이터를 들여보냈다. 쟁반이 순식간에 비워졌다.

톰은 부끄러워하면서도 우아하게 손을 흔들었다. "여러분 고맙습니다."

"이제 다 끝났습니다." 제프가 문에 대고 말했다.

"저는 아직……."

"아, 머치슨 씨가 계셨군요. 들어오시죠." 제프가 이렇게 말한 다음 톰에게 고개를 돌렸다. "더와트, 머치슨 씨셔. 미국에서 오셨어."

머치슨은 풍채가 좋고 호탕해 보이는 인상이었다. "안녕하십니까, 더와트 씨." 머치슨이 웃으며 인사했다. "느닷없이 런던에서 뵙다니 영광입니다."

두 사람이 악수했다.

"처음 뵙겠습니다." 톰이 인사했다.

"이쪽은 에드먼드 뱅버리, 이쪽은 머치슨 씨입니다." 제프가 양쪽을 소개했다.

에드와 머치슨 씨가 인사를 나누었다.

"제가 〈시계〉라는 작품을 소장하고 있는데요, 지금 갖고 왔습니다." 이제 머치슨 씨가 활짝 웃더니 경이로운 눈빛으로 톰을 우러러보았다. 톰은 머치슨이 실제로 더와트를 보고 놀라서 눈이 휘둥그레진 것이기를 바랐다.

"아, 그러세요."

제프가 조용히 문을 다시 잠갔다. "좀 앉으시죠, 머치슨 씨."

"네, 고맙습니다." 머치슨이 의자에 앉았다.

제프가 책장이며 책상 모서리에 두고 간 빈 잔들을 묵묵히 치우기 시작했다.

"본론부터 말씀드리겠습니다. 더와트 씨, 저는 당신이 〈시계〉에서 보여 준 화법이 확실히 다르다는 점에 관심을 가지고 있습니다. 제가 무슨 그림을 설명하는 건지 당연히 아시죠?"

그냥 묻는 건지, 구체적으로 묻는 건지 톰은 궁금했다. "당연히 알죠."

"그럼 그 작품에 관해 설명해 주시겠습니까?"

톰은 계속 서 있었다. 한기가 온몸을 뒤덮었는데도 미소를 잃지 않았다. "전 제 작품을 제 입으로 설명하는 일은 절대로 하지 않습니다. 〈시계〉에 시계가 보이지 않는다고 해도 놀랄 일이 아닙니다. 머치슨 씨, 제가 제 그림에 직접 이름을 붙이지 않는다는 건 아셨나요? 누가 특정 그림에 〈일요일 정오〉라는 작품명을 붙였다면, 그건 제 손을 떠난 일입니다." (톰은 갤러리에 전시 중인 더와트의 작품 스물여덟 점이 실린 도록을 훑어봤다. 제프였는지 누구였는지 모르겠지만 정성스레 책상 매트 위에 펼쳐 놓은 도록이었다.) "제프, 네가 붙였어?"

제프가 웃었다. "아니, 에드가 붙인 것 같은데. 한잔하시겠어요, 머치슨 씨? 제가 바에서 만들어 드리죠."

"아닙니다. 사양하겠습니다." 머치슨 씨가 거절하더니 톰에게 질문을 던졌다. "파란빛이 감도는 검은 시계 옆에 뭐가 있었는지 기억하시나요?" 그는 순수한 의도로 수수께끼를 내는 것처럼 미소를 지었다.

"소녀였던 것 같은데요. 소녀가 관객을 응시하고 있지 않나요?"

39

"흠, 맞습니다. 원래 소년은 안 그리시나요?"

톰은 자기가 찍은 대답이 맞자 마음이 놓였는지 빙그레 웃음이 나왔다. "소녀를 그리는 게 더 좋거든요."

머치슨이 담배에 불을 붙였다. 갈색 눈동자와 구불거리는 밝은 갈색 머리칼을 갖고 있었다. 다부진 턱에는 군살이 더덕더덕 붙어 있었는데, 살은 다른 곳에도 많았다. "제가 가지고 온 그림을 보여 드리고 싶습니다. 이유가 있거든요. 잠시 실례하겠습니다. 코트를 맡기면서 그림도 같이 맡겼거든요."

제프가 머치슨 씨를 밖으로 내보낸 다음 문을 다시 걸어 잠갔다.

제프와 톰은 서로 눈빛을 교환했고, 에드는 책장에 등을 대고 선 채 입을 다물고 있었다. 톰이 속삭였다.

"젠장, 저 그림이 내내 휴대품 보관소에 있었을 텐데 그사이에 빼돌려서 태워 버리지 그랬어요?"

"허!" 에드가 까칠하게 웃었다.

제프는 미소를 짓고 있던 퉁퉁한 얼굴에 경련이 이는데도, 머치슨이 사무실에 있다는 듯이 평정심을 잃지 않았다.

"어디 끝까지 들어나 봅시다." 톰이 더와트의 말투로 느리지만 자신 있게 말했다. 커프스를 잡아 빼고 싶었지만 빠지지 않았다.

머치슨이 누런 종이에 싸인 그림을 겨드랑이 사이에 끼고 돌아왔다. 더와트가 그린 중간 크기의 작품으로 가로 60센티미터 세로 90센티미터 정도 되어 보였다. "1만 달러를 주고 산 그림입니다." 머치슨이 웃으며 말했다. "이런 그림을 휴대품 보관소에 맡겨 놨다고 저더러 조심성이 없다고 하시겠지만, 전 사람을 믿거든요." 그가 휴대용 칼로 포장지를 끌렀다. "이 그림 아시죠?"

톰은 그림을 보며 미소를 지었다. "당연히 알죠."

"이 작품을 그린 것도 기억하십니까?"

"제가 그렸으니까요."

"여기에 쓰인 보라색이 궁금해졌습니다. 코발트 바이올렛 원색 말입니다. 저보다 훨씬 잘 아시겠지만요." 머치슨 씨가 잠시 겸연쩍은 미소를 보였다. "이 작품은 최소 3년 전에 그려졌습니다. 제가 3년 전에 샀으니까요. 그런데 제가 착각한 게 아니라면, 당신은 이미 5년 전에 코발트 바이올렛은 버리고 카드뮴 적색과 군청색을 섞어서 쓰는 쪽으로 전향했습니다. 정확한 날짜까지는 제가 모르지만요."

톰은 침묵을 지켰다. 머치슨이 소장한 그림 속 시계는 검은색과 보라색으로 칠해져 있었는데, 화법과 색감이 그의 집에 있는 〈의자에 앉은 남자〉와 흡사했다. 톰은 보라색이 뭐가 어떻다는 건지 이해가 되지 않았다. 그런데 머치슨이 그 부분을 집중적으로 물고 늘어졌다. 큼직한 시계가 책상 위에 올라가 있었는데, 소녀가 분홍색과 연두색이 섞인 원피스를 입고 시계를 붙잡은 듯한, 혹은 그 위에 손을 올린 듯한 자세를 취하고 있었다. "솔직히 말씀드리자면, 언제부터인지는 기억나지 않습니다만, 저 그림에서는 제가 코발트 바이올렛을 원색 그대로 쓴 게 맞습니다."

"밖에 걸린 〈욕조〉라는 작품에서도 그러셨어요." 머치슨이 전시장을 턱으로 가리키며 말했다. "그런데 코발트 바이올렛은 다른 작품에서는 아예 보이지가 않아요. 그게 신기합니다. 보통 화가들은 한 번 버린 색은 다시는 쓰지 않거든요. 제가 보기엔, 카드뮴 적색과 군청색을 조색해서 쓰는 게 훨씬 다채로우니 그쪽으로 선회하신 것 같아요. 최근 들어서요."

톰은 걱정하지 않았다. 걱정을 더 해야 하나? 그는 어깨를 살짝 으쓱했다.

제프가 작은 욕실로 들어가더니 컵과 쟁반을 헹구느라 부산을 떨었다.

"〈시계〉는 몇 년 전에 그리셨나요?" 머치슨이 물었다.

"안타깝게도 몇 년 전이라고는 말씀드릴 수가 없네요." 톰은 솔직히 털어놓았다. 그는 머치슨의 요점을 간파했다. 적어도 언제 그렸느냐에 관한 질문이란 걸 파악하고 대답했다. "4~5년 전에 그렸을 겁니다. 그린 지 한참 됐죠."

"제가 구입할 당시에는 오래된 작품은 아니라고 했습니다. 그런데 〈욕조〉는 고작 작년 작품인데도 〈시계〉에서 보이는 동일한 코발트 바이올렛이 칠해져 있습니다."

명암을 표현하려고 그랬다고 둘러대자니 〈시계〉에서는 코발트 바이올렛이 중심 색이 아니었다. 머치슨의 시선은 날카로웠다. 톰은 더와트가 초기에 그린 진품 〈붉은 의자〉에도 코발트 바이올렛이 원색 그대로 쓰였음을 상기했다. 〈붉은 의자〉에 날짜가 적혀 있나? 만일 〈시계〉가 고작 3년 전에 그린 작품이라고 우기고 그걸 어떻게든 증명해 보인다면, 머치슨의 입을 간단히 틀어막을 수 있을 것이다. 그건 나중에 제프와 에드하고 상의해야 한다.

"〈시계〉를 그린 건 확실히 기억하신다는 거죠?" 머치슨이 물었다.

"제가 그린 그림이 맞습니다. 그리스에서 그렸는지 아일랜드에서 그렸는지는 모르겠습니다. 날짜까지 기억하는 건 아니라서요. 갤러리에서 말하는 날짜하고 제가 그린 날짜가 매번 일치하진 않습니다."

"저는 〈시계〉가 당신이 그린 작품이 아니라고 생각합니다." 머치슨이 선한 미국인의 신념을 갖고 말했다.

"이런, 왜 아니라고 생각하십니까?" 머치슨의 선한 마음에 걸맞게 톰도 선한 마음으로 물었다.

"제 목을 내놓고 용기를 내 말씀드리는데, 전 압니다. 사실은 제가 필라델피아에 있는 박물관에서 당신이 그린 초기 작품을 몇 점 봤습니다. 제가 이렇게 주장하는 이유는, 더와트 씨, 당신이……."

"그냥 더와트라고 불러 주세요. 그게 더 좋습니다."

"더와트, 당신이 다작하는 화가라 잊으신 것 같은데요. 그러니까, 당신이 무슨 그림을 그렸는지 기억하지 못하는 거라고 해 두겠습니다. 〈시계〉라는 작품이 당신의 화풍과도 맞고, 주제도 전형적인……."

제프가 에드처럼 귀 기울이고 있다가 머치슨이 잠시 말을 고르는 사이에 끼어들었다. "이러니저러니 해도 〈시계〉는 더와트가 그린 다른 작품들과 함께 멕시코에서 왔습니다. 더와트는 한 번에 보낼 때 두세 점 정도 보내거든요."

"〈시계〉 뒤에는 날짜가 적혀 있습니다. 3년 전에 그린 작품이 맞습니다. 더와트가 서명할 때 쓰던 바로 그 검은 물감으로 날짜가 적혀 있어요." 머치슨이 그림을 돌리더니 모두에게 보여 주었다. "이 서명과 날짜까지 미국에서 감정받았습니다. 제가 이렇게까지 이 건에 신중하게 접근했거든요." 머치슨이 웃으며 말했다.

"뭐가 문제인지 잘 모르겠습니다. 제가 제 손으로 3년 전 날짜를 적어 넣었다면 멕시코에서 그린 게 맞겠죠."

머치슨이 제프를 쳐다보았다. "콘스턴트 씨, 좀 전에 〈시계〉를 다른 두 작품과 같이 받으셨다고 하셨는데, 그렇다면 선편으로 받으셨겠네요?"

"네. 이제야 생각나는데요, 다른 두 작품도 런던에 거주하시는 고객분들께 빌려 와 전시 중입니다. 〈누런 헛간〉하고 음…… 하나는 뭐였더라, 에드?"

"〈새의 망령〉이었을 거야. 맞지?"

제프가 고개를 끄덕이는 걸 보니 톰은 사실임을 알 수 있었다. 사실이 아니라면 제프가 연기를 잘하고 있는 거였다.

42

"그게 답니다." 제프가 말했다.

"다른 두 작품은 이 작품하고 기법이 다릅니다. 두 작품에서도 보라색이 보입니다만, 혼합해서 조색한 보라색을 사용했죠. 방금 언급하신 두 작품은 진품이 맞아요. 나중에 그린 진품이 확실하다고요."

머치슨이 잘못 알고 있었다. 둘 다 위작이었다. 톰은 수염을 아주 살살 긁적이며 입은 계속 다문 채 약간 놀란 듯한 분위기를 유지했다.

머치슨이 제프에게 두었던 시선을 톰에게 옮겼다. "제가 오만하게 군다고 생각하시겠지만, 더와트, 양해해 주세요. 당신이 이용당하는 것 같아서 그렇습니다. 제 목을 더 많이 빼고 말씀드려야겠네요. 목숨 걸고 단언하건대, 〈시계〉는 당신 작품이 아닙니다."

"머치슨 씨. 그게 그렇게 가볍게 주장하실 문제가……." 제프가 나섰다.

"특정 연도에 그림을 정확히 몇 점 받으셨는지 수령증을 제시해 주시면 간단히 끝날 일 같은데요. 작품명이 정해지지 않은 그림을 멕시코에서 받으셨을 것 아닙니까. 더와트가 이름을 붙이지 않고 보냈다면 말이죠."

"벅마스터 갤러리는 더와트 작품을 독점 판매하고 있습니다. 소장하신 그림도 우리 갤러리에서 구매하셨고요."

"잘 알고 있습니다. 당신이나 더와트를 비난하는 게 아닙니다. 제 말씀은 이 작품이 더와트가 그린 게 아니라는 겁니다. 무슨 일이 있었는지는 제가 말씀드릴 순 없지만요." 머치슨이 한 사람씩 차례로 쳐다보았다. 왈칵 속내를 쏟아 내서 민망해하면서도 여전히 신념을 굽히지 않았다. "제 주장은, 화가라면 단색이든 조색이든 일단 다른 색으로 넘어가겠다고 결심한 후엔 예전에 사용하던 색으로는 절대로 회귀하지 않는다는 겁니다. 더와트의 작품에서 보이는 라벤더색만큼 미묘하면서도 중요한 색이라면 말이죠. 동의하십니까, 더와트?"

톰은 숨을 크게 내쉰 다음 검지로 콧수염을 매만졌다. "동의하지 않습니다. 저는 당신처럼 대단한 이론가가 아니라서요."

정적이 흘렀다.

"자, 머치슨 씨, 그럼 〈시계〉를 어떻게 해 드리면 좋을까요? 환불해 드릴까요? 사실 환불해 드리는 게 저희야 좋습니다. 더와트가 자기 작품이라고 확인까지 해 주었고, 솔직히 말씀드리자면 지금은 가치가 1만 달러가 넘으니까요."

톰은 머치슨이 제안을 받아들이기를 바랐지만, 그는 그럴 사람이 아니었다.

머치슨이 뜸을 들이더니 바지 주머니에 손을 찌르고 제프를 쳐다보았다. "고맙습니다만, 저는 제 주장에 더욱 관심이 있어서요. 돈보다 제 이론이 중요해요. 그리고 제가 방문한 런던에는 전 세계 여느 곳처럼 대단하신 미술 평론가들이 계시죠. 세계 최고라 할 분들이요. 그러니 〈시계〉를 전문가에게 보여 주고 누가 봐도 더와트의 진품이 확실한 작품들과 비교해 감정받을 생각입니다."

"참 좋은 생각이네요." 톰이 다정하게 말했다.

"만나 주셔서 감사합니다, 더와트. 만나서 반가웠습니다." 머치슨이 손을 내밀었다.

톰이 손을 꽉 잡고 흔들었다. "즐거웠습니다. 머치슨 씨."

에드가 머치슨이 그림을 싸는 걸 거들다가 원래 묶었던 끈으로는 더는 묶이지 않자 끈을 새로 가져왔다.

"여기 갤러리로 연락하면 되나요?" 머치슨이 톰에게 물었다. "내일 시간이 되세요?"

"됩니다. 갤러리로 연락하시면 제가 있는 곳을 알려 줄 겁니다."

머치슨이 나가자 제프와 에드가 한숨을 깊이 내쉬었다.

"흠, 얼마나 심각한 거죠?" 톰이 물었다.

그림에 박식한 제프가 어렵사리 먼저 입을 열었다. "머치슨이 전문가에게 보여 주면 사태가 심각해질 겁니다. 기어이 보여 주겠죠. 보라색에 관련하여 주장하는 내용이 설득력이 있어요. 누가 꼬투리를 잡으면 상황이 불리해질 겁니다."

톰이 말했다. "제프, 스튜디오로 이동하는 게 어떨까요? 나를 다시 뒷문으로 데리고 나갈 수 있죠? 신데렐라처럼요."

"그럼요. 레너드하고 얘기부터 하고요." 제프가 씩 웃었다. "레너드를 오라고 해서 당신을 보여 주려고요." 제프가 밖으로 나갔다.

북적거리던 갤러리가 이제 좀 잠잠해졌다. 톰이 에드를 쳐다보았다. 에드의 안색이 살짝 창백해졌다. 나야 사라지면 그만이지만 너희들은 그럴 수가 없지, 하고 톰이 생각하다가 어깨를 펴고 손가락으로 V자를 만들었다. "기운 내요, 에드. 우린 이번에도 헤쳐 나갈 겁니다."

"아니면 저들이 우릴 파헤치겠죠." 에드가 적나라한 손짓을 하면서 대답했다.

제프가 레너드와 같이 들어왔다. 단정하게 생긴 젊은 남자가 에드워드 7세 시대에나 입을 법한 정장을 입고 나타났다. 단추가 잔뜩 달린

44

벨벳 정장이었다. 레너드가 더와트를 보자마자 웃음을 터뜨렸다. 제프가 레너드에게 조용히 하라고 했다.

"와우, 대단하네요! 끝내주는데요!" 레너드가 경이로운 눈으로 톰을 살피며 외쳤다. "사진으로는 정말 많이 봤거든요! 작년에 제가 두 다리를 묶고 툴루즈 로트레크* 흉내를 낸 이후로 이렇게 똑같이 변장한 건 처음 봐요." 레너드가 톰을 뚫어져라 보았다. "근데 누구세요?"

"그건 네가 알 거 없어." 제프가 말했다. "그러니까 말하자면……."

"그러니까, 더와트가 훌륭하게 기자 회견을 해냈다는 것까지만 말해 줄게." 에드가 말했다.

"내일이면 더와트는 없어. 멕시코로 돌아갈 거거든." 제프가 목소리를 깔고 말했다. "이제 네 할 일이나 해, 레너드."

"차오." 톰이 손을 흔들며 작별 인사를 건넸다.

"존경합니다." 레너드가 허리를 숙여 인사하더니 돌아서서 문으로 향하다가 덧붙였다. "이제 다들 갔어요. 술도 다 떨어졌고요." 레너드가 슬그머니 나갔다.

톰은 착잡했다. 무엇보다 수염을 뜯어 버리고 싶었다. 아직 상황이 해결되지 않았다는 게 문제였다.

제프의 스튜디오로 돌아오니 버나드 터프츠가 보이지 않았다. 에드와 제프가 놀란 눈치였다. 톰은 마음에 살짝 걸렸다. 상황이 어찌 돌아가는지 버나드도 알아야 했기 때문이다.

"버나드하고 연락되는 거 맞아요?" 톰이 물었다.

"그럼요." 에드가 탕비실에서 자기가 마실 차를 내리며 말했다. "버나드는 집에만 붙어 있어요. 집에 전화기가 있거든요."

톰은 통화를 너무 길게 하는 것도 안전하지 않을 거라는 생각이 스쳤다.

"머치슨이 내일 더와트를 만나겠다고 할 겁니다. 전문가를 대동하고요. 그러니 무슨 일이 있어도 당신은 사라져야 해요. 공식적으로는 내일 멕시코로 떠나는 거죠. 오늘 밤에 가도 좋고요." 제프가 페르노를 마시면서 더욱 자신감을 내비쳤다. 기자 인터뷰는 물론이거니와 머치슨과의 면담까지 그럭저럭 잘 끝났기 때문으로 보였다.

"더와트가 제 발로 멕시코로 돌아간 거죠." 에드가 찻잔을 들고 오면서 말했다. "더와트가 영국 모처에서 친구들하고 같이 있는데 우리

* 프랑스 화가로, 다리를 제대로 쓰지 못하는 장애가 있었다.

는 거기가 어딘지 모른다고 합시다. 그렇게 며칠 잠잠히 있다가 더와트가 멕시코로 돌아갔다고 하면 돼요. 더와트가 뭘 타고 갔는지 누가 알겠습니까?"

톰이 헐렁한 재킷을 벗었다. "〈붉은 의자〉에도 날짜가 적혀 있나요?"

"네, 6년 된 그림이에요." 제프가 말했다.

"여기저기 홍보를 했겠죠?" 톰이 물었다. "지금 이 보라색 문제를 해결하려고 〈붉은 의자〉의 제작 일자를 정정할까 했거든요."

에드와 제프가 서로 바라보다가 에드가 잽싸게 말했다. "불가능해요. 〈붉은 의자〉가 실린 도록이 워낙 많아서요."

"빠져나갈 방법이 하나 있습니다. 버나드한테 그림을 몇 점 더 그리라고 해요. 코발트 바이올렛 원색을 써서 두 점 정도 더 그리면 더와트가 보라색을 두 가지 방법으로 표현했음이 증명되겠죠." 톰은 말하면서도 기운이 빠졌는데 왜 그런지 이유를 깨달았다. 그들이 더는 믿지 못할 사람이 바로 버나드였기 때문이다. 톰은 제프와 에드에게 시선을 거둔 다음 일어나서 몸을 고쳤다. 그러자 더와트인 척 연기하면서 들었던 자신감이 되살아났다. "내가 신혼여행 갔을 때 얘기를 했던가요?" 톰이 더와트의 말투로 말했다.

"아뇨. 얘기해 줘요." 제프가 이미 웃을 준비를 했는지 벌써부터 웃으며 말했다.

톰이 더와트처럼 몸을 구부정하게 숙였다. "산통을 깨는 분위기가 최고조에 달했었죠. 신혼여행으로 스페인에 가서 호텔 스위트룸을 잡았는데, 테라스가 딸린 아래층 방에서 앵무새가 카르멘을 몹시 거슬리게 불렀어요. 우리가 일을 치르려고 할 때마다 이렇게 울더라고요. '아아아아아 하-하-하-하-하-하-하-하아아아아아아아! 아아아아 하-하-하-하-하-하-하-하아아아아아아아!' 다들 창밖으로 고개를 빼고 스페인어로 욕을 해 댔죠. '더러운 주둥이 닥쳐라! 누가 저딴 걸 가르쳤냐! 말 못하는 새가 무슨 카르멘이냐? 죽여라! 뜨거운 솥에 넣고 삶아라!' 웃느라 사랑을 나눌 수가 없었다니까요. 다들 이런 적은 없었죠? 흠, 사람이 동물하고 다른 점이 웃음소리라잖아요. 동물은 웃음소리를 내지 못하니까요. 에드, 이 거즈 좀 떼어 줄래요?"

에드는 웃고 제프는 소파에서 뒹굴었다. 좀 전까지만 해도 힘들어하던 두 사람이 잠시나마 긴장을 풀었다.

"화장실로 와요." 에드가 세면기에 뜨거운 물을 틀었다.

톰은 자기 바지와 셔츠로 갈아입었다. 전문가에게 감정받기 전에 어떻게든 머치슨을 집으로 초대할 수만 있다면, 상황을 타파할 수만 있다면 뭐든 할 수 있을 텐데. 방법은 모르겠지만 말이다. "머치슨이 런던 어디에 묵나요?"

"호텔에 있겠죠. 어느 호텔이라곤 말 안 했어요." 제프가 대답했다.

"몇 군데 전화를 돌려서 머치슨이 어느 호텔에 묵는지 알아봐 줄래요?"

제프가 전화를 걸기도 전에 전화벨이 울렸다. 제프가 통화하는 소리가 들렸다. 제프는 더와트가 북부로 가는 기차를 탔는데 어디로 가는지 자기는 모른다고 했다. "혼자 있는 걸 상당히 좋아하는 친구라서요." 제프가 수화기에 대고 말했다. "기자가 개인 인터뷰를 하고 싶나봐요." 제프가 통화를 끝내며 말하더니 전화번호부를 펼쳤다. "일단 도체스터 호텔에 전화해 보려고요. 머치슨이 도체스터에 묵을 사람처럼 생겼거든요."

"웨스트버리 호텔에 묵을 타입 같아 보이던데." 에드가 반박했다.

턱수염을 떼려면 물을 꼼꼼히 듬뿍 발라야 했다. 그런 다음 샴푸로 씻어 냈다. 제프의 들뜬 목소리가 마침내 톰의 귀에 들렸다. "아닙니다. 괜찮습니다. 다시 전화드리죠."

이제 제프가 말했다. "맨더빌이랍니다. 위그모어가 근처에 있는 호텔이요."

톰은 베네치아에서 산 분홍색 셔츠를 걸친 다음 전화기를 들고 토머스 리플리 이름으로 맨더빌 호텔에 방을 잡았다. 8시까지 가겠다고 했다.

"어쩌려고요?" 에드가 물었다.

톰이 씩 웃었다. "아직은 모르겠어요." 사실이었다.

4 맨더빌도 특급 호텔이긴 해도 도체스터 호텔만큼 호사스럽지는 않았다. 톰은 저녁 8시 15분에 체크인하면서 빌페르스 쉬르센 주소를 적었다. 머치슨 씨와 심각한 문제가 발생하여 급히 도주해야 할 때를 대비해 가명과 영국 교외의 아무 주소나 적을까 했지만, 머치슨 씨를 성공리에 프랑스로 초대할 가능성도 있기에 실명을 적었다. 벨보이에게 짐을 방까지 옮겨 달라고 부탁한 다음 혹시나 머치슨 씨가 호텔 바에 있을까 해서 안을 들여다보았다. 머치슨

은 보이지 않았다. 톰은 라거 맥주를 시켜 놓고 앉아서 잠시 기다려 보기로 했다.

맥주를 시켜 놓고 『이브닝 스탠더드』를 읽으며 10분 정도 기다렸지만, 머치슨 씨는 나타나지 않았다. 톰은 근방에 식당이 많다는 건 알았다. 그래도 머치슨 씨가 앉은 자리로 다가가 오늘 더와트 전시회에서 봤다고 말을 걸며 안면을 틀 배짱은 없었다. 아니면, 머치슨이 더와트를 만나러 뒤쪽 사무실로 들어가는 걸 봤다고 하면 어떨까? 그거다. 톰은 주변 식당으로 찾아 나서는 모험을 감행하기로 마음먹었다. 바로 그때, 머치슨이 누군가에게 따라오라고 손짓하며 호텔 바로 들어오고 있었다.

톰은 놀라는 것을 넘어 경악하고 말았다. 뒤따라 들어오는 사람이 바로 버나드 터프츠였기 때문이다. 톰은 재빨리 반대편에 있는 입구를 통해 인도로 나갔다. 버나드가 톰을 못 본 게 분명했다. 톰은 공중전화 부스를 찾아 두리번거렸다. 다른 호텔에 가서 전화하려 했지만 보이지 않자, 맨더빌 호텔 정문으로 돌아 들어온 다음 그가 묵는 411호의 열쇠를 받았다.

톰은 방으로 올라가 제프의 스튜디오로 전화를 걸었다. 신호가 세 번, 네 번, 다섯 번이나 울린 후에야 다행히 제프가 받았다.

"여보세요, 톰! 에드하고 계단으로 막 내려오는데 전화벨이 울리네요. 무슨 일이에요?"

"버나드가 지금 어디 있는지 알아요?"

"오늘 밤엔 혼자 두려고요. 심기가 불편해 보여서요."

"지금 맨더빌 호텔 바에서 머치슨하고 술을 마시고 있다고요."

"뭐라고요?"

"지금 난 내 방에서 전화하는 겁니다. 당장 뭐라도 해 봐요, 제프. 내 말 듣고 있습니까?"

"아, 네, 네."

"버나드한테는 내가 봤다는 말은 하지 말아요. 내가 맨더빌에 묵는다는 말도 하지 말아요. 절대로 당황하면 안 됩니다. 버나드가 지금 폭로하는 것 같진 않았어요. 잘은 모르겠지만."

"젠장." 제프가 으르렁거렸다. "아닐 겁니다. 버나드가 폭로하진 않을 거예요. 그러진 않겠죠."

"오늘 밤늦게 퇴근합니까?"

"아마 그럴 텐데…… 그래도 12시 전에는 집에 들어갈 겁니다."

48

"나중에 전화하죠. 혹시 내가 전화 안 해도 걱정하진 말아요. 전화는 하지 말아요. 혹시나 내가 방에서 다른 사람하고 같이 있을지도 모르니." 톰이 느닷없이 웃으며 말했다.

제프도 웃긴 했지만 약간 김빠진 웃음이었다. "알았어요, 톰."

톰은 전화를 끊었다.

오늘 밤에는 머치슨을 꼭 만나고 싶었다. 머치슨과 버나드가 저녁을 같이 먹으려나? 그렇다면 기다리기 지루할 텐데. 톰은 정장은 걸고 셔츠 두 벌은 서랍에 집어넣었다. 세수한 다음 거울 앞에 서서 본드가 깔끔히 떨어졌는지 확인했다.

톰은 불안한 마음에 코트를 팔에 걸고 방을 나섰다. 소호까지 산책하며 저녁을 먹을 만한 데가 있나 찾아볼 작정이었다. 로비로 내려간 다음 맨더빌 호텔 바의 유리문을 통해 안을 들여다보았다.

운이 좋았다. 머치슨이 홀로 앉아 계산서에 서명하고 있었다. 호텔 바에서 인도로 나가는 문이 막 닫히고 있었다. 버나드가 열고 나간 문이 막 닫히는 것 같았다. 혹여 버나드가 화장실에 갔을지도 몰라서 톰은 로비에 서서 주변을 살폈다. 버나드는 나타나지 않았다. 톰은 머치슨이 자리에서 일어나 나올 때까지 기다렸다가 안으로 들어갔다. 우울하고 생각이 많은 듯한 표정을 지었는데, 실제로도 그랬다. 톰은 어디에선가 봤다는 듯이 머치슨을 두 번 힐끔거렸다. 그러다가 시선이 마주쳤다.

톰이 머치슨에게 다가갔다. "실례합니다만, 혹시 오늘 '덜'와트 전시회에서 뵌 분이신 것 같군요." 톰이 미국식 악센트를 구사했다. 더와트의 'R'을 강하게 굴리는 중서부식 발음이었다.

"네, 맞습니다. 갔었어요."

"미국인이신 것 같은데, 저도 미국에서 왔습니다. 더와트 좋아하세요?" 톰은 정신 나간 사람처럼 보이지 않도록 최대한 순박하고 솔직하게 굴었다.

"네, 아주 좋아합니다."

"저는 더와트 작품을 두 점 갖고 있는데요." 톰이 자랑스레 말했다. "오늘 전시된 작품 중에서 하나를 더 들일까 합니다. 여태 안 팔렸다면 말이죠. 아직 마음을 정한 건 아니지만 〈욕조〉가 어떨까 고민하는 중입니다."

"그러시구나. 저도 한 점 갖고 있습니다." 머치슨도 터놓고 말했다.

"아, 그러세요? 무슨 작품이죠?"

49

"우리 앉아서 얘기할까요?" 머치슨이 선 채로 건너편에 있는 의자를 가리켰다. "한잔하시겠습니까?"

"좋습니다. 그럴까요."

머치슨이 자리에 앉았다. "저는 〈시계〉라는 작품을 갖고 있습니다. 더와트를 소장하신 분하고 이렇게 우연히 만나다니 참 좋군요. 그것도 두 점이나 갖고 계신 분이라니!"

웨이터가 왔다.

"스카치로 주세요. 뭐로 하시겠어요?" 머치슨이 톰에게 물었다.

"진토닉이요." 톰이 말을 이었다. "맨더빌 호텔에 묵고 있는 제가 술을 사겠습니다."

"그건 나중에 얘기하시고, 갖고 계신 그림 얘기부터 듣고 싶네요."

"〈붉은 의자〉라는 작품하고, 또 하나는……."

"정말입니까? 그 귀한 것을! 〈붉은 의자〉라니요! 혹시 런던에 사시나요?"

"아뇨, 프랑스에 삽니다."

"이런." 머치슨이 낙담하듯 감탄사를 냈다. "또 하나는 뭐죠?"

"〈의자에 앉은 남자〉입니다."

"그건 제가 잘 모르는 작품이네요."

두 사람은 더와트의 독특한 성향을 두고 잠시 얘기를 나누었다. 톰은 갤러리 뒤편에 있는 사무실에 더와트가 왔다는 소식을 들었다면서 머치슨이 그리로 들어가는 걸 봤다고 했다.

"기자들만 입장이 가능했지만, 제가 문을 박살 냈죠. 제가 여기에 온 모종의 이유가 있거든요. 갤러리에 더와트가 방문했다는 얘기를 오후에 듣는 순간, 기회를 놓칠 수야 없었습니다."

"그렇습니까? 그 모종의 이유란 게 뭡니까?"

머치슨은 더와트의 작품이 위작일지도 모른다고 생각하는 이유를 댔다. 톰은 정신을 집중해서 들었다. 더와트가 5년 전부터 지금까지 군청색과 카드뮴 적색을 조색하여 사용하는데(더와트가 사망하기 전이니, 그렇다면 시작은 버나드가 아니라 더와트였다), 〈시계〉와 〈욕조〉에서만 초기작에서 보이는 코발트 바이올렛을 원색 그대로 쓰는 기법으로 회귀했다는 게 문제였다. 머치슨은 자기도 취미 삼아 그림을 그린다고 했다.

"제가 전문가는 아니지만, 이 세상에 나와 있는 화가와 그림과 관련된 서적들을 섭렵했습니다. 단색인지 조색한 건지 구별하는 일은 전문가만 할 수 있는 것도 아니고, 현미경으로 들여다봐야 하는 것도 아닙니다. 제 말은, 의식적이든 무의식적이든 쓰지 않기로 한 색상을 다시 쓰는 화가는 한 명도 없다는 겁니다. 화가가 새로운 색상을 선택할 때, 보통 무의식적으로 결정하게 되거든요. 더와트가 작품마다 라벤더색을 쓰는 건 아닙니다. 그럼에도 저는 제가 소장한 〈시계〉와 당신이 관심을 보이는 〈욕조〉를 포함한 다른 작품들이 더와트의 작품이 아닐지도 모른다는 결론에 도달했습니다."

"이거 대단히 흥미로운 주장인데요? 저희 집에 있는 〈의자에 앉은 남자〉도 주장하시는 바와 하필 딱 들어맞는 것 같은데요. 〈의자에 앉은 남자〉는 4년 된 작품인데, 꼭 보여 드리고 싶네요. 〈시계〉는 어쩌실 셈입니까?"

머치슨이 체스터필드 담배에 불을 붙였다. "아직 제 얘기가 다 끝나지 않았습니다. 좀 전에 버나드 터프츠라는 영국인과 술을 마셨는데요. 그 남자도 화가라는데 저처럼 더와트를 의심하는 것 같더라고요."

톰은 인상을 한껏 찌푸렸다. "정말입니까? 누군가 더와트 대신 그림을 그리는 거라면 그야말로 큰일인데요. 그 남자가 뭐라던가요?"

"아는 걸 죄다 말하는 것 같진 않았어요. 그 일에 가담한 것 같지도 않았고요. 누굴 속일 사람 같아 보이진 않았지만, 그렇다고 돈이 많아 보이지도 않았어요. 대신 런던 미술계를 좀 아는 눈치였어요. 그 남자가 이렇게 경고하더라고요. '더는 더와트 작품을 사지 마세요, 머치슨 씨.' 어떻게 생각하십니까?"

"흠, 그런데 그 남자가 뭘 알고 하는 말일까요?"

"말씀드렸다시피, 저도 모르겠습니다. 더는 캐낼 수가 없었습니다. 그런데 그 남자가 런던에 온 저를 찾으려고 고생했더라고요. 절 찾겠다고 런던 시내 호텔 여덟 군데나 전화를 돌렸다는 거예요. 내 이름은 어떻게 알았느냐고 물었더니 '풍문으로 들었습니다'라고 했어요. 그런데 너무나 이상합니다. 전 벅마스터 갤러리 관계자들한테만 얘기했거든요. 이상하지 않습니까? 내일은 테이트 갤러리 관계자와 만나기로 했는데요, 그 사람도 더와트와 관련된 일이라는 걸 모르거든요." 머치슨이 스카치로 입술을 축이더니 말을 이었다. "멕시코에서 그림을 받기 시작하면서…… 내일 〈시계〉를 테이트 갤러리의 라이머 씨에게 보여 줄 생각입니다. 그뿐만 아니라, 멕시코에서 받았다는 더와트 작품과 관련된 영수증이든 대장이든 벅마스터 갤러리 측에 보여 달라고 할 권리가 저나 테이트 갤러리의 라이머 씨에게 있는지 알아보려고요. 제가 관심을 두는 건 작품명이 아닙니다. 더와트는 자기가 매번 이름을 붙이는 게 아니라고 했어요. 제가 궁금한 건 작품 수예요. 반드시 세관을 통해서 그림을 들여올 텐데, 기록이 없다면 그럴 만한 이유가 있겠죠. 만일 더와트가 눈감아 주는 거라면요? 4~5년 전부터 여기 런던에서 더와트의 일부 작품이 그려지고 있다면 놀라 자빠질 일 아닐까요?"

맞다, 놀라 자빠질 일이지, 하고 톰은 생각했다. "그런데 더와트하고 얘기하셨다면서요? 소장하신 그림에 대해 물어보셨나요?"

"그 작품을 보여 주기까지 했다니까요! 더와트는 자기 그림이 맞는대요. 그런데 확신하는 것 같진 않았어요. '하늘에 맹세코 내 그림입니다!' 이러진 않았다고요. 한참 그림을 쳐다보더니 '당연히 제가 그린 게 맞습니다'라고 했다니까요. 건방져 보이겠지만, 제가 더와트에게 이랬어요. 난 당신이 당신 작품 한두 점 정도는 까먹을 수도 있다고 생각한다고요. 오래전에 그린 데다가 이름도 붙이지 않은 그림이라면요."

톰은 그의 말에 의구심이 든다는 듯이 인상을 찌푸렸는데, 실제로도 의아했다. 자기가 이름을 붙이지 않았다고 해도 화가라면 자기가 그린 그림은 기억할 것 같았다. 소묘도 아니고 그림인데. 그런데도 톰은 머치슨이 계속 떠들게 두었다.

"하나 더 있습니다. 저는 벅마스터 갤러리 사람들이 별로 마음에 들지 않습니다. 제프리 콘스턴트하고 기자라는 에드먼드 밴버리, 이 두 사람이 더와트와 오래된 친구 사이라고 하더라고요. 제가 『더 리스너』와 『아츠 리뷰』도 보고, 제가 사는 롱아일랜드에서 발행하는 『선데이 타임스』도 구독하다 보니, 밴버리가 쓴 기사를 자주 접하게 되는데요. 더와트와 관련된 기사도 아닌데 더와트를 칭송하는 내용이 곧잘 들어가더라고요. 그러니 제가 무슨 생각까지 하게 된 줄 아십니까?"

"뭔데요?"

"콘스턴트와 밴버리가 더와트의 진품보다 더 많은 작품을 팔려고 위작인 줄 알면서도 모르는 척 하는 것 같습니다. 더와트마저 가담했다고는 말씀드리지 않겠어요. 그런데 더와트가 넋이 나갈 대로 나가서 자기가 몇 점이나 그렸는지 기억하지 못한다면, 웃기는 일 아닙니까?" 머치슨이 웃음을 터뜨렸다.

웃기긴 하지, 우스운 게 아니라. 진실만큼 웃기지는 않지만 말이야, 머치슨. 톰이 씩 웃었다. "그래서 내일 전문가에게 갖고 오신 그림을 보여 주실 겁니까?"

"지금 올라가서 보실래요?"

톰이 계산서를 집으려고 했지만, 머치슨이 자기가 내겠다고 우겼다.

톰은 머치슨과 함께 엘리베이터를 탔다. 머치슨은 그날 오후 에드가 싸 준 그대로 옷장 구석에 그림을 넣어 두었다. 톰은 흥미로운 눈으로 그림을 보았다.

"그림 한번 참 흰하네요."

"누가 봐도 그렇죠!"

"그런데 말입니다……." 톰은 그림을 책상 위에 올린 다음 방에 있는 불이란 불은 죄다 켜 놓고 건너편에서 바라보았다. "저희 집에 있는 〈의자에 앉은 남자〉하고 상당히 흡사해요. 저희 집에 오셔서 보시면 좋을 텐데요. 제가 파리 근교에 삽니다. 혹시라도 제 그림마저 위작이라고 생각하신다면, 런던으로 들고 오시도록 제 그림을 내어 드리겠습니다."

"흠." 머치슨이 생각에 잠긴 채 말했다. "갈 수야 있긴 한데."

"당신이 속았다면 저도 속은 거겠죠." 머치슨에게 비행기 푯값을 대 준다고 하면 기분 나빠 할 것 같아서 톰은 잠자코 있었다. "집도 꽤 넓고 당분간 집에 가정부 말고는 저밖에 없거든요."

"좋습니다, 그러죠." 머치슨이 자리에 앉지 않은 채 대답했다.

"저는 내일 오후에 돌아갈 생각이었습니다만."

"그렇다면 테이트 갤러리 약속을 미루겠습니다."

"다른 그림도 많습니다. 제가 수집가는 아니지만요." 톰이 제일 큼직한 의자에 앉았다. "그것들도 봐 주십사 부탁드립니다. 수틴 작품도 한 점 있고 르네 마그리트도 두 점 있습니다."

"정말입니까?" 머치슨의 눈동자가 점점 꿈에 물들었다. "파리에서 얼마나 멉니까?"

10분 후, 톰은 한 층 아래에 있는 자기 방으로 돌아왔다. 머치슨이 같이 저녁을 먹자고 했지만, 톰은 10시에 벨그라비아에서 선약이 있어 시간이 별로 없다고 둘러대는 게 제일 나을 것 같았다. 머치슨이 톰에게 내일 오후 파리로 떠나는 비행기표를 대신 예약해 달라고 부탁했다. 머치슨은 왕복으로 사야 했다. 톰은 수화기를 들고 내일 수요일 오후 2시에 출발해 오를리 공항에 도착하는 비행기 두 자리를 예약했다. 톰에겐 돌아가는 비행기표가 있었다. 그는 비행기표 예매 건으로 호텔 프런트에 머치슨 앞으로 메모를 남겼다. 그런 다음 샌드위치와 메독 와인 반병을 시켰다. 11시까지 잠깐 눈을 붙였다가 함부르크에 사는 리브스 마이넛에게 전화를 신청했다. 연결되기까지 30분이나 걸렸다.

53

리브스는 없다면서 어떤 남자가 독일식 악센트로 말했다.

톰은 리브스라면 질릴 대로 질려서 일단 말이나 꺼내 보기로 했다. "톰 리플리라고 합니다. 혹시 리브스가 제 앞으로 남긴 메시지가 있나요?"

"네, 있습니다. '수요일, 베르톨루치 백작 밀라노 도착. 내일 밀라노로 올 수 있는지.' 이렇게 남기셨네요."

"아뇨, 미안합니다만 내일은 못 갑니다." 백작이 다음번에 프랑스에 오면 톰의 집에 들르기로 이미 약속이 되어 있다는 말은 수화기 너머에 있는 사람이 누구든 말하고 싶지 않았다. (짧게 여행 다니는 걸 즐기는 만큼) 톰이 매번 만사를 제쳐 놓고—두어 번 그랬었다—함부르크나 로마로 날아가 우연히 방문한 척하면서 '숙주'(톰은 운반체를 이렇게 여겼다)를 자택으로 초대해 주기를 리브스가 바랄 수는 없는 노릇이었다. "제가 못 가도 크게 문제가 될 것 같진 않은데요. 백작이 밀라노 어디에 묵는지 알려 주시겠습니까?" 톰이 물었다.

"그랜드 호텔입니다." 남자가 건조하게 대답했다.

"리브스한테는 내일 연락하겠다고 전해 주시겠습니까? 어디로 연락하면 될까요?"

"내일 아침 밀라노 그랜드 호텔로 하세요. 오늘 밤 리브스가 기차를 타고 밀라노로 이동할 겁니다. 비행기는 싫어해서요. 아시겠지만."

톰은 몰랐다. 이상했다. 리브스 같은 남자가 비행기를 싫어하다니. "전화하겠습니다. 제가 지금 뮌헨이 아니라 파리에 있어서요."

"파리라고요?" 놀란 목소리였다. "제가 듣기론 리브스가 뮌헨 포시즌스 호텔로 전화해 당신을 찾았다던데요."

이런. 톰은 공손히 전화를 끊었다.

손목시계의 시침이 자정을 향하고 있었다. 톰은 오늘 밤 제프 콘스턴트에게 전화해서 뭐라고 해야 할지, 버나드를 어찌해야 할지 막막했다. 버나드를 달래려는 말들이 머릿속에 가득 차올랐다. 내일 오후에 떠나기 전에 버나드를 만날 시간을 낼 수도 있었다. 그런데 누구든 작정하고 버나드를 달래려고 했다가는 버나드가 더욱 길길이 날뛰면서 삐딱하게 나올까 봐 겁이 났다. 버나드가 머치슨에게 '더는 더와트의 작품을 사지 마세요'라고 했다면, 더는 더와트 대신 그리지 않겠다는 소리로 들렸다. 그렇게 되면 더와트 사업에 악영향을 끼칠 게 불 보듯 뻔했고, 더 악화될 가능성까지 존재했다. 버나드가 경찰이나 더와트의 위작을 구입한 사람들에게 폭로할 가능성 말이다.

지금 버나드가 정확히 어떤 심경이며, 어느 지경까지 도달했을까?

톰은 버나드에게 한 마디도 하지 않기로 했다. 버나드는 위작을 그리라고 제안한 사람이 톰이라는 걸 기억하고 있었다. 톰은 샤워하면서 노래를 흥얼거리기 시작했다.

아빠도 엄마도
말리는데
우리가 어떻게
사랑하겠어요…….

톰이 보기엔, 맨더빌 호텔의 벽체는 방음이 되는 것 같았다. 아니면 방음이 된다고 착각하는 걸까. 톰은 한동안 부르지 않았던 그 노래가 뜬금없이 입에서 흘러나오자 흐뭇했다. 행복한 노래였기에 행운이 따를 거라고 연결 지어 생각했다.

톰은 파자마로 갈아입고 제프의 스튜디오로 전화를 걸었다.

제프가 곧바로 받았다. "여보세요. 어떻게 됐어요?"

"머치슨 씨하고 오늘 밤에 만났는데 얘기가 잘됐어요. 내일 같이 프랑스로 갈 거라 상황이 미루어졌어요."

"그렇다면, 어떻게든 머치슨을 설득해 보겠다는 거죠?"

"네, 어떻게든 해 볼게요."

"내가 호텔로 갈까요, 톰? 당신이 이쪽으론 오기엔 너무 피곤할 테니까요. 아니면 이리로 올래요?"

"아뇨, 뭐 하러요. 당신이 호텔로 왔다가는 머치슨하고 마주칠 수도 있어요. 그런 상황은 피해야죠."

"그럼 안 되죠."

"버나드하고 얘기는 해 봤어요?"

"아뇨."

"버나드한테 전해요." 톰은 적당한 단어를 고르려고 했다. "머치슨 씨가 자신이 소장한 더와트 작품으로 무슨 일을 벌이려고 했는데, 그게 며칠 뒤로 미뤄졌다는 사실을 내가 아니라 당신이 우연히 알게 되었다고요. 내가 제일 걱정하는 건, 버나드가 폭발하는 일은 없어야 한다는 겁니다. 잘할 수 있죠?"

"버나드한테 직접 말해 보는 건 어때요?"

"그랬다간 일을 그르칠 수도 있어요." 톰이 까칠하게 말했다. 사람

55

심리에 대해서는 아무것도 모르는 작자들이 있다니!

"톰, 오늘 더 바랄 것 없이 잘해 줘서 고마워요." 제프가 인사했다.

톰은 황홀해하는 제프의 목소리가 흡족했는지 미소를 지었다. "버나드나 잘 챙겨요. 떠나기 전에 전화하겠습니다."

"난 내일 오전엔 내내 스튜디오에 있을 겁니다."

둘이 작별 인사를 나누었다.

만약 머치슨이 수령증을, 그러니까 멕시코에서 보낸 그림을 받았다는 기록을 보여 달라고 할 작정이라는 말까지 전했다면, 제프는 이성을 잃었을 것이다. 그 건에 관해서는 내일 오전에 길거리 공중전화에서든 우체국에서든 제프에게 전화로 경고해야 한다. 톰은 호텔 교환원이 듣고 있을까 봐 말을 아꼈다. 머치슨이 주장하는 바를 철회하도록 설득하고 싶은 마음이 굴뚝 같았지만, 만일 그를 막을 수 없다면 진짜처럼 보일 기록을 벅마스터 갤러리에서 만들어 두는 게 좋을 것 같았다.

5 톰은 다음 날 아침 침대에서 식사했다. 영국에서 추가로 몇 실링만 더 내면 누릴 수 있는 호사였다. 아네트 여사에게 전화를 걸었다. 오전 8시 반밖에 되지 않았지만, 여사가 이미 한 시간 전에 일어나 노래를 흥얼거리며 일일이 보일러 온도를 올리려고 돌아다니고(주방은 살짝만 올리고), 심장이 두근거릴 모닝커피 대신 차를 정성껏 내리고, 창가에 여기저기 놓인 화초들이 햇빛을 제대로 받도록 요리조리 돌려놓고 있을 것이다. 톰이 런던에서 큰 성과를 거두었다는 사실을 들으면 무척 기뻐할 것이다.

"알로! 알로! 알로!" 교환원이 화가 난 듯 목소리를 높였다.

"알로?" 당황한 듯한 목소리가 또 들렸다.

"알로!"

세 명의 프랑스 교환원이 하나의 회선에 들어온 데다가 맨더빌 호텔 교환원까지 가세했다.

마침내 아네트 여사의 음성이 들렸다. "여긴 오늘 아침 날씨가 무척 좋아요. 햇살이 어찌나 청명한지!"

톰은 미소를 지었다. 그에겐 활기 넘치는 목소리가 절실히 필요했다. "여사님…… 그럼요, 덕분에요. 치통은요…… 잘됐네요! 오늘 오후 4시경에 미국인 손님을 모시고 집에 갈 겁니다. 그 얘기 하려고 전화했어요."

"어머나, 그러세요!" 아네트 여사가 기분 좋게 대답했다.

"하룻밤이나 이틀 밤 묵고 가실 겁니다. 손님방을 깔끔히 치우고, 꽃도 있었으면 좋겠어요. 저녁은 투르네도*에 여사님 특기인 베어네즈 소스를 곁들여 준비해 줘요."

손님이 올 예정이라 해야 할 일들이 명확히 생기자, 아네트 여사는 신이 나서 어쩔 줄 몰랐다.

톰은 머치슨 씨에게 전화해 정오에 호텔 로비에서 만나서 택시를 타고 히스로 공항으로 가자고 했다.

톰은 밖으로 나갔다. 버클리 광장까지 걸어갈 생각이었다. 근처 남성복 매장에 들러 실크 잠옷을 샀다. 런던에 들를 때마다 거행하는 일종의 소소한 의식이었다. 지금이야말로 이번 여행에서 지하철을 탈 마지막 기회였다. 지하철을 타면 런던 생활을 조금이나마 맛볼 수 있었다. 톰은 지하철에 그려진 그라피티를 보는 게 좋았다. 사실 비가 내리진 않았지만, 태양이 눅눅한 실안개를 헤쳐 보겠다고 안 될 걸 알면서도 안간힘을 쓰고 있었다. 톰은 혼잡했던 출근 시간이 끝나 갈 무렵에 집을 나선 사람들 틈에 섞여 본드가역으로 들어갔다. 움직이는 에스컬레이터를 탄 채 그라피티를 보다가 화가들의 능력에 혀를 내둘렀다. 화가들은 에스컬레이터 옆에 줄지어 걸린 광고 속 거들하고 팬티만 입은 여자 모델들에게 남녀 생식기를 둘 다 그려 넣은 것도 모자라, '자웅동체라서 좋아!'라는 문장까지 덧붙여 놓았다. 도대체 어떻게 그렸을까? 에스컬레이터를 역방향으로 타고 그렸나? 사방에서 가장 많이 보이는 글귀는 '중동 사람 꺼져!'라든가, 거기에서 약간 변형된 '중동인은 당장 꺼져라!'였다. 열차 승차장으로 내려가자 제피렐리 감독의 영화 〈로미오와 줄리엣〉 포스터가 눈에 띄었다. 알몸으로 누운 로미오를 덮친 자세로 줄리엣이 충격적인 제안을 했는지 말풍선 속 로미오의 대답은 이랬다. '까짓것, 그러지 뭐.'

톰은 10시 반경에 잠옷을 노란색으로 한 벌 샀다. 보라색이 없어서 하나 장만할까 했지만, 근래에 보라색 얘기라면 질리도록 들었기 때문이다. 택시를 타고 카나비 거리로 이동해 끝단이 펄럭이는 바지 대신 통이 좁은 새틴 바지를 사고, 엘로이즈에게 줄 허리 26인치짜리 검정 모직 골반 바지도 샀다. 탈의실이 너무 비좁아서 바지 길이가 괜찮은지 거울을 보고 싶어도 물러날 자리가 없었다. 그래도 톰과 엘

* 소 안심 스테이크

로이즈 부부를 위해 옷을 살짝 수선해 주길 좋아하는 아네트 여사에게 맡기면 될 것 같았다. 이탈리아 남자 두 명이 잠시도 기다리지 못하고 커튼을 열어젖히며 "벨리시모(근사하네요)!"라고 외치더니 탈의실로 밀고 들어와 자기들이 고른 옷을 입어 보려 했다. 톰이 계산할 때는 그리스 남자 두 명이 시끌벅적하게 드라크마*로 가격을 환산하고 있었다. 크기가 가로 1.8미터 세로 3.6미터밖에 되지 않는 옷 가게라 종업원은 딱 한 명뿐이었다. 두 명이 서 있을 공간이 부족했기 때문이다.

톰은 쇼핑한 옷을 큼직하고 바스락거리는 종이 가방에 담아 들고 길거리 공중전화 부스로 들어가 제프 콘스턴트에게 전화했다.

"버나드하고 얘기해 봤는데요, 버나드가 머치슨을 너무 두려워하더라고요. 버나드가 머치슨을 만났다는 얘기를 먼저 꺼내길래 내가 머치슨한테 무슨 소리 했냐고 물어봤어요. 그랬더니 그림을 더는 사지 말라고 했다고 털어놓더군요. 그런 소리를 했다는 것만으로도 크게 잘못한 거 아닙니까?" 제프가 말했다.

"그렇죠. 또 무슨 얘기 했답니까?" 톰이 물었다.

"네가 할 수 있는 얘기, 해야 하는 얘기는 이미 다 한 거라고 내가 버나드를 다그쳤어요. 당신이 버나드를 잘 모르니 설명하기가 참 힘든데요. 버나드는 더와트의 천재성은 물론이거니와 그에 대한 모든 것에 죄책감을 느끼고 있어요. 그래서 내가 설득해 보려고 노력했어요. '네가 머치슨에게 그만 말을 떠들어서 양심의 가책을 덜었으니, 현재에 만족하면 안 되겠냐?' 이렇게 타일렀다고요."

"그랬더니 뭐랍니까?"

"버나드가 풀이 잔뜩 죽어서 무슨 말을 하는지 알아들을 수가 없었어요. 전시된 그림은 모두 팔렸습니다. 딱 한 점만 빼고요. 무슨 작품이겠어요? 그것 때문에 버나드가 죄책감을 느끼나 봐요." 제프가 웃었다. "〈욕조〉만 안 팔렸어요. 머치슨이 트집 잡는 작품이니까요."

"버나드가 당분간 안 그리겠다고 하면, 그러라고 하고 가만히 둬요."

"그러려고요. 당신 말이 맞아요, 톰. 그래도 2주만 지나면 원래 모습으로 돌아와 다시 그리겠죠. 전시회가 부담스러웠을 테고 당신이 더와트로 변장하는 사태까지 지켜봐야 했으니까요. 남들이 예수를 섬기는 것보다, 버나드가 더와트를 더 대단하게 생각하거든요."

* 그리스 화폐 단위

58

톰이 그런 얘기까지 들을 필요는 없었다. "하나 더 있어요, 제프. 머치슨이 더와트 그림과 관련하여 갤러리 대장을 보여 달라고 할지도 모릅니다. 멕시코에서 받았다는 기록을요. 그런 기록이 있나요?"

"있을 리가 없죠. 멕시코에서 받은 게 아니잖아요."

"가짜로 뭐라도 만들 수 있겠어요? 내가 머치슨의 마음을 돌리는 데에 실패할 경우를 대비해야 하니까요."

"만들어 볼게요, 톰." 제프의 목소리가 살짝 흔들리는 것 같았다.

톰은 초조했다. "뭐라도 만들어 봐요. 머치슨 때문이 아니더라도, 입증할 장부를 만들어 두면 나쁠 것 없잖아요." 톰은 말을 멈추었다. 사업하는 법을 모르는 사람이 제법 있다. 더와트 유한 책임 회사처럼 승승장구해도 말이다.

"알았어요, 톰."

톰은 크게 돌아서 벌링턴 아케이드까지 간 다음 그곳에 있는 보석 가게로 들어가 엘로이즈에게 줄 금 브로치를 샀다. 몸을 웅크리고 있는 작은 원숭이 모양이었다. 아메리칸 익스프레스 여행자 수표로 계산했다. 다음 달이면 엘로이즈의 생일이었다. 옥스퍼드가를 지나 호텔로 향했다. 거리는 평소처럼 쇼핑객들로 붐볐다. 불룩한 쇼핑백과 상자를 든 여자들이 아이들을 질질 끌고 가고 있었다. 샌드위치처럼 앞뒤로 간판을 매단 남자가 신속하고 저렴하게 여권 사진을 찍어 주는 사진관을 홍보하고 있었다. 늙은 남자는 낡은 코트를 걸치고 흐물흐물해진 모자를 쓰고 지저분한 담배꽁초를 입에 물고만 있었다. 저 늙은이는 남들한테는 여권을 만들어서 여객선을 타고 그리스 섬을 둘러보라고 권하면서도 막상 자기는 아무 데도 못 가는 신세군, 하는 생각이 톰의 머리를 스쳤다. 톰은 남자의 입에 물린 담배를 잡아 뺀 다음 골루아즈 한 개비를 입술 사이에 물렸다.

"이거 피우세요. 불은 붙여 드릴게요." 톰은 갖고 있던 성냥으로 재빨리 불을 붙여 주었다.

"고맙⋯⋯." 남자가 턱수염 사이로 말을 내뱉었다.

톰은 갖고 있던 골루아즈 한 갑과 성냥을 너덜너덜해진 남자의 코트 주머니 속에 쑤셔 넣고 고개를 숙인 채 발걸음을 재촉했다. 아무도 자길 쳐다보지 않기를 바라며.

톰은 호텔방에서 머치슨에게 전화했다. 두 사람은 짐을 챙겨서 로비에서 만났다.

"오전에는 아내에게 줄 선물을 사러 나갔다 왔습니다." 머치슨이

59

택시에서 얘기를 꺼냈다. 기분이 좋아 보였다.

"그래요? 저도 쇼핑했습니다. 카나비 거리에서 바지를 하나 샀어요."

"아내에게 주려고 마크스 앤드 스펜서에서 스웨터도 사고 리버티 백화점에서 스카프도 샀어요. 모로 된 털실 뭉치도 몇 개 샀습니다. 아내가 뜨개질을 하는데 털실이 과거 영국에서 유래된 거로 알더라고요."

"오늘 오전에 만나기로 했던 약속은 취소하셨죠?"

"네, 금요일 오전으로 미루었습니다. 그 사람 집에서 보기로 했어요."

공항에서 두 사람은 클라레*를 곁들여서 거나하게 점심을 먹었다. 머치슨은 자기가 내겠다고 했다. 그는 점심을 먹으면서 아들 얘기를 꺼냈다. 아들이 발명가인데 캘리포니아의 연구소에 다닌다면서 아들 내외가 첫 아이를 낳았다고 했다. 머치슨은 손녀 사진을 보여 주더니 자기가 손녀라면 껌뻑 죽는 할아비가 되었다며 허허거렸다. 첫 손주라면서 손녀 외조모의 이름을 따서 캐런이라고 지었다고 설명해 주었다. 머치슨이 이것저것 묻자 톰은 3년 전 프랑스 여자와 결혼해서 프랑스에 살게 되었다고 했다. 머치슨은 톰에게 무슨 일을 하느냐고 대놓고 묻는 대신, 무슨 일을 하며 시간을 보내느냐고 물었다.

"역사책도 읽고." 톰은 가볍게 얘기했다. "독일어 공부도 합니다. 불어도 잘하려면 아직 멀었지만요. 정원도 가꿉니다. 빌페르스쉬르센에 무척 넓은 정원을 갖고 있거든요. 그림도 그립니다. 재미 삼아서요."

오를리 공항에 도착한 시각은 오후 3시. 톰은 휘발유로 굴러가는 소형 버스를 타고 주차장에 세워 둔 차를 가지러 갔다. 그런 다음 택시 승차장 근처에서 짐 가방을 지키고 있던 머치슨을 태웠다. 햇살이 쏟아졌다. 날씨는 영국보다 덜 쌀쌀했다. 톰은 머치슨에게 보여 주려고 퐁텐블로**로 차를 몰아 퐁텐블로성을 지나갔다. 머치슨이 15년 만에 보는 거라고 했다. 빌페르스쉬르센에 도착하니 4시 반이었다.

"장은 주로 저기에서 봅니다." 톰이 마을 중심가 왼편에 있는 가게를 가리키며 말했다.

"아주 예쁘네요. 아름다움을 고스란히 간직하고 있군요." 머치슨이 말했다. 이윽고 톰의 집에 도착하자 감탄했다. "이렇게 근사할 수가! 숨 막히게 아름답습니다!"

"여름에 오셨으면 좋았을 텐데요." 톰이 겸손하게 말했다.

* 프랑스 보르도산 레드 와인
** 파리 남동부 도시

차 소리를 들었는지 아네트 여사가 뛰어나와 두 사람을 맞이한 후 짐을 옮기려고 했다. 그런데 머치슨이 여자가 무거운 짐을 드는 꼴은 못 본다면서 담배와 술이 든 가벼운 쇼핑백만 맡겼다.

"별일 없었죠?" 톰이 물었다.

"그럼요. 화장실 수리하러 배관공이 왔다 갔어요."

톰은 화장실 한 곳에서 물이 샜다는 게 기억났다.

톰과 아네트 여사는 머치슨을 2층 방으로 안내했다. 욕실은 바로 옆이었는데, 실은 엘로이즈가 쓰는 욕실이었다. 아내의 방이 욕실 반대편에 있었다. 톰은 아내가 지금 친구들과 그리스 여행 중이라고 했다. 그러더니 씻고 짐도 푸시라면서, 자기는 아래층 거실에 내려가 있겠다고 했다. 머치슨은 벌써부터 벽에 걸린 몇몇 소품에 관심을 보였다.

톰은 아래층으로 내려가 아네트 여사에게 차를 준비해 달라고 부탁한 후 영국 히스로 공항에서 산 향수 한 병을 건넸다. "레이크 미스트예요."

"어머나, 다정도 하셔라!"

톰이 미소를 지었다. 아네트 여사가 매번 감사를 표시할 때마다 고마운 마음이 들었다. "오늘 밤에 맛있는 투르네도를 먹을 수 있는 거죠?"

"그럼요. 디저트로 무스 오 쇼콜라도 만들었어요."

톰은 거실로 갔다. 꽃이 보였다. 아네트 여사가 난방도 틀어 놓았다. 벽난로가 보였다. 톰은 불꽃을 보는 게 좋았다. 그런데 한 번 보면 계속 쳐다봐야 해서, 쳐다보는 게 너무 좋아서 눈을 뗄 수가 없기에 지금은 쳐다보지 않기로 했다. 벽난로 위에 걸린 〈의자에 앉은 남자〉를 바라보면 흡족한 마음에 까치발이 들릴 정도였다. 눈에 익었는데도 압도적인 자태에 마음을 빼앗겼다. 버나드가 그리긴 참 잘 그려. 더와트의 작품 시기로 봤을 때 두어 점 실수하긴 했지만 말이다. 젠장 시기는 무슨 시기. 논리적으로 따지면, 더와트의 진품인 〈붉은 의자〉가 거실 벽난로 위라는 명당을 차지해야 했다. 위작을 제일 좋은 자리에 걸어 놓다니 톰은 자기답다고 생각했다. 엘로이즈는 〈의자에 앉은 남자〉가 위작이라는 것도 몰랐고, 더와트 위작이 그려지고 있다는 것도 전혀 몰랐다. 아내는 그림에는 별 관심이 없었다. 여행하면서 이국적인 음식을 맛보고 옷을 사 모으는 일에만 관심이 있을 뿐. 그녀의 방에 있는 두 개의 옷장은 짝퉁은 아예 없고 전 세계 의상만 모아 놓은 박물관을 방불케 했다. 튀니지에서 산 조끼, 멕시코에서 산 프린지 달린 민소매 재킷,

그녀가 입으면 매력적인 그리스 군용 통바지, 런던에서 구한 중국산 자수가 놓인 코트.

톰은 별안간 베르톨루치 백작이 생각나서 전화기로 다가갔다. 유독 머치슨에게는 백작의 이름을 들려주고 싶지 않았다. 그런데 머치슨이 백작에게 해가 될 짓은 할 리 없으니 숨기지 않는 게 무조건 나을 것 같았다. 톰은 여기저기 수소문해 밀라노 전화번호를 알아낸 다음, 프랑스 교환원에게 전달했다. 교환원은 통화가 연결되려면 30분은 걸릴 거라고 했다.

머치슨 씨가 옷을 갈아입고 아래층으로 내려왔다. 회색 플란넬 바지에 녹색과 검은색이 섞인 트위드 재킷 차림이었다. "교외에 산다는 게 참 좋은 거군요!" 머치슨이 눈을 반짝이며 말했다. 그러고는 거실 건너편에 걸린 〈붉은 의자〉를 발견하더니 가까이 보려고 다가갔다. "와, 걸작이군요. 진품이 맞네요!"

당연한 소리, 톰은 생각했다. 자부심이 온몸을 타고 흐르자 바보 같은 기분이 들었다. "그렇죠. 제 마음에도 쏙 듭니다."

"이 작품에 대해 들어 본 것 같아요. 제목을 들어 봤어요. 축하해요, 톰."

"〈의자에 앉은 남자〉도 있습니다." 톰이 벽난로를 가리키며 말했다.

"흠." 머치슨이 톤이 다른 감탄사를 내뱉으며 다가갔다. 머치슨의 흰칠하고 다부진 체구가 집중하느라 점점 굳어졌다. "몇 년 된 작품이죠?"

"4년 정도 됐습니다." 톰이 있는 그대로 말했다.

"무례한 질문이지만, 얼마 주고 사셨습니까?"

"평가 절하 전에 4천 파운드 줬습니다. 달러로 환산하면 1만 1천 2백 달러 정도 되겠네요." 톰은 1파운드당 2.8달러로 계산했다.

"이걸 직접 보게 되다니 기쁩니다." 머치슨이 고개를 끄덕이며 말했다. "보시다시피 여기에도 동일한 보라색이 보입니다. 아주 살짝이지만요." 머치슨이 의자 아래 한쪽 구석을 가리켰다. 그림이 높이 걸려 있고 벽난로의 너비가 넓어서 머치슨의 손가락이 캔버스에서 한참 떨어져 있었지만, 톰은 머치슨이 지적하는 보라색이 뭔지 파악했다. "코발트 바이올렛을 원색으로 썼네요." 머치슨이 거실을 가로지르더니 〈붉은 의자〉를 한 뼘 거리에서 다시 들여다보았다. "이 작품도 오래전에 그린 거네요. 여기에서도 코발트 바이올렛을 원색으로 썼어요."

"〈의자에 앉은 남자〉가 진심으로 위작이라고 생각하십니까?"

"네. 확신합니다. 제가 가진 〈시계〉도 위작이 맞습니다. 작품 수준이 달라요. 〈붉은 의자〉보다 수준이 떨어집니다. 작품 수준이란 게 현미경으로 들여다본다고 확인할 수 있는 건 아니지만, 제 눈엔 보입니다. 더군다나 여기에서도 코발트 바이올렛을 원색으로 쓴 걸 보니 확신이 가네요."

"그렇다면 말이죠." 톰은 흐트러짐 없이 물었다. "더와트가 코발트 바이올렛을 원색으로도 쓰고 당신이 주장한 것처럼 조색해서 썼을 수도 있지 않을까요? 선택적으로요."

머치슨이 인상을 쓰더니 고개를 저었다. "그건 아닐 겁니다."

아네트 여사가 차가 담긴 카트를 밀고 오는데, 한쪽 바퀴가 약간 삐걱거렸다. "차 나왔습니다."

아네트 여사가 테두리가 살짝 탄 듯한 납작한 쿠키를 구워서 내놓았다. 갓 구운 쿠키에서 푸근한 바닐라 향이 폴폴 풍겼다. 톰이 차를 따랐다.

머치슨이 소파에 앉았다. 여사가 왔다 가는 모습이 머치슨에겐 보이지 않는 것 같았다. 머치슨이 멍한 듯, 넋이 나간 듯이 〈의자에 앉은 남자〉를 응시했다. 그러더니 톰에게 눈을 끔뻑이며 빙그레 웃더니 다시 다정한 표정으로 돌아왔다. "제 말을 안 믿는군요. 그거야 뭐 당신 마음이지만요."

"뭐라 말씀드려야 할지 모르겠네요. 무슨 수준 차이가 난다는 건지 이해가 안 가서요. 제가 둔해서 그런 거겠죠. 말씀하신 대로 전문가에게 갖고 계신 작품을 감정받으신다고 하셨으니, 저도 전문가 의견을 따르겠습니다. 그건 그렇고, 〈의자에 앉은 남자〉를 런던으로 가져가셔도 좋습니다. 원하신다면요."

"꼭 가져가고 싶습니다. 수령증도 써 드리고 보험도 들겠습니다." 머치슨이 빙그레 웃었다.

"보험은 이미 들어 놨으니 염려 마시죠."

찻잔 두 잔을 앞에 두고 머치슨이 톰에게 엘로이즈에 대해 이것저것 물었다. 뭐 하는 분이시죠? 아이는요? 없습니다. 엘로이즈는 스물다섯입니다. 아니요, 프랑스 여자가 더 까다로운 건 아니지만, 귀하게 대접을 받아야 한다는 자기 나름의 소신을 갖고 있습니다. 이 주제는 더 깊이 들어갈 게 없었다. 여자라면 누구나 귀한 대접을 받고 싶어 하기 때문이었다. 톰은 엘로이즈가 어떤 여자인지 알면서도 그걸 말로 표현하기란 불가능했다.

전화벨이 울리자 톰이 양해를 구했다. "죄송합니다만, 방에 올라 가서 받겠습니다." 서둘러 계단을 올랐다. 머치슨은 엘로이즈의 전화 라서 톰이 아무도 없는 자리에서 단둘이 통화하고 싶어 하는 줄로 알 것이다.

톰이 말했다. "여보세요? 에두아르도 백작님! 안녕하셨어요! 이렇 게 연락이 되다니 운이 좋네요…… 풍문으로 들었죠. 백작님도 아시는 파리에 사는 친구하고 오늘 통화했는데, 백작님이 밀라노에 계시다고 하더라고요…… 저희 집에 오실 거죠? 약속하셨잖아요!"

백작은 정신없이 굴러가는 사업(수출입 관련)을 하면서도 머리를 식히며 인생을 즐기고 싶어 했다. 그런데 막상 일정을 변경하자니 주 저하다가, 톰의 집으로 가겠다고 화끈하게 말했다. "대신 오늘 밤은 힘 들고 내일 가겠습니다. 괜찮죠?"

톰에겐 너무 급작스러운 일정이었다. 머치슨 때문에 무슨 문제 가 생길지 확신할 수 없었기 때문이다. "아, 네. 금요일에 오셔도 괜찮 을……."

"목요일이 좋아요." 백작이 눈치도 없이 딱 잘라 말했다.

"그러시죠. 오를리 공항으로 마중 나가겠습니다. 몇 시에 오시나 요?"

"몇 시더라…… 잠시만요." 백작이 비행시간을 알아보려고 한참 뜸 을 들이더니 다시 수화기에 대고 말했다. "5시 15분 도착이네요. 알리 탈리아 항공 306편입니다."

톰은 받아 적었다. "공항에서 뵙죠. 오신다니 기쁩니다, 에두아르 도 백작님!"

톰은 다시 아래층으로 내려가 토머스 머치슨에게 갔다. 여태 두 사람은 서로가 서로에게 톰이라고 불렀다. 머치슨은 아내가 자기를 토 미라고 부른다고 말해 주었다. 그는 뉴욕에 본사를 둔 파이프라인 설 비 회사에서 유압 시스템 엔지니어로 일한다고 자신을 소개했다.

두 사람은 뒤뜰을 거닐었다. 정원이 원시림과 이어져 있었다. 톰 은 머치슨이 그럭저럭 마음에 들었다. 머치슨이 마음을 확실히 돌리도 록 설득할 수 있을까? 그러려면 뭘 해야 하지?

머치슨이 저녁을 먹으면서 그가 설계한 공장의 최신 장비에 관해 설명했다. 통조림만 한 캡슐 안에 뭐든 집어넣고 파이프에 태워 보내 는 기송관 설비에 관한 내용이었다. 머치슨의 얘기를 들으며 톰은 생 각에 잠겼다. 멕시코 선박 회사의 이름과 주소가 찍힌 편지지를 구하라고 제프와 에드를 닦달해야 하는 건 아닐까? 그래야 더와트의 작품 명단을 기록해 놓을 수 있을 텐데. 언제쯤 장부를 다 만들 수 있으려나? 에드는 기자라서 이런 사무를 처리할 줄 모르는 건가? 갤러리 매니저 레너드와 제프에게 종이를 바닥에 쫙 깔고 그 위를 밟고 다니라고 해서 서류가 족히 5~6년은 된 듯 보이게 해야 하는데. 저녁 식사는 훌륭했다. 머치슨이 아네트 여사를 칭찬했다. 그런대로 괜찮은 불어로 여사가 만든 초콜릿 무스며 브리 치즈까지 찬사를 아끼지 않았다.

"커피는 거실에서 마시겠습니다." 톰이 여사에게 말했다. "브랜디도 준비해 줘요."

아네트 여사가 벽난로에 불을 켜 놓았다. 톰과 머치슨이 큼직한 노란 소파에 자리를 잡았다.

톰이 말을 꺼냈다. "재미있는 건, 〈의자에 앉은 남자〉가 〈붉은 의자〉만큼 제 마음에 쏙 든다는 점입니다. 만일 〈의자에 앉은 남자〉가 위작이라면 일이 재미있게 돌아가겠군요." 톰이 미 중서부 억양으로 계속 말했다. "위작이 이 집에서 제일 좋은 자리에 걸려 있잖습니까."

"위작이란 걸 모르셨으니까요!" 머치슨이 슬쩍 웃었다. "누가 위작을 그리는지 알면 흥미진진할 것 같은데요."

톰은 두 다리를 앞으로 쭉 뻗은 자세로 시가를 뻐끔거렸다. "진짜로 흥미진진할 일은." 톰이 최후이자 최고의 카드를 꺼냈다. "위작을 그리는 사람이 벅마스터 갤러리에 전시된 더와트 작품을 모조리 그린 경우겠죠. 우리가 어제 본 작품들이 전부 한 사람이 그린 거라면, 그 사람이 더와트만큼 잘 그린다는 얘기가 되잖아요."

머치슨이 웃었다. "만약 그렇다면 더와트는 대체 뭘 하는 겁니까? 두 손 놓고 받아먹기만 한다는 건가요? 말도 안 되는 소리 마세요. 그렇다면 제가 생각했던 대로, 더와트는 그 정도밖에 안 되는 사람인 거죠. 세상을 등진 구닥다리."

"위작을 수집할 생각은 안 해 보셨나요? 아는 사람 중에 위작만 모으는 이탈리아 사람이 있어요. 처음에는 취미 삼아 모았는데 지금은 상당한 고가로 다른 수집가들에게 팔기도 한답니다."

"그런 사람이 있다는 얘기는 들어봤습니다만, 전 제가 구입할 당시 위작을 산 건지 알고 싶습니다!"

톰은 한 치도 양보할 수 없는 불쾌한 지점을 건드리고 있음을 깨닫고 한 번 더 시도했다. "저는 망상을 즐기는 편이라, 말도 안 되는 것을 상상하기를 좋아합니다. 한편으론, 그림을 그렇게 잘 그리는 위작

화가를 뭐 하러 건드리나 싶은 마음이 들기도 해요. 전 〈의자에 앉은 남자〉를 계속 갖고 있을 거라서요."

머치슨은 톰이 하는 말을 못 들은 것 같았다. "아시겠지만." 머치슨이 톰이 언급한 작품에서 시선을 떼지 않은 채 말을 이었다. "단지 제가 라벤더색만 가지고 얘기하는 게 아닙니다. 이건 작품에 깃든 영혼에 관한 문제라고요. 제가 이 집에서 훌륭한 음식을 먹고 술을 마셔서 마음이 누그러졌으니 망정이지, 안 그랬더라면 이렇게 곱게 말하지 않았을 겁니다."

둘이서 감칠맛 나는 마고 와인 한 병을 다 비웠다. 톰의 지하 와인 저장소에 있는 것 중에 가장 좋은 와인이었다.

"당신은 벅마스터 갤러리 사람들이 사기를 치고 있다고 생각하나요? 보나 마나 그 사람들 죄다 사기꾼일 겁니다. 사기꾼이 아니라면, 대체 왜 위작을 눈감아 주겠어요? 진품들 사이에 위작을 끼워 넣으면서까지요?"

톰은 머치슨이 현재 전시 중인 새로운 더와트의 작품 중 〈욕조〉만 빼고 다른 건 모두 진품으로 여긴다는 걸 간파했다. "갖고 계신 〈시계〉를 비롯해 다른 작품까지 모조리 위작이라면 벅마스터 갤러리 사람들이 사기꾼이 맞겠죠. 전 아직도 잘 모르겠지만요."

머치슨이 호탕하게 웃었다. "〈의자에 앉은 남자〉라는 작품을 좋아하셔서서 그런 겁니다. 만약 소장하고 계신 작품이 4년 전에 그려졌고, 제가 가진 작품이 최소 3년 전에 그려진 거라면, 그들이 사기 친 지 오래됐다는 얘기가 됩니다. 이번 전시회에 걸려고 빌려 오지 않은 작품들까지 다 더하면, 런던에 위작이 훨씬 많을 겁니다. 솔직히 말하자면, 이게 다 더와트가 벌인 짓 같아요. 더와트가 돈을 더 많이 벌겠다고 벅마스터 갤러리와 작당하는 것 같다고요. 더와트가 몇 년이나 소묘를 그리지 않은 것도 이상하지 않습니까?"

"그랬나요?" 톰은 알면서도 놀란 척하며 물었다. 머치슨이 뭘 노리는지 파악했다.

"소묘에는 화가의 성정이 드러나거든요. 전 그걸 독학으로 터득한 다음 관련 서적을 읽어 보았습니다. 제가 터득한 게 맞는지 확인하려고요." 머치슨이 웃었다. "파이프 설비를 설계하다 보니 제게도 감수성이 있다는 걸 남들이 절대로 인정해 주지 않거든요! 소묘는 화가한테 서명이나 마찬가지랍니다. 대단히 정교한 서명이랄까. 이런 말을 하는 사람도 있습니다. '소묘를 따라 그리느니, 차라리 서명을 위조하거나

66

그림을 베끼는 편이 훨씬 쉽다.'"

"거기까지 생각해 본 적이 한 번도 없어서요." 톰이 시가의 끝을 재떨이에 대고 굴렸다. "토요일에 테이트 갤러리 관계자를 만난다고 하셨죠?"

"네, 아시겠지만 테이트 갤러리에도 더와트 작품이 두 점 있습니다. 그런 다음에 벅마스터 관계자들한테 불시에 물어볼 생각입니다. 라이머가 협조해 준다면 말이죠."

톰의 마음이 쓰라리게 요동쳤다. 토요일이라면 글피였다. 라이머가 테이트 갤러리가 소장한 더와트 작품은 물론, 현재 전시 중인 더와트의 작품들과 〈시계〉와 〈의자에 앉은 남자〉까지 비교할 것이다. 과연 버나드 터프츠가 그린 위작이 빠져나갈 수 있을까? 만약 들통난다면? 톰은 머치슨에게는 브랜디를 잔뜩 따르더니 자기 잔에는 조금만 따랐다. 술 마실 기분이 아니었다. 가슴 언저리에 팔짱을 끼고 말했다. "아시겠지만, 사기극이 벌어진다고 해도, 누가 뭘 하든지 간에, 전 고소할 생각이 없습니다."

"하! 제가 좀 빡빡한 사람이라서요. 구식이랄까요. 더와트가 가담했다면 어쩌실 건가요?"

"제가 듣기로는 더와트가 성인군자라던데요."

"그것도 다 옛날 얘기죠. 젊어서 가난했을 때야 성인보다 더욱 성인 같았겠지만, 지금 세상을 등지고 살다가 런던에 사는 친구들 덕에 명성을 얻었으니 뻔한 거 아닙니까. 가난했던 사람이 벼락부자가 되면 숱한 일들이 벌어지는 법이죠."

톰은 저녁 내내 더 깊이 파고들 수가 없었다. 머치슨이 피곤하다면서 일찍 자리에 들려고 했기 때문이다.

"오전 비행기를 알아보려고요. 아예 런던에서 예약하고 올 걸 그랬어요. 멍청하긴."

"오전에 떠나시진 않으면 좋겠습니다만."

"그럼 오전에 예약하고 오후에 떠나겠습니다. 괜찮으시다면요."

톰은 손님이 방으로 올라가는 모습을 쳐다보며 해야 할 일을 다 했는지 일일이 확인했다.

제프나 에드한테 전화해야겠다는 생각이 들었지만, 머치슨을 설득해 테이트 갤러리 사람을 만나지 않게 하려던 계획이 수포로 돌아갔다는 소식 말고는 할 말이 없었다. 게다가 제프의 전화번호가 전화 요금 고지서에 너무 자주 찍히는 것도 꺼림칙했다.

6

톰은 잘될 거라고 굳게 믿으며 아침을 시작했다. 침대에서 아네트 여사가 갖다준 맛있는 커피를 마셨다. 블랙커피를 마시니 머리가 맑아졌다. 오래되어 편안해진 옷을 입은 다음 머치슨이 일어났는지 보려고 아래층으로 내려갔다. 9시 15분 전이었다.

"손님이 방에서 식사하십니다." 아네트 여사가 말했다.

아네트 여사가 방을 치우는 사이 톰은 욕실에서 면도했다. 저녁 메뉴는 뭐로 하겠느냐는 아네트 여사의 물음에 톰이 말했다. "머치슨 씨가 오후면 가실 겁니다. 오늘이 목요일이니 생선 트럭에서 가자미를 사서 점심으로 먹을까요?" 톰은 침을 삼켰다. 영어로 가자미에는 신발 밑창이란 뜻도 있었다. 일주일에 두 번 생선 트럭이 동네로 왔다. 워낙 작은 동네라 생선 가게가 없었다.

아네트 여사는 톰의 말을 듣더니 뭔가를 떠올렸다. "과일 가게에 포도가 참 좋던데요. 얼마나 탐스럽던지……."

"그럼 포도도 사세요." 톰은 여사의 말을 다 듣지도 않았다.

11시경에 두 사람은 집 뒤에 있는 숲속을 거닐기로 했다. 톰은 기분이 묘했다. 뻔뻔한 호의의 발로인지, 솔직함의 발로인지 모르겠지만 그림을 그리는 2층 작업실에서 퍼부은 노력의 산물을 머치슨에게 보여 주었다. 주로 풍경화와 초상화였다. 단순미를 추구하려고 앞에 마티스의 그림을 놓고 따라 그렸지만 성공적이진 않았다. 톰의 열두 번째 작품쯤 되는 엘로이즈의 초상화는 그럭저럭 괜찮았는지 머치슨이 칭찬해 주었다. 톰은 생각했다. 제길, 머치슨이 내가 하자는 대로 해 준다면 내 영혼을 다 까발리고 그간 엘로이즈에게 썼던 시도 죄다 보여 주면서 알몸으로 칼춤이라도 추겠어! 그래도 소용없었다.

머치슨은 4시에 런던행 비행기를 탈 예정이었다. 집에서 점심을 든든히 먹고 출발하면 될 것이다. 도로 상황만 괜찮다면 오를리 공항까지는 차로 한 시간 거리였다. 머치슨이 산책하러 가려고 신발을 바꿔 신는 사이, 톰은 〈의자에 앉은 남자〉를 골판지 세 겹으로 두툼하게 싸서 끈으로 묶고 누런 종이로 감싼 다음 다시 끈으로 칭칭 묶었다. 머치슨은 그림을 기내에 들고 탈 것이며 오늘 밤 맨더빌 호텔에 묵을 거라고 했다.

"제가 어떠한 부담도 드리지 않을 거라는 거, 기억하세요. 〈의자에 앉은 남자〉에 관해서라면 말이죠."

"위작이라는 걸 인정하지 않겠다는 뜻은 아니군요." 머치슨이 웃으며 말했다. "그렇다면 진품이라고 우기지도 않겠다는 겁니까?"

"맞습니다. 정곡을 짚으셨네요. 전문가의 의견을 받아들이려고요."

탁 트인 숲은 본론부터 꺼내야 하는 대화를 나눌 만한 장소가 아니었다. 이러다 먹구름이 크게 번지려나? 아무튼 톰은 숲속에서 머치슨하고 얘기하는 게 마음이 편치 않았다.

톰은 머치슨 씨가 출발해야 하니 점심을 조금만 일찍 차려 달라고 아네트 여사에게 부탁했다. 12시 45분쯤 점심을 먹기 시작했다.

톰은 희망의 끈을 완전히 놓고 싶지 않았기에 그 주제에 관련된 대화만 고수했다. 판 메이헤런* 얘기를 꺼냈다. 머치슨도 익히 아는 화가였다. 판 메이헤런이 그린 얀 페르메이르의 위작은 마침내 나름의 가치를 인정받았다. 판 메이헤런은 자신을 옹호하는 동시에 허세를 떠느라 위작을 그렸음을 처음 고백했겠지만, 심미적 측면에서 봤을 때 그가 새롭게 창조한 얀 페르메이르를 구입한 이들에게 희열을 선사했다는 사실에는 의심의 여지가 없었다.

"진실을 완전히 외면하는 당신을 이해할 수 없군요." 머치슨이 지적했다. "화가의 화풍에는 그 사람의 진심과 진솔함이 담겨야 합니다. 남의 서명을 위조하듯 따라 그릴 권리가 타인에게 있을까요? 명성을 위해, 은행 잔고 때문에 위작을 그리는 게 그런 목표를 위한 겁니까? 한 사람이 자신의 재능으로 이미 쌓아 올린 명성이잖습니까?"

두 사람은 얼마 남지 않은 감자로 가자미와 접시 주변에 있던 버터까지 싹 닦아서 먹었다. 가자미는 맛이 끝내줬고, 화이트 와인은 이번에도 훌륭했다. 어떤 상황에서도 만족할 만한 점심 식사였다. 행복한 상황이었다면 연인들이 잠자리로 직행할 만한 식사였다. 커피를 마시고 사랑을 나눈 다음 곯아떨어졌을 것이다. 오늘 이 훌륭한 점심 식사는 사치였다.

"제 생각을 말씀드리는 겁니다. 그저 평소 생각을 말하는 것일 뿐, 당신 마음을 움직이려는 의도는 없습니다. 움직이지도 못한다는 거 압니다. 아무한테나 말해도 좋습니다. 콘스턴트 씨에게 말해도 상관없어요. 전 위작이라고 해도 〈의자에 앉은 남자〉를 계속 소장할 테니까요."

"콘스턴트 씨에게는 전하겠습니다만, 앞일은 생각 안 하십니까? 만약 누군가 이런 짓을 계속한다면……."

레몬 수플레가 나왔다. 톰은 발버둥쳤다. 확신이 들었다. 말로 잘 설득하면 머치슨이 마음을 돌리지 않을까? 머치슨은 그림이라면 쥐뿔

* 네덜란드 화가. 얀 페르메이르 작품을 위작한 화가로 유명하다.

아는 게 없다. 안다면 저런 식으로 말하면서 버나드를 무시하지는 않았을 것이다. 머치슨이 진심이니 서명이니 들먹이는데, 이러다가 경찰까지 끌어들이는 건 아닐까? 버나드가 자신의 원룸 아파트에서 그린 그림만 놓고 비교한다면, 누가 봐도 실력 있는 화가의 작품이지 않은가! 판 메이혜런이 뭐라고 했더라? (톰이 손수 공책에 적어 놓았다.) "화가는 애쓰지 않고 물 흐르듯 그림을 그린다. 어떤 힘이 화가의 손을 이끄는 것이다. 그에 반해, 위작 화가는 따라하려고 애를 쓰는데, 만약 그가 성공한다면 진정한 성취를 이룬 것이다." 톰이 자기 나름대로 해석해서 적어 놓은 글귀였다. 잘난 척이나 하는 머치슨, 고결한 척하기는! 적어도 버나드에겐 재능이 있어. 머치슨 당신보다 재능이 넘친다고! 파이프 설계나 하고 파이프로 물건 옮기는 거나 연구하는 주제에! 그것도 캐나다에 사는 젊은 엔지니어가 낸 아이디어라면서!

둘이 커피를 마셨다. 둘 다 브랜디는 마시지 않겠다고 했지만, 옆에 술병은 갖다 놓았다.

토머스 머치슨의 얼굴이, 피둥피둥 불그레한 면상이 톰에게 계속 굳은 표정을 보이는 것 같았다. 머치슨의 두 눈이 번뜩였다. 제법 영리해 보이는 두 눈이 톰에게 반기를 들고 있었다.

오후 1시 반. 30분 후면 오를리 공항으로 출발해야 한다. 집에 왔던 백작이 런던으로 출발하는 순간, 톰도 다시 런던으로 가야 하나? 톰은 고민에 빠졌다. 런던에 간다고 뾰족한 수가 있을까? 망할 놈의 백작. 백작이 달고 오는 싸구려 쓰레기 장치보다 더와트 일이 훨씬 소중했다. 리브스는 백작이 들고 오는 짐에서 어디를 뒤지라는 말은 해 주지 않았다. 여행 가방? 서류 가방? 아니면 다른 데일까? 오늘 밤에 리브스가 전화하겠지. 톰은 참담한 기분이 들었다. 10분이나 앉아서 꼼지락거렸던 의자에서 이제는 일어나야 했다.

"지하 와인 저장실에 내려가서 한 병 가져가시죠. 같이 내려가서 골라 보실래요?"

머치슨이 활짝 웃었다. "거참 좋은 생각이네요. 고마워요, 톰."

와인 저장실로 내려가는 방법은 두 가지였다. 바깥에서 들어가려면 돌계단을 몇 개 내려간 다음 녹색 문을 이용하거나, 안에서 들어가려면 손님들 코트를 걸어 두는 작은 복도 옆 1층 예비용 화장실 안에 있는 문을 이용해야 했다. 톰과 엘로이즈는 궂은 날씨에 바깥으로 나가야 하는 경우를 피하려고 실내에도 계단을 냈다.

"미국으로 와인을 가져갈 생각입니다. 런던에서 혼자 따면 쓸쓸하잖아요."

톰이 지하실 불을 켰다. 와인 저장실은 우중충하고 넓었으며, 중앙난방을 하는 실내와 달리 냉장고처럼 서늘했다. 단을 높인 바닥에 와인 통 대여섯 개가 올라가 있었는데, 죄다 술이 가득 든 건 아니었다. 벽에 걸린 여러 개의 선반 위에는 와인 병이 늘어서 있었고, 한쪽 구석에는 난방용 연료 저장 탱크와 온수 탱크가 있었다.

"클라레는 이쪽에 있습니다." 톰은 와인 선반이 잔뜩 매달린 벽면을 가리켰다. 먼지를 뒤집어쓴 짙은 와인 병이 선반의 절반을 차지하고 있었다.

머치슨이 감탄하며 휘파람을 불었다.

할 거면 지하실에서 해치워야 한다. 그런데 계획을 제대로 세우진 않았다. 생각해 둔 게 아무것도 없었다. 계속 진행해, 톰이 혼잣말했다. 그런데도 그는 천천히 어슬렁거리면서 와인 병을 살피고 병목이 붉은 은박지로 싸인 와인 병 한두 개를 만지작거릴 뿐이었다. 그러다가 하나를 집어 들었다. "마고, 이걸 마음에 들어 하셨죠."

"맛이 끝내주더라고요." 머치슨이 감탄했다. "정말 고마워요, 톰. 친구들한테 이 와인이 탄생한 저장실 얘기를 해 주겠습니다." 머치슨이 경건하게 와인 병을 받아 들었다.

"런던에 있는 전문가에게 위작 여부를 감정받겠다는 생각에는 변함이 없으신 거죠? 고작 스포츠맨십을 위해서요?"

머치슨이 씩 웃었다. "톰, 난 마음을 바꿀 생각이 없습니다. 스포츠맨십이라니! 아무리 생각해 봐도 당신이 왜 이리 위작을 옹호하는지 이해가 안 갑니다. 혹시……."

머치슨이 이미 그 생각을 한 것 같았다. 톰은 그게 무슨 생각인지 간파했다. 톰 리플리도 그 일에 가담해 떨어지는 콩고물, 그러니까 이익을 얻어먹는다는 생각. "맞아요. 내가 거기에서 나오는 수익금을 받아먹거든요." 톰이 선수쳤다. "사실 요전 날 당신이 호텔에서 만난 남자, 나도 아는 사람이에요. 난 그 남자의 모든 걸 압니다. 그 사람이 위작을 그리거든요."

"뭐라고요? 그렇다면…… 그게……."

"네, 그때 그 긴장했던 친구가 버나드라고, 더와트의 친구죠. 상당히 이상적인 생각에서 출발한 일이었죠."

"그렇다면 더와트도 이 작당을 알고 있다는 말입니까?"

"더와트는 죽었어요. 갤러리에서 누군가를 내세워 더와트인 척하라고 시킨 겁니다." 톰은 더는 잃을 게 없으니 뭐라도 얻겠지 하는 심정으로 모두 털어놓았다. 머치슨에겐 지켜야 할 목숨이 있었다. 그런데 톰은 이 말을 태연히 입 밖으로 꺼낼 수는 없었다. 아직은 그랬다.

"더와트가 죽었다면…… 얼마나 됐습니까?"

"5~6년 됐죠. 그리스에서 죽은 게 맞습니다."

"그렇다면 그림은 모두…….."

"모두 버나드 터프츠가 그렸어요. 어떤 사람인지 당신도 봤잖아요? 죽은 친구 대신 그림을 그린다는 사실이 들통나면 자살할 사람이에요. 버나드가 그림을 더는 사지 말라고 했다면서요. 그걸로 충분하지 않나요? 갤러리에서 버나드에게 더와트의 화풍과 비슷하게 두어 점 그려 달라고 부탁한 거라고요." 톰은 그 제안을 한 게 바로 자신이라는 걸 의식했지만, 그건 중요하지 않았다. 톰은 아무런 희망 없는 언쟁을 하고 있음을 깨달았다. 머치슨은 요지부동이었고 톰의 이성에는 균열이 생겼기 때문이다. 이런 균열이 그에겐 너무나 익숙했다. 톰은 뭐가 옳고 뭐가 그른지 인지하면서도 양쪽 모두에 똑같이 진심이었다. 버나드를 구하고 위작을 보호하면서도 더와트까지 지키겠다고 핏대를 올리고 있었다. 머치슨은 절대로 이해하지 못할 것이다. "버나드는 발을 빼고 싶어 한다고요. 고작 자기주장이 맞는다는 걸 밝히겠다고 수치심을 이기지 못한 누군가를 자살로 내모는 위험을 감수하겠다는 겁니까?"

"버나드는 처음 가담할 때부터 부끄러운 짓이라는 걸 알았을 텐데요!" 머치슨이 톰의 손을 내려다보더니 얼굴로 시선을 올렸다가 다시 내렸다. "더와트로 변장한 게 당신이었습니까? 그래, 더와트의 손이 이랬었지." 머치슨이 쓸쓸하게 웃었다. "남들은 내가 사소한 걸 눈치채지 못한다고 생각한다니까!"

"눈썰미가 무척 좋군요." 톰은 다급히 말하다가 별안간 욱하고 화가 치밀었다.

"세상에, 어제 내가 이 말을 했었던 것도 같군요. 어제 이 생각을 했었어요. 당신 손을 보면서 손에다가는 분장하지 못한다는 생각을요."

톰이 애원했다. "제발 들쑤시지 마시죠. 갤러리 사람들이 나쁜 짓을 해 봐야 얼마나 하겠습니까? 버나드가 그림은 곧잘 그린다는 걸 당신도 부인할 순 없잖아요!"

"이 일을 끝까지 함구한다면 난 천벌을 받을 겁니다. 안 됩니다. 당신이든 누구든 내가 입을 다무는 조건으로 천만금을 준다고 해도 그렇게는 못 합니다!" 머치슨의 얼굴이 붉으락푸르락해지고 턱살이 출렁거렸다. 머치슨이 바닥에 와인 병을 쾅 내려놓았다. 병이 깨지지는 않았다.

　머치슨이 와인을 거절하는 순간, 톰의 가슴 속에서 모멸감이 살짝 고개를 들었다. 당장은 아주 살짝만 들던 모멸감에 짜증이 더해지자 폭발하고 말았다. 톰은 와인 병을 집어 들고 머치슨의 옆통수를 그대로 후려갈겼다. 이번에는 병이 깨지면서 와인이 사방으로 튀었다. 병 밑바닥이 빠지면서 바닥으로 떨어졌다. 머치슨이 휘청거리더니 선반에 부딪혔다. 선반 전체가 흔들렸으나 와인 병은 넘어지지 않았다. 넘어진 건 머치슨뿐. 머치슨이 풀썩 주저앉으면서 와인 병 주둥이에 부딪혔지만 와인이 쓰러지지는 않았다. 톰은 손에 잡히는 대로 쥐고—쥐고 보니 텅 빈 석탄 통이었다—머치슨의 머리통을 내리친 다음 한 번 더 휘둘렀다. 석탄 통 밑바닥이 묵직했다. 머치슨이 피를 흘리며 모로 쓰러졌다. 온몸이 돌바닥 위에서 뒤틀리더니 움직이지 않았다.

　혈흔은 어쩐다? 톰은 주위를 돌아다니며 낡은 걸레나 신문지를 찾았다. 연료 탱크로 가니 아래에 큼직한 천이 있었다. 낡고 지저분하고 뻣뻣했다. 그 천을 들고 와서 피를 훔치다가 이내 부질없는 짓을 그만두고 다시 주위를 두리번거렸다. 머치슨을 와인 통 밑으로 옮겨야겠다는 생각에 양쪽 발목을 쥐었다가 곧장 놓고 목에 맥을 짚었다. 맥이 잡히지 않았다. 톰은 숨을 깊이 들이마신 다음, 두 손을 머치슨의 겨드랑이 밑으로 밀어 넣고 무거운 시신을 질질 끌고 와인 통까지 갔다. 통이 있는 뒤쪽 구석은 컴컴했다. 머치슨의 두 발이 밖으로 약간 삐져 나왔다. 톰은 머치슨의 무릎을 접어 두 발이 보이지 않도록 했다. 그런데 와인 통이 40센티미터 높이의 단 위에 올라가 있어서 혹시라도 누가 와인 저장고 한복판에 서서 구석을 유심히 본다면 머치슨이 살짝 보일 테고, 몸을 숙인다면 전신이 훤히 보일 것이다. 낡은 침대보든 방수포든 하다못해 신문지라도 시신을 덮을 만한 게 보이지 않았다. 아네트 여사는 왜 이리 깔끔한 거야!

　톰이 피 묻은 천을 휙 집어 던지자 머치슨의 두 발 위로 떨어졌다. 바닥에 떨어진 와인 병 파편 두어 조각을 발로 걷어찼다. 이제 레드 와인과 피가 뒤섞여 버렸다. 재빨리 와인 병목을 집어 들고 천장에 매달린 전구를 때렸다. 전구가 깨지면서 바닥으로 쏟아져 내렸다.

　톰은 잠시 헐떡거리다가 평소처럼 숨을 고른 다음, 어둠을 헤치고 계단으로 올라갔다. 지하실 문을 닫고 예비용 화장실에 있는 세면대에서 다급히 손을 씻었다. 흐르는 물에 분홍색 핏기가 비쳤다. 머치슨의 피인 줄 알았는데 핏기가 그치지 않았다. 엄지 아래쪽에 베인 상처가 보였다. 심하게 베인 건 아니었다. 크게 다칠 수도 있었는데 운이 좋았다. 벽에 걸린 두루마리 휴지를 풀어서 엄지에 둘둘 감았다.

아네트 여사가 주방에서 분주히 일하고 있었던 것도 운이 좋았다. 만약 여사가 나와서 머치슨 씨가 어디 계시느냐고 묻는다면, 벌써 차에 탔다고 말할 참이었다. 이제 출발해야 할 시간이 됐다.

톰은 머치슨이 쓰던 방으로 뛰어 올라갔다. 머치슨이 짐을 다 싸놓고 코트와 화장실에 있는 세면도구만 남겨 두었다. 톰은 세면도구를 머치슨의 가방 주머니에 쓸어 담은 다음 가방을 닫았다. 가방과 코트를 들고 계단으로 내려와 현관으로 나가 알파 로메오에 실었다. 이제 머치슨의 〈시계〉를 가지러 2층으로 올라갔다. 〈시계〉는 여전히 포장된 채로 있었다. 머치슨이 자신의 주장을 과신했는지 〈의자에 앉은 남자〉와 비교하겠다고 들고 온 〈시계〉를 아예 풀지도 않았다. 교만은 패망의 선봉이니. 톰은 머치슨이 쓰던 방에 포장된 채로 있던 〈의자에 앉은 남자〉를 자기 방으로 들고 가서 옷장 뒤 한쪽 구석에 밀어 넣고, 〈시계〉만 들고 내려갔다. 예비용 화장실 바깥 고리에 걸린 우비를 집어 들고 차에 탄 다음 오를리 공항으로 향했다.

머치슨이 여권과 비행기표는 재킷 주머니 속에 넣어 두었을 텐데. 그건 나중에 처리하기로 했다. 아네트 여사가 오전에 느긋하게 장을 보러 나간 사이에 태워 버리는 게 좋을 것 같았다. 여사에게 백작이 온다는 얘기를 하지 않았다는 사실이 떠올랐다. 밖에서 전화해야지, 오를리 공항에서는 하지 않을 작정이었다. 공항에서 뭉그적거리고 싶지 않았기 때문이다.

머치슨이 실제로 비행기를 탄다면 딱 맞을 시간이었다.

출발 게이트에 도착했다. 택시와 자가용이 오래 정차할 수는 없었고 짐과 사람을 잠시 내리고 태우는 것만 가능했다. 톰은 차를 세우고 머치슨의 가방을 꺼내 인도 위에 내려놓았다. 〈시계〉는 가방에 기대어 놓은 다음 코트를 그 위에 올렸다. 그런 다음 차를 몰고 자리를 떴다. 인도에 비슷한 조합이 군데군데 보였다. 톰은 퐁텐블로 방향으로 차를 몰다가 길가에 보이는 술도 파는 카페로 들어갔다. 오를리 공항에서 남행 고속도로 진입로까지 이어지는 구간에 있는 어중간한 크기의 바 카페였다.

톰은 맥주를 시킨 다음 전화를 걸게 동전을 바꿔 달라고 했지만,

동전은 필요 없었다. 계산대 옆 바 테이블 위에 놓인 수화기를 들고 그냥 집으로 전화를 걸면 되었다.

"여보세요, 납니다. 머치슨 씨가 서둘러 떠나느라 작별 인사와 감사의 말씀을 대신 전해 달라시네요."

"아, 그러세요."

"그리고, 오늘 밤에 손님이 또 오십니다. 베르톨루치 백작이라고 이탈리아 분이십니다. 오를리 공항으로 마중 나가기로 했는데, 6시경이면 집에 들어갈 겁니다. 그래서 말인데요, 송아지 간 요리면 좋겠어요."

"오늘 정육점에 양고기 다리 살이 참 좋던데요!"

톰은 뼈가 든 음식은 별로 당기지 않았다. "번거롭지 않으면 송아지 간 요리가 더 당기는데요."

"그럼 와인은 마고로 준비할까요, 뫼르소로 할까요?"

"와인은 내가 고르죠."

톰은 전화비를 냈다. 그가 사는 동네보다 훨씬 먼 상스로 전화했다고 했다. 이제 운전석에 앉아 느긋하게 차를 몰고 오를리 공항으로 돌아왔다. 출발 구역과 도착 구역을 지나가면서 살펴보니 머치슨의 짐이 그대로 있었다. 발 빠른 청년이 코트부터 집어갈 것이다. 만약 머치슨의 여권이 코트 안에 들어 있다면 도둑이 그것마저 잘 써먹을 것이다. 톰은 씩 웃으며 차를 몰아 P-4 구역으로 들어갔다. 최대 한 시간 주차가 가능한 구역이었다.

톰은 앞에 보이는 유리문을 천천히 통과한 다음 가판대에서 『노이에 취르허 차이퉁』*을 한 부 사서 들고 에두아르도가 탄 비행기 도착 시각을 확인했다. 비행기는 정시 운항 중이었다. 시간이 좀 남자 북적이는 바로 갔다. 이 바는 늘 인파로 붐비는 곳이라 간신히 팔을 내밀어 커피를 주문했다. 커피를 마신 다음 표를 사서 입국장으로 올라갔다.

백작은 홈부르크 모자를 쓰고 있었다. 길고 가느다란 콧수염을 길렀고 배는 불룩했다. 단추를 끄르고 코트를 입었는데도 눈에 띌 정도였다. 백작이 미소를 지었다. 이탈리아 사람답게 아주 자연스러운 미소를 지으며 손을 흔들었다. 그가 여권 검사를 받고 있었다.

둘이 악수하고 가볍게 포옹을 나누었다. 톰이 백작의 짐 가방을 받아 들었다. 백작은 서류 가방을 들고 있었다. 백작이 도대체 뭘 옮기

* 스위스에 본사를 둔 독일어로 발행되는 일간지

75

는 것이며, 그 장치는 어디에 있는 걸까? 프랑스 세관 직원은 백작의 가방을 열지도 않고 구두로만 확인했다.

"여기서 잠시만 기다리세요. 차를 가져오겠습니다." 톰이 인도에서서 말했다. "멀지 않은 곳에 차를 세워 두었습니다." 톰이 종종걸음으로 사라졌다가 5분도 안 돼 돌아왔다.

그는 차를 몰고 출발 게이트를 지나야 했다. 머치슨의 가방과 그림은 그대로였지만, 코트가 보이지 않았다. 하나 없어졌으니 두 개 남았네.

집으로 가는 길에 가벼운 대화를 나누었다. 이탈리아 정세라든가, 프랑스의 시국이라든가. 백작이 엘로이즈 얘기를 물었다. 톰은 백작이 어떤 사람인지 아는 게 별로 없었다. 이번이 두 번째 만남이었다. 밀라노에서 만났을 때는 그림 얘기를 했는데, 백작이 꽤 관심을 보이는 분야였다.

"지금 런던에서 더와트전이 열리고 있습니다. 다음 주가 기대되네요. 런던에 나타난 더와트를 어찌 생각하십니까? 깜짝 놀랐지 뭡니까! 몇 년 만에 더와트의 사진이 공개됐으니까요!"

톰은 굳이 런던에서 발행하는 신문을 사서 보지 않았다. "깜짝 놀랄 일이죠. 듣자 하니 더와트가 별로 변한 게 없다던데요." 톰은 얼마 전 런던에 가서 전시회를 보고 왔다는 말은 하지 않을 작정이었다.

"댁에 있다는 그림이 무척 기대됩니다. 이름이 뭐였더라? 소녀들이 있는 그림이라고 했는데."

"〈붉은 의자〉입니다." 톰이 대답했다. 백작이 기억하고 있다니 놀라웠다. 톰은 미소를 지으며 운전대를 더욱 꽉 붙잡았다. 지하실에 시신이 있지만, 소름 끼치는 날이지만, 짜증 나는 오후지만, 집에 가면, 남들이 말하는 범죄의 현장으로 돌아가면 매우 행복하리라. 톰은 죄지은 기분이 들지 않았다. 내일, 아니 오늘 밤에라도 뒤늦게 죄책감이 밀려오려나? 그러진 않았으면.

"이탈리아 에스프레소가 점점 형편없어지고 있어요. 카페에서 파는 에스프레소 말입니다." 백작이 바리톤처럼 목소리를 쭉 깔고 말했다. "단언컨대 마피아가 운영해서 그럴 겁니다." 백작이 창밖을 보며 몇 분간 쓸쓸하게 생각에 잠겼다가 말을 이었다. "이탈리아 미용실마저 갈수록 엉망이더군요! 나 원 참! 내 나라를 내가 알기나 하는 건지, 슬슬 의심이 들지 뭡니까! 예전부터 다니던 미용실이 베네토 거리 인근에 있는데, 못 보던 젊은 남자 직원이 와서 나더러 어떤 샴푸를 원하시냐고 묻더군요. 그래서 내가 '그냥 머리나 감겨 주세요'라고 했죠. 무슨 말을 하겠습니까? 그랬더니 '지성이신가요, 건성이신가요, 손님? 세종류의 샴푸가 있는데, 혹시 비듬은요?' 이러더군요. 그래서 '비듬은 없다고요. 아니, 요즘엔 모발이 중성인 사람은 없나요? 아니면 평범한 샴푸가 이젠 더는 안 나옵니까?' 하며 따졌죠."

머치슨이 그랬던 것처럼 백작도 좌우 대칭이 딱 맞는 벨옹브르를 보며 감탄했다. 여름에 핀 장미가 다 지고 얼마 남지 않았지만, 굵직하게 보기 좋은 소나무가 둘러싼 정원이 반듯한 잔디를 뽐내고 있었다. 가정집이지만 소박함과는 거리가 멀었다. 이번에도 아네트 여사가 현관에서 두 사람을 맞이했다. 토머스 머치슨이 도착했던 어제와 마찬가지로 여사가 반색하며 거들려 했다. 이번에도 톰은 여사가 치워 놓은 방을 손님에게 보여 주었다. 차를 마시기엔 늦은 시각이라 백작에게 내려오고 싶을 때 내려오라고 했다. 저녁은 8시에 먹기로 했다.

톰은 방에서 〈의자에 앉은 남자〉를 쌌던 포장을 끄르고 아래층으로 들고 내려가 원래 있던 자리에 걸었다. 아네트 여사가 몇 시간 동안 그 그림이 사라진 사실을 눈치챘을지도 모른다. 혹여 물으면 머치슨 씨가 다른 조명에서 보고 싶다고 해서 방으로 들고 올라갔었다고 둘러댈 참이었다.

톰은 프렌치 도어에 쳐진 붉은 커튼을 젖히고 뒤뜰을 바라보았다. 어둠이 내리자 청록색 그림자가 더욱 짙어졌다. 발밑에서 수직으로 내려가면 지하실에 누운 머치슨이 나온다는 걸 인지하는 순간 자리를 피했다. 오늘 밤 늦게라도 지하실로 내려가서 와인과 혈흔을 지워야 한다. 아네트 여사가 지하실로 내려갈 수도 있다. 여사는 연료가 얼마나 남았는지 주의 깊게 확인하곤 했다. 대체 무슨 수로 시체를 집 바깥으로 빼낸다? 연장 창고에 손수레가 있는데. 창고에 있는 방수포로 시신을 덮어서 손수레에 싣고 집 뒤에 있는 숲속으로 들어가 파묻을 수 있을까? 집 근처에 암매장하는 게 원시적이고 찜찜하긴 해도 최고의 해결책으로 보였다.

백작이 내려왔다. 덩치에 맞지 않게 몸놀림이 가볍고 발랄했다. 키가 무척 컸다.

"아하! 아하!" 머치슨처럼 백작도 거실 건너편에 걸린 〈붉은 의자〉를 보고 감탄했다. 그러더니 곧바로 돌아서서 벽난로로 걸음을 옮겼다. 〈의자에 앉은 남자〉에 더욱 감명받은 눈치였다. "대단하네요! 근사해요!" 백작이 양쪽 그림을 번갈아 봤다. "기대했던 대로네요. 눈이 호강

하는 명화들이네요. 이 집도 그렇고, 방에 걸린 소묘들도 그렇고, 정말 근사합니다."

아네트 여사가 얼음 통과 잔이 올라간 카트를 밀고 왔다.

백작이 이탈리안 베르무트를 보더니 그걸로 마시겠다고 했다.

"런던 갤러리에서 이번에 더와트전을 열면서 당신이 소장한 그림들을 빌려 달라고 요청하지 않았나요?"

머치슨도 똑같은 질문을 24시간 전에 했었지만 〈의자에 앉은 남자〉에 한정해 물었다. 머치슨이 질문한 의도는, 〈의자에 앉은 남자〉가 위작이라는 걸 뻔히 알고 있을 갤러리 측의 태도를 보려는 것이었다. 톰은 머리가 띵하다 못해 금방이라도 기절할 것 같아서 카트에 몸을 숙였다가 허리를 폈다. "요청은 왔었지만, 보통 번거로워야 말이죠. 그림 부쳐야지, 보험 들어야지. 2년 전에 〈붉은 의자〉를 임대해 준 적은 있어요."

"더와트 작품을 살까 합니다." 백작이 진지하게 말했다. "살 수 있다면 말이죠. 워낙 비싸니 작은 거로 사야겠지만요."

톰이 잔에 얼음을 넣고 스카치를 따랐다.

전화가 울렸다.

"실례하겠습니다." 톰이 양해를 구한 다음 전화를 받았다.

에두아르도 백작이 벽에 걸린 그림을 보려고 돌아다니고 있었다.

리브스 마이넛이었다. 백작이 도착했느냐고 묻더니 옆에 아무도 없냐고 물었다.

"있습니다."

"물건은⋯⋯."

"잘 안 들려요."

"치약이요."

"으으으음." 으르렁거리는 소리에 가까웠다. 지긋지긋해서 환멸이 드는 데다가 지루하기까지 했다. 애들 장난하나? 허접한 영화라도 찍나? "잘 알았습니다. 저번에 거기로 보내면 되죠?" 톰은 그동안 리브스의 물건을 파리로 부칠 때 썼던 서너 군데 주소를 갖고 있었다.

"네. 가장 최근에 보낸 주소로 보내세요. 아무 문제 없는 거 맞죠?"

"그럼요, 그렇죠 뭐. 고맙습니다." 톰은 유쾌하게 대답했다. 리브스에게 백작과 잠시 통화하며 인사하라고 하려 했지만, 리브스가 전화했다는 걸 백작이 모르는 편이 나을 것 같았다. 톰은 컨디션도 별로고 뭔가 꼬인 듯했다. "전화해 주셔서 고맙습니다."

"별일 없으면 전화 안 해도 됩니다." 리브스가 전화를 끊었다.

"에두아르도 백작님, 잠시 실례하겠습니다." 톰은 양해를 구하고 2층으로 뛰어 올라갔다.

백작이 묵는 방으로 들어갔다. 여행 가방 하나가 고풍스러운 나무 상자 위에 열린 채 놓여 있었다. 그 상자는 손님들과 아네트 여사가 주로 가방을 올려놓는 자리였다. 그런데도 톰은 욕실부터 확인했다. 백작이 세면도구를 꺼내 놓지 않았다. 톰은 여행 가방으로 다가갔다. 불투명한 비닐 지퍼 백이 보였다. 그 안을 뒤적이니 담배가 나왔다. 비닐 백이 하나 더 있었는데, 그 안에 면도 도구며 치약과 칫솔이 들어 있었다. 치약을 꺼냈다. 튜브 끝 쪽이 매끈하진 않았지만 봉해져 있었다. 리브스의 조직원이 쥠쇠로 치약 금속 튜브를 다시 오므려 놓은 것 같았다. 튜브를 살살 매만져 보니 끝에 단단한 덩어리가 느껴졌다. 톰은 역겨운 마음에 고개를 내저으면서도 치약을 주머니에 쑤셔 넣고 비닐 백을 제자리에 두었다. 그리고 자기 방으로 가서 치약을 왼쪽 맨 위 서랍 뒤로 밀어넣었다. 서랍에는 잡동사니 상자와 풀 먹인 깃이 잔뜩 들어 있었다.

톰은 아래층에 있는 백작에게 돌아갔다.

두 사람은 저녁을 먹으며 더와트의 깜짝 등장과 백작이 신문에서 읽었다는 더와트 인터뷰 기사에 관해 얘기를 나누었다.

"더와트가 멕시코에 산다죠?" 톰이 물었다.

"네, 그런데 멕시코 어디라고는 밝히지 않아요. B. 트라벤*처럼 말이죠. 하! 하!"

백작은 식사가 맛있다고 칭찬하며 먹었다. 입에 음식을 한가득 넣은 채 말하는 유럽인 특유의 능력을 갖춘 자였다. 미국 사람이 그랬더라면 너무 추잡스럽고 더러워 보였을 것이다.

저녁을 먹은 다음 백작은 축음기를 보더니 음악을 듣고 싶다면서 오페라 〈펠레아스와 멜리장드〉를 고르더니 3막을 틀어 달라고 했다. 소프라노와 묵직한 저음으로 부르는 남성의 목소리가 어우러지는 이중창이었는데, 정신이 없었다. 백작은 흐르는 음악을 따라 부르며 얘기를 이어 갔다.

톰은 백작에게 집중하면서 음악 소리는 지워 버리려고 노력했다. 그런데 들리는 걸 못 들은 척한다는 게 보통 힘든 일이 아니었다. 톰

* 독일 작가로 멕시코에서 오래 살았다.

은 〈펠레아스와 멜리장드〉 말고 〈한여름 밤의 꿈〉에 나오는 근사한 서곡이 듣고 싶었다. 지금 〈펠레아스와 멜리장드〉의 어느 진지한 장면에 나오는 서곡이 연주되는데도, 톰의 귓속에는 멘델스존이 작곡한 셰익스피어의 희곡 〈한여름 밤의 꿈〉의 서곡이 울려 퍼지고 있었다. 예리하면서도 코믹하고 창의력이 넘치는 서곡. 톰은 그런 창의력이 그에게도 넘쳐흐르기를 간절히 바랐다.

둘이 브랜디를 홀짝였다. 톰은 내일 아침에 차를 타고 모레쉬르루앙*에 가서 점심을 먹자고 했다. 에두아르도는 오후에 기차를 타고 파리로 돌아가겠다면서 그 전에 톰이 소장한 보석 같은 그림을 모두 보고 싶다고 했다. 톰은 백작에게 집을 구경시켜 주면서, 엘로이즈 방에도 걸려 있는 마리 로랑생**의 그림도 보여 주었다.

이제 잘 자라고 서로 인사를 나누었다. 에두아르도가 예술 서적을 두 권 들고 방으로 들어갔다.

침실에서 톰은 서랍에 넣어 둔 바데메쿰 치약을 꺼낸 다음 밑을 엄지로 벌리려고 했다. 그런데 잘 되지 않자 그림을 그리는 작업실로 가서 작업대 위에 있는 플라이어를 들고 왔다. 튜브를 잘라서 벌린 다음 안에 있는 시커먼 원통을 꺼냈다. 예상했던 대로 마이크로필름이었다. 톰은 물로 씻어도 되는지 고민하다가 휴지로 닦기만 했다. 페퍼민트 냄새가 솔솔 풍겼다. 봉투에 주소를 적었다.

장 마크 카니에르 씨 귀하
파리 9구역
티종가 16번지

원통을 편지지 두 장으로 감싸서 봉투 안에 넣었다. 톰은 어리석은 일에서 손을 떼야겠다고 다짐했다. 극심한 모멸감이 밀려왔기 때문이다. 그는 리브스가 기분이 상하지 않게 말할 수 있었다. 리브스는 사람의 손을 타면 탈수록 물건이 더욱 안전해진다는 기괴한 생각을 하는 사람이었다. 장물아비다운 사고방식이었다. 리브스가 아무리 조금씩 떼어 준다고 해도 이 사람 저 사람 챙겨 주다 보면 나가는 돈이 어지간히 많을 것이다. 그게 아니라면, 리브스가 부탁하면 호의로 일해 주는 하수

* 파리 근교
** 프랑스 화가

80

인이 많은 건가?

톰은 잠옷 위에 가운을 걸치고 복도를 내다보았다. 에두아르도가 묵는 방문 밑으로 불빛이 새어 나오지 않았다. 다행이었다. 주방으로 살금살금 내려갔다. 주방 뒤 좁은 복도에는 일하는 사람들이 드나드는 쪽문이 나 있었다. 주방과 아네트 여사의 방까지는 두 개의 문을 지나야 했다. 여사의 방에서 톰의 기척이 들리거나 주방의 불빛이 보일 확률은 낮았다. 톰은 통에 톡톡한 회색 걸레와 청소 도구를 담아 들고 캐비닛에서 전구를 꺼내 주머니에 집어넣었다. 지하실로 내려가다 말고 손전등과 밟고 올라설 의자가 필요할 것 같아서, 도로 주방으로 올라와 식탁 밑에 있던 나무 스툴을 꺼내 들었다. 복도 탁자 서랍에 있던 손전등도 챙겼다.

톰은 겨드랑이에 손전등을 끼운 채 깨진 전구를 치운 다음 새 전구를 끼웠다. 지하실에 불이 들어왔다. 머치슨의 구두가 여전히 보였다. 사후 경직으로 두 다리가 쭉 펴진 걸 보고 식겁했다. 설마 여태 살아 있나? 톰은 내키지 않았지만 확인해야 했다. 안 그랬다간 밤새 잠을 자지 못할 것이다. 손등을 머치슨의 손에 갖다 댔다. 그걸로 충분했다. 머치슨의 손이 차갑게 굳어 있었다. 톰은 회색 걸레로 머치슨의 구두를 덮었다.

구석에 있는 싱크대에서 찬물을 틀고 걸레를 적셔서 바닥 청소를 시작했다. 걸레에 색이 묻어 나오자 물로 빨았다. 그런데도 바닥 색은 별로 달라지지 않았다. 바닥이 꺼무죽죽한 건 지금 젖어서 그런 것 같았다. 만일 아네트 여사가 물으면 와인 병을 떨어뜨렸다고 둘러댈 것이다. 톰은 깨진 전구와 남은 병 조각을 마저 치우고 싱크대에서 꼼꼼히 걸레를 빨았다. 싱크대 배수구에 낀 유리 조각을 일일이 손으로 집어서 가운 주머니에 넣었다. 바닥을 한 번 더 걸레로 훔친 다음 1층으로 올라갔다. 훤한 주방 등 밑에서 보니 걸레에 묻었던 붉은 얼룩이 거의 보이지 않았다. 싱크대 밑으로 지나가는 배수관에 걸레를 널었다.

빌어먹을 시신은 어쩐다, 한숨이 나왔다. 내일 에두아르도를 배웅하러 나갔다가 돌아올 때까지 지하실 문을 잠가 둘까? 그랬다간 아네트 여사가 혹여 들어가려다가 이상하게 생각하진 않을까? 게다가 여사에겐 열쇠가 있었다. 밖에서 들어가는 문은 열쇠가 달렸는데 그 열쇠도 갖고 있었다. 톰은 예방 조치로 로제 와인 한 병과 마고 와인 두 병을 들고 올라와 식탁 위에 올려놓았다. 가끔은 사람을 부리는 게 거추장스러울 때가 있었다.

톰은 잠자리에 들었다. 어젯밤보다 훨씬 피곤했다. 머치슨을 와인 통 속에 집어넣을까? 와인 통 제조업자를 불러야 빌어먹을 금속 테를 제대로 끼울 수 있다. 게다가 시신을 쑤셔 넣으려면 통 안에 와인이 가 득 차 있어야 한다. 속이 빈 통 안에서는 시체가 이리저리 쿵쿵 부딪힐 테니 말이다. 혼자서 머치슨의 무게를 어찌 감당하려고? 불가능했다.

오를리 공항에 놓고 온 머치슨의 여행 가방과 〈시계〉가 생각났다. 지금쯤이면 누가 훔쳐 갔을 것이다. 가방 속에 주소록과 낡은 봉투가 들어 있을 것이다. 내일이나 모레쯤이면 머치슨이 '실종'됐다는 보도가 나올지도 모른다. 머치슨은 내일 아침 테이트 갤러리 관계자와 만나기로 약속이 되어 있었다. 머치슨이 톰 리플리의 집에 간다고 다른 사람한테 말했을까? 그건 아니었으면.

7

금요일은 화창하면서도 선선했다. 그렇다고 쌀쌀하진 않았다. 톰과 에두아르도는 햇살이 쏟아지는 거실 프렌치 도어 근처에서 아침을 먹었다. 백작은 파자마 위에 가운을 걸친 차림이었다. 집에 부인이 있었더라면 이렇게 입지 않았을 거라면서 톰이 언짢아하지 않기를 바랐다.

10시가 막 넘어가자, 백작은 옷을 입으러 2층으로 올라갔다가 짐을 챙겨서 아래층으로 내려왔다. 점심 먹기 전에 드라이브를 나갈 채비를 한 것이다. "치약 좀 빌려 주세요. 밀라노 호텔에 두고 왔나 봅니다. 덤벙대긴."

톰은 백작이 치약을 달라고 할 거라 예상은 했지만, 막상 부탁하자 그제야 마음이 놓였다. 톰은 주방으로 가서 아네트 여사에게 시켰다. 백작이 세면도구를 여행 가방에 챙겨서 아래층으로 들고 내려왔으니 예비용 화장실 세면대를 쓰라고 하는 게 제일 좋을 것 같았다. 아네트 여사가 치약을 갖다주었다.

우체부가 다녀갔다. 톰은 양해를 구하고 우편물을 살폈다. 엘로이즈가 보낸 엽서에는 특별한 내용은 없었다. 크리스토퍼 그린리프가 보낸 편지도 있었다. 편지를 뜯었다.

19xx 10월 15일

리플리 씨

파리행 전세기 표를 방금 구하는 바람에 생각보다 일찍 가게 될 것 같습니다. 지금 댁에 계신 거면 좋겠네요. 제럴드 헤이먼이란 친구하고 같이 갈 예정입니다. 저하고 동갑에 괜찮은 친구이긴 하지만, 민폐가 될 것 같아 친구는 댁에 데려가지 않을 거예요. 10월 19일 토요일 파리에 도착하면 전화드리겠습니다. 비행기가 프랑스 현지 시각으로 저녁 7시에 도착하니 당연히 토요일 밤은 파리의 호텔에서 보낼 겁니다.

안녕히 계세요.

진심을 담아서
크리스 그린리프

토요일이면 내일이었다. 일단 내일은 크리스가 오지 않는다니 다행이었다. 지금 그가 바라는 건 버나드가 기운을 차리는 것뿐. 아네트 여사에게 앞으로 이틀간 전화를 받지 말라고 할까 했지만, 그랬다간 이상해 보일 것이다. 게다가 같은 동네 다른 집에서 일하는 친구 이본이라는 가정부와 매일 꼬박꼬박 통화를 하니 아네트 여사가 짜증 낼지도 모른다.

"무슨 안 좋은 일이라도?" 에두아르도가 물었다.

"아닙니다. 전혀요." 머치슨의 시신을 내다 버려야 한다. 오늘 밤이 좋을 것 같았다. 크리스한테는 화요일까지는 바쁘니 나중에 오라고 하면 된다. 프랑스 경찰이 내일이라도 들이닥쳐서 집을 수색하다가 시체를 숨기기에 최적의 장소인 지하실을 들여다보자마자 머치슨의 시신을 발견하는 장면이 눈앞에 선했다.

톰은 주방으로 가서 아네트 여사에게 다녀오겠다고 인사했다. 여사는 엘로이즈의 친정인 플리송 가문의 문장 이니셜인 P.F.P가 찍힌 대접과 수프 숟가락에 광을 내고 있었다. "백작님 모셔다드리고 금방 오겠습니다. 들어오는 길에 뭐 사다 드려요?"

"혹시 싱싱한 파슬리가 보이면 부탁드릴게요."

"그러죠. 파슬리가 불어로 '페르시'죠. 5시 전까진 돌아올 겁니다. 저녁은 혼자 먹을 테니 간단히 준비해 줘요."

"어머나, 짐은 제가 실어 드려야 하는데 말이죠." 아네트 여사가 일어섰다. "도대체 오늘은 정신을 어디에다 두고 사는지 모르겠네요."

톰은 괜찮다고 했지만, 여사가 밖으로 나와서 배웅했다. 백작은 여사에게 허리를 숙여 인사한 다음 불어로 그녀의 요리 솜씨에 찬사를 보냈다.

두 사람은 느무르*에 가서 분수가 켜진 시장을 둘러본 다음 루앙강을 따라 북쪽에 있는 모레쉬르루앙까지 올라갔다. 그 길은 톰이 익히 아는 일방통행 도로였다. 마을에 근사한 회색 탑들이 보였다. 과거 루앙강 다리 양쪽 끝에서 마을 출입구로 쓰이던 탑이었다. 백작이 감탄했다.

"이탈리아처럼 칙칙하진 않군요."

톰은 느긋하게 점심을 먹으면서 초조한 티를 내지 않으려 했다. 창밖으로 보이는 강둑 위 수양버들로 자꾸 눈길이 갔다. 바람에 리듬을 타며 이리저리 가벼이 흔들리는 가지처럼 그의 마음도 가벼워지기를 기도했다. 백작은 딸이 뼈대 있는 가문의 청년과 재혼한 사연을 구구절절 늘어놓았다. 이혼녀와 결혼하겠다고 하자 사위의 집안인 볼로냐가에서는 사위와 한동안 연을 끊었다고 했다. 톰은 머치슨의 시신을 처리할 생각에 건성으로 들어 넘겼다. 위험을 감수하고 아무 강에나 내다 버릴까? 그 무거운 머치슨을 다리 난간으로 넘길 수 있을까? 게다가 돌 무게까지 있는데? 설마 들키지는 않겠지? 머치슨을 질질 끌고 가서 강에 버리면 시체가 제대로 가라앉을까? 돌까지 매달았으니 확실히 가라앉겠지? 비가 부슬부슬 내리기 시작했다. 그렇다면 땅파기가 훨씬 수월해질 것이다. 이러나저러나 집 뒤에 있는 숲에 암매장하는 게 가장 좋아 보였다.

에두아르도는 플룅역에서 대기한 지 10분 만에 파리행 기차에 올랐다. 두 사람은 다정히 작별 인사를 나눴다. 톰은 근처 담배 가게에 가서 우표를 넉넉히 산 다음 리브스의 하수인에게 부칠 봉투에 붙였다. 5상팀** 모자란다며 쩨쩨하게 구는 우체국 직원에게 저지당할 일은 앞으로 없을 것이다.

아네트 여사가 부탁한 파슬리를 샀다. 불어로 페르시, 독어로 페테르질리, 이탈리아어로 프레체몰로. 차를 몰고 집으로 가는데 해가 뉘엿뉘엿 지고 있었다. 여사가 쓰는 욕실 창에서 내다보면 숲이 보였다. 숲에서 손전등을 켜면 여사한테 보이려나? 여사가 숲속에 불빛이 어른거린다는 얘기를 하려고 그의 침실로 올라왔다가 톰이 외출한 걸

---

* 파리에서 남동쪽으로 75킬로미터 떨어진 도시
** 1상팀은 100분의 1프랑

알게 된다면? 아무도 얼씬거리지 않는 숲이었다. 톰이 알기론 그랬다. 소풍을 오는 사람도, 버섯을 따러 오는 사람도 없었다. 무슨 수를 쓰든 숲속 깊이 들어가면 여사에게 불빛이 보일 일도 없을 것이다.

톰은 집에 가자마자 리바이스 청바지로 갈아입고 연장 창고에 있는 손수레를 꺼내 놓아야겠다는 충동이 일었다. 그는 뒤뜰 테라스로 내려가는 돌계단 근처까지 손수레를 밀어다 놓았다. 그런데 아직은 날이 훤해 잔디밭을 가로질러 손수레를 연장 창고에 도로 갖다 놓았다. 혹시라도 아네트 여사가 보면, 숲속에 거름을 썩힐 곳을 만들까 고민하고 있다고 둘러댈 생각이었다.

아네트 여사가 쓰는 욕실에 불이 켜졌다. 창이 뿌연 걸 보니 목욕하는 것 같았다. 여사는 주방 일이 별로 없으면 이맘때쯤 목욕하곤 했다. 톰은 창고에 있는 네 갈래 갈퀴를 들고 숲으로 갔다. 마땅한 자리가 있는지 물색했다. 내일까지는, 내일 새벽까지는 반드시 일을 매듭지어야 하는 상황이었다. 땅을 팔 수만 있다면 기운이 날 것 같았다. 늘씬하게 쭉 뻗은 나무들 사이로 한 자리가 눈에 들어왔다. 굵은 뿌리가 너무 많이 지나가지는 않았으면. 어두웠지만 최적의 장소로 보였다. 정원 잔디가 끝나가는 경계이자 숲이 시작되는 언저리에서 고작 70미터 남짓 떨어진 지점이었다. 톰은 온종일 신경을 곤두세우느라 예민해진 기력을 끌어모아 정신없이 땅을 파기 시작했다.

톰은 문득 쓰레기가 생각나 동작을 멈추고 숨을 몰아쉬었다. 고개를 들어 숨을 들이켜다가 크게 웃음을 터뜨렸다. 지금 쓰레기통에 버려진 감자 껍질과 사과 심지를 주워 와 머치슨의 시신에 덕지덕지 붙일까? 그 위에 밀가루를 잔뜩 뿌리면 시체가 썩기 시작하겠지? 주방에는 밀가루 부대도 있었다.

이제 날이 꽤 어두워졌다.

톰은 갈퀴를 연장 창고에 도로 가져다 놓았다. 아네트 여사의 침실에는 계속 불이 켜져 있었다. 고작 저녁 7시. 그는 지하실로 내려갔다. 이제야 다들 '시체'라 부르는 존재로 전락한 머치슨을 건드릴 용기가 조금은 생겼다. 머치슨의 재킷 주머니부터 뒤졌다. 비행기표와 여권이 있는지 궁금했다. 지갑이 나왔다. 안에 있던 명함 두 장이 바닥으로 떨어졌다. 톰은 망설이다가 명함을 주워서 집어넣고 지갑을 주머니에 도로 넣었다. 재킷 옆 주머니에는 열쇠고리가 있었는데, 그것도 그대로 두었다. 머치슨이 깔고 누운 반대편 주머니는 뒤지기가 훨씬 힘들었다. 머치슨이 동상처럼 뻣뻣해지고 무거워졌기 때문이다. 왼쪽 주머니에는 아무것도 없었다. 바지 주머니에는 프랑스 동전과 영국 동전이 뒤섞여 있었는데, 그대로 두었다. 머치슨이 끼고 있는 반지 두 개도 손대지 않았다. 만일 머치슨이 암매장된 상태로 발견될 경우, 신원이 확실해질 것이다. 게다가 아네트 여사도 머치슨을 만나지 않았던가. 톰은 지하실에서 올라와 계단 맨 위에서 불을 껐다.

톰이 목욕을 끝내자마자 전화벨이 울렸다. 제프가 좋은 소식을 전하려고 전화한 줄 알고 뛰어가서 받았다. 좋은 소식이 있을 리가.

"톰! 자클린이에요. 잘 지내시죠?"

이웃에 사는 자클린 베르틀랭이었다. 남편은 뱅상으로, 베르틀랭 부부는 몇 킬로미터 떨어진 마을에 살았다. 자클린이 목요일에 저녁을 먹으러 오라며 톰을 초대하면서, 클레그 부부도 온다고 했다. 클레그 부부는 톰도 아는 영국 중년 부부로 믈룅 인근에 살았다.

"하필이면 이렇게 운이 없을 수가. 손님이 오시기로 해서요. 미국에서 청년이 올 겁니다."

"같이 오세요. 환영이에요."

톰은 거절하려고 핑계를 댔지만, 딱 잘라 말하지 못했다. 미국에서 오는 청년이 얼마나 있다가 갈는지 잘 모르겠다면서 이틀 후에 다시 전화하겠다고 했다.

톰이 방을 나서려는데 전화벨이 다시 울렸다.

이번에는 제프가 스트랜드 팰리스 호텔에서 전화했다. "일은 잘되고 있나요?"

"그럼요. 덕분에요." 톰이 웃음을 머금고 대답하면서 지하실에 시체가 있어도 아무렇지 않은 척 손으로 머리를 쓸었다. 더와트 유한 책임 회사를 지키기 위해 톰이 사람을 죽인 것이다. "그쪽은 별일 없죠?"

"머치슨은 어디 있죠? 여태 같이 있는 겁니까?"

"어제 오후에 런던으로 갔는데요, 테이트 갤러리 관계자한테 말할 것 같진 않아요. 확실해요."

"설득에 성공한 겁니까?"

"그런 셈이죠."

제프가 한숨을 쉬었다. 안도의 한숨이 도버 해협 넘어 들리는 듯했다. "대단해요, 톰. 당신은 천재예요."

"다들 진정하라고 전해 줘요. 특히 버나드한테요."

"흠, 그건 우리한테 맡겨요. 이 기쁜 소식을 버나드한테 전하겠습니다. 버나드가 너무 우울해하기에, 전시회가 끝날 때까지 몰타든 어디든 보내려고요. 전시회가 열릴 때마다 번번이 저러는데 이번엔 훨씬 심하네요. 알다시피."

"지금 버나드는 뭘 합니까?"

"솔직히 말하면, 넋 놓고 있어요. 그래서 신시아한테 전화까지 했다니까요. 보아하니, 신시아가 아직도 버나드를 좋아하는 눈치더라고요. 이번엔 버나드가 불안해하는 이유는 말 안 했어요." 제프가 다급히 덧붙였다. "그냥 버나드하고 같이 있어 달라고만 부탁했죠."

"신시아가 거절했겠죠."

"맞아요."

"당신이 신시아한테 전화한 거, 버나드도 압니까?"

"에드가 말했어요. 내가 실수했다는 거 압니다."

톰은 초조해졌다. "며칠만이라도 버나드를 조용히 시킬 수 있겠어요?"

"버나드한테 신경 안정제를 먹이고 있어요. 약한 걸로요. 오늘 오후에 차에 약을 타서 줬어요."

"머치슨이 조용해졌다고 버나드한테 전해 줘요."

제프가 웃었다. "알았어요, 톰. 머치슨이 런던에서 뭘 한다고 하던가요?"

"런던에서 볼일 좀 보고 미국으로 돌아간다고 했어요. 잘 들어요, 제프. 앞으로 며칠간 나한테 전화하지 말아요. 알겠어요? 내가 집을 비울 것 같아서 그래요."

경찰이 조사에 착수하면 제프와 주고받은 몇 통의 통화에 관해 설명할 수 있을 것이다. 〈욕조〉를 사려고 벅마스터 갤러리와 상의했다고 할 것이다.

톰은 그날 밤 연장 창고로 가서 방수포와 밧줄을 들고 나왔다. 아네트 여사가 주방을 정리하는 사이, 톰은 머치슨의 시신을 싸서 밧줄로 묶고 손으로 쥘 곳을 만들었다. 시체를 다루기가 만만치 않았다. 형체는 나무 기둥하고 비슷한데 무게는 훨씬 많이 나갔다. 시체를 지하실 계단까지 질질 끌어다 놓았다. 시체를 방수포로 싼 덕분에 기분이 조금은 나아지긴 했지만, 이제 시신이 문에서 가장 가까운 계단이자 현관 근처에 있다는 사실에 신경이 또다시 곤두섰다. 혹시라도 아네트 여사가 보면 뭐라고 할까? 바구니를 파는 집시, 일거리가 있냐고 묻고 다니는 동네 잡부 미셸, 천주교 책자를 파는 소년 등등 초인종을 시도 때도 없이 누르는 사람들이 본다면 뭐라고 할까? 톰이 손수레에 실으려 하는 기괴한 물체를 보고 다들 뭐라고 할까? 그들은 묻는 대신 물끄러미 쳐다보다가 프랑스인답게 특유의 부정적인 말투를 내뱉을 것이다.

'그렇게 가볍진 않은가 봐요?' 그들은 이렇게 물은 다음, 그 모습을 기억해 둘 것이다.

톰은 잠을 설쳤다. 자기의 코 고는 소리가 자기 귀에 들리는 신기한 경험을 했다. 잠을 깊이 잘 수 없어서 어렵지 않게 새벽 5시에 일어날 수 있었다.

아래층으로 내려가 현관 매트를 밀쳐놓고 지하실로 내려갔다. 계단 중간까지는 시체를 무사히 들어 올렸지만, 힘을 너무 많이 써서 한숨 돌려야 했다. 밧줄이 손바닥을 파고들었다. 짜증이 날 대로 났다. 그렇다고 정원용 장갑을 가지러 연장 창고로 뛰어갈 수도 없는 노릇이었다. 다시 밧줄을 쥐고 계단 맨 위까지 들어 올렸다. 대리석 바닥에 올린다면 질질 끌고 가는 게 훨씬 쉽겠지만, 손수레를 현관으로 밀고 가 한쪽으로 눕혀 놓는 쪽으로 계획을 수정했다. 프렌치 도어를 통해 머치슨을 바깥으로 꺼내고 싶었지만, 러그를 걷지 않으면 거실을 지나갈 수가 없었다. 축 늘어진 시체를 끌고 야외에 있는 계단 대여섯 칸을 내려간 다음, 손수레에 제대로 실었다. 손수레가 한쪽으로 기울어져도 중심을 잡을 수 있도록 했다. 그런데도 밀고 가는 내내 손수레가 한쪽으로 기우뚱하더니 머치슨이 반대편 바닥으로 그만 떨어지고 말았다. 이제는 웃길 지경이었다.

시체를 도로 지하실에 끌어다 놓자니, 앞이 캄캄했다. 그건 상상조차 할 수 없는 일이었다. 톰은 잠시 생각에 잠겼다. 30초 정도 고민하다가, 다시 힘을 내 바닥에 널브러져 있는 망할 것을 노려보았다. 톰은 바닥에 떨어진 시체가 무슨 펄떡거리며 포효하는 용이나 초자연적인 존재라도 되는 양 시체로 달려들었다. 그는 죽임을 당하기 전에 먼저 상대를 죽이겠다는 기세로 손수레를 바로 세우고 시체를 다시 실었다.

이제는 손수레 앞바퀴가 자갈에 쿡 박혔다. 잔디밭을 가로지르겠다는 계획이 무모한 것이었음을 곧바로 깨달았다. 어제 내린 비로 인해 땅이 무를 대로 물러 있었다. 톰은 달려가서 대문을 열었다. 계단에서 대문까지 군데군데 깔린 판석 위로 지나가자, 이번에는 손수레가 그럭저럭 굴러갔다. 이내 단단히 다져진 모랫길이 나왔다. 우측으로 꺾어지자 집 뒤편에 있는 숲으로 가는 오솔길이 이어졌다. 폭이 좁아서 차는 다니지 않고 산책하는 사람과 카트만 지나다녔지만, 차 한 대가 간신히 지나갈 정도는 되었다. 바닥이 팬 곳이나 웅덩이는 빙 돌아서 손수레를 밀다 보니 어느덧 숲으로 들어갈 수 있었다. 그가 소유한 숲은 아니었지만, 지금은 자기 숲처럼 느껴졌다. 시신을 은폐할 숲으로 들어가자 좋아서 미칠 지경이었다.

톰이 어느 정도 손수레를 밀다 보니, 아까 땅을 파 놓은 지점을 찾았다. 오솔길에서 숲으로 진입하는 경사면에 있었다. 톰은 그 자리가 경사면인 줄은 미처 몰랐다. 그래서 길에 시체를 쏟은 다음 질질 끌고 올라갔다. 수레는 숲속으로 밀어 놓아서, 혹시 누가 지나가더라도 보이지 않게 해 두었다. 이쯤 되자 날이 더 훤해졌다. 톰은 갈퀴를 가지러 연장 창고로 냅다 뛰어갔다. 삽도 챙겼다. 톰과 엘로이즈가 이 집을 구입할 때 전에 살던 집주인이 두고 간 녹이 슨 삽이었다. 구멍이 난 삽이지만 쓸 만했다. 톰은 숲으로 돌아와서 땅을 들입다 팠다. 삽 끝에 뿌리가 걸렸다. 15분이 지나자, 오전 내내 파도 땅을 다 파지 못할 거라는 사실이 뼈저리게 와닿았다. 일단 8시 반이면 아네트 여사가 커피를 들고 침실로 올라갈 것이다.

하늘색 옷을 입은 남자가 오솔길을 따라 내려오자, 톰은 몸을 숨겼다. 남자는 집에서 대충 만든 듯한 나무 수레를 밀고 있었다. 그 안에는 땔감이 가득했다. 남자는 톰의 집 앞 도로를 향해 가고 있었다. 어디에서 온 걸까. 남자는 주에서 관리하는 숲에 들어가 몰래 나무를 해 온 것 같았다. 톰이 남자를 피했듯이, 남자도 톰과 마주치지 않아서 좋아했을 것이다.

톰이 구덩이를 1미터 정도 파자, 나무뿌리에 가로막히고 말았다. 뿌리를 자르려면 톱이 있어야 했다. 톰은 구덩이에서 기어 나와서 경사로 주위를 살폈다. 머처슨을 잠시 숨겨 둘 만한 데가 있는지, 움푹 팬 곳이 있는지 두리번거렸다. 4미터 남짓 떨어진 곳에 웅덩이가 보였다. 톰은 다시 밧줄을 움켜쥐고 시체를 질질 끌고 간 다음, 나뭇가지와 낙엽으로 회색 방수포를 덮어서 가렸다. 이렇게 해 두면 적어도 행인들 눈에는 띄지 않을 것이다.

이제 깃털처럼 가벼워진 손수레를 밀고 오솔길을 지나 연장 창고에 도로 갖다 놓았다. 아네트 여사가 바깥에 나와 있는 손수레를 보고 물어볼 일조차 없도록 해 둔 것이다.

프렌치 도어가 잠겨 있어서 현관으로 들어가야 했다. 이마에는 땀이 흥건했다.

2층으로 올라가 타월을 따뜻한 물에 적셔서 몸을 훔치고는 파자마로 갈아입고 침대에 누웠다. 7시 40분. 더와트 법인을 위해 수고를 지

89

나치게 많이 한 것 같았다. 그럴 만한 가치가 있는 일일까? 묘하게도, 버나드를 위해서라면 그럴 가치가 있어 보였다. 버나드가 이번 위기만 잘 넘기도록 그들이 도와줄 수 있다면.

그런데 그런 식으로 봐서는 안 될 일이었다. 톰이 머치슨을 죽인 까닭은, 더와트 유한 책임 회사를 지키는 동시에 버나드를 돕기 위해서가 아니라, 머치슨이 지하실에서 더와트로 변장한 사람이 톰이었음을 눈치챘기 때문이다. 톰은 자기 자신을 구하려고 머치슨을 죽인 것이다. 톰은 스스로 질문을 던졌다. 같이 지하실로 내려갈 때 머치슨을 죽일 마음이 있었나? 머치슨을 죽일 의도는 없었나? 톰은 쉽사리 대답이 나오지 않았다. 그게 그렇게 중요한가?

버나드는 벅마스터 갤러리 3인조 패거리 중 일원으로 톰이 완벽하게 이해하지 못할 인물인데도, 톰은 버나드가 제일 좋았다. 에드와 제프는 동기가 너무 뻔했다. 그들의 동기란 돈을 벌자는 것. 신시아가 버나드를 찬 걸까. 톰은 궁금했다. 더와트를 흉내 내 그림을 그린다는 게 민망한 나머지 (한때는 신시아를 사랑한 건 분명했지만) 버나드가 신시아에게 먼저 헤어지자고 했다고 해도 놀랄 일은 아니었다. 언젠가 버나드가 풀어놓는 버나드만의 버전을 듣는다면 재미있을 것이다. 버나드에겐 뭔가 신비로운 구석이 있었다. 그런 신비로움에 이끌려 사람들이 사랑에 빠지는 것이리라. 방수포에 싸인 추한 살덩어리를 집 뒤편에 있는 숲속에 두고 왔는데도, 톰은 자기 생각에 취해 저 멀리 구름 위에 둥둥 떠 있는 것만 같았다. 버나드의 욕망, 공포, 수치심, 사랑을 몽상하다 보니 기분이 묘하다 못해 날아갈 것처럼 상쾌해졌다. 버나드는 원조 더와트처럼 성인 같은 면모를 갖추고 있었다.

으레 그렇듯이, 발광하는 파리 두 마리가 그의 짜증을 돋웠다. 톰은 머리 위에 앉은 한 마리를 쫓아 버렸다. 두 마리가 좁은 탁자 주변을 맴돌았다. 파리가 날아다닐 시기는 지났다. 파리라면 올여름에 질리도록 봤다. 프랑스 야외는 온갖 파리가 들끓는 것으로 악명이 높았다. 치즈의 종류보다 파리의 종류가 훨씬 많다는 글을 어디선가 읽은 기억이 났다. 한 마리가 다른 파리의 등에 올라탔다. 대놓고 저런 짓을 하다니! 톰은 잽싸게 성냥을 켜서 망할 놈들에게 갖다 댔다. 날개가 지글지글 타들어 갔다. 윙윙. 허공에서 비비대던 다리가 최후의 비비대기를 마쳤다. 사랑을 나누다 죽다니! 죽어서도 한 몸이라니!

폼페이에서 벌어졌던 일이 벨옹브르에서 벌어지지 못할 거야 없지, 하고 톰은 생각했다.

8

톰은 느긋하게 토요일 아침을 보냈다. 아메리칸 익스프레스 아테네 지점에 엘로이즈 앞으로 부칠 편지를 쓰고, 2시 반에는 평소처럼 라디오 코미디 방송을 청취했다. 토요일 오후에 노란 소파에 앉아서 이따금 온몸을 들썩거리면 아네트 여사가 번역해 달라고 했지만, 전부 다 해 줄 수는 없었다. 말장난은 번역이 불가능했다. 토요일 정오쯤 초대 전화를 받고 4시에 앙투안과 아녜스 그레 부부의 집에 차를 마시러 갔다. 그레 부부의 집은 빌페르스 맞은편이라 걸어서 갈 만했다. 앙투안은 파리에서 건축가로 일하며 주중에는 파리에 있는 아틀리에에서 지냈다. 금발의 아녜스는 스물여덟 살로 말수가 별로 없고 빌페르스에 지내면서 두 아이를 키웠다. 그레 부부의 집에 가니 다른 손님이 넷이나 더 있었다. 다들 파리에 살았다.

"어떻게 지내셨어요, 톰?" 아녜스가 차를 마신 후 남편이 가장 좋아하는 술을 들고 와 물었다. 네덜란드산 도수가 높은 진이었는데, 부부는 끝 맛이 좋다며 권했다.

"그림도 그리고 정원도 돌보고 이상한 것도 제거하고 그랬죠." 불어로는 잡초를 뽑는다고 할 때 '제거'라는 단어를 썼다.

"적적하지는 않으세요? 엘로이즈는 언제 오나요?"

"한 달 후에요."

톰은 그레 부부의 집에서 한 시간 반가량 머물면서 마음의 위로를 받았다. 부부는 톰의 집에 왔다 간 머치슨과 베르톨루치 백작과 관련해서는 아무것도 묻지 않았다. 손님이 온 것도 못 봤고, 마트에서 만나면 아무 말이나 재잘거리는 아네트 여사를 통해서도 소식을 듣지 못한 것 같았다. 부부는 머치슨을 묶은 밧줄을 움켜쥐느라 벌겋게 피멍이 든 톰의 손바닥도 눈치채지 못했다.

그날 밤 톰은 신발을 벗고 노란 소파 위에 누워서 사전을 뒤적거렸다. 사전이 제법 묵직해서 허벅지에 대거나 탁자 위에 올려놓아야 했다. 누구라고 꼬집어 말할 순 없지만 누가 전화할 것만 같은 예감이 밀려왔다. 10시 15분, 전화벨이 울렸다. 크리스 그린리프가 파리에서 건 전화였다.

"혹시, 톰 리플리 씨?"

"그래, 크리스. 잘 도착했구나."

"네. 방금 친구랑 파리에 도착했어요. 집에 계셔서 정말 다행이에요. 제가 답장을 여태 못 받아서요. 혹시 보내셨다면 말이죠. 그래서……."

"어느 호텔에 묵을 거니?"

"루이지안 호텔이에요. 미국 친구들이 적극 추천해 준 곳이에요! 파리에서 보내는 첫날 밤인데, 짐을 풀기 전에 전화부터 드려야 할 것 같아서요."

"계획이 어떻게 되지? 우리 집에는 언제 올 거니?"

"전 아무 때나 괜찮아요. 관광도 하고 싶어서, 일단 루브르 박물관부터 가려고요."

"그럼 화요일에 오겠니?"

"화요일도 좋지만, 사실은 내일 갈까 했거든요. 친구가 내일은 종일 바쁘다고 해서요. 파리에 사는 사촌이 계시는데 나이가 많으시대요. 그래서 제가 내일……."

톰이 크리스를 거절할 순 없었다. 마땅한 핑곗거리가 떠오르지 않았다. "내일 좋지. 그럼 오후에 올래? 내가 아침에는 좀 바빠서 말이야." 톰은 리옹역에서 기차를 타고 모레사블롱역에 내리라고 했다. 그러면서 몇 시 차를 탈 건지 반드시 다시 전화해야 톰이 마중을 나갈 시간을 가늠할 수 있다고 당부했다.

크리스가 내일은 자고 갈 게 분명했다. 머치슨을 묻을 구덩이부터 파 놓고 내일 아침까지는 암매장을 끝내야 했다. 그럴 생각에 크리스더러 내일 와도 좋다고 허락한 것이다. 서둘러야 할 이유가 하나 더 생겼다.

크리스의 말투는 수더분했다. 그린리프 가문의 예의범절을 익혔을 테니 너무 오래 있진 않을 것 같았다. 톰은 생각이 거기까지 미치자 온몸이 움찔거렸다. 철없던 젊은 시절, 누가 봐도 그가 몽지벨로에 있는 디키의 집에 너무 오래 머물렀기 때문이다. 그 당시 톰은 나이가 스물도 아니고 스물다섯씩이나 먹었었다. 미국에서 왔다지만, 실은 디키의 부친 허버트 그린리프가 아들을 미국으로 데려오라며 톰을 보내 준 거였다. 상황은 뻔하게 흘러갔다. 디키는 미국으로 돌아가려고 하지 않았다. 그 당시 톰이 얼마나 철이 없었던지, 돌이켜 보니 민망하기 짝이 없었다. 눈치가 있었어야지! 그러다가 톰 리플리는 유럽에 눌러앉았고 이것저것 하다 보니 재력까지 얻게 되었다. 디키의 돈을 차지한 것이다. 여자들이 톰을 상당히 좋아했다. 톰도 여자들이 그를 따른다는 걸 실감했다. 엘로이즈 플리송은 그를 따르던 여자들 중 하나였다. 보아하니 어렵거나 고지식하지도 않았고, 그렇다고 까다롭거나 따분하지도 않았다. 톰은 프러포즈하지 않았고, 엘로이즈도 결혼하자는 말을 꺼내지 않았다. 그 무렵 톰은 짧게나마 인생의 암흑기를 지나고 있었다. 당시 두 사람은 칸에서 단층집을 빌려서 같이 살고 있었다. 엘로이즈가 말했다. "이렇게 동거도 하는데 결혼은 왜 못 해? 그래서 말인데…… 우리가 동거하는 걸 아빠가 언제까지 묵인해 주실지 (엘로이즈가 묵인한다는 말을 불어로 뭐라고 했더라? 찾아봐야겠다) 모르겠어. 그런데 아예 우리가 결혼해 버리면 이미 다 끝난 마당에 아빠가 뭘 어쩌시겠어?" 둘이서 법원에서 하객 없이 식을 올리는데도 톰은 얼굴이 사색이 되었다. 후일 엘로이즈가 웃으며 말했다. "당신 얼굴이 파랗게 질렸더라." 사실이었다. 그래도 그건 톰이 겪어야 할 과정이었다. 어리석은 생각인 줄 알면서도 엘로이즈에게 칭찬받고 싶었다. 신랑이라면 이렇게 말해 줬어야 했다. '자기, 눈부시게 아름답더라!'라거나, '아름답고 행복한 자기 뺨에서 빛이 나던데!' 같은 헛소리를 늘어놓았어야 했다. 톰은 실제로 얼굴이 사색이 되긴 했지만, 프랑스 남부 어느 치안 판사의 법정에 의자를 몇 개 갖다 놓고 만든 우중충한 통로를 걸으면서 적어도 기절하지는 않았다. 결혼식이라면 은밀해야 할 것 같았다. 별말이 필요 없는 첫날밤처럼, 결혼식이라면 비밀에 부쳐야 할 것 같았다. 까놓고 말해 결혼식에 참석한 하객들이 죄다 첫날밤을 상상할 텐데, 도대체 보란 듯이 식을 올리는 이유가 뭘까? 뭔가 남사스러웠다. '우리 결혼한 지 이제 석 달 됐어!'라는 말로는 지인들을 왜 놀라게 하지 못하는 건데? 예전에는 떠들썩하게 식을 올려야 할 이유를 찾기 쉬웠다. 신부의 손을 신랑에게 건네주어야 하는데 늙은 아비가 꾸물대면 안 되는 일이었다. 그랬다간 50명이 넘는 신부 측 친척들이 신부 아버지를 펄펄 끓는 기름 속에 넣고 튀겨 버릴 테니 말이다. 그런데 요즘에 그럴 이유가 있을까?

톰은 잠자리에 들었다.

일요일 아침 새벽 5시가 되자 톰은 다시 리바이스 청바지를 집어입고 살금살금 계단을 내려갔다.

이번에는 아네트 여사와 마주쳤다. 톰이 현관문을 열고 막 나가려는데, 여사가 주방 문을 열고 복도로 나오고 있었다. 아네트 여사가 뺨에 흰 천을 대고 있었다. 요리용 굵은 소금을 볶아서 그 안에 넣은 게 분명했다. 여사가 괴로운 표정을 짓고 있었다.

"이런, 치통이 도졌군요." 톰이 딱해 하며 말했다.

"밤새 한숨도 못 잤어요. 일찍 일어나셨네요."

"망할 놈의 치과 의사 같으니라고." 톰이 영어로 투덜거리다가 불어로 말을 이었다. "신경이 저절로 떨어져 나간다는 게 말이 됩니까! 자기가 뭘 하는지도 모르는 돌팔이네요. 여사님, 지금 막 생각났는데 2층에 노란 약이 있어요. 파리에서 가져온 약인데 치통에 잘 들어요. 잠깐만요." 톰이 계단을 뛰어 올라갔다.

여사는 그중 한 알을 삼키면서 눈을 깜빡였다. 하늘색 눈동자, 얄팍한 눈두덩, 축 처진 눈꼬리가 북유럽계 같아 보였다. 여사는 브르통가 출신이었다.

"오늘 퐁텐블로까지 모셔다드리죠." 톰과 엘로이즈는 퐁텐블로에 있는 치과에 다녔다. 일요일이지만 의사가 진료해 줄 것이다.

"왜 이리 일찍 일어나셨어요?" 아네트 여사의 호기심이 치통을 이긴 것 같았다.

"정원에서 일 좀 한 다음에 한 시간만 더 자려고요. 잠이 영 안 와서요."

톰은 방으로 들어가라고 여사를 설득한 다음 약통을 쥐여 주며 하루에 네 알까지는 먹어도 괜찮다고 했다. "아침하고 점심은 신경 쓰지 말고 오늘은 푹 쉬세요."

톰은 해야 할 일에 돌입했다. 그가 생각하기에 이성적인 속도로 일을 진행했다. 땅을 1.5미터는 파야 했다. 그 정도 깊이는 되어야 했다. 연장 창고에서 녹이 좀 슬었지만 잘 드는 톱을 챙겼다. 톱으로 엇갈려 지나가는 뿌리를 공략했다. 톱니에 축축한 흙이 꼈지만 아랑곳하지 않았다. 뭔가 진전이 보였다. 해가 뜨지도 않았는데 날이 꽤 훤해졌다. 구덩이를 다 파고 기어 나오자 스웨터 앞판이 흙으로 범벅이 되었다. 안타깝게도 베이지색 캐시미어 스웨터를 입고 있었다. 톰이 주위를 둘러보았다. 숲속 오솔길엔 아무도 보이지 않았다. 다행스럽게도, 프랑스 사람들은 보통 야외에 개를 묶어 놓고 키웠다. 혹시라도 간밤에 어떤 개가 돌아다니다가 머치슨의 시체 위에 덮인 나뭇가지에 코를 대고 쿵쿵거리며 짖기라도 했다면, 개 짖는 소리가 1킬로미터 밖에까지 들렸을 것이다. 톰은 머치슨을 감싼 방수포 위에 둘둘 감긴 밧줄을 쥐고 다시 잡아끌었다. 쿵 소리와 함께 시신이 구덩이로 떨어졌다. 톰의 귀엔 그 소리가 달콤하게 들렸다. 삽으로 흙을 덮는 작업도 즐거웠다. 구덩이를 덮은 흙은 발로 꾹꾹 다지고 남은 흙은 사방에 흩뿌렸다. 그러고는 여유롭게 집으로 걸어왔다. 시신을 처리했다는 성취감에 취한 채 잔디밭을 가로질러 현관으로 돌아 들어왔다.

아내가 쓰는 욕실에서 거품을 꼼꼼히 내 스웨터를 빨았다. 그리고 오전 10시까지 곯아떨어졌다.

94

톰은 주방에서 커피를 내린 다음, 가판대에서 파는 『옵서버』와 『선데이 타임스』를 사러 나갔다. 평소에는 아무 데나 들어가 커피를 마시며 신문 두 부를 읽곤 했다. 그 시간이 그에겐 늘 소중했다. 그런데 오늘은 혼자서 더와트의 기사를 보고 싶었다. 아네트 여사가 매일 챙겨 보는 지역 신문인 『르 파리지앵』도 한 부 사야 했는데, 깜빡할 뻔했다. 이 신문에서는 매번 붉은색으로 헤드라인을 내거는데, 오늘은 스물두 살에 목을 맨 사람에 관한 기사였다. 각종 신문을 취급한다고 홍보하는 상점 밖에 내걸린 헤드라인은 조금씩 다 달랐지만, 하나같이 이상했다.

장과 피에르 다시 입 맞추다!

누구더라?

클로드에 격분한 마리

프랑스 사람들은 짜증을 내는 게 아니라 격분한다.

재키를 빼앗길까 봐 두려운 오나시스

프랑스 사람들은 밤새 뜬눈으로 누운 채 저따위 걱정이나 하고 사나?

니콜에게 아기를!

젠장, 니콜은 또 누구야? 톰이 거의 다 모르는 이들이었다. 영화배우나 가수일 텐데, 그들 덕분에 신문이 팔렸다. 영국 왕실 근황은 믿기지 않았다. 엘리자베스 여왕과 필립 공이 1년에 세 번이나 이혼 위기를 맞이했다는 둥, 마거릿 공주와 토니 암스트롱존스가 서로 얼굴에 침을 뱉었다는 둥 하는 내용이었다.

톰은 아네트 여사가 보는 신문을 식탁 위에 올려놓고 침실로 올라갔다. 『옵서버』와 『선데이 타임스』의 문화 섹션에 필립 더와트로 분한 톰의 사진이 실려 있었다. 사진 속 그는 질문에 답하려고 역겨운 턱수염을 달고 입을 벌리고 있었다. 톰은 대충 훑어만 보고 한 자 한 자 꼼꼼히 읽지는 않았다.

『옵서버』에 실린 내용은 다음과 같았다. "오랜 은둔 생활을 깨고 수요일 오후 벅마스터 갤러리에 깜짝 등장한 필립 더와트는 호칭은 생략하고 그저 더와트라 불러 달라고 요청했다. 더와트는 멕시코의 거처와 관련된 말은 아꼈지만, 창작 활동과 동시대 화가들에 관한 질문에는 열변을 토했다. 그는 '피카소는 시기가 나뉘지만, 나에겐 시기란 없다'라고 했다." 『선데이 타임스』에도 그의 사진이 실렸다. 더와트가 제프 콘스턴트의 책상 뒤에 서서 왼손을 들어 주먹을 쥔 자세였다. 톰은 자기가 왜 그런 자세를 취했는지는 생각나지 않았다. 기사는 다음과 같았다. "더와트는 몇 년간 찬장 속에 쑤셔 넣어 둔 게 확실해 보이는 옷을 꺼내 입고 (⋯) 열두 명의 기자가 터뜨리는 플래시 앞에서 주먹을 쥐었다. 6년간 은둔 생활을 한 그에게는 시험대였을 것으로 보인다." '보인다'라는 표현을 쓴 게 비꼬는 건가? 비꼬는 뉘앙스는 전혀 아니었다. 기사의 나머지 부분이 호의적이었기 때문이다. "더와트의 최근작들은 높은 수준을 유지하고 있다. 독창적이면서도 특이하고 병적이기까지 하다. 그의 작품 중에는 대충 그리거나 방기된 작품은 단 한 점도 없다. 빠르고 신선하며 용이한 기법을 사용하는 듯 보이나, 작품마다 애정이 깃들어 있다. 이것을 재능 혹은 재능이 일궈 낸 화풍과 혼동해서는 안 된다. 더와트는 완성하기까지 걸린 기간이 2주 미만인 작품은 없다고 밝혔다." 내가 이런 말을 했던가? "게다가 매일 작업하는데, 하루에 일곱 시간 이상 붓을 잡는 일이 허다하다고 한다. (⋯) 남자, 소녀, 의자, 식탁, 불에 타는 이상한 물체 등등, 이런 소재들이 여전히 주류를 이루고 있다. (⋯) 이번 전시회 역시 완판을 기록할 것으로 보인다." 기자 회견을 마친 후 더와트가 사라졌다는 언급은 없었다.

버나드 터프츠가 어디에 묻힐지는 모르겠지만 종국에 자신의 묘비에 이러한 찬사를 새길 수 없다는 현실이 참으로 딱해 보였다. 톰은 어느 글귀가 떠올랐다. "물에 자신의 이름을 아로새길 수밖에 없었던 자가 이곳에 잠들다." 로마에 있는 영국 청교도 묘지에 갔을 때 세 기의 묘비에 적힌 글귀를 보고 눈물이 핑 돈 적이 있었다. 그때를 떠올릴 때마다 톰의 눈가가 촉촉해졌다. 화가 버나드는 성실한 자이기에 죽기 전에 자기 묘비에 새길 글귀는 손수 작성해 놓을지도 모른다. 아니면, 버나드가 앞으로 그리게 될 단 한 점의 걸작을, 그러니까 '더와트'의 대표작을 남김으로써 익명으로나마 이름을 날리려나?

버나드가 계속 더와트 대신 그림을 그리겠다고 할까? 그건 모르는 일이었다. 버나드가 앞으로는 자기 그림을, 터프츠의 작품을 그리려나?

오후를 앞두고 아네트 여사의 치통이 가라앉았다. 여사는 진통제 덕을 보자 실력이 더 좋다는 퐁텐블로의 치과에 갈 마음을 접었다. 톰이 예상했던 바였다.

"요즘 집에 손님이 연달아 오시는 데다가 엘로이즈까지 지금 집을 비워서 참 안타깝게 됐습니다. 오늘 저녁에도 한 분이 더 오실 겁니다. 크리스라는 미국 청년이에요. 내가 시내에 가서 장을 봐 오겠습니다. 여사님은 쉬세요."

톰은 장을 보러 갔다가 2시가 되기도 전에 돌아왔다. 아네트 여사는 어떤 미국 사람이 전화했는데 말이 통하지가 않으니 다시 전화하겠다고 했다고 전했다.

크리스였다. 톰이 6시 반에 모레역으로 마중 나가기로 했다.

톰은 낡은 플란넬 바지 위에 터틀넥 스웨터를 입고 앵클부츠를 신은 다음 알파 로메오를 몰고 나갔다. 오늘 저녁 메뉴는 다진 고기로 만든 프랑스식 햄버거였다. 붉은 기가 그대로 살아 있는데 맛이 좋아서 거의 익히지 않고 먹는 사람도 있었다. 톰은 미국을 떠난 지 하루밤에 안 됐는데도 파리의 편의점에서 버거 위에 양파를 올리고 케첩을 뿌려서 먹으며 환장하는 미국인들을 본 적이 있었다.

크리스 그린리프가 한눈에 들어왔다. 상상했던 모습 그대로였다. 몇 사람이 톰의 시야를 가로막고 있었지만, 크리스의 금발이 그 위로 우뚝 솟아 있었다. 디키처럼 크리스도 눈과 눈썹을 살짝 찡그리고 있었다. 톰은 인사할 겸 한쪽 팔을 들어 올렸지만, 크리스가 머뭇거렸다. 그러다 서로 눈이 마주쳤다. 톰이 미소를 지었다. 청년은 미소마저 디키의 것을 닮아 있었다. 굳이 다른 데를 꼽자면, 입술이었다. 크리스가 디키보다 입술이 더 도톰했다. 디키의 입술은 얄팍했으니, 크리스가 외탁한 게 분명했다.

둘이 악수했다.

"파리를 벗어나니까 그야말로 교외로 나온 것 같아요."

"파리는 마음에 들어?"

"네, 마음에 들어요. 생각했던 것보다 훨씬 크던데요."

크리스는 하나도 놓치지 않으려고 했다. 길가 아주 평범한 술집을 겸한 카페며, 흔하디흔한 나무며, 가정집을 보겠다고 목을 쭉 내밀었다. 친구 제럴드가 2~3일간 스트라스부르*에 간다고 했다. "프랑스 마

* 프랑스 북동부

97

을은 처음 봐요. 진짜 마을 맞죠?" 마을이 무대 세트장 같아 보이는지 크리스가 물었다.

톰은 들뜬 크리스의 모습이 재미있으면서도 묘하게 신경질이 났다. 달리는 기차 안에서 피사의 사탑을 처음 본 순간, 초승달처럼 휘어진 칸 해변을 비추던 조명을 처음 본 순간, 미치도록 즐거워했던 자신의 모습이 떠올랐다. 옆에 얘기할 사람이 아무도 없었지만 말이다.

지금은 날이 어두워서 벨옹브르가 뚜렷이 보이진 않았다. 아네트 여사가 현관에 불을 켜 두었다. 정면 왼쪽 구석에 켜진 주방 등만 봐도 저택 규모를 가늠할 수 있었다. 톰은 크리스가 황홀하게 내뱉는 감탄사를 들으며 혼자 흐뭇하게 미소를 지었다. 벨옹브르와 플리송 가문 사람들을 걷어차 갈기갈기 조각내고 싶을 때도 있었다. 둘 다 모래성 같아서 발로 걷어차면 허물어질 것만 같았다. 프랑스 사람들의 독기, 욕망, 거짓말이 빚어낸 사고 때문에 돌아 버릴 것 같을 때면 그런 심정이 들었다. 엄밀히 말하자면, 여기에서 거짓말이란 진짜로 거짓말하는 게 아니라 사실을 고의로 은폐하는 것을 지칭했다. 톰은 남들이 벨옹브르를 칭찬하는 게 좋았다. 차고에 차를 세우고 크리스의 짐 가방 두 개 중 하나를 집어 들었다. 크리스는 자기가 둘 다 들겠다고 했다.

아네트 여사가 현관문을 열어 주었다.

"살림을 도맡아서 해 주시는 분이셔. 안 계시면 큰일 날 분이지." 톰이 소개했다. "아네트 여사님, 이쪽은 크리스토퍼예요."

"처음 뵙겠습니다, 봉수아르." 크리스가 말했다.

"봉수아르, 손님방을 준비해 놓았어요."

톰은 크리스를 2층으로 데리고 올라갔다.

"와, 근사해요. 무슨 박물관 같아요." 크리스가 감탄했다.

새틴과 오르몰루*가 제법 많이 보였다. "아내가 다 꾸민 거야. 지금은 집에 없지만."

"두 분이 같이 찍으신 사진 봤어요. 허버트 삼촌께서 뉴욕에서 보여 주셨어요. 금발에다 성함은 엘로이즈이시죠."

톰은 크리스에게 씻으라면서 자기는 아래층에 있겠다고 했다.

톰의 생각이 다시 머치슨에게로 향했다. 머치슨이 탑승자 명단에서 빠졌을 것이다. 경찰이 파리에 있는 호텔을 확인해도 머치슨은 어디에서도 보이지 않을 것이다. 출입국 기록을 확인한 결과, 머치슨이

---

* 금박을 이용해 도금하는 기법

10월 14일과 15일 맨더빌 호텔에 투숙했으며, 10월 17일에 다시 묵을 예정이라고 되어 있을 것이다. 10월 15일 밤 맨더빌 호텔 숙박부에 톰의 이름과 주소가 적혀 있을 것이다. 그렇다고 해도 톰이 그날 밤 맨더빌 호텔 투숙객 중에 유일하게 프랑스에 사는 사람은 아닐 것이다. 경찰이 신문하러 올까, 아닐까?

크리스가 아래층으로 내려왔다. 구불거리는 금발 머리를 빗어 넘겼다. 여태 코듀로이 바지에 군화를 신고 있었다. "오늘 저녁에 손님이 더 오시는 건 아니죠? 혹시 오시는 거면 옷을 갈아입겠습니다."

"우리 둘밖에 없어. 교외니 편하게 입으렴."

크리스는 톰이 수집해 놓은 그림들을 보다가 파스킨*이 그린 분홍빛이 감도는 누드 소묘를 더욱 주의 깊게 보았다. "1년 내내 이곳에서 지내시는 거예요? 진짜 좋으시겠어요."

톰이 스카치를 집어 들었다. 이번에도 시간을 어떻게 보내는지 설명해야 했다. 정원 가꾸기와 독학 중인 외국어 공부에 대해 말했는데, 사실 톰의 학습 계획은 그가 밝힌 것보다 훨씬 혹독했다. 그럼에도 그는 여유를 즐겼는데, 이건 오로지 미국인이기에 가능해 보였다. 미국인이라면 여유를 즐긴다는 게 뭔지 알지만, 실제로 즐기는 사람은 드물었다. 톰은 이것까지 굳이 남에게 설명하고 싶진 않았다. 톰이 약간의 여유와 사치를 갈망할 무렵, 디키 그린리프를 만난 것이다. 이제는 그걸 손에 넣었는데도 그 매력은 시들지 않았다.

크리스가 식탁에서 디키 얘기를 꺼냈다. 크리스는 디키가 몽지벨로에서 찍은 사진을 여러 장 봤는데, 그 중에 톰이 나온 사진도 있다고 했다. 크리스는 디키의 죽음과 관련된 일이자, 남들이 자살이라고 여기는 일에 대해 어렵사리 말을 꺼냈다. 크리스에게는 예의를 뛰어넘는 뭔가가 엿보였는데, 바로 감수성이었다. 톰은 촛불이 어른거리는 크리스의 푸른 눈동자에 반했다. 어느 늦은 밤 몽지벨로에서 종종 봤던, 촛불을 밝힌 나폴리의 어느 식당에서 봤던 디키의 눈동자를 닮았기 때문이었다.

크리스가 서서 프렌치 도어를 바라보다가 크림색 우물천장으로 시선을 올리며 말했다. "이런 집에서 살면 참 좋겠어요. 음악에 그림까지 있으니까요!"

톰은 자신의 스무 살 때 모습이 떠오르자 괴로웠다. 크리스의 가

* 불가리아계 미국 화가

99

족이 가난할 리 없지만, 집이 이렇게까지 좋지는 않을 것이다. 톰은 커피를 마시다가 〈한여름 밤의 꿈〉에 나오는 음악을 틀었다.

그때 전화가 왔다. 밤 10시경이었다.

프랑스 교환원이 전화번호를 확인하더니 런던에서 신청한 전화가 연결될 때까지 끊지 말라고 당부했다.

"여보세요. 접니다, 버나드 터프츠." 긴장한 목소리에 이어 직직거리는 소음이 들렸다.

"여보세요. 네, 톰이에요. 내 말 들려요?"

"좀 더 크게 말해 줄래요? 내가 왜 전화했냐면……." 버나드의 목소리가 심해에 가라앉는 것처럼 멀어졌다.

톰은 크리스를 쳐다보았다. 크리스가 앨범 표지에 적힌 글귀를 읽고 있었다. "이제 좀 들려요?" 톰이 수화기에 대고 목청을 높였다. 전화기가 그를 괴롭히겠다는 듯이 방귀 소리에 이어 산이 벼락 맞아 쩍 갈라지는 듯한 굉음을 냈다. 톰은 그 충격에 왼쪽 귀가 먹먹해져서 오른쪽 귀로 수화기를 옮겼다. 버나드가 천천히 크게 말하려고 애쓰는 소리가 들리긴 해도, 무슨 말인지 도저히 알아들을 수가 없었다. 들리는 거라곤 '머치슨'뿐이었다. "머치슨은 런던에 갔어요!" 톰은 고래고래 소리를 질렀다. 확실히 전달해야 할 말이 있다는 게 좋았다. 이제 맨더빌 호텔이란 단어가 들렸다. 테이트 갤러리 사람이 맨더빌 호텔에서 머치슨을 찾느라 고생하다가 벅마스터 갤러리에 문의한 걸까? "버나드, 도저히 안 되겠어요!" 톰이 포기하며 고함을 내질렀다. "편지에 써서 보내요." 톰은 버나드가 전화를 끊은 건지 안 끊은 건지도 알 수 없었다. 웅웅거리는 소리만 낮게 들끓었다. 톰은 전화가 끊겼다고 생각하고 수화기를 내려놓았다. "프랑스에서는 딱 한 통화만 받아도 120달러를 내야 한다니, 상상해 봐. 고함쳐서 미안하다."

"프랑스에서는 통화 품질이 형편없다는 소문이 파다하더라고요. 중요한 전화였어요? 혹시 엘로이즈?"

"아니."

크리스가 일어섰다. "관광 안내 책자 보여 드려도 되죠?" 2층으로 뛰어 올라갔다.

톰은 생각했다. 프랑스 경찰이나 영국 경찰, 어쩌면 미국 경찰까지 머치슨에 관해 묻는 건 시간문제였다. 막상 그런 상황이 벌어질 경우, 크리스가 이 집에 없기를 바랄 뿐이었다.

크리스가 세 권을 들고 내려왔다. 『가이드 블로』 프랑스 편, 프랑스 성에 관한 예술 책자, 독일 라인란트에 관한 두툼한 책. 크리스는 제럴드 헤이먼이 스트라스부르에 갔다가 돌아오면 라인란트에 같이 갈 거라고 했다.

크리스가 기분이 좋은지 브랜디를 홀짝이며 아껴 먹었다. "민주주의의 가치라는 게 뭔지 정말이지 의구심이 들어요. 미국인이 이런 말을 하다니 말도 안 되죠? 민주주의는 최소한의 교육을 받은 모든 구성원을 그 근간으로 하잖아요. 모든 국민이 최소한의 교육을 받도록 하려고 미국이 애는 쓰는데, 사실 우린 진짜 교육은 받지도 못했잖아요. 게다가 누구나 교육받고 싶어 한다는 게 진실이 아닐 수도 있다니……."

톰은 건성으로 흘려들으며 중간중간 무심코 말을 던졌는데, 그 소리를 듣고 크리스가 좋아하는 것 같았다. 적어도 오늘 밤에는 그랬다.

전화벨이 또 울렸다. 톰은 전화기 탁자 위에 놓인 작은 은시계를 확인했다. 오후 10시 55분.

어떤 남자가 프랑스어로 말했다. 경찰이라면서 밤늦게 전화해서 미안하다며 리플리 씨를 찾았다. "안녕하십니까? 혹시 토머스 머치슨이라는 미국인을 아십니까?"

"압니다."

"최근에 머치슨 씨가 댁에 들른 적이 있나요? 수요일이나 목요일쯤에요?"

"네, 그런데요."

"아, 그렇습니까? 지금 같이 계십니까?"

"아뇨, 머치슨 씨는 목요일에 런던으로 돌아가셨습니다."

"아닌데요, 런던으로 돌아가진 않고 짐 가방만 오를리 공항에서 발견되었습니다. 타기로 한 16시발 비행기에 탑승하지 않으셨습니다."

"아, 그런가요?"

"머치슨 씨의 친구 되십니까?"

"친구는 아니고, 최근에 알게 된 사이입니다."

"머치슨 씨가 댁에서 오를리 공항까지는 뭘 타고 가셨습니까?"

"제가 공항까지 태워 드렸습니다. 목요일 오후 3시 반경에요."

"머치슨 씨가 파리에서 신세를 질 만한 지인들이 있는지 혹시 아십니까? 파리 호텔에 투숙한 기록이 없어서요."

톰은 생각하느라 잠시 뜸을 들였다. "아뇨. 그런 말은 없었는데요."

톰의 대답에 경찰이 크게 실망한 게 분명했다. "앞으로 며칠은 댁에 계셔야 합니다. 저희 경찰이 문의드릴 일이 생길지도 몰라서 요⋯⋯."

이번에는 크리스가 흥미를 보였다. "이게 다 무슨 일이에요?"

톰이 씩 웃었다. "친구가 어디 있는지 아느냐면서 묻는 전화였어. 그걸 내가 아나."

머치슨 때문에 난리가 난 사람은 누굴까? 테이트 갤러리 관계자? 오를리 공항에서 근무하는 프랑스 경찰? 수사를 시작한 게 프랑스 경찰일까? 아니면 미국에 있는 머치슨의 아내가 요청한 걸까?

"엘로이즈는 어떤 분이세요?" 크리스가 물었다.

9 다음 날 아침 톰이 아래층으로 내려가니 크리스토퍼 씨가 산책하러 나갔다고 아네트 여사가 전했다. 크리스가 집 뒤에 있는 숲으론 가지 않았으면. 마을이나 둘러보겠지. 톰은 『런던 선데이스』를 집어 들고 어제는 쳐다보지도 않았던 기사를 훑어보았다. 머치슨과 관련된 단신이나 오를리 공항에서 실종된 사람에 관한 기사가 있는지 살펴보았다. 아무것도 없었다.

크리스가 발그레한 뺨을 하고 웃으며 들어왔다. 동네 잡화점에서 거품기를 사 들고 왔는데, 프랑스 사람들이 달걀을 휘저을 때 쓰는 도구였다. "누이한테 선물로 주려고요. 가방에 넣어도 무게가 얼마 나가지도 않아요. 톰이 사는 동네에서 샀다고 말해 줄 거예요."

톰은 크리스에게 다른 마을로 드라이브 가서 점심을 먹겠느냐고 물었다. "네가 가져온 『가이드 블로』도 들고 가자. 센강을 따라 드라이브할 거야." 톰은 조금 후에 올 우체부를 기다리고 싶었다.

편지 한 통이 전부였다. 검은색 잉크로 주소를 길게 기울여 쓴 필체가 보였다. 톰은 버나드의 필체를 본 적도 없으면서 버나드가 보냈다는 걸 단박에 알아챘다. 봉투를 뜯었다. 편지 맨 밑에 적힌 서명을 보니 톰의 추측이 맞았다.

런던 S.E.1
코퍼필드가 127

톰
이렇게 뜬금없이 편지를 보낸 걸 용서해요. 당신을 꼭

만나고 싶습니다. 찾아가도 됩니까? 재워 주지 않아도 돼요. 잠시 의논하고 싶습니다. 당신이 기꺼이 만나 준다면요.

버나드 터프츠

추신: 이 편지가 가기 전에 전화할 수 있으면 할게요.

버나드한테 당장 전보를 쳐야 하나? 뭐라고 치지? 별로 만나고 싶진 않지만 거절했다간 버나드의 우울증이 더 깊어질 것이다. 지금은 만나고 싶지 않았다. 오늘 오전에 작은 마을에 있는 우체국에 가서 전보를 치면 된다. 프랑스에서는 전보를 치려면 신청서 맨 밑에 발송자의 이름과 주소를 적어야 한다. 성도 주소도 가짜로 적으면 된다. 되도록 빨리 크리스를 집에서 내보내야 하는데, 그러고 싶진 않았다. "자, 나가 볼까?"

크리스가 소파에서 엽서를 쓰다가 일어났다. "좋아요!"

톰이 현관문을 여는 순간 프랑스 경찰관 두 명의 얼굴이 보였다. 경찰이 막 노크하려던 참이었다. 흰 장갑을 끼고 높이 쳐든 주먹을 보고 톰이 한 걸음 물러섰다.

"안녕하십니까, 리플리 씨 되십니까?"

"맞습니다. 들어오시죠." 플뢩에서 온 경찰관이 확실했다. 빌페르스에 근무하는 경찰관이라면 톰을 알고 있었고, 톰도 그들과는 안면이 있었다. 그런데 그 얼굴이 아니었다.

두 명의 경찰관은 거실로 들어오더니 앉지는 않겠다면서 모자를 벗어서 겨드랑에 끼웠다. 젊은 경찰관이 주머니에서 수첩과 연필을 꺼냈다.

"어젯밤에 머치슨 씨 일로 전화드린 사람이 접니다." 나이 많은 경찰관이 말했다. 경찰서장이었다. "런던 경찰청과 상의하고 전화로 의견을 주고받은 결과, 저희는 당신과 머치슨 씨가 수요일 같은 비행기로 오를리 공항에 도착했으며, 런던에서도 같은 호텔에 투숙했다는 걸 확인했습니다. 멘더빌 호텔이요. 그래서 말인데요⋯⋯." 경찰서장이 뿌듯하게 미소를 지었다. "목요일 오후 3시 반에 머치슨 씨를 오를리 공항까지 태워다 주셨다고요?"

"네."

"머치슨 씨와 청사 안에까지 동행하셨나요?"

"아뇨. 아시다시피 도로에는 주차가 안 돼서 내려 주기만 했습니다."

"머치슨 씨가 청사 안으로 들어가는 걸 보셨나요?"

톰이 생각에 잠겼다. "차를 몰고 가느라 후방은 살펴보지 못했습니다."

"머치슨 씨가 짐 가방을 인도 위에 남겨 둔 채 사라졌습니다. 혹시 오를리 공항에서 누굴 만난다고 했었나요?"

"그런 말은 없었는데요."

크리스토퍼 그린리프가 멀찌감치 서서 얘기를 다 듣고 있었다. 톰은 크리스가 별로 알아듣지 못할 거라고 확신했다.

"머치슨 씨가 런던에서 친구를 만난다고 했습니까?"

"아뇨. 그런 말도 못 들었습니다."

"오늘 오전에도 맨더빌 호텔과 통화했습니다. 머치슨 씨가 묵기로 했던 호텔이니 혹시 연락이 왔었느냐고 문의했습니다. 호텔 측에서 말하길, 연락은 없었고 누구더라……." 경찰서장이 젊은 경찰관을 쳐다보았다.

"라이머 씨입니다." 젊은 경찰관이 알려 주었다.

"라이머 씨가 호텔로 전화를 했답니다. 금요일에 머치슨 씨하고 만나기로 했다면서요. 런던 경찰청 얘기에 따르면, 머치슨 씨가 자신이 소장한 그림이 진품인지 감정받고 싶어 했다고 하더군요. 더와트 작품이라고 하던데, 혹시 아는 게 있으신가요?"

"그럼요, 알죠." 톰이 대답했다. "그 그림을 머치슨 씨가 들고 왔어요. 저희 집에 있는 더와트 작품을 보고 싶다면서요." 톰은 벽에 걸린 작품 두 점을 가리켰다. "그래서 런던에서 저희 집까지 온 겁니다."

"그랬군요. 머치슨 씨와는 언제부터 친분이 있었나요?"

"지난 화요일에 처음 만났습니다. 더와트 작품전이 열리는 갤러리에서 머치슨 씨를 봤는데, 그날 저녁 호텔에서 다시 마주치는 바람에 얘기를 나누게 됐죠." 톰이 몸을 돌리더니 말했다. "미안한데 크리스, 좀 중요한 일이라서."

"괜찮아요, 계속하세요."

"머치슨 씨가 가져온 그림은 어디에 있나요?"

"도로 가져가셨죠."

"여행 가방에 넣어서 가져갔나요? 가방 안엔 없던데요." 경찰서장이 젊은 경찰관을 쳐다보았다. 둘 다 놀란 표정이었다.

104

오를리 공항에서 도난당했군, 이렇게 고마울 수가. "누런 종이에 싸서 머치슨 씨가 들고 가셨습니다. 설마 도난당한 건 아니겠죠."

"이런, 누가 훔쳐 간 게 분명합니다. 작품명이 뭐였나요? 크기는 어느 정도였죠? 설명해 주시겠습니까?"

톰은 모든 질문에 정확하게 대답해 주었다.

"저희로선 복잡한 상황입니다. 런던 경찰청 관할이긴 하나, 저희 프랑스 경찰이 할 수 있는 건 모두 해 줘야 합니다. 그러니까 〈시계〉라는 작품이 진품이 아닌 것 같다고 머치슨 씨가 의심했다는 겁니까?"

"네, 처음에는요. 저보다 그림에 훨씬 조예가 깊으시던데요. 머치슨 씨의 설명이 흥미로웠습니다. 저도 더와트의 작품을 두 점 소장하고 있으니까요. 그래서 와서 보시라고 집으로 초대한 겁니다."

"그렇다면." 경찰서장이 당황한 표정을 짓다가 얼굴을 찌푸렸다. "머치슨 씨가 보더니 뭐라던가요?" 순전히 호기심에 묻는 말 같았다.

"저희 집에 있는 그림은 둘 다 진품이 확실하다고 하셨습니다. 저도 그렇게 생각하고요. 그래서 머치슨 씨가 자기 그림도 진품일 거라는 쪽으로 생각이 기울었는지, 라이머 씨와 한 약속을 취소해야겠다고 하셨습니다."

"아하." 경찰서장이 전화기를 쳐다보았다. 믈룅 경찰서에 전화할까 고민하는 눈치였지만 전화기를 써도 되는지 묻지는 않았다.

"와인 한잔하실래요?" 톰이 경찰에게 물었다.

둘 다 와인은 됐고 톰이 소장한 그림을 보고 싶다고 했다. 톰은 기꺼이 그림을 보여 주었다. 두 명의 경찰이 집 안을 돌아다니며 이야기를 나누었다. 캔버스와 소묘를 보면서 감탄하며 온몸으로 반응하는 걸 보니, 그림에 조예가 꽤 깊어 보였다. 시간이 날 때마다 미술관을 다니는 모양이었다.

"더와트가 런던에서 꽤 유명한 화가죠." 젊은 경찰관이 말했다.

"맞습니다." 톰이 대답했다.

조사가 끝났다. 경찰이 감사 인사를 하고 떠났다.

톰은 아네트 여사가 아침에 장을 보러 가느라고 집을 비워서 다행이라 여겼다.

톰이 현관문을 닫자 크리스가 머쓱하게 웃었다. "이게 다 무슨 일이에요? '오를리'하고 '머치슨'이란 말밖에 못 알아듣겠어요."

"토머스 머치슨이라는 미국인이 지난주 우리 집에 왔다 갔는데, 오를리 공항에서 런던행 비행기에 타지 않았대. 사라진 모양이야. 경찰은 오를리 공항 인도 위에 있던 짐 가방만 찾았나 봐. 내가 목요일에 내려 준 장소에서."

"사라져요? 세상에! 나흘 전이잖아요."

"나는 어젯밤에야 알았어. 경찰이 전화했거든."

"참 이상하네요." 크리스가 몇 가지를 물었고 톰은 경찰에 대답했던 대로 말해 주었다. "필름이 끊겨서 짐을 두고 간 것 같은데요. 취한 건 아니었죠?"

톰이 웃었다. "당연히 아니지. 나도 도통 모르겠다."

두 사람은 알파 로메오를 타고 센강을 따라 드라이브했다. 사무아 쉬르센 근처에서 톰은 1944년 패튼 장군*이 군대를 이끌고 파리로 진격할 때 건넜다던 센강 다리를 크리스에게 보여 주었다. 크리스가 차에서 내려서 작은 회색 기둥에 적힌 글귀를 읽더니 촉촉해진 눈으로 돌아왔다. 톰도 영국 시인 키츠의 묘비를 읽고는 그런 적이 있었다. 점심은 퐁텐블로에서 먹었다. 톰은 바사무아에서 가장 유명한 식당인 슈베르트랑에서는 먹고 싶지 않았다. 톰과 엘로이즈는 솔직히 다시 가고 싶다는 생각이 아직까지는 들지 않았다. 가족이 운영하는 식당이었는데, 그들은 손님이 식사를 끝내기도 전에 대걸레로 바닥을 훔치고, 철제 의자를 타일 바닥 위로 질질 끌어서 인간의 청력을 매몰찰 정도로 배려하지 않는 습관이 몸에 배어 있었다. 식사를 마치고 톰은 아네트 여사가 부탁한 심부름도 잊지 않았다. 빌페르스에서는 구하기 힘든 그리스식으로 졸인 양송이버섯과 셀러리 레물라드 소스를 샀다. 소시지도 샀는데 이름은 까먹었다. 퐁텐블로에서 장을 다 본 다음 트랜지스터 라디오에 끼울 배터리도 샀다.

돌아오는 길에 크리스가 웃으며 말했다. "오늘 아침에 숲에 갔더니 새로 생긴 무덤이 있더라고요. 생긴 지 얼마 안 돼 보였어요. 오늘 아침에 경찰이 온 걸 보니 웃겼어요. 경찰이 아저씨 댁에 왔다가 실종된 사람을 찾고 있잖아요. 만일 숲에 있는 무덤을 본다면……." 크리스가 계속 깔깔거렸다.

맞아, 웃기지. 정말 웃기는 일이지. 톰은 무시무시한 위기를 불러올 것 같은 무덤 때문에 헛웃음이 나왔지만 입을 앙다물었다.

* 제2차 세계 대전에서 활약한 미국 육군 대장

10

다음 날은 구름이 잔뜩 끼더니 9시부터 비가 부슬부슬 내리기 시작했다. 아네트 여사가 밖으로 나가더니 어디선가 쿵쿵대는 덧문을 붙들어 맸다. 여사는 라디오에서 기습적으로 소나기가 쏟아진다는 예보를 들었다며 톰에게 전했다.

바람이 불자 톰은 불안해졌다. 오전에 크리스와 같이 관광을 나가기로 한 건 취소했다. 점심때가 되자 폭풍이 더욱 거세졌다. 바람에 백양목 꼭대기가 채찍처럼, 검처럼 휘어졌다. 집 근처 나무에서 부러진 작은 나뭇가지가 날아와 지붕을 시끄럽게 때리더니 굴러떨어졌다.

"이 동네에서 이런 날씨는 처음 봐." 톰이 점심을 먹으며 말했다.

디키의 쿨함을 닮은 건지, 그린리프 가문 사람들이 전부 그런 건지 크리스는 휘몰아치는 날씨를 보며 즐거워했다.

30분 정도 전기가 끊겼다. 톰은 프랑스 근교에서는 폭풍우가 스치고 지나가기만 해도 정전이 된다고 설명했다.

톰은 점심을 먹고 작업실로 올라가서 그림을 그렸다. 신경이 곤두설 때 그림을 그리면 도움이 되기도 했다. 작업대 위에 신문지와 침대보로 쓰던 낡고 널찍한 천을 깔고 묵직한 바이스와 두꺼운 예술 관련 서적, 원예 서적에 캔버스를 받쳐 놓은 다음 그 앞에 서서 그림을 그렸다. 허리를 굽히고 그림을 열심히 들여다보다가 수시로 멀찍이 물러나 살펴보았다. 아네트 여사를 더코닝*의 화풍으로 그린 초상화였다. 닮은 구석이 없어서 아네트 여사가 봐도 자기를 그린 초상화일 거라고는 아예 생각하지 못할 것이다. 톰이 작정하고 더코닝을 따라 그린 것도 아니었고, 작품을 구상할 때 더코닝을 떠올린 것도 아니었다. 그런데도 아네트 여사의 초상화가 더코닝의 화풍을 닮았다는 데에는 이견이 있을 수 없었다. 미소 짓는 아네트 여사의 파리한 입술이 살짝 벌어지면서 발그레한 입술 안쪽과 고르지 못한 누런 치열이 드러났다. 여사는 목에 하얀 프릴이 달린 연보라 원피스를 입고 있었다. 전반적으로 붓을 다소 넓게 쓰면서 선을 길게 빼는 기법을 썼다. 이 초상화를 그리려고 톰은 거실에 앉아 무릎에 스케치북을 올려놓고 몰래 여사의 모습을 빠르게 여러 번 스케치했었다.

이제는 번개까지 쳤다. 톰은 몸을 펴고 숨을 골랐다. 긴장했는지 가슴이 뻐근했다. 트랜지스터 라디오에서 〈프랑스 문화〉라는 방송이 흘러나왔다. 연결이 고르지 못한 상태로 작가의 인터뷰가 진행되고 있

* 네덜란드 출신의 미국 추상 표현주의 화가

107

었다. "이번에 쓰신 위블로(호이블라인가?)에 관한 책은 (지지직)······을 출발점으로 삼으셨습니다. 일부 평론가에 따르면······ 지금껏 사르트르의 실존주의를 비판하는 사조에 반기를 들어 오시다가 이번에······로 회귀하신 듯한데요······." 톰은 불쑥 라디오를 껐다.

근처 숲에서 섬뜩한 균열음이 들렸다. 창밖을 내다보았다. 소나무와 백양목 꼭대기가 여전히 휘어져 있었다. 나무가 숲에서 쓰러졌다고 해도 우중충한 청록색 녹음이 짙은 숲속이 집에서는 보일 리 없었다. 나무가 쓰러진 걸까. 아주 작은 나무가 쓰러지면서 그 빌어먹을 무덤을 덮친 걸까. 그랬으면 얼마나 좋을까. 톰은 아네트 여사의 머리를 칠하려고 붉은 기가 도는 황토색을 조색했다. 오늘은 그림을 완성하고 싶었다. 그때 아래층에서 목소리가 들렸다. 아니, 들린 것 같았다. 남자들이 떠드는 소리였다.

톰은 복도로 나갔다.

영어로 말하는데 무슨 말인지는 들리지 않았다. 크리스가 누군가와 얘기하고 있었다. 버나드인가. 영국 악센트가 들렸다. 맞다, 젠장.

톰은 테레빈유가 든 컵 위에 팔레트 나이프를 조심스레 걸쳐 놓고 문을 닫은 다음 아래층으로 다급히 내려갔다.

버나드가 홀딱 젖은 채 현관문 안에 깔아 둔 매트 위에 서 있었다. 톰은 버나드의 짙은 눈동자를 보고 놀랐다. 시커먼 일자 눈썹 아래로 보이는 두 눈은 전보다 더 퀭해졌다. 겁에 질린 표정이라는 생각이 스치는 순간, 톰에겐 버나드가 죽음 그 자체로 보였다.

"버나드, 어서 와요."

"잘 있었어요?" 버나드가 말했다. 발밑에 더플백이 놓여 있었다.

"이쪽은 크리스토퍼 그린리프, 이쪽은 버나드 터프츠. 벌써 인사했지?"

"네, 했어요." 크리스가 웃으며 말했다. 말동무가 생겨서 좋아하는 눈치였다.

"이런 꼴로 와서 괜찮을지 모르겠네요."

톰은 괜찮다면서 버나드를 안심시켰다. 아네트 여사가 나오자 인사시켜 주었다.

아네트 여사가 버나드에게 코트를 받아 주겠다고 했다.

톰은 불어로 여사에게 말했다. "버나드 씨가 쓰시게 작은방을 치워 줘요." 두 번째 손님방은 거의 쓸 일이 없어서 싱글 침대만 두었는데, 그 방을 톰 부부는 '작은방'이라 불렀다. "버나드 씨가 오늘 밤에 식

108

사도 같이할 겁니다." 톰이 버나드에게 물었다. "어떻게 왔어요? 택시를 믈룅에서 탔어요? 아니면 모레에서?"

"믈룅에서 탔어요. 런던에서 이 동네 지도를 찾아봤거든요." 버나드가 자신의 필체처럼 삐쩍 말라서 뼈만 남은 몰골로 두 손을 비비며 서 있었다. 재킷도 흠뻑 젖은 상태였다.

"갈아입을 스웨터 줄까요, 버나드? 아니면 브랜디부터 마시겠어요? 마시면 몸에서 열이 좀 날 겁니다."

"괜찮습니다. 고마워요."

"거실로 들어와요! 차는 마실 거죠? 여사님이 내려오면 부탁하면 돼요. 앉아요, 버나드."

버나드는 크리스를 불안한 눈으로 바라보는 듯했다. 크리스가 먼저 앉기를 기다리는 눈치였다. 그 순간, 톰은 버나드가 불안하게 쳐다보지 않는 게 없다는 걸 간파했다. 하다못해 커피 테이블 위에 놓인 재떨이마저도 불안한 시선으로 바라보고 있었다. 상황이 이렇다 보니, 말을 주고받기가 극도로 곤란했다. 버나드는 크리스가 자리를 피해 줬으면 하는 기색이었지만, 크리스는 눈치라곤 없었다. 버나드가 눈에 띄게 불안해하니 자기가 옆에 있어 주는 게 도움이 될 거라고 착각하는 것 같았다. 버나드가 말을 더듬고 손을 부들부들 떨었다.

"오래 방해하고 싶은 마음은 추호도 없어요."

톰이 웃었다. "오늘은 자고 갈 거잖아요! 내가 이 집에 산 지 3년 됐는데, 오늘처럼 날씨가 안 좋은 날은 처음이에요. 비행기가 착륙하느라고 애먹진 않았나요?"

버나드는 기억하지 못했다. 그는 벽난로 위에 걸린 〈의자에 앉은 남자〉로 시선을 보냈다가 거두었다. 자기가 그린 그림이었다.

톰은 저 작품 속에 쓰인 코발트 바이올렛 원색이 떠올랐다. 이젠 톰에겐 보라색이 독극물 같아 보였다. 그건 버나드도 매한가지일 것이다. "〈붉은 의자〉는 오랜만에 보죠?" 톰이 자리에서 일어나며 물었다. 〈붉은 의자〉는 버나드의 등 뒤에 걸려 있었다.

버나드가 두 다리는 소파에 딱 붙인 채 일어서서 상체만 틀었다.

버나드의 얼굴에 진정한 미소가 희미하게 번졌다. 톰의 노력이 보상받은 것이다. "네. 좋네요." 버나드가 나지막이 읊조렸다.

"혹시 화가세요?" 크리스가 물었다.

"네." 버나드가 다시 자리에 앉았다. "더와트보다는 못 그려요."

"아네트 여사님, 차 마시게 물을 준비해 주세요." 톰이 부탁했다.

아네트 여사가 타월을 들고 2층에서 내려왔다. "금방 갖다드릴게요."

"혹시." 크리스토퍼가 버나드에게 말을 걸기 시작했다. "실력 있는 화가와 실력 없는 화가로 나뉘는 기준이 대체 뭘까요? 예를 들자면, 제가 보기엔 더와트만큼 그리는 화가가 몇 명은 더 있는 것 같거든요. 당장은 이름이 떠오르지 않지만요. 아, 맞다. 파커 넌널리라고 있는데 혹시 아세요? 왜 다들 더와트더러 대단한 화가라고 하는 거죠?"

톰도 정답을 찾아 헤맸다. "독창성 때문이지." '유명세'란 단어도 떠올랐다. 톰은 버나드의 대답을 기다렸다.

"성정이죠." 버나드가 조심스레 말했다. "더와트니까요."

"혹시 아는 사이세요?" 크리스가 물었다.

톰은 가슴이 찌릿했다. 버나드를 향한 연민 때문에 가슴이 살짝 아렸다.

버나드가 고개를 끄덕였다. "아, 네." 이제 그가 앙상한 두 손으로 한쪽 무릎을 감싸 안았다.

"만나면 성정이 느껴져요? 그러니까 제 말은, 얼굴을 보면 느껴지냐는 뜻이에요."

"그럼요." 버나드가 훨씬 단호하게 대답했다. 그러면서도 이런 대화는 괴롭다는 듯이 온몸을 비틀었다. 동시에, 어두운 눈매로 그 주제와 관련하여 뭔가 다른 할 말을 찾는 듯한 눈치였다.

"제가 좋은 질문을 한 것 같진 않네요. 실력 있는 화가들은 대부분 일상생활에서 성정을 드러내거나 열정을 낭비하지도 않잖아요. 겉으로 보기엔 다들 지극히 평범해 보이니까요." 크리스가 말했다.

차가 나왔다.

"트렁크는 안 들고 왔어요, 버나드?" 톰은 버나드가 트렁크를 들고 오지 않은 걸 보니 기본적인 필수품조차 챙겨 오지 않았다는 게 걱정스러웠다.

"네. 급히 오느라."

"걱정하지 말아요. 필요한 건 우리 집에 다 있어요." 톰은 자신과 버나드를 번갈아 보는 크리스의 시선이 느껴졌다. 둘이 어떻게 아는 사이인지, 얼마나 잘 아는 사이인지 추리하는 것 같았다. "출출하죠?" 톰이 버나드에게 물었다. "여사님이 샌드위치를 만드는 걸 좋아해요." 차와 샌드위치 네 조각이 같이 나왔다. "아네트 여사님한테 먹고 싶은 거 있으면 뭐든 말해요."

"괜찮습니다. 고마워요." 버나드가 찻잔을 내려놓았다. 찻잔이 받침에 부딪히면서 달그락거리는 소리가 세 번 났다.

제프와 에드가 진정제를 먹여서 버나드를 달래 왔다면 지금쯤 무슨 약이든 더 먹여야 하는 건 아닌지 톰은 궁금했다. 버나드가 찻잔을 비웠다. 톰은 버나드를 데리고 2층으로 올라가 방을 보여 주었다.

"욕실은 크리스하고 같이 써요. 여기 복도를 지나서 아내 방으로 해서 들어가면 됩니다." 톰은 문을 열어 두었다. "엘로이즈가 집을 비웠어요. 그리스에 갔거든요. 우리 집에서 조금이라도 푹 쉬다 갔으면 좋겠어요, 버나드. 대체 무슨 일이에요? 대체 왜 걱정하는 겁니까?"

두 사람은 버나드가 쓸 '작은방'으로 다시 들어간 다음 문을 닫았다.

버나드가 고개를 내저었다. "끝이 보여요. 이제 그만해야겠어요. 전시회가 끝났어요. 내가 그린 마지막 전시회가 끝났다고요. 마지막 작품은 〈욕조〉였죠. 그런데 갤러리에서는 더와트를 계속 살려 두려고 기를 쓰고 있다고요."

톰은 자기가 다 처리했다고 말하려다가 버나드처럼 굳은 표정을 풀지 않았다. "흠…… 더와트는 지난 5년간 살아 있었잖아요? 이제 당신이 그만하고 싶다면 갤러리에서도 강요하진 않을 겁니다, 버나드."

"허, 강요할 거예요. 제프와 에드가요. 난 할 만큼 했다고요. 넘치도록 했어요."

"그 사람들도 알고 있을 테니, 걱정하지 말아요. 음…… 더와트가 다시 은둔 생활에 돌입했다고 하면 돼요. 멕시코에서요. 앞으로 몇 년은 그리기만 하고 공개하진 않겠다고 선언하면 됩니다." 톰은 서성이며 말했다. "세월이야 흐를 테고. 더와트가 죽으면서 남은 그림을 모두 소각하는 바람에 그림을 못 보게 되었다고 둘러대면 된다고요!" 톰이 씩 웃었다.

버나드가 우울한 눈으로 바다를 응시했다. 톰은 상대방이 이해하지 못하는 농담을 건넨 것만 같았다. 성당에서 불경한 농담을 지껄여 신성 모독을 한 기분이랄까.

"쉬어요, 버나드. 수면제 먹을래요? 아주 약한 게 있는데."

"괜찮아요."

"좀 씻어요. 크리스하고 난 신경 쓰지 말고. 방해하지 않을 테니 같이 저녁 먹고 싶으면 8시에 내려와요. 술 생각나면 조금 일찍 내려오고."

방금 바람이 우우우 하며 우는 소리를 내자 굵은 나무의 허리춤이 휘어졌다. 두 사람은 창밖으로 그 장면을 목격했다. 뒷마당에 있는 나무였다. 이 집도 휘어질지 모른다는 생각이 들자, 톰은 본능적으로 두 다리에 힘이 들어갔다. 이런 날씨에 침착할 사람이 누가 있으랴.

"커튼 쳐 줄까요?" 톰이 물었다.

"좋을 대로 하세요." 버나드가 톰을 쳐다보았다. "〈의자에 앉은 남자〉를 보고 머치슨이 뭐라던가요?"

"위작 같다고 했죠, 처음에는요. 그러다가 위작이 아니라는 내 말에 설득당했죠."

"어떻게요? 머치슨이 자기주장을 나한테 말했다고요. 라벤더색 이론이요. 머치슨 말이 맞아요. 내가 실수한 작품이 셋이에요. 〈의자에 앉은 남자〉하고 〈시계〉, 그리고 이번에 공개한 〈욕조〉까지요. 내가 왜 그랬을까요. 왜 그랬는지 모르겠어요. 내가 생각을 안 했던 거예요. 머치슨 말이 다 맞아요."

톰은 입을 닫고 있다가 말했다. "우리가 모두 겁먹는 게 당연해요. 더와트가 살아 있었다면 오랜 세월에 걸쳐 차차 실수를 만회했겠죠. 이번에 위험하긴 했어요. 더와트가 이 세상 사람이 아니라는 사실이 들통날 뻔했지만, 우리가 그 난관을 극복했다고요, 버나드."

버나드는 아예 듣지도 않다가 물었다. "당신이 〈시계〉를 사겠다고 했나요?"

"아뇨. 난 더와트가 한두 작품, 아니, 세 작품 정도는 예전에 쓰던 보라색으로 회귀한 게 분명하다고 머치슨을 설득했어요."

"머치슨이 그림 수준이 어쩌고저쩌고 들먹였다니까요. 제기랄!" 버나드가 침대에 걸터앉아 있다가 뒤로 훌렁 몸을 넘겼다. "머치슨은 지금 런던에서 뭘 할까요?"

"나야 모르죠. 그래도 전문가를 만나거나 무슨 일을 벌이지는 않을 겁니다. 그건 내가 장담해요, 버나드. 내가 머치슨을 우리 쪽으로 설득했어요." 톰이 달래듯 말했다.

"당신이 머치슨을 설득했다면 방법은 딱 하나였겠죠. 몹시 험한 방법을 썼겠죠."

"그게 무슨 소립니까?" 톰이 웃으며 물었지만 가슴이 철렁했다.

"날 건드리지 말라고 했겠죠. 내가 불쌍하니까, 동정해야 할 대상이니까. 난 동정받고 싶지 않다고요."

"당신 얘기는 하지도 않았어요." 톰은 버나드에게 미쳤다고 일갈하고 싶었다. 버나드는 미치거나, 적어도 잠시 정신이 나간 것 같았다.

그런데 버나드가 한 말은 톰이 머치슨을 죽이기 직전에 지하실에서 했던 말과 정확히 일치했다. 톰은 버나드가 이제 더는 '더와트'를 그리지 않겠다고 하니 그를 건드리지 말라고 머치슨을 설득했었다. 게다가 세상을 떠난 더와트를 우상으로 떠받드는 버나드를 머치슨에게 이해시키려고 안간힘을 썼었다.

"머치슨은 설득한다고 설득당할 사람이 아니에요. 거짓말로 날 위로하려 하지 말아요, 톰. 거짓말이라면 질릴 만큼 질렸다고요!"

"거짓말하는 거 아닙니다." 톰은 사실 버나드에게 거짓말하는 중이라 마음이 편치 않았다. 거짓말해도 마음이 불편했던 적은 별로 없었다. 그는 언젠가 버나드에게 머치슨이 죽었다는 걸 알려야 할 때가 오리란 걸 직감했다. 그것만이 버나드를 안심시킬 유일한 길이었다. 위작 사기극이 들통날까 봐 걱정하는 버나드를 조금이나마 안심시킬 유일한 방법이었다. 하지만 지금은 털어놓을 수 없었다. 그랬다간 버나드가 길길이 날뛸 것이다. "금방 올게요."

버나드가 침대에서 일어나더니 곧바로 창문으로 걸어갔다. 바람에 떠밀린 빗줄기가 창문을 때렸다.

톰은 움찔했지만 버나드는 꿈쩍하지 않았다. 톰은 자기 방으로 가서 버나드가 입을 파자마며 가운이며 실내화까지 챙겼다. 그리고 뜯지 않은 새 칫솔도 꺼냈다. 버나드가 칫솔을 가져오지 않았을 테니, 칫솔은 욕실에 갖다 두었다. 그는 버나드에게 필요한 게 있으면 아래층으로 내려오라고 말하고 혼자서 쉬라고 했다.

크리스가 방으로 들어갔는지 손님방에 불이 켜져 있었다. 폭풍우가 몰아치는 바람에 집이 이상할 정도로 어두컴컴해졌다. 톰은 방에 가서 서랍 안에 넣어 둔 백작의 치약을 꺼냈다. 아래서부터 둘둘 말아 놓으니 쓸 만했다. 치약을 쓰레기통에 버려서 아네트 여사한테 걸리느니 차라리 써 버리는 편이 나았다. 괜히 멀쩡한 치약을 버린 이유를 댈수 없을 테니 말이다. 톰은 세면대에 있던 치약을 집어다가 크리스와 버나드가 쓰는 욕실에 갖다 놓았다.

젠장 버나드를 어쩐다? 경찰이 크리스가 있을 때 온 것처럼 버나드가 있을 때 들이닥치면 어쩌지? 버나드는 불어를 꽤 잘하는데.

톰은 자리에 앉아서 엘로이즈에게 편지를 썼다. 아내에게 편지를 쓰다 보면 마음이 진정되었다. 불어를 제대로 쓴 건지 궁금해도 굳이 사전을 찾지 않았다. 그가 불어로 실수하면 엘로이즈가 즐거워했기 때문이다.

113

사랑하는 엘로이즈

　　디키 그린리프의 사촌 동생 크리스토퍼라는 근사한 청년이 이틀 정도 우리 집에 와 있어. 파리는 이번이 처음이래. 스무 살에 파리를 처음 와 봤다니 상상해 봐. 파리가 너무 광활해서 꽤 놀랐나 봐. 크리스는 캘리포니아에서 왔어.

　　오늘 무섭게 폭풍우가 치더라. 비바람 때문에 다들 예민해졌지.

　　보고 싶다. 붉은색 수영복은 받았지? 아네트 여사한테 항공 우편으로 부치라면서 돈을 넉넉히 주었거든. 혹시나 항공 우편으로 보내지 않았다면 한마디 해야겠군. 당신이 집에 언제 오느냐고 다들 물어. 그레 부부하고 차를 마셨어. 당신이 없으니 너무 쓸쓸해. 당신이 집에 돌아오면 당신을 품에 안고 잠이 들었으면 좋겠어.

외로운 남편
톰

톰은 우표를 붙인 다음 편지를 아래층으로 들고 내려가 복도 탁자 위에 올려놓았다.

　　크리스가 거실 소파에서 책을 읽다가 일어났다. "혹시." 크리스가 목소리를 낮추고 물었다. "저분한테 무슨 일 있어요?"

　　"힘든 일이 있었대, 런던에서. 작업이 잘 안 풀려서 우울한가 봐. 게다가 찬 건지 차인 건지 모르겠지만 여자 친구하고 헤어진 모양이야."

　　"두 분이 친하세요?"

　　"아니, 별로."

　　"그냥 궁금해서요. 저분 상태가 무척 안 좋아 보여서요. 제가 그만 갈까요? 내일 아침이나, 아니면 오늘 밤에라도 나갈게요."

　　"오늘 밤은 안 돼, 크리스. 이 날씨에 가긴 어딜 가? 네가 여기에 있는 거 난 괜찮은데."

　　"그런데 저분은, 버나드 씨는 안 괜찮으신 것 같아요." 크리스가 계단 쪽으로 고개를 돌렸다.

114

"집에 방이 없을까 봐 그래? 버나드하고 단둘이 얘기하고 싶으면 얘기할 방은 많으니 걱정하지 마."

"알겠습니다. 정말이죠? 그럼 내일까지는 있을게요." 크리스가 뒷주머니에 두 손을 찌르고는 프렌치 도어를 향해 걸어갔다.

당장이라도 아네트 여사가 나와서 커튼을 칠 것만 같았다. 그래야 정신을 쏙 빼놓는 이 난리 통에 조금이나마 진정이 될 것 같았다.

"저기 좀 보세요!" 크리스가 잔디밭을 가리켰다.

"뭔데?" 나무가 쓰러졌나, 톰은 대수롭지 않게 여겼다. 크리스가 뭘 봤는지 알아채기까지 잠시 시간이 걸렸다. 너무 어두웠다. 어떤 형체가 잔디밭을 천천히 가로지르는 게 보였다. 처음에는 머치슨의 혼령인 줄 알고 벌떡 일어났다. 그러나 톰은 귀신의 존재를 믿지 않았다.

"버나드 씨예요!" 크리스가 외쳤다.

당연히 버나드였다. 톰은 프렌치 도어를 열고 빗속으로 뛰쳐나갔다. 사방에서 차가운 빗줄기가 흩뿌려졌다. "버나드! 밖에서 뭐 해요?" 버나드는 대답 없이 계속 고개를 쳐든 채 유유자적 거닐고 있었다. 톰이 버나드에게 뛰어가다가 돌계단 맨 위 칸에서 발을 헛디디고 말았다. 그 바람에 넘어지듯 쭉 미끄러지다가 맨 밑 칸까지 내려가서야 간신히 중심을 잡았다. 하지만, 그만 발목을 접질리고 말았다. "버나드! 들어갑시다!" 톰이 절룩거리며 버나드에게 다가가며 고함쳤다.

크리스도 뛰어내려와 거들었다. "이러다 홀딱 젖겠어요!" 크리스가 웃으면서 버나드의 팔을 움켜쥐려 했지만, 감히 엄두를 내지 못했다.

버나드의 손목을 단단히 움켜잡은 건 톰이었다. "버나드, 독감에 걸리려고 작정했어요?"

버나드가 두 사람이 있는 쪽으로 고개를 돌리더니 씩 웃었다. 이마에 들러붙은 검은 머리칼을 타고 빗물이 줄줄 흘러내렸다. "좋아서요. 정말 좋네요. 이렇게 해 보고 싶었거든요!" 버나드가 톰의 손을 뿌리치더니 두 팔을 높이 쳐들었다.

"그래도 들어가자고요. 제발, 버나드."

버나드가 톰을 보더니 웃었다. "알았어요." 버나드가 톰을 어르듯 대답했다.

셋이서 집을 향해 천천히 걸어갔다. 버나드가 장대비를 온몸으로 받아 내고 싶어 하는 것 같았다. 기분은 좋아 보였다. 버나드가 러그를 더럽히지 않으려고 프렌치 도어 앞에서 신발을 벗더니 명랑하게 몇 마디를 건넸다. 재킷도 벗었다.

"이번에는 진짜로 옷을 갈아입어야겠군요. 내가 옷 갖다줄게요."
톰도 신발을 벗으며 말했다.

"좋죠. 갈아입을게요." 버나드가 얌전히 말하더니 신발을 손에 들고 느릿느릿 계단을 올랐다.

크리스가 톰을 보더니 디키처럼 인상을 잔뜩 찌푸렸다. "저 남자 미쳤나 봐요!" 크리스가 속삭였다. "진짜로 미쳤나 봐요."

톰은 고개를 끄덕였다. 왠지 모르게 온몸이 부들거렸다. 진짜로 미친 사람을 볼 때처럼 온몸이 떨렸다. 온몸이 산산조각 나는 기분이 들었다. 아까부터 그랬다. 24시간은 계속 이럴 것이다. 톰은 한쪽 발을 살살 디딘 후 발목을 돌려 보았다. 발목에 문제가 생길 것 같진 않았다. "그러게 말이다." 톰이 크리스에게 말했다. "올라가서 갈아입을 옷이나 챙겨 줘야겠어."

11

그날 밤 10시경, 톰은 버나드의 방문을 두드렸다. "납니다, 톰이에요."

"톰, 들어와요." 차분한 목소리였다. 버나드가 책상에 앉아 손에 펜을 들고 있었다. "아까 저녁때 내가 비 맞고 돌아다녀서 놀란 건 아니죠? 비를 맞았더니 원래 내 모습을 되찾은 심정이에요. 진짜 드문 경우지만."

톰은 이해가 됐다. 너무나 이해가 됐다.

"앉아요, 톰! 문 닫고 들어와서 편히 있어요."

톰은 버나드의 침대에 걸터앉았다. 사실은 저녁을 먹으며 크리스 앞에서 약속한 게 있어서 버나드를 보러 온 것이다. 저녁을 먹는 내내 버나드는 훨씬 밝아진 모습이었다. 지금은 인도산 가운을 걸치고 있었다. 책상 위에 검정 잉크로 빼곡히 채운 편지지 두 장이 놓여 있었다. 보아하니 편지를 쓰는 것 같지는 않았다. "더와트가 됐다고 느낄 때가 많은가 보군요."

"가끔은요. 그런데 과연 누가 진짜로 더와트가 될 수 있을까요? 런던 거리를 거닐 때면 그런 기분은 들지 않아요. 그림을 그리다 보면 잠시나마 더와트가 된 것 같은 기분이 들기도 하지만요. 이제는 홀가분하게 말할 수 있어요. 그만두게 되어 좋아요. 이미 그만두었고요."

톰은 편지지가 일종의 자백서일 것 같다는 예감이 들었다. 대체 누구한테 자백하는 걸까?

버나드가 한쪽 팔을 의자 등받이에 걸쳤다. "내가 4~5년 동안 계속해서 더와트를 따라 그리다 보니 그림이 진화했어요. 더와트가 지금까지 살아서 그림을 그렸더라면 지금 내가 그리는 그림처럼 진화했을 거라는 게 재미있지 않나요?"

톰은 뭐라 해야 좋을지 막막했다. 무슨 말을 해야 무례하게 들리지 않을지 난처했다. "그건 재미있는 게 아니라, 당신이 더와트를 이해했다는 뜻이죠. 평론가들도 그랬잖아요? 그림이 진화했다고."

"내가 버나드 터프츠로서 그림을 그리는 게 얼마나 어색한지 아무도 모를 겁니다. 버나드 터프츠의 그림은 별반 나아진 게 없어요. 이쯤되니 내가 내 그림을 흉내 내는 것 같다니까요. 5년 전에 비해 달라진게 없는 터프츠를 그리거든요." 버나드가 화통하게 웃었다. "어찌 보면, 내가 더와트인 척하면서 그릴 때보다, 내가 내 그림을 그릴 때 훨씬 더노력해야 해요. 노력은 해 봤죠. 해 봤는데 미치겠더라고요. 내가 무슨말 하는지 알죠? 혹시라도 기회가 남아 있다면 내게도 그 기회를 주고싶어요."

톰은 버나드가 버나드 터프츠에게 기회를 주겠다는 말로 이해했다. "그거야 가능하죠. 당신이 당신한테 기회를 주면 되잖아요." 톰은주머니에서 골루아즈를 꺼내서 버나드에게 한 개비 내밀었다.

"처음부터 다시 시작하고 싶어요. 지금껏 무슨 짓을 했는지 다 털어놓고 새로 시작하려고요. 아니, 시작하려고 노력은 해 보려고요."

"이런, 버나드! 그런 생각은 버려요. 이 일에 당신만 연루된 게 아닙니다. 제프하고 에드한테 미칠 여파를 생각해 봐요. 당신이 지금껏그린 그림은 모두…… 있잖아요, 버나드. 고백은 성당에 가서 해요. 기자들이나 영국 경찰한테 하지 말고."

"나더러 미쳤다고 하는 거 나도 알아요. 실제로도 가끔 미치곤 하니까요. 그래도 한 번 사는 인생인데 내가 거의 망쳐 버렸어요. 그나마남은 인생마저 망치고 싶진 않아요. 이건 내 문제 아닌가요?"

버나드의 목소리가 떨렸다. 톰은 버나드가 기가 센 건지, 약한 건지 종잡을 수 없었다. "이해하다마다요." 톰이 자상하게 말했다.

"그럴싸하게 보이려고 하는 말은 아니지만, 남들이 날 받아 줄는지 확인해야겠어요. 날 용서해 주는지 보고 싶어요."

그럴 리가. 이 세상은 절대로 그럴 리 없어, 하고 말하면 버나드가충격을 받을까? 충격을 받아서 자백이 아니라 자살을 할 것이다. 톰은목청을 가다듬고 고민해 봤지만, 아무것도 떠오르지 않았다.

"이유가 또 있어요. 내가 다 털어놓으면 신시아가 좋아할 거예요. 신시아는 날 사랑하거든요. 나도 신시아를 사랑하고요. 신시아가 지금은 날 만나지 않겠다고 하는 마음, 나도 이해해요. 런던에서 에드한테 들었어요. 신시아를 원망하진 않아요. 제프하고 에드가 날 아픈 사람 취급했을 테니까요. '버나드를 만나러 와라. 버나드한테 당신이 필요하다!' 이랬겠죠." 버나드가 고상한 척하며 말했다. "어떤 여자가 그걸 받아 주겠어요?" 버나드가 톰을 쳐다보더니 양팔을 쫙 벌리고 웃었다. "비가 얼마나 도움이 됐는지 알겠죠, 톰? 비에 모든 게 씻겨 내려갔어요. 내가 지은 죄만 빼고요."

버나드가 또다시 껄껄거렸다. 톰은 속 편한 버나드가 부러웠다.

"내가 사랑한 사람은 신시아밖에 없어요. 나와 헤어진 후에 신시아가 딴 남자 한두 명은 만났겠죠. 끝내자고 한 게 나니까요. 내가 더와트하고 비슷하게 따라 그리려다 보니 너무 예민해졌거든요. 무섭기도 했고요." 버나드가 침을 삼켰다. "내가 내 모습을 되찾으면 신시아는 그래도 날 사랑해 줄 거예요. 내 말 이해하죠?"

"당연하죠. 그래서 신시아한테 편지를 쓰고 있었던 겁니까?"

버나드가 한쪽 팔을 흔들며 편지지를 가리키고는 미소를 지었다. "아뇨. 저건 그냥 써 본 거예요. 일종의 성명서랄까. 신문 기자에게든 누구에게든 그냥 쓴 거예요."

그렇다면 말려야 했다. 톰은 차분히 설득했다. "며칠 생각해 보는 게 좋겠어요, 버나드."

"내가 생각할 시간을 충분히 안 가졌겠어요?"

톰은 버나드를 저지하기 위해 더욱 과격하고 명료한 말을 고르려고 머리를 쥐어짰지만, 머치슨 건으로 경찰이 다시 들이닥칠지 모를 가능성에 정신이 반쯤은 팔린 상태였다. 경찰이 집에서 단서를 찾겠다고 눈에 불을 켜고 수색하려나? 숲속도 뒤지겠지? 디키 그린리프 사건 때문에 톰 리플리의 평판은 이미 색이 바랬다. 용의선상에 올랐다가 혐의를 벗으면서 행복한 결말로 끝나긴 했으나, 구설수에 시달렸다. 왜 머치슨을 스테이션왜건에 싣고 멀리 가서 파묻지 않았을까? 퐁텐블로 숲에 가서 필요하다면 야영이라도 하며 일을 왜 마무리 짓지 못했을까? "내일 얘기합시다. 생각이 바뀔 수도 있으니까요, 버나드."

"물론이죠, 얘기는 언제든 할 수 있어요. 다만 내일이라고 생각이 달라지진 않을 겁니다. 무엇보다 당신하고 먼저 얘기하고 싶었어요. 이게 다 당신 생각에서 비롯된 일이니까요. 더와트를 살려 내자고 한 장본인이니까요. 급한 일부터 먼저 처리하고 싶었어요. 난 대단히 논리적이거든요." 독선적으로 말하는 버나드의 모습에서 광기가 느껴졌다. 불안감이 톰의 가슴속 깊은 곳에서 또다시 요동쳤다.

전화가 왔다. 전화기는 톰의 침실에 있었다. 벨 소리가 복도 끝에서도 또렷이 들렸다.

톰이 벌떡 일어났다. "이 일에 연루된 사람들을 잊으면 안 됩니다."

"당신까지 끌고 들어가진 않을게요, 톰."

"전화가 와서 그럼 이만. 잘 자요, 버나드." 톰은 다급히 인사한 다음 복도를 내달려 방으로 뛰어갔다. 아래층에서 크리스가 전화를 받는 상황은 싫었다.

이번에도 경찰이었다. 경찰은 야심한 밤에 전화해서 미안하다고 했다.

톰이 말했다. "죄송합니다만, 5분만 있다가 다시 걸어 주시겠습니까? 지금 뭘 하던 중이라서요."

다시 전화하겠다며 정중하게 말하는 음성이 들렸다.

톰은 전화를 끊고 얼굴을 두 손에 파묻었다. 침대 모서리에 걸터앉았다가 일어나 방문을 닫았다. 할 일이 점점 쌓여 갔다. 망할 놈의 백작 때문에 머치슨을 어설프게 묻는 실수를 범하다니! 센강으로 흘러 들어가는 루앙강이 이 동네 곳곳을 굽이굽이 흘러가므로 인적 없는 다리는 많았다. 새벽 1시만 돼도 조용한 다리는 널렸다. 경찰이 전화했다는 건 나쁜 징조였다. 머치슨 부인이—머치슨이 자기 아내의 이름이 해리엇이라고 말해 주었던가?—남편을 찾겠다고 미국 탐정이든 영국 탐정이든 고용했을지도 모른다. 부인은 남편이 유명 화가 작품의 위작 여부를 밝히려 했다는 걸 알 테니 살인이라 의심하지 않을까? 경찰이 물으면 아네트 여사가 목요일 오후에 머치슨 씨가 집을 나서는 모습을 직접 본 건 아니라고 진술하는 건 아니겠지?

경찰이 오늘 밤에라도 만나자고 하면, 크리스가 숲속에 무덤처럼 땅이 헤집어진 곳이 있다고 나서서 말할지도 모른다. 크리스가 영어로 말하는 장면이 그려졌다. '경찰한테 그 얘기는 왜 안 하세요?' 톰은 경찰에 불어로 둘러댈 말을 찾지 못할 것이다. 경찰이 땅 파는 모습을 크리스가 보고 싶어 할 테니.

전화벨이 다시 울리자 톰은 차분히 수화기를 들었다.

"여보세요, 리플리 씨? 믈룅 경찰서장입니다. 머치슨 씨 건으로 런던에서 전화를 받았습니다. 머치슨 부인이 런던 경찰청에 연락해 오늘 밤 안으로 저희가 확보한 내용을 모두 공유해 달라고 요청했다고 합니다. 형사가 내일 오전에 영국에서 올 겁니다. 그래서 말인데요, 혹시 머치슨 씨가 댁에서 다른 데로 전화를 걸었나요? 저희가 그 번호를 추적하고 싶어서요."

"머치슨 씨가 저희 집에서 전화를 걸었는지는 기억이 나지 않습니다. 제가 내내 집에만 붙어 있진 않았으니까요." 톰은 경찰이 통화 내역을 들여다볼 테니 그건 그들이 알아서 하게 둘 작정이었다.

잠시 후 통화가 끝났다.

런던 경찰청에서 톰에게 직접 묻지 않았다는 게 불쾌하고 당혹스러웠다. 영국 경찰이 이미 그를 용의자로 낙인찍고 공식 채널을 통해 정보를 얻기로 한 것 같았다. 어찌 됐든 전반적으로 봤을 때 꼼꼼하고 까다롭기로는 프랑스 경찰에 더 높은 점수를 주겠지만, 두렵기로는 영국 경찰이 앞섰다.

톰은 두 가지를 처리해야 했다. 숲에서 시체 파내기, 크리스를 집에서 내보내기. 그렇다면 버나드는 어쩐다? 이것 때문에 머리가 지끈거렸다.

아래층으로 내려갔다.

크리스가 책을 읽다가 하품하며 일어섰다. "안 그래도 들어가려던 참이었어요. 버나드 씨는 좀 어떠세요? 저녁 먹을 때 보니 많이 좋아지셨던데."

"그런 것 같더라." 톰은 해야 할 말을 꺼내기도 싫었고, 그렇다고 눈치 주기도 싫었다. 눈치 주는 게 더 싫었다.

"전화기 옆에 열차 시간표가 있더라. 열차가 오전 9시 52분에도 있고, 11시 32분에도 있어. 역까지 타고 갈 택시는 내가 잡아 주마."

톰은 속이 후련했다. 그보다 빠른 열차도 있었지만, 더 일찍 가라는 말은 차마 나오지 않았다. "아무 때나 너 좋을 대로 해. 내가 데려다줄 테니. 버나드는 어찌해야 할지 잘 모르겠지만, 이틀은 나하고 단둘이 있고 싶어 할 거야."

"아무 일도 없기를 바랄 뿐이에요." 크리스가 진지하게 말했다. "사실은 제가 버나드 씨 일을 도와드리려고 하루 이틀 더 있다가 가려고 했거든요. 혹시 몰라서요." 크리스가 다정하게 말했다. "알래스카에서 군 복무할 때 본 병사가 있었어요. 정신이 나간 녀석이었는데 하는 짓이 꼭 버나드 씨 같았어요. 느닷없이 난폭하게 굴면서 사람들을 패고 돌아다녔거든요."

"그러진 않을 거다. 버나드가 가고 난 다음에 친구하고 다시 오렴. 라인란트에 갔다가 온 후에 와도 좋고."

다시 오라는 말에 크리스의 표정이 밝아졌다.

크리스가 2층으로 올라갔다(내일 오전 9시 52분 차를 타겠다고 했다). 톰은 거실에서 서성였다. 11시 55분. 오늘 밤에 어떻게든 머치슨의 시체를 치워야 했다. 이 밤에 혼자 시체를 파내서 스테이션왜건에 싣고 가서 다시 묻는다는 건 녹록지 않았다. 어디에 묻지? 작은 다리에서 떨어뜨리자. 버나드에게 도와 달라고 해야겠다. 버나드가 폭발할까, 아니면 현실에 부딪혀 도와주겠다고 할까? 버나드에게 자백하지 말라고 만류하는 건 불가능해 보였다. 시체가 있다는 말에 버나드가 충격을 받고 사태의 심각성을 깨달을지 누가 아나?

난감한 문제였다.

키르케고르*의 말처럼 버나드가 '믿음의 도약'**을 취할 것인가? 그 말이 떠오르자 톰의 얼굴에 미소가 번졌다. 런던으로 달려가 더와트로 변장할 때, 톰은 믿음의 도약을 취했었다. 그리고 그 도약은 성공을 거두었다. 머치슨을 죽일 때도 믿음의 도약을 취했었다. 될 대로 되라지. 모험하지 않으면 아무것도 얻지 못하리니.

톰은 계단을 올랐다. 발목이 시큰거려서 속도를 낼 수 없었다. 첫 번째 계단을 아픈 발로 디디려면 한쪽 손을 금빛 천사 모양을 한 엄지기둥 위에 올려 도움을 받을 수밖에 없었다. 오늘 밤 버나드가 망설인다면 버나드마저 해치워야 한다. 다른 말로 하면, 죽여야 한다. 생각만해도 역겨웠다. 버나드는 죽이고 싶지 않았다. 죽이진 못할 것이다. 만일 버나드가 돕지 않겠다면서 머치슨이 죽었다는 사실까지 까발리기라도 한다면……

톰은 계단을 올라갔다.

톰의 방에서 살짝 새어 나오는 불빛만 빼면 복도는 컴컴했다. 버나드의 방에는 불이 꺼져 있었다. 크리스의 방도 컴컴했지만, 그렇다고 크리스가 잠들었다는 뜻은 아니었다. 톰은 손을 들어 버나드의 방문에 노크하려니 난감했다. 아주 살살 두드렸다. 고작 2미터 거리에 크리스의 방이 있었기 때문이다. 혹시나 버나드가 공격적으로 나올지도 모르니 크리스를 지켜 주기 위해서라도 크리스에게 들려서는 안 되었다.

* 덴마크 철학자
** 증명할 수 없거나 경험적 증거가 없는 것을 믿거나 받아들이는 자세

12

버나드는 묵묵부답이었다. 톰이 문을 열고 들어가서 닫았다.

"버나드?"

"음…… 톰?"

"나예요. 불 켜도 되죠?"

"그럼요." 버나드가 차분하게 말하더니 작은 탁자에 있는 등을 켰다. "무슨 일이에요?"

"별일 아니에요. 조용히 얘기하고 싶어서요. 크리스 옆에서는 말하기가 좀 그래서." 톰은 버나드가 누운 침대 옆으로 의자를 바싹 당겨 앉았다. "버나드, 문제가 생겼는데 도와줬으면 좋겠어요."

버나드가 인상을 찌푸린 채 집중했다. 캡스턴 풀스트렝스 담뱃갑으로 손을 뻗더니 한 개비를 꺼내 불을 붙였다. "무슨 문젠데요?"

"머치슨이 죽었어요. 그러니 그 남자 때문에 걱정하진 말아요." 톰이 자상하게 말했다.

"머치슨이 죽어요?" 버나드가 인상을 찌푸렸다. "나한테 왜 말 안 했어요?"

"내가 죽였으니까요. 이 집 지하실에서."

버나드가 숨을 제대로 쉬지 못했다. "당신이 죽였다고요? 농담이 죠, 톰?"

"쉿." 이상하게도 지금은 톰보다 버나드가 훨씬 제정신 같아 보였다. 톰에겐 상황이 훨씬 어려워졌다. 버나드가 훨씬 기괴하게 반응하리라 예상했기 때문이다. "이 집에서 죽일 수밖에 없었어요. 죽인 다음 집 뒤편에 있는 숲에 묻어 놨는데, 문제는 오늘 밤 시체를 어디든 멀리 내다 버려야 한다는 거예요. 경찰이 벌써부터 전화하고 난리예요. 내일이면 들이닥쳐서 이 집을 뒤질 거라고요."

"당신이 죽였다고요?" 버나드가 아직도 못 믿겠다는 투로 물었다. "왜 죽였어요?"

톰은 어깨를 으쓱하더니 한숨을 쉬었다. "첫 번째 이유는, 머치슨이 더와트를, 더와트 법인을 파헤칠 작정이었다는 걸 내가 내 입으로 꼭 말해야 합니까? 두 번째이자 결정적인 이유는 머치슨이 지하실에서 날 알아봤기 때문이에요. 내 손을 보더니 '런던에서 더와트로 변장한 게 당신이었군요' 하지 뭡니까. 그래서 우발적으로 죽이게 됐습니다. 머치슨을 초대할 때만 해도 그럴 마음은 없었다고요."

"머치슨이 죽다니." 버나드가 놀랐는지 같은 말만 반복했다.

톰은 시간이 갈수록 초조해졌다. "내 말을 믿어 줘요. 난 들쑤시는 머치슨을 말리려고 최선을 다했다고요. 더와트의 그림을 대신 그린 게 당신이라고 털어놓았어요. 멘더빌 호텔에서 만나서 얘기한 남자가 바로 위작을 그린 화가라는 말까지 했다고요. 내가 호텔에서 당신을 봤거든요." 톰은 버나드가 대답하기도 전에 말을 이었다. "당신이 더와트를 더는 그리지 않을 테니 제발 건드리지 말라고 애원했는데도, 머치슨이 거절했어요. 그래서 일이 이 지경이 된 겁니다…… 시체 파내는 거 도와줄 겁니까, 말 겁니까?" 톰은 문을 바라보았다. 아직은 닫혀 있었다. 복도에서는 아무 소리도 나지 않았다.

버나드가 서서히 침대에서 일어났다. "내가 뭘 하면 되죠?"

톰도 일어섰다. "20분 후에 나와서 도와주면 고맙겠어요. 시체를 스테이션왜건에 싣고 멀리 가려고요. 둘이 하면 훨씬 수월할 겁니다. 솔직히 혼자서는 못 해요. 너무 무거워서." 톰은 기분이 나아졌다. 생각했던 대로 말이 나왔기 때문이다. "하기 싫으면 안 해도 됩니다. 나 혼자 해 볼게요. 다만……."

"아니에요, 도울게요."

버나드가 체념한 듯이 말했다. 진심 같긴 한데 믿음이 가지 않았다. 30분쯤 지나면 버나드가 예상 밖의 반응을 보이려나? 버나드가 성인군자처럼 말했다. 아니, 성인보다 더욱 성인답게 말했다. "당신이 가는 곳이라면 어디든 따르겠습니다."

"옷부터 제대로 입어요. 오늘 내가 준 바지로 갈아입고 소리는 되도록 내지 말아요. 크리스한테 들리면 안 되니까."

"알겠어요."

"15분 후에 아래층 현관 앞 계단으로 나와요." 톰이 손목시계를 들여다보았다. "지금 12시 27분이에요."

"그러죠."

톰은 아래층으로 내려가서 아네트 여사가 밤이면 잠가 놓는 현관문 잠금쇠를 풀었다. 그런 다음 2층 침실로 올라와서 실내화를 벗고 신발을 신은 다음 재킷을 걸쳤다. 다시 아래층으로 내려가서 복도 탁자 위에 올려 둔 자동차 열쇠를 챙겼다. 조명은 거실 등 하나만 남기고 죄다 껐다. 가끔 그가 밤새 켜 두던 등이었다. 그런 다음 우비를 걸치고 예비용 화장실 바닥에 있던 고무장화를 신발 위에 덧신었다. 복도 탁자 서랍에서 손전등을 꺼내고, 예비용 화장실에서 랜턴도 들고 나왔다. 바닥에 세울 수 있는 랜턴이었다.

123

르노 스테이션왜건을 몰고 오솔길을 따라 숲으로 들어갔다. 미등만 켠 채 맞는다고 생각하는 위치까지 차를 몰고 간 다음 미등을 껐다. 랜턴을 들고 숲으로 들어가 무덤을 찾았다. 불빛을 최대한 숨기려고 랜턴을 품고 연장 창고로 가서 삽과 갈퀴를 챙긴 다음, 머치슨을 암매장하느라 흙 색깔이 얼룩덜룩해진 자리에 갖다 놓았다. 힘을 아껴야 한다고 생각하며 오솔길을 따라 집으로 향했다. 버나드가 늦게 나올지도 모른다. 아예 안 나올 수도 있다. 톰은 마음을 다잡았다.

버나드가 보였다. 어두운 복도에서 동상처럼 서 있었다. 몇 시간 전에 흠뻑 젖은 바람에 방에 있는 기다란 라디에이터 위에 널어놓은 양복을 입고 나왔다.

톰이 손짓하자 버나드가 따라왔다.

오솔길에서 보니 크리스가 있는 방 창문은 여전히 컴컴했다. 버나드가 쓰는 방에만 불이 켜져 있었다. "별로 안 멀어서 문제라니까요!" 톰은 말하다가 갑자기 미친 듯이 신이 났다. 버나드한테는 갈퀴를 건네고 톰은 삽을 들었다. 삽질이 더 힘들 것 같았다. "너무 깊이 묻은 게 후회되네요."

버나드가 묘하게 체념한 사람처럼 작업에 임했다. 갈퀴로 파내는 솜씨가 힘차고 요령 있었다. 잠시 후, 흙을 퍼내던 버나드의 몸에서 기운이 슬슬 빠져나갔다. 톰은 구덩이 안으로 들어가 들입다 흙을 퍼냈다. "좀 쉽시다." 드디어 톰이 말했다. 그런데 쉬자더니 무게가 각각 15킬로그램에 달하는 큼직한 돌덩이 두 개를 차 트렁크에 실었다.

버나드의 갈퀴 끝에 시신이 걸렸다. 톰이 구덩이 안으로 내려가 삽으로 시체를 퍼 올리려고 했지만 폭이 너무 좁았다. 둘이 시체 양쪽 끝에 서서 밧줄을 잡아당겼다. 톰이 당기던 밧줄이 끊어졌다. 아니, 풀어진 것 같았다. 버나드가 랜턴을 들어 주는 사이에 톰이 구시렁거리며 밧줄을 다시 묶었다. 땅속에 있는 무언가가 시체를 아래로 잡아당기는 듯한 느낌이 들었다. 두 사람의 힘에 반작용하는 기운이 존재하는 듯했다. 진흙 범벅이 된 톰의 양손이 쓰라렸다. 피가 나는 것 같았다.

"정말 무겁네요." 버나드가 말했다.

"하나, 둘, 셋에 들어 올립시다."

"그러죠."

"하나, 둘." 둘이 심호흡을 했다. "셋!"

머치슨이 땅 위로 올라왔다. 버나드가 든 어깨 쪽이 훨씬 무거웠다. "이제부터는 한결 수월할 겁니다." 톰이 아무 말이나 주절거렸다.

둘이 시체를 차에 실었다. 방수포에서 계속 흙덩이가 떨어져서 톰이 입고 있는 우비의 앞판이 엉망이 되었다.

"구덩이를 메워야 해요." 톰은 지쳐서 목소리가 갈라졌다.

이 작업이 가장 쉬웠다. 톰은 갈색 나뭇가지를 주워다 그 위에 덮었다. 버나드가 생각 없이 갈퀴를 바닥으로 툭 던지자 톰이 말했다. "연장은 차에 실어요."

삽과 갈퀴를 실은 다음 차에 탔다. 낑낑대는 엔진음 소리에 톰은 차도가 나올 때까지 후진하면서 후회했다. 오솔길에서는 차를 돌릴 데가 없었다. 소름 돋는 일이 생겼다. 톰이 후진해서 차도로 나와 전진하려는 순간, 크리스의 방에 불이 켜지더니 인사라도 하듯이 깜빡였다. 그 방에는 측면에도 창이 나 있었다. 톰은 버나드에게 아무 말도 하지 않았다. 가로등이 없는 도로라 크리스가 자동차 색(진초록)을 분간하지 못하기를 바랄 뿐이었다. 지금은 필요에 의해 미등만 켠 상태였다.

"어디 가는 겁니까?" 버나드가 물었다.

"여기에서 8킬로미터 정도 떨어진 곳까지 가면 다리가 나오는데……."

당장은 길 위에 다른 차는 한 대도 보이지 않았다. 새벽 1시 50분이니 이상한 일이 아니었다. 톰은 저녁 모임에 갔다가 밤늦게 차를 몰고 온 적이 여러 번 있어서 알고 있었다.

"수고했어요, 버나드. 다 잘되고 있어요."

버나드는 말이 없었다.

두 사람은 톰이 생각해 둔 장소에 도착했다. 부아시라고 불리는 마을 인근이었다. 오늘 밤까지 이 동네에 관심을 둔 적은 한 번도 없었다. 그가 기억해 둔 다리까지 가려면 마을명이 적힌 표지판을 지나 마을을 가로질러야 했다. 센강으로 합류하는 루앙강인 것 같았다. 머치슨에게 돌덩이를 매달았으니 한참 떠내려가지는 않을 것이다. 다리 한쪽 끝에는 전기료를 아끼려는지 침침하게 켜 놓은 가로등이 달랑 하나뿐이었고, 다리 건너편에는 그마저도 없어서 아예 컴컴했다. 톰은 차를 몰고 다리를 건넌 다음 몇 미터를 더 가서 세웠다. 어둠 속에 랜턴을 켜 놓고 돌덩이를 방수포 안에 쑤셔 넣고 밧줄을 다시 묶었다.

"이제 떨어뜨리기만 하면 돼요!" 톰이 나지막이 말했다.

버나드가 침착하고도 효율적으로 움직였다. 뭘 해야 하는지 아는 눈치였다. 둘이 시체를 들었다. 돌덩이까지 쑤셔 넣었는데도 옮기기가 그리 어렵지 않았다. 다리의 나무 난간은 높이가 1.2미터 정도였다. 톰은 등을 진 채 뒷걸음질 치며 컴컴한 마을을 힐끔힐끔 살폈다. 등 뒤에 있는 마을에는 가로등이 단 두 개뿐이었다. 정면으로 보이는 다리가 어둠 속으로 사라지고 있었다.

"다리 중간이 좋겠어요." 톰이 말했다.

두 사람은 다리 중간에서 잠시 시체를 내려놓고 힘을 끌어모았다. 그런 다음 몸을 숙여 양쪽에서 시체를 들어 올려서 난간으로 넘겨 버렸다.

첨벙! 소리가 사방으로 울려 퍼졌다. 어둠 속에서 쾅 하는 포탄 같은 굉음에 온 마을이 깰 것 같았다. 이어서 물이 사방으로 튀었다. 둘이 차로 돌아갔다.

"뛰지 말아요." 톰이 말했지만 필요 없는 말이었다. 무슨 기운이 남았으랴.

차에 타자마자 시동을 걸었다. 톰은 어디로 가는지도 몰랐다. 어디든 상관없었다.

"다 끝났어요! 그 망할 시체가 우리 손을 떠났다고요!" 톰은 행복에 겨워 마음이 가뿐하고 홀가분했다. "내가 말 안 한 것 같은데요, 버나드." 톰은 신이 나서 그런지 지금은 목이 갈라지지 않았다. "경찰한테는 내가 목요일 오를리 공항에 머치슨을 데려다줬다고 했는데, 사실은 짐만 두고 왔어요. 머치슨이 비행기에 타지 않은 게 내 잘못은 아니잖아요? 하!" 톰이 웃었다. 혼자 섬뜩한 순간을 버텨 낸 후 후련한 마음에 종종 짓던 웃음하고 비슷했다. "그건 그렇고, 〈시계〉는 오를리 공항에서 도난당했어요. 머치슨 짐 가방 옆에 두었거든요. 누군가 더와트의 서명을 보곤 그림을 움켜쥔 채 입을 꾹 다물고 있겠죠."

버나드가 듣고 있나? 버나드는 입을 열지 않았다.

비가 다시 내리기 시작했다. 톰은 함성을 내지르고 싶었다. 내리는 비가 집 뒤편 오솔길 위에 찍힌 바퀴자국을 지워 줄 것이다. 게다가 이제는 속이 텅 비어 버린 무덤의 외형에도 도움이 될 게 확실했다.

"나 내릴래요." 버나드가 차 문고리를 손으로 더듬으며 말했다.

"무슨 일이에요?"

"속이 안 좋아서요."

톰은 최대한 신속히 차를 갓길에 붙였다. 버나드가 차에서 내렸다.

"나도 내릴까요?" 톰이 다급히 물었다.

"됐어요." 버나드가 오른쪽으로 몇 미터 걸어가자 시커멓게 솟은 둑이 불쑥 나타났다. 버나드가 허리를 숙였다.

126

톰은 버나드가 딱했다. 자신은 이렇게 유쾌하고 기분이 좋은데, 버나드는 속이 메슥거린다니. 버나드가 2분, 아니 3분, 4분이나 그대로 있었다.

뒤에서 차 한 대가 서서히 다가왔다. 톰은 라이트를 끄고 싶었지만, 전조등만 켰을 뿐 상향등을 켠 건 아니라서 가만히 있었다. 굽이진 도로라 뒤에서 오는 자동차 전조등이 버나드의 형체를 잠시 훑고 지나갔다. 젠장, 경찰차잖아! 지붕 위에 푸른 라이트가 달려 있었다. 경찰차가 톰의 자동차가 있는 쪽으로 방향을 틀더니 천천히 스쳐 지나갔다. 톰은 긴장을 풀었다. 천만다행이었다. 경찰은 버나드가 소변을 보려고 차를 세웠다고 생각하는 게 분명했다. 프랑스에서는 시외 도로 갓길에서의 방뇨가 합법이었다. 벌건 대낮에도 합법이었다. 버나드가 타더니 방금 지나간 차에 관해서는 아예 묻지도 않았다. 톰도 말하지 않았다.

집에 도착해 조용히 차고에 차를 세웠다. 삽과 갈퀴를 꺼내서 벽에 기대어 놓고 걸레로 차 후면을 닦았다. 트렁크 문은 살짝 걸어 두기만 했다. 닫느라고 쾅 소리를 내고 싶지 않았기 때문이다. 버나드가 기다려 주었다. 톰이 손짓하고 두 사람은 차고에서 나갔다. 톰은 문을 닫고 자물쇠를 꼼꼼히 채웠다.

둘 다 현관에서 신발을 벗어 들었다. 집으로 들어올 때 크리스의 방에 불이 꺼진 걸 확인했다. 이제 톰이 랜턴을 들고 둘이 계단을 올라갔다. 톰은 버나드한테 방에 들어가 있으면 금방 가겠다고 수신호를 보냈다.

톰은 주머니를 비운 다음 우비를 욕조로 던졌다. 수도꼭지 밑에서 장화를 헹군 다음 옷장에 집어넣었다. 우비는 나중에 헹궈서 옷장에 걸면 아침에 아네트 여사가 보지 못할 것이다.

톰은 파자마에 슬리퍼를 신고 조용히 버나드를 보러 갔다.

버나드는 신발은 벗고 양말만 신은 채 서서 담배를 피우고 있었다. 흙 묻은 재킷이 의자 등받이에 걸려 있었다.

"그 양복을 입고 무슨 일을 더 할 리는 없으니, 내가 알아서 세탁해 줄게요."

버나드가 느리지만 움직이긴 했다. 바지를 벗더니 톰에게 건넸다. 톰은 바지와 재킷을 받아 들고 자기 방으로 갔다. 나중에 흙을 털어서 세탁소에 갖다주면 된다. 비싼 양복은 아니었다. 버나드가 자주 입는 양복이었다. 제프와 에드한테 듣자 하니, 두 사람이 돈을 주겠다고 했지만 버나드가 법인 수익금을 한 푼도 받지 않겠다고 했다는 것이다.

127

톰은 다시 버나드의 방으로 갔다. 견고한 마루에 감사한 건 이번이 처음이었다. 삐걱거리는 소리가 나지 않았다.

"술 갖다줄까요, 버나드? 한잔 마시면 좋을 텐데요." 이제는 아래층에서 아네트 여사나 크리스와 마주쳐도 상관없었다. 변덕이 나서 버나드하고 잠깐 드라이브 나갔다가 방금 들어왔다고 둘러대면 그만이었다.

"됐어요."

톰은 버나드가 과연 잠이나 잘는지 궁금했지만, 그렇다고 신경 안정제나 코코아를 권하기는 머쓱했다. 버나드가 또다시 '됐어요'라고 거절할 것 같았기 때문이다. 톰이 목소리를 깔고 말했다. "이런 일에 끌어들여서 미안해요. 아침까지 내리 잘 거죠? 크리스가 오전에 떠난대요."

"그렇군요." 버나드의 안색은 핏기 없는 잿빛이었다. 그는 톰을 쳐다보지 않고 입을 일자로 앙다물고 있었다. 웃음기도, 말수도 거의 없는 입매가 이제는 실망감에 젖어 있었다.

버나드는 배신당한 사람 같았다. "신발도 나한테 맡겨요." 톰이 신발을 집어 들었다.

혹시 크리스가 들어올까 봐 톰은 침실 문에 이어 욕실 문까지 닫았다. 침실에서 우비를 헹구고 버나드의 양복을 수건으로 쓱쓱 문질렀다. 버나드의 앵클부츠를 물로 헹군 다음 욕실 라디에이터 근처에 신문지를 깔고 그 위에 올려놓았다. 아네트 여사가 커피를 들고 와서 침대를 정리해 주긴 해도, 욕실에는 일주일에 딱 한 번만 들어갔다. 클루조 여사가 일주일에 한 번 와서 대청소를 하는데, 그날이 오늘 오후였다.

마지막으로 손을 씻었다. 생각보다 엉망은 아니었다. 손에 니베아 로션을 발랐다. 신기하게도 조금 전 몇 시간이 꿈만 같았다. 어디선가 다른 작업을 하다가 손이 벌게진 것 같았다. 진짜로 있었던 일인데도 실감이 나지 않았다.

전화가 올 것을 예고하듯 지지직거리는 소음부터 깔리기 시작했다. 전화벨이 크게 울리기 직전에 수화기를 낚아챘는데도, 그 소음마저 굉음처럼 크게 들렸다.

새벽 3시가 다 된 시각이었다.

삐삑…… 윙윙…… 삐빅…… 삐?

잠수함이 신호를 보내나. 누구 전화지?

"전화 끊지 마세요. 아테네에서 온……."

엘로이즈였다.

"여보세요, 톰…… 톰!"

화를 돋우는 단 몇 초 사이 알아들은 말은 그게 다였다. "좀 크게 말해!" 톰이 불어로 말했다.

엘로이즈가 뭐라고 말하는데 알아들을 수가 없었다. 심심하고 재미없고 지겨워 죽겠다는 말뿐이었다. 누군가 몹시 꼴 보기 싫다고도 했다.

"노리타라는 여자가 있는데……." 롤리타라는 건가?

"집으로 돌아와, 여보. 보고 싶어!" 톰이 영어로 외쳤다. "나쁜 것들은 지옥에나 가라고 해!"

"어쩌지, 잘 모르겠어." 이 부분은 또렷하게 들렸다. "두 시간 전부터 통화하려고 했는데, 여기 전화기가 고장 났어."

"어디서 걸든 전화기가 제대로 될 리 있나. 돈만 잡아먹는 기계인데." 톰은 아내가 살짝 웃는 소리가 듣기 좋았다. 바닷속에서 사이렌이 울리는 것 같았다.

"나 사랑해?"

"그럼 사랑하지!"

통화 상태가 나아지는가 싶더니 전화가 뚝 끊겼다. 톰은 엘로이즈가 끊은 건 아니라고 확신했다.

전화는 다시 오지 않았다. 그리스는 새벽 5시였다. 엘로이즈가 아테네 호텔에서 전화한 건가? 아니면 그 정신없는 요트에서 건 건가? 아내가 무척 보고 싶었다. 톰은 정이 들었는지 아내가 그리웠다. 누군가를 사랑한다는 게 이런 건가? 결혼이란 게 이런 건가? 그래도 일단 코앞에 있는 잔해부터 치워 버려야 했다. 엘로이즈가 아무리 도덕관념이 없다고 해도 모든 걸 받아들이지는 못할 터. 당연히 그녀는 더와트 위작에 대해서는 아무것도 몰랐다.

13

아네트 여사의 노크 소리에 톰은 간신히 눈을 떴다. 여사가 블랙커피를 들고 들어왔다.

"안녕히 주무셨어요! 오늘 참 날씨가 좋네요."

태양이 반짝이고 있었다. 어제와는 딴판이었다. 톰은 블랙커피를 마셨다. 온몸에 검은 마법이 퍼지게 두었다가 자리에서 일어나 옷을 갈아입었다.

크리스의 방문을 두드렸다. 아직까지는 9시 52분 열차를 타러 갈 수 있었다.

크리스가 무릎에 큼직한 지도를 펴 놓고 침대에 앉아 있었다. "괜찮으시다면 11시 32분 차를 타려고요. 이렇게 침대에서 잠시 노닥거리는 게 좋아서요."

"당연히 괜찮지. 여사님한테 커피 갖다 달라고 하지 그랬어."

"주제넘은 짓 같아서요." 크리스가 침대에서 발딱 일어났다. "산책하고 올게요."

"그래, 이따가 보자."

톰은 아래층으로 내려갔다. 커피를 데워서 주방에 있는 잔에 새로 따른 다음 창밖을 내다보며 음미했다. 크리스가 대문을 열고 나가더니 좌측으로 틀어 시내 방향으로 가는 게 보였다. 바 카페에 가서 프랑스 스타일로 카페 라테에 크루아상을 먹으려는 것 같았다.

버나드가 여태 자는 게 확실했다. 천만다행이었다.

9시 10분에 전화가 왔다. 영어로 조심스레 말하는 목소리가 들렸다. "런던 경찰청 소속 웹스터 형사라고 합니다. 리플리 씨 계십니까?"

이게 남들이 톰의 존재를 확인하는 오프닝 멘트라도 되나? "네, 접니다."

"오를리 공항에서 전화드립니다. 괜찮으시면 오늘 오전에 뵙고 싶은데요."

톰은 오후가 더 좋겠다고 말하고 싶었지만, 예의 그 대범함을 곧장 발휘하지는 않았다. 그랬다간 톰이 오전에 뭔가 감추려는 게 아니냐는 오해를 살 것 같았다. "그러시죠. 기차 타고 오시나요?"

"택시를 탈까 합니다. 별로 멀지 않은 거리라서요. 택시로 얼마나 걸리죠?" 편안한 말투였다.

"한 시간이요."

"그럼 한 시간 후에 뵙겠습니다."

크리스가 아직 집에 있을 시각이었다. 톰은 버나드에게 갖다주려고 커피를 한 잔 더 따라 들고 2층으로 올라갔다. 웹스터 형사에게는 버나드의 존재를 감추는 편이 나을 것 같았다. 그런데 상황이 상황이니만큼 크리스가 무슨 말을 불쑥 꺼낼지 알 수 없는 관계로 버나드를 숨기지 않는 게 가장 현명한 처사로 보였다.

버나드가 잠에서 깨서 침대에 누워 있었다. 베개를 두 개나 베고 턱 밑에 깍지를 낀 채 아침 명상을 하던 중으로 보였다.

"잘 잤어요, 버나드? 커피 괜찮죠?"

130

"고맙습니다."

"한 시간 후면 런던에서 온 경찰이 도착할 겁니다. 당신한테 물어볼 수도 있어요. 당연한 소리지만, 머치슨 일이겠죠."

"그렇겠죠."

톰은 버나드가 커피를 한두 모금 마실 때까지 기다렸다. "설탕은 안 넣었어요. 혹시 몰라서요."

"괜찮아요. 커피 맛있네요."

"당신은 머치슨을 본 적도, 만난 적도 없다고 잡아떼는 게 제일 좋을 겁니다. 맨더빌 호텔 바에서 만나서 머치슨하고 그 얘기를 한 적도 없는 겁니다. 알겠어요?" 톰은 무슨 말인지 버나드가 알아듣기를 바랐다.

"알겠어요."

"그리고 머치슨 얘기는 들어 본 적도 없는 겁니다. 에드나 제프를 통해서도요. 알겠지만, 지금은 제프와 에드하고도 아주 친하지 않은 걸로 합시다. 서로 아는 사이이긴 하나, 두 사람이 〈시계〉의 진위를 의심하는 미국인이 있다는 말을 굳이 당신한테 전하지 않은 거예요."

"알았어요. 당연히 그래야죠."

"그리고…… 이건 사실이니까 기억하기 가장 쉬울 텐데요, 그게 뭐냐면." 톰은 주의 깊게 듣지 않는 학생들에게 말하듯 설명을 이어 갔다. "당신은 머치슨이 런던으로 떠난 지 24시간도 더 지난 어제 오후에야 이 집에 왔으니, 당연히 머치슨을 본 적도 없고, 그 사람에 대한 얘기를 들은 적도 없는 거예요. 알겠어요, 버나드?"

"알겠어요." 버나드가 한쪽 팔꿈치로 몸을 세웠다.

"뭐 더 먹고 싶은 거 있어요? 달걀? 크루아상도 있어요. 여사님이 장 보러 나갔다가 사 왔어요."

"됐어요."

톰은 아래층으로 내려왔다.

아네트 여사가 주방에서 나오고 있었다. "이것 좀 보세요." 여사가 신문 1면을 내밀었다. "이분 말이에요, 우리 집에 오셨다가 목요일에 가신 머치슨 씨 아닌가요? 경찰이 머치슨 씨를 찾는대요!"

"머치슨 수색 중……." 톰은 2단 너비로 실린 사진을 보았다. 살짝 미소 짓는 머치슨의 정면 사진 좌측 하단에 '르 파리지앵−센에마른* 지역판'이라고 찍혀 있었다. "네, 맞아요." 톰은 기사를 살폈다.

---

* 파리 동부 지방. 주도는 믈룅

토머스 F. 머치슨(미국인. 52세) 씨가 10월 17일 목요일 오후에 실종된 것으로 밝혀졌다. 짐 가방은 오를리 공항 출국 게이트 앞에서 발견되었지만, 런던행 비행기에는 탑승하지 않았다. 머치슨 씨는 뉴욕에 있는 회사의 임원으로 믈룅에 사는 친구 집에 들렀었다. 아내 해리엇은 미국에서 프랑스 및 영국 경찰의 도움을 받으며 남편의 수색에 나섰다.

톰은 자기 이름이 거론되지 않아서 고마웠다.

크리스가 잡지 두 권을 들고 현관으로 들어왔다. 신문은 아니었다. "안녕히 주무셨어요, 톰! 여사님! 오늘 날씨 진짜 좋네요!"

톰은 크리스에게 인사를 건넨 다음 아네트 여사에게 말했다. "지금쯤이면 머치슨의 소재가 밝혀질 줄 알았는데 아니었군요. 그래서 말인데요, 오전에 몇 가지 물어보겠다고 영국에서 형사가 올 겁니다."

"어머나, 그러세요? 오늘 오전에 오신다고요?"

"30분 후면 올 거예요."

"귀신이 곡할 노릇이네요!" 아네트 여사가 탄식했다.

"무슨 일 있어요?" 크리스가 톰에게 물었다.

"머치슨. 오늘 신문에 머치슨 사진이 실렸어."

크리스가 흥미진진한 눈으로 사진을 들여다보더니 그 밑에 딸린 기사를 천천히 읽으며 해석했다. "세상에, 여태 못 찾았군요!"

"여사님, 영국에서 오는 형사가 점심때까지 있을지는 모르겠지만, 식사는 4인분 준비해 주세요."

"네, 그럴게요." 여사가 주방으로 들어갔다.

"영국에서 누가 또 와요?" 크리스가 물었다.

크리스의 불어 실력이 나날이 느는 것 같았다. "응. 머치슨 일로 이것저것 물으려고 형사가 온대. 11시 30분 차를 탄다고 했지, 그러려면……."

"저 안 가면 안 돼요? 12시 넘자마자 출발하는 열차도 있고, 오후에도 몇 편 더 있더라고요. 머치슨 씨 일이 궁금해요. 경찰이 뭘 밝혀냈는지도 궁금하고요. 두 분이 얘기하실 때 거실엔 나오지도 않을게요. 두 분만 얘기하고 싶으시다면요."

톰은 짜증을 숨긴 채 말했다. "안 될 게 뭐가 있어. 비밀이 있을 리 없잖아."

형사가 10시 반경에 택시를 타고 도착했다. 톰이 깜빡하고 집으로 오는 길을 일러 주지 않았는데도, 그는 우체국에 들러서 리플리 씨의 집이 어딘지 물어봤다고 했다.

"으리으리하네요!" 형사가 들뜬 목소리로 말했다. 나이는 마흔다섯 정도 되어 보였고, 차림새는 평범했다. 가늘어지는 검은 머리에 배가 살짝 나왔다. 뿔테 안경을 쓰고 예의 바르면서도 기민한 눈빛으로 살피듯 바라보았다. 솔직히 말하자면, 유쾌한 미소는 가식적으로 보였다. "여기서 오래 사셨나요?"

"3년 됐습니다. 좀 앉으시죠?" 아네트 여사가 택시가 올라오는 걸 보지 못해서 톰이 문도 열어 주었는데, 이제는 형사의 코트까지 받아 주었다.

형사는 정장이 들어갈 만한 깔끔하고 얄팍한 검정 가방을 들고 있었다. 손에서 가방을 놓기가 어색했는지 그대로 든 채 소파에 앉았다. "중요한 일부터 먼저 처리하겠습니다. 머치슨 씨를 마지막으로 본 게 언젭니까?"

톰은 의자에 앉았다. "지난 목요일 오후 3시 반경일 겁니다. 제가 오를리 공항에 데려다줬거든요. 머치슨 씨가 런던으로 간다고 해서요."

"알고 있습니다." 웹스터 형사가 검은 가방을 살짝 열어 수첩을 꺼냈다. 그리고 주머니에서는 펜을 꺼내더니 잠시 메모했다. "머치슨 씨가 기분은 괜찮았습니까?" 탐정이 웃으며 묻더니 재킷 주머니에서 담배를 꺼내 잽싸게 불을 붙였다.

"그럼요." 톰은 고급 마고 와인을 선물로 주었다는 말을 하려다가 지하 와인 저장소 얘기는 하지 않기로 했다.

"그림도 들고 왔을 텐데요. 〈시계〉라고."

"네, 누런 종이에 싸서 들고 갔어요."

"그럼 그 그림은 오를리 공항에서 도난당한 게 확실하군요. 머치슨 씨가 위작이라고 의심한다는 작품이었죠?"

"의심했었죠. 처음에는요."

"머치슨 씨하고 얼마나 가까운 사이죠? 아신 지는 얼마나 됐습니까?"

톰이 설명했다. "머치슨 씨가 갤러리 뒤편에 있는 사무실로 들어가는 걸 본 기억이 났습니다. 사무실에 더와트가 왔다는 말을 들었거든요. 그런데 그날 저녁 제가 묵은 호텔 바에서 머치슨 씨를 다시 만났지 뭡니까. 그래서 말을 걸었죠. 더와트가 어땠는지 물어보고 싶었거든요."

133

"그래서요?"

"같이 술을 마셨어요. 머치슨 씨가 최근 들어 더와트의 일부 작품이 위작 같아 보인다고 그러더군요. 그래서 제가 프랑스 저희 집에도 더와트 작품이 두 점 있으니 확인하고 싶으면 같이 가자고 했죠. 그래서 둘이 수요일 오후에 이 집으로 왔고, 머치슨 씨가 하룻밤 주무시고 간 겁니다."

형사가 한두 가지를 끄적였다. "더와트 전시회를 보려고 일부러 런던에 가신 겁니까?"

"꼭 그런 건 아닙니다." 톰이 살짝 웃음 띤 얼굴로 말했다. "두 가지 이유에서였죠. 하나는 더와트전 때문에 간 게 맞아요. 또 하나는, 아내 생일이 11월인데 아내가 영국제라면 껌뻑 죽습니다. 카나비 거리에서 스웨터하고 바지도 사고, 벌링턴 아케이드에서도 이것저것 샀어요." 톰은 계단을 쳐다보았다. 2층에 올라가서 황금 원숭이 브로치를 가져올까 하다가 참았다. "이번에는 작품을 사지 않았습니다. 〈욕조〉를 들일까 고민은 했었죠. 남은 게 〈욕조〉뿐이었거든요."

"그렇다면, 갖고 계신 그림도 위작 같아 보이냐고 머치슨 씨께 물어보셨나요?"

톰이 머뭇거렸다. "사실 궁금하긴 했습니다. 그래도 전 의심은 안 했어요. 머치슨 씨가 저희 집에 걸린 작품을 보더니 둘 다 진품이라고 했습니다." 톰은 머치슨이 주장하는 라벤더색 이론은 언급하지 않기로 했다. 웹스터 형사는 톰이 소장한 더와트 작품에는 별 관심이 없어 보였다. 뒤에 걸린 〈붉은 의자〉를 보겠다고 잠깐 고개를 돌렸다가 앞에 걸린 〈의자에 앉은 남자〉를 쳐다보는 정도의 관심을 넘지 않았다.

"제가 잘 모르는 분야라 아쉽네요. 현대 미술은 영. 이 집엔 두 분만 사십니까, 리플리 씨? 부인하고 두 분만 사시나요?"

"네, 살림해 주시는 아네트 여사님을 빼면 둘뿐입니다. 아내는 지금 그리스 여행 중이고요."

"여사님을 뵙고 싶네요." 형사가 계속 웃는 낯으로 말했다.

톰이 아네트 여사를 데려오려고 주방으로 향하려던 순간, 크리스가 계단에서 내려왔다. "아, 크리스. 이쪽은 웹스터 형사님이셔. 런던에서 오셨어. 저희 집에 온 손님, 크리스토퍼 그린리프입니다."

"안녕하세요?" 크리스가 손을 내밀었다. 런던 경찰을 만났다는 경외심에 휩싸인 듯했다.

"처음 뵙겠습니다." 웹스터가 악수하며 몸을 앞으로 숙이더니 유쾌하게 말했다. "성이 그린리프라면, 리처드 그린리프라는 이름이 떠오르네요. 그분과 친구 사이셨죠, 리플리 씨?"

"맞아요. 크리스는 리처드의 사촌 동생이에요." 웹스터가 톰 리플리에게 전과가 있는지 확인하려고 최근 기록까지 뒤진 게 틀림없었다. 6년 전 일인데도 디키의 이름을 기억하는 사람이 있다니, 톰은 상상이 가지 않았다. "괜찮으시다면, 아네트 여사님을 모시고 오겠습니다."

아네트 여사가 싱크대에서 재료를 손질하고 있었다. 톰은 영국에서 형사가 왔는데 나와서 인사할 수 있겠느냐고 물었다. "형사가 불어를 할 줄 알 겁니다."

톰이 거실로 나오자, 버나드가 계단을 내려오고 있었다. 톰이 준바지를 입고 안에 셔츠를 받쳐 입지 않고 스웨터만 걸친 차림이었다. 톰이 버나드도 웹스터에게 인사시켰다. "터프츠 씨는 화가입니다. 런던에서 오셨어요."

"아 그러세요? 그러면 여기 계시는 동안 머치슨 씨를 만나셨나요?" 웹스터가 물었다.

"아뇨." 버나드가 노란 천 소파에 앉으며 말했다. "전 어제 와서요."

아네트 여사가 거실로 나왔다.

웹스터 형사가 일어서더니 미소를 지으며 "앙샹테, 마담"이라고 인사부터 하더니 영국 악센트가 섞이긴 했으나 흠잡을 데 없는 불어 실력으로 말을 이었다. "실종된 머치슨 씨에 관해 알아보려고 왔습니다."

"아, 그러세요! 아침에 신문에서 봤어요. 아직도 못 찾으셨어요?"

"네, 아직." 형사가 한 번 더 웃으며 아주 흥미로운 얘기를 하듯 물었다. "여사님과 리플리 씨가 머치슨 씨를 마지막으로 본 분들로 추정되는데요. 혹시 그때도 여기에 계셨나요, 그린리프 씨?" 형사가 크리스에게 영어로 물었다.

크리스가 말을 더듬었지만, 이견이 있을 수가 없는 진실된 모습만 보였다. "전 머치슨 씨를 본 적이 없어요."

"머치슨 씨가 목요일 몇 시에 떠나셨는지 기억하십니까, 여사님?"

"그게 아마…… 점심 먹고 바로 가셨어요. 조금 일찍 점심을 차려 드렸으니, 2시 반경에 떠나신 것 같아요."

톰은 가만히 있었다. 아네트 여사의 말이 맞았다.

형사가 톰에게 물었다. "머치슨 씨가 파리에 친구가 산다는 말은 안 했습니까? 죄송합니다, 여사님. 제가 불어로 하는 게 낫겠네요."

대화는 불어와 영어를 넘나들었다. 때론 톰이, 때론 웹스터가 번갈아 가며 아네트 여사에게 통역해 주었다. 도울 일이 있다면 여사가 도와주기를 웹스터가 기대했기 때문이다.

톰은 머치슨이 파리에 친구가 산다는 말은 한 적이 없었고, 오를리 공항에서 누굴 만난다는 얘기도 하지 않았다고 진술했다.

"그렇다면, 머치슨 씨가 실종되면서 그림도 같이 사라졌다는 건데…… 관련이 있겠네요." 웹스터가 추리했다. (톰은 아네트 여사에게 머치슨이 들고 간 그림이 오를리 공항에서 도난당했다고 설명해 주었다. 여사는 머치슨이 떠나기 전에 복도에 내놓은 짐 가방 옆에 그림이 기대져 있던 걸 봤다면서 기분 좋게 기억을 떠올렸다. 여사가 아주 잠깐 봤겠지만 톰은 운이 좋았다는 생각이 들었다. 톰이 그림을 숨겼다고 웹스터에게 의심을 살 수도 있었기 때문이다.) "더와트 유한 책임 회사를 기업이라 불러야 할 이유는 얼마든지 댈 수 있습니다. 더와트 법인은 대단히 큰 회사입니다. 화가 더와트의 위상을 넘어섰으니까요. 더와트의 친구 제프 콘스턴트와 에드 밴버리가 본업인 사진작가와 기자로 일하면서 곁가지로 벅마스터 갤러리를 운영하고 있습니다. 게다가, 더와트 미술용품 회사도 있고, 이탈리아 페루자에는 더와트 예술 아카데미까지 있어요. 더와트 이름을 내세워 온갖 사업이 펼쳐지는 상황에서 위작 시비가 불거지면 난리가 날 겁니다!" 형사가 버나드를 쳐다보았다. "콘스턴트 씨와 밴버리 씨를 아시죠, 터프츠 씨?"

톰은 다시 온몸에 소름이 돋았다. 웹스터가 그 부분까지 심도 있게 조사하고 온 게 분명했기 때문이다. 더와트가 유명해지기 전부터 친하게 지낸 사이임에도, 에드 밴버리는 수년째 기사를 쓰면서도 버나드의 이름을 단 한 번도 언급한 적이 없었다.

"알긴 알죠." 버나드가 다소 멍하게 대답했지만, 적어도 침착함을 잃지 않았다.

"런던에서 더와트를 만나셨나요?" 톰이 형사에게 물었다.

"더와트가 자취를 감췄어요!" 지금 형사가 유난히 눈을 반짝이며 말했다. "제가 딱히 찾았다기보다 제 동료가 더와트를 찾으려고 수소문했죠. 머치슨 씨가 실종된 후에요. 그런데 더욱 의아한 건……." 형사는 이 부분에서 불어로 말해 아네트 여사도 대화에 동참시켰다. "더와트가 멕시코를 포함해 해외에서 영국으로 입국한 기록이 최근에 없다는 점입니다. 더와트가 영국에 도착했을 것으로 추정되는 최근 기록뿐만 아니라, 몇 년 전으로 거슬러 올라가도 기록이 없어요. 출입국 사무소에는 필립 더와트가 6년 전 그리스로 출국한 게 마지막 기록일 뿐, 입국 기록은 아예 없어요. 아시겠지만, 다들 더와트가 그리스 모처에서 익사했거나 자살한 줄로 알았잖습니까."

버나드가 허리를 세우더니 팔뚝을 허벅지에 댔다. 반박하려는 건가? 아니면 모두 털어놓으려는 건가?

"네, 저도 그 소문은 들어 봤어요." 톰이 아네트 여사에게 설명했다. "지금 더와트라는 화가 얘기를 하는 거예요. 다들 그 사람이 자살한 줄 알았거든요."

"맞습니다, 여사님." 웹스터가 예의 바르게 말했다. "잠깐 실례 좀 하겠습니다. 중요한 얘기가 나오면 불어로 말씀드리죠." 형사가 톰에게 말했다. "그렇다면 더와트가 스칼렛 핌퍼넬*이나 귀신처럼 영국을 드나들었다는 얘기가 되거든요." 형사가 씩 웃었다. "터프츠 씨, 예전부터 더와트와 친분이 있었으니 런던에서 만나셨겠네요?"

"아뇨. 못 만났어요."

"전시회에는 가셨죠?" 웹스터의 미소가 버나드의 우울함과 광적인 대조를 이루었다.

"아뇨. 나중에 가려고요." 버나드가 진지하게 대답했다. "사실은 더와트 일이라면, 그게 뭐가 됐든 화가 나서 말이죠."

웹스터가 달라진 눈빛으로 버나드를 쳐다보는 듯했다. "왜죠?"

"전 더와트가 참 좋아요. 더와트가 사람들 앞에 나서길 싫어한다는 것도 압니다. 그래서 이 소동이 모두 정리된 후에, 더와트가 멕시코로 돌아가기 전에 만나려고요."

웹스터가 웃으며 허벅지를 때렸다. "더와트를 찾으시면 저희한테도 알려 주십시오. 위작 시비 건으로 더와트하고 얘기하고 싶어서요. 밴버리 씨와 콘스턴트 씨한테 말씀드렸더니, 두 분은 〈시계〉가 진품이라고 하더군요. 제가 위작이라고 우겨도, 그쪽에선 당연히 진품이라고 하겠죠." 형사는 웃는 눈으로 톰을 바라보며 말을 이었다. "그걸 판 게 벅마스터 갤러리니까요. 두 사람은 더와트가 〈시계〉를 보더니 자기가 그린 게 맞는다고 확인해 주었다는 말을 했습니다. 그런데 더와트도 그렇고 머치슨 씨까지 행방이 묘연해진 지금에야 밴버리 씨와 콘스턴트 씨가 했던 말을 곱씹어 보니, 만약 더와트가 자기 그림이 아니라고

* 에마 오르치의 소설 속 인물로, 프랑스 혁명 당시 신분을 숨기고 프랑스 귀족들을 구한 영국 귀족

137

딱 잘라 말했거나 얼버무렸다면 상황이 흥미롭게 돌아가면서…… 아, 제가 무슨 추리 소설을 쓰는 건 아닙니다. 상상으로라도 그런 짓은 안 합니다!" 웹스터가 기분 좋게 입꼬리를 올리며 진짜로 웃음을 터뜨리더니 잠시 배를 잡고 웃었다. 큼직하고 살짝 누런 치아가 드러나긴 했지만, 그의 전염성이 강한 웃음에는 매력이 넘쳐흘렀다.

톰은 웹스터가 하려다가 만 말이 뭔지 알고 있었다. '벅마스터의 두 사람이 어떻게든 더와트는 물론 머치슨의 입마저 틀어막았겠죠.' 톰이 나섰다. "머치슨 씨가 더와트하고 무슨 얘길 했는지 제가 머치슨 씨한테 들었습니다. 더와트가 〈시계〉를 보더니 자기가 그린 그림이 맞는다고 했대요. 머치슨 씨는 혹시라도 더와트가 자기가 그 그림을 그렸다는 걸 기억하지 못하거나, 자기가 그린 게 아니라고 할까 봐 걱정했답니다. 그런데 더와트가 〈시계〉를 기억하는 것 같았대요." 이제야 톰은 웃을 수 있었다.

웹스터 형사가 톰을 보며 눈을 깜빡이면서도 정중한 침묵을 유지했다. 그러나 그 침묵은 '지금 당신이 한 말은 알겠는데 별로 도움이 될 것 같지는 않습니다'라고 말하는 것과 다르지 않았다. 웹스터가 마침내 입을 열었다. "무슨 연유인지는 몰라도 토머스 머치슨을 제거하는 게 좋겠다고 생각한 사람이 분명 있었을 겁니다. 이것 말고는 달리 생각나는 이유가 없습니다." 형사가 아네트 여사에게 불어로 깍듯하게 설명했다.

아네트 여사가 말했다. "세상에!" 톰은 쳐다보지 않았는데도 여사가 공포심에 온몸을 떠는 게 느껴졌다.

톰은 그가 제프와 에드하고 조금이라도 친분이 있다는 사실을 웹스터가 모른다는 게 기뻤다. 톰에게 두 사람을 아느냐고 웹스터가 단도직입적으로 묻지 않는다는 게 우스웠다. 혹시, 제프와 에드가 그림을 두 점이나 구입한 톰과는 안면만 있다고 일찌감치 형사에게 설명한 걸까? "아네트 여사님. 커피 좀 부탁합니다. 형사님, 커피 더 드실래요, 아니면 술 한잔하시겠어요?"

"카트에 뒤보네가 보이던데, 얼음 좀 넣고 레몬 조각 띄워서 한 잔 주십시오. 괜찮으시다면요."

톰은 아네트 여사에게 얘기를 전했다.

커피를 마시겠다는 사람은 아무도 없었다. 크리스가 프렌치 도어 근처에 놓인 의자에 앉아 몸을 등받이에 기대고 있다가 오고 가는 대화에 몰입했는지 아무것도 마시지 않겠다고 했다.

"정확히 무슨 이유로 머치슨 씨가 자기가 산 그림이 위작이라고 한 겁니까?" 웹스터가 물었다.

톰은 생각에 잠긴 채 한숨을 쉬었다. 예상했던 질문이 나왔다. "그림에 담긴 정신이랄까, 그리고 붓 터치 때문이라고 했어요." 톰은 죄다 뜬구름 잡는 얘기만 했다.

"더와트는 자기 작품이 위작이라는 주장에 결코 동의하지 않을 겁니다." 버나드가 거들었다. "그건 말도 안 되죠. 〈시계〉가 위작이라고 의심했다면, 위작이란 말은 더와트가 제일 먼저 꺼냈겠죠. 잘은 몰라도, 더와트가 경찰서로 직행하지 않았을까요?"

"아니면 벅마스터 사람들이 갔겠죠." 형사가 말했다.

"그랬겠죠." 버나드가 단호히 말하더니 벌떡 일어났다. "잠시 실례 좀." 버나드가 계단으로 올라갔다.

아네트 여사가 웹스터가 부탁한 술을 가져다주었다.

버나드가 두툼하고 누런 공책을 들고 내려왔다. 너덜너덜한 공책을 뒤적이며 뭔가를 찾으면서 거실을 서성였다. "더와트와 관련해 조금이라도 궁금해하실 것 같아서요. 여기에 제가 필사해 둔 더와트의 일기가 있습니다. 더와트가 그리스로 떠나면서 런던에 두고 간 짐 가방 속에 있던 건데, 제가 잠시 빌렸거든요. 일기는 그림이라든가 일상에서 겪는 어려움 등에 관한 내용이 대부분이었습니다. 그런데 딱 하나 서두가…… 아, 찾았다. 7년 전에 쓴 일기입니다. 이게 진짜 더와트의 모습이라고요. 읽어 드릴까요?"

"네, 그러시죠." 웹스터가 말했다.

버나드가 더와트의 일기를 읽었다. "'예술가에게 있어 우울이란 '자아'로 회기하느라 생기는 우울감 말고는 있을 수가 없다.' 더와트는 자아에 따옴표를 붙여서 강조했어요. "자아'란 소심하면서도 과시욕이 넘치고 자기밖에 모르는 자의식의 확대경이라서, 그걸 들이대고 봐서는 절대로 안 된다. 진정한 두려움이 닥쳤을 때, 그림을 그리는 사이사이에, 휴식을 취하는 도중에 자아를 슬쩍 들여다보게 되는 경우가 종종 생기는데, 그 모습을 절대로 인정해서는 안 된다.'" 버나드가 씩 웃었다. "'그런 우울감에는 비참함은 물론이거니와 '이게 다 무슨 소용인가?'라는 쓸데없는 의심이 담겨 있다. 게다가 '내가 얼마나 형편없이 부족한 존재인가!'라는 한탄까지 포함된다. 그뿐만 아니라, '벌써 몇 년 전에 일찌감치 알아채고 그만두었어야 했다'라는 더더욱 처참한 자각에까지 이르게 되면, 손만 내밀면 나를 사랑해 줄 이들에게조차 기댈 수 없게 된다. 일이 잘 풀릴 때에는 그들이 필요 없다. 지금 이렇게 나약해진 내 모습을 보여 주어서는 안 된다. 태워 버렸어야 할 목발처럼, 먼 훗날 그것이 내 가슴에 날아와 꽂힐 것이다. 오늘 밤, 어두운 밤의 기억은 오로지 내 안에서만 살게 하라.' 다음 문단으로 이어집니다." 버나드가 경건하게 말했다. "서로가 서로에게 진심을 터놓으면서도 훗날 이 일이 비수가 되어 꽂힐 거라고는 겁내지 않는 이들이 최고의 결혼생활을 영위하는 걸까? 친절과 용서는 대체 이 세상 어디로 사라진 것일까? 내 옆에 앉아 나를 쳐다보는 아이들, 순진하고 커다란 눈망울로 나를 판단하지 않고 그저 바라보기만 하는 아이들, 그들의 얼굴에서 친절과 용서를 더 많이 찾을 수 있다. 그렇다면 친구들은 어떠한가? 죽음이라는 적과 드잡이하는 순간, 자살을 염두에 두는 순간 나는 그들을 찾는다. 한 명씩 한 명씩 찾아보지만, 다들 집을 비워서 전화를 받지 않는다. 혹은 통화가 돼도 오늘 밤에는 바쁘단다. 꼭 해야 할 아주 중요한 일이 있단다. 자존심이 너무 센 누군가는 무너져 내리면서 차마 말을 꺼내지 못한다. '오늘 밤엔 꼭 보고 싶어. 지금 못 보면 대체 언제 보는데!' 내가 친구들에게 연락하려고 마지막으로 안간힘을 썼을 때 그랬다. 너무나 애처롭지만 얼마나 인간적이고 당당한 모습이었던가. 서로 마음을 주고받는 것보다 더 성스러운 게 있을까? 서로 교감하는 행위속에 신비로운 힘이 담겨 있다는 걸 자살은 알고 있다.'" 버나드가 공책을 덮었다. "물론 이 글을 쓸 때만 해도 더와트가 꽤 젊었죠. 서른도 안 됐을 때였으니까요."

"참으로 뭉클하네요." 형사가 말했다. "언제 쓴 글이라고 하셨나요?"

"7년 전 11월입니다. 더와트가 10월에 런던에서 자살 시도를 한 후 회복하면서 쓴 겁니다. 심각한 상태는 아니었어요. 수면제를 먹었거든요."

톰이 불안에 떨며 듣고 있었다. 더와트가 자살 시도를 했다는 말은 처음 들었다.

"통속극 같다고 생각하시겠지만." 버나드가 형사에게 말했다. "더와트가 대중에 공개할 것을 염두에 두고 쓴 일기가 아닙니다. 벅마스터 갤러리에서 다른 일기장도 갖고 있어요. 더와트가 갤러리에 달라고 했다면 모를까요." 버나드가 말을 슬슬 더듬었다. 거짓말하려다 보니 거북해 보였다.

"더와트가 자살할 타입입니까?" 웹스터가 물었다.

"아뇨! 전혀요! 기복이 있긴 해도 지극히 정상이에요. 제 말은 화가로서 정상이라는 뜻이죠. 이 글을 작성할 당시엔 수중에 돈이 없었어요. 수주한 벽화 일이 철회되는 바람에 벽화를 완성하지 못했죠. 벽화에 알몸을 둘이나 그려 넣었다는 이유로 심의회를 통과하지 못했거든요. 어느 우체국에 벽화를 그려 주는 일이었죠." 버나드가 이제는 중요하지 않다는 듯이 허허 웃었다.

이상하게도 웹스터가 진지한 표정을 짓더니 생각에 잠겼다.

"더와트가 정직한 사람이라는 걸 보여 드리려고 읽어 드린 겁니다." 버나드가 용기를 내서 말을 이었다. "정직하지 않았다면 이런 글을 쓸 수도 없었을 거고, 이 공책에 적혀 있는 그림을 주제로 한 다른 글도 쓰지 못했을 겁니다." 버나드가 손등으로 공책을 쓸어 넘겼다. "더와트가 찾을 때 바빠서 만나 주지 못한 친구 중에 저도 포함됩니다. 더와트가 그렇게 힘들어하는 줄 몰랐어요. 아무도 몰랐죠. 게다가 돈까지 떨어졌는데 자존심 때문에 돈 달라는 말을 못 꺼냈다는 것도 몰랐습니다. 그런 사람이 도둑질을 한다? 그러니까, 위작을 눈감아 주는 일을 하겠느냐는 말입니다."

톰은 웹스터 형사가 상황에 걸맞은 진지한 말을 뭐라도 건넬 거라고 예상했다. 형사는 "이해합니다" 하고 말하더니, 두 다리를 쩍 벌리고 앉아 한 손을 허벅지 안쪽에 댄 채 계속 생각에 잠겼다.

"읽어 주신 글이 참 좋네요." 크리스가 오랜 침묵을 깨고 말했다. 다들 입을 꾹 다물고 있는데, 크리스가 숙이고 있던 고개를 들었다. 버나드의 의견을 옹호할 준비가 된 것 같았다.

"그 이후에 쓴 글이 더 있나요?" 웹스터가 물었다. "읽어 주신 글은 대단히 흥미롭습니다만……."

"한두 개 더 있어요." 버나드가 공책을 훑어보며 말했다. "그래 봤자 6년 전에 쓴 글이죠. 가령, '죽었다가 깨어나도 영원히 따라잡을 수 없다는 자각은 창조라는 행위에 있어 공포심을 걷어 내는 유일한 방법이다.' 더와트는 자신의 재능을 늘, 뭐랄까…… 아꼈다고 할까요. 이걸 말로 표현하기가 참 어렵네요."

"이해합니다." 웹스터가 말했다.

버나드가 개인적으로 느낀 처절한 실망감이 톰에게 고스란히 전해졌다. 아치형 출입구와 소파 사이에 조신하게 서 있는 아네트 여사가 보였다.

"런던에 있을 때 더와트하고 얘기는 하셨습니까? 통화라도?" 웹스터가 버나드에게 물었다.

"안 했습니다."

"더와트가 런던에 방문한 동안 밴버리 씨나 콘스턴스 씨와 만나지 않으셨다는 말입니까?"

"네, 저흰 자주 만나는 사이가 아니라서요."

버나드가 거짓말한다고는 아무도 의심하지 않을 것 같았다. 버나드는 정직의 화신 같았다.

"그런데 두 분하고 친한 사이 아닌가요?" 웹스터가 고개를 뒤로 당기더니 약간 미안한 기색을 내비치며 물었다. "더와트가 런던에 살 때, 밴버리 씨와 콘스턴트 씨하고 수년간 친분을 쌓았다고 들었습니다만."

"네, 맞아요. 그런데 안 친하면 안 되나요? 실은 제가 런던에서 별로 나다니지 않아서요."

"더와트의 다른 친구들에 대해 아시는 게 있나요?" 웹스터가 자상한 말투로 버나드에게 질문을 이어 갔다. "헬기나 보트를 갖고 있어서 더와트를 영국으로 신속히 데려오고 데려다줄 친구 말입니다. 샴고양이나 페르시안 고양이를 데리고 다니듯 말이죠."

"글쎄요. 전혀 모르겠는데요."

"다른 질문을 드리죠. 더와트가 살아 있다는 걸 안 후에 멕시코로 편지를 보내셨나요?"

"안 보냈습니다." 버나드가 침을 꿀꺽 삼키자 큼직한 목젖이 괴로워하는 것 같았다. "말씀드렸다시피, 제가 벅마스터 갤러리의 제프나 에드하고도 연락을 잘 안 해요. 걔네도 더와트가 사는 마을을 몰라요. 저는 더와트의 그림이 베라크루스항에서 배편으로 도착한다는 것까지만 압니다. 더와트가 저한테는 편지를 쓸 법도 하다고 생각했어요. 마음만 있다면 말이죠. 그런데 안 보내더라고요. 그래서 저도 보낼 생각을 안 했어요. 제가 보기엔……."

"보시기엔?"

"더와트가 겪을 만큼 겪은 것 같았어요. 그리스에 있을 때도 그렇고, 그리스에 가기 전에도 그렇고, 정신적으로 시달릴 대로 시달려서 그런지 사람이 변한 것 같았어요. 옛 친구들을 향한 열정도 식었달까. 저한테까지 연락할 마음이 없다면, 더와트가 세상을 살아가고 바라보는 방식이 바뀐 거겠죠."

톰은 버나드 때문에 눈물을 흘릴 뻔했다. 버나드가 고통스러울 정도로 최선을 다하고 있었다. 배우도 아니면서 무대에 올라 연기하느라

매 순간 괴로워하는 사람처럼 처절해 보였다.

웹스터 형사가 톰을 쳐다보다가 버나드에게 시선을 옮겼다. "이상하네요. 그렇다면 더와트가 심각한 상태였다는 건데……."

"더와트가 사람들한테 학을 뗀 것 같아요." 버나드가 중간에 끼어들었다. "멕시코에 갈 때 사람들한테 질렸겠죠. 그래서 더와트가 은둔을 택하자 전 방해하지 않은 겁니다. 제가 멕시코로 건너가 찾아다닐 수도 있었겠죠. 더와트를 만날 때까지요."

톰은 방금 들은 말을 믿을 뻔했다. 믿어야 한다고 혼잣말하다 보니 진짜로 믿어졌다. 톰은 웹스터가 마시던 뒤보네 잔을 채워 주려고 바 카트로 걸음을 옮겼다.

"알겠습니다. 그렇다면 이제…… 더와트가 멕시코로 돌아가도, 벌써 돌아갔을지도 모르지만, 어디로 편지를 보내야 하는지 모른다는 말씀이시죠?" 웹스터가 물었다.

"당연히 모르죠. 더와트가 그림을 그릴 거라는 것만 압니다. 행복하게요."

"그렇다면 벅마스터 갤러리에서도 모를까요? 그 사람들도 더와트를 어디서 어떻게 찾아야 하는지 모른다?"

버나드가 다시 고개를 저었다. "제가 알기론 모를 겁니다."

"그럼 갤러리에서는 더와트가 번 돈은 어디로 부치나요?"

"멕시코시티에 있는 은행으로 부치면 그곳에서 더와트에게 송금하겠죠."

톰은 몸을 숙여 뒤보네를 따르며 생각했다. 이렇게 능수능란하게 넘어가다니 정말로 고맙군. 톰은 얼음을 가지러 거실을 비웠다가 바 카트에 있던 얼음 통을 들고 왔다. "형사님, 점심 드시고 가실 거죠? 가정부한테 드시고 가실 거라고 말해 두었습니다."

아네트 여사는 이미 주방으로 사라지고 없었다.

"아닙니다. 괜찮습니다." 웹스터 형사가 웃으며 거절했다. "믈룅 경찰서와 점심을 먹기로 했습니다. 점심 먹을 때가 아니면 느긋하게 얘기할 시간이 없어서요. 정말 프랑스답지 않습니까? 12시 45분까지 믈룅 경찰서에 가야 하니 콜택시를 불러야 합니다."

톰은 믈룅 택시 회사에 전화를 걸었다.

"정원을 둘러보고 싶은데요. 아주 근사해서요!" 형사가 말했다.

분위기가 전환될 것 같았다. 차를 마시면서 지겨운 대화를 나누는 자리를 피하려고 장미를 구경해도 되겠냐고 묻는 경우와 비슷하기도 했지만, 그런 경우는 아닌 것 같았다.

크리스가 영국 경찰에 홀딱 반해서 따라 나올 기세였다. 톰은 따라오지 말라고 눈치를 준 다음, 단둘이 정원으로 나갔다. 바로 어제 비에 흠뻑 젖은 버나드를 잡으려다가 넘어질 뻔한 돌계단을 내려갔다. 해가 나다 말았지만, 잔디는 거의 말랐다. 형사가 펑퍼짐한 바지 주머니에 두 손을 찔러 넣었다. 톰이 나쁜 짓을 했다고는 조금도 의심하지 않겠지만, 완전히 깨끗하지는 않다고 냄새를 맡은 것 같았다. '나는 이 나라에 어느 정도 해악을 끼쳤는데, 그들이 그걸 아는군.' 셰익스피어의 〈오셀로〉 속 대사*가 머릿속에 떠오르는 묘한 오전이었다.

"사과나무에 복숭아나무까지, 이런 곳에 사시니 얼마나 좋으십니까. 무슨 일을 하시나요, 리플리 씨?"

출입국 심사관이 묻는 듯한 날카로운 질문이었지만 이젠 톰에겐 인이 박인 질문이었다. "정원도 가꾸고, 그림도 그리고, 하고 싶은 공부도 합니다. 매일 혹은 일주일에 한 번 파리로 출근해야 하는 그런 직업은 갖고 있지 않아요. 파리로 나갈 일이 거의 없습니다." 톰은 잔디밭에서 눈에 거슬리는 돌멩이를 하나 집어 들고 나무 기둥을 향해 던졌다. 돌멩이가 나무 기둥에 맞자 톡 하는 소리가 났다. 접질린 발목이 살짝 아렸다.

"숲도 있네요. 숲도 리플리 씨 땅입니까?"

"숲은 제 땅이 아닙니다. 시유지라나 주 정부 소유라나, 아무튼 그렇답니다. 가끔 숲에 가서 장작용 나무를 해 오긴 합니다. 부러진 가지를 주워다 불쏘시개 감으로 쓰려고요. 잠시 가 보시겠습니까?" 톰이 오솔길을 가리켰다.

웹스터 형사가 대여섯 걸음을 옮겨 오솔길로 들어섰지만, 멀리 내다보기만 하다 뒤돌아섰다. "지금은 됐습니다. 고맙습니다. 택시가 왔나 가 봐야겠어요."

두 사람이 되돌아오자 택시가 기다리고 있었다.

톰은 형사에게 작별 인사를 건넸다. 크리스도 인사했다. 톰은 형사에게 점심 맛있게 드시라면서 "봉 아페티"라는 말도 건넸다.

"멋있어요! 숲속에 있는 무덤도 보여 주셨어요? 실례되는 짓일까 봐 창밖으로 내다보지 않았거든요." 크리스가 말했다.

---

* 〈오셀로〉 5막 2장에서 오셀로가 자결하기 전에 하는 대사. "나는 이 나라에 얼마간의 공헌을 했는데, 그들은 그걸 알고 있소."

톰이 미소를 지었다. "아니."

"생각해 봤는데요, 제가 그 말을 했더라면 멍청이 같았을 거예요. 그릇된 단서를 개입시키는 거니까요." 크리스가 씩 웃는데 치열마저 디키하고 비슷했다. 뾰족한 송곳니와 다른 치아가 입에 비해 다소 촘촘히 박혀 있었다. "머치슨을 찾겠다고 형사가 땅을 파는 모습을 상상해 보세요!" 크리스가 다시 재잘거렸다.

톰도 웃었다. "내가 오를리 공항에 데려다줬는데, 머치슨이 무슨 수로 이리로 돌아왔겠어?"

"누가 죽인 거 아닐까요?"

"죽인 것 같진 않아."

"그럼 누가 납치했을까요?"

"글쎄다. 누가 납치하면서 그림도 가져갔을지 모르지. 뭐가 어떻게 된 건지 난 모르겠다. 버나드는?"

"2층으로 올라갔어요."

톰은 버나드를 보려고 2층으로 올라갔다. 버나드의 방문이 닫혀 있었다. 노크하자 대답으로 중얼거리는 소리가 들렸다.

버나드가 두 손을 모아 쥐고 침대에 걸터앉아 있었다. 좌절한 채 진이 빠진 모습이었다.

톰은 최선을 다해 다독여 주었다. 두려웠던 만큼 다독여 주었다. "무사히 끝났어요, 버나드. 참 잘했어요."

"망했어요." 버나드가 비참한 눈으로 말했다.

"무슨 소리예요? 얼마나 잘했는데."

"실패했다니까요. 그래서 형사가 더와트 얘기를 그렇게 꼬치꼬치 캐물은 거라고요. 멕시코에서 더와트를 찾는 법까지 물어봤잖아요. 더와트도, 나도 망했다고요."

14

톰이 여태 겪어 본 점심 식사 중에 가장 끔찍한 자리였다. 엘로이즈가 톰하고 이미 식까지 올렸다고 통보한 후 장인 장모와 점심을 먹던 자리와 맞먹었다. 그래도 이번에는 금세 끝났다. 버나드는 희망을 잃고 의기소침해진 배우 같았다. 방금 마친 연기가 형편없었다고 믿고 있는 그에게는 어떠한 위로의 말도 통하지 않았다. 버나드는 모든 걸 쏟아붓고 탈진한 연기자가 겪는 고통 속에 있었다. 톰은 그게 뭔지 알고 있었다.

"어젯밤에요." 크리스가 와인과 곁들여 마시던 우유 잔을 비우며 말했다. "숲속 오솔길에서 차가 후진해서 나오는 걸 봤어요. 새벽 1시경이었나. 중요한 건 아니지만, 라이트를 거의 다 끄고 후진하더라고요. 남들 눈에 띄지 않으려는 거 같았어요."

"연인들이 탄 차겠지." 톰은 말은 이렇게 했지만 버나드가 어쩔 줄 모르는 반응을 보일까 봐 신경이 쓰였다. 그런데 버나드는 못 들은 것 같았다.

버나드가 양해를 구하더니 자리에서 일어났다.

"아, 버나드 씨가 기분이 무지 안 좋은 것 같아서 아쉽네요." 버나드가 말소리가 들리지 않는 곳으로 멀어지자 크리스가 속삭였다. "제가 당장 떠나야겠어요. 제가 너무 오래 있다 가는 건 아니었으면 좋겠어요."

톰은 오후 열차 시간표를 확인해 보려 했다. 그런데 크리스는 생각이 달랐다. 파리까지 히치하이크하겠다는 것이다. 크리스를 설득하기란 불가능했다. 크리스는 히치하이크가 모험이 될 거라 확신했기 때문이다. 톰은 5시경에 출발하는 기차에 태워 보내는 대안도 있다는 걸 알고는 있었다. 크리스가 짐을 들고 아래층으로 내려와 주방에 가서 아네트 여사에게 작별 인사를 고했다.

두 사람이 차고로 향했다.

크리스가 말했다. "버나드 씨한테 인사 전해 주세요. 방문이 닫혀 있더라고요. 혼자 있고 싶어 하시는 것 같았어요. 무례하다는 오해는 받기 싫거든요."

톰은 그러겠다며 크리스를 안심시킨 후 알파 로메오를 몰았다.

"아무 데서나 내려 주셔도 돼요. 정말로요."

퐁텐블로가 제일 좋을 것 같았다. 퐁텐블로 궁전 인근에 파리로 올라가는 고속도로가 있었다. 톰은 크리스에게 과거 자신의 모습이 겹쳐 보였다. 유럽으로 휴가 온 훤칠한 미국 청년. 아주 부유하지도, 그렇다고 찢어지게 가난하지도 않은 젊은이. 크리스가 파리까지 차를 얻어 타기에는 전혀 문제없어 보였다.

"이틀 후에 전화드려도 되죠? 어떻게 됐는지 궁금해서요. 당연히 신문도 찾아보겠지만요."

"그러렴. 내가 전화하마. 센가에 있는 루이지안 호텔 맞지?"

"네. 댁에서 지내면서 얼마나 좋았는지 말로 다 표현할 수가 없어요. 프랑스 가정집을 속속들이 봤으니까요."

물론 크리스가 말로 표현할 수도 있었겠지만, 굳이 그럴 것까지
는 없었다. 톰은 집으로 돌아오면서 평소보다 속도를 올렸다. 무척 걱
정은 되는데 정확히 뭘 걱정해야 하는지 막막했다. 제프와 에드하고는
연락이 끊긴 것 같았다. 자신을 위해서나 그들을 위해서도 연락하는
건 현명하지 못한 처사였다. 버나드에겐 계속 집에 있으라고 설득하는
게 최선이겠지만, 쉽지 않아 보였다. 그렇다고 버나드가 런던으로 돌
아가 봐야 다시 더와트 전시회를 마주해야 한다. 길거리에 나붙은 포
스터도 봐야 하고, 겁에 질려 이젠 제 몸도 제대로 가누지 못할 제프와
에드까지 만나야 한다. 톰은 차고에 차를 세우고 곧장 버나드의 방으
로 올라가 노크했다.

　　대답이 없었다.

　　방문을 열었다. 버나드가 아침에 걸터앉아 있었을 때처럼 침대가
정리되어 있었다. 버나드가 깔고 앉았던 이불에 우울감이 희미하게 배
어 있었다. 버나드의 물건이 모두 사라지고 없었다. 더플백이며 톰이
옷장에 걸어 둔 구깃구깃한 정장까지 보이지 않았다. 톰은 다급히 자
기 방을 들여다보았지만, 버나드는 없었다. 메모조차 보이지 않았다.
클루조 여사가 톰의 침실을 청소하고 있었다. 톰이 인사했다. “봉주르
마담.”

　　아래층으로 내려갔다. “아네트 여사님!”

　　아네트 여사는 주방이 아니라 자기 방에 있었다. 톰이 노크하자
인기척이 들렸다. 방문을 열었다. 아네트 여사가 자주색 니트 침대보
를 덮고 침대에 기대앉아 『마리끌레르』를 보고 있었다.

　　“일어나지는 마시고, 혹시 버나드 씨가 어디 갔는지 아세요?”

　　“방에 안 계세요? 잠깐 산책하러 나가신 거 아닐까요?”

　　톰은 여사에게 버나드가 짐을 몽땅 들고 떠난 것 같다는 말은 하
고 싶지 않았다. “아무 말도 없었나요?”

　　“없었는데요.”

　　“흠. 그럼 걱정하지 맙시다. 전화 온 거 있었나요?” 톰이 억지웃음
을 지으며 물었다.

　　“없었어요. 저녁은 몇 인분 준비할까요?”

　　“2인분이면 될 것 같습니다. 고마워요, 여사님.” 톰은 버나드가 돌
아올지도 모른다고 생각하며 방문을 닫고 나갔다.

　　이런, 어쩐다. 마음을 달래 주는 괴테의 시에서 두 행이 생각났다.
제목이 「작별」인가 하는 시였다. 어린 독일인의 외로움을 묘사한 시

였는데, 괴테의 월등함과 천재성에 대한 확신을 심어 주는 작품이었다. 그런 확신이야말로 톰에게 필요했다. 『괴테 시선』을 책장에서 꺼냈다. 운명이었는지, 우연이었는지는 모르겠지만, 톰은 시집을 꺼내 들고 「작별」이란 시를 펼쳤다. 이 시를 거의 외우고 있었지만 남들 앞에서 암송한 적은 한 번도 없었다. 독어 발음이 완벽하지 않다는 게 이유였다. 막상 보니 1행부터 마음이 심란해졌다.

입으로 고할 수 없는 작별이라면
눈으로 고하게 하라.
견디기 어렵도다, 이 얼마나 버티기 힘든가!
그리고 나는…….

톰은 자동차 문이 닫히는 소리에 깜짝 놀랐다. 누가 집으로 오고 있었다. 버나드가 택시를 타고 되돌아오는 건가.

아니었다. 엘로이즈였다.

모자를 쓰지 않은 엘로이즈가 기다란 금발을 바람에 휘날리며 더듬더듬 지갑을 찾고 있었다.

톰이 빗장을 풀고 문을 열어젖혔다. "엘로이즈!"

"아, 톰!"

두 사람은 부둥켜안았다. '아, 톰. 아, 톰!' 톰은 이렇게 책 속에 나오는 것처럼 그의 이름을 부르는 소리에 익숙했다. 엘로이즈가 그렇게 불러 주는 게 좋았다.

"많이 탔네!" 톰이 영어로 말했다. 살이 그을렸다는 뜻이었다. "택시는 내가 알아서 할게. 얼맙니까?"

"140프랑이요."

"망할 자식. 오를리 공항에서 왔으면서……." 톰은 영어로 중얼거리면서 하고 싶은 말을 꾹 참았다. 톰이 요금을 냈는데도 택시 기사는 짐 가방을 내리는 걸 거들어 주지 않았다.

톰이 짐을 죄다 들고 안으로 들어갔다.

"집에 오니 정말 좋아!" 엘로이즈가 양팔을 벌리며 외치더니 그리스에서 산 태피스트리가 달린 큼직한 가방을 노란 소파 위로 내던졌다. 갈색 가죽 샌들을 신고, 분홍빛이 도는 나팔바지에 미 해군용 피코트를 입고 있었다. 대체 저런 피코트는 어디서 어떻게 구한 걸까, 톰은 궁금했다.

"집에는 별일 없었어. 여사님은 방에서 쉬고 있고." 톰이 불어로 말했다.

"참으로 끔찍한 휴가였어." 엘로이즈가 소파에 풀썩 앉더니 담배에 불을 붙였다. 그녀가 마음을 다스리기까지 몇 분은 걸릴 것 같아서, 톰은 슬슬 2층에 짐을 올려놓으려고 했다. 그런데 엘로이즈가 가방 하나를 가리키더니 고함을 내질렀다. 그 안에 아래층에 둘 물건이 있다는 것이다. 톰은 그 가방만 놔두고 나머지는 들고 올라갔다. "미국 사람이라서 그런가, 왜 이리 급해?"

그럼 그가 뭘 해야 했을까? 멀거니 서서 아내가 가방을 끄를 때까지 기다렸어야 했나? "그러게." 톰은 짐 가방을 아내의 방에 갖다 놓았다.

톰이 내려오자 아네트 여사가 거실에서 엘로이즈와 그리스 얘기를 나누고 있었다. 요트와 그리스 집(분명 작은 어촌에 있는 집이었을 것이다)에 대해 떠드는 중이었다. 그런데 머치슨 얘기는 아직 나오지 않았다. 아네트 여사는 엘로이즈를 좋아했다. 여사는 남을 챙겨 주는 걸 좋아했고, 엘로이즈는 남이 챙겨 주는 걸 좋아했기 때문이다. 엘로이즈는 지금은 아무것도 먹고 싶지 않다고 했다. 그런데도 여사가 계속 권하자, 차나 한잔 달라고 했다.

이제 엘로이즈가 톰에게 '그리스 공주'에서 보낸 휴가 얘기를 했다. 멍청이 제포가 가진 요트의 이름이 '그리스 공주'였다. 제포라는 이름을 들으니 마르크스 형제들*이 떠올랐다. 털북숭이 짐승처럼 생긴 제포를 사진으로 본 적이 있는데, 사진만 봐도 그의 자만심이 그리스 거물 선박왕들의 자신감에 필적할 정도라는 걸 짐작할 수 있었다. 제포는 부동산으로 쏠쏠히 재산을 일군 자산가의 아들일 뿐, 별 볼 일 없는 사내였다. 제포와 엘로이즈에 따르면, 제포의 아버지는 그리스 파시스트 대령들에게 시달릴 대로 시달렸으면서 본인도 직원들을 들들 볶는 사업가라고 했다. 그래도 아버지가 꾸준히 재산을 불린 덕분에 아들이 요트를 타고 돌아다닌다고 했다. 물고기 밥으로 요트 주변에 캐비어를 뿌리고 요트에 있는 풀장에 샴페인을 채워 놓았다가 나중에 수영할 때 데운다고 했다. "제포가 풀장에 채우려고 샴페인을 숨겨 놓아야 했다니까" 하고 엘로이즈가 설명했다.

"제포하고는 누가 잤어? 미국 영부인을 데리고 자진 않았을 거 아냐?"

* 1930~1940년대 활약한 미국의 가족 코미디 단체

149

"아무나 데리고 자던데." 엘로이즈가 역겹다는 듯이 영어로 말하며 담배 연기를 내뿜었다.

설마 엘로이즈는 아니겠지, 톰은 그럴 리 없다고 확신했다. 엘로이즈가 가끔—자주는 아니고—안달 나게 했지만, 결혼한 후론 자기 말고 딴 남자의 침대로 뛰어들지는 않았을 거라고 자신했다. 톰은 아내가 고릴라 같은 제포하고 잠자리를 하지 않았음을 신에게 감사했다. 엘로이즈가 딴짓을 하진 않을 것이다. 제포가 여자를 대하는 태도를 들으니 구역질이 났다. 반면 톰은 여자를 대할 때—여자에게 대놓고 말한 적은 한 번도 없었지만—그 여자가 다이아몬드 팔찌라든가, 프랑스 남부에 있는 별장이 탐이 나서 애초부터 꾹 참았다면 이제 와서 왜 딴소리하냐고 따지는 타입이었다. 엘로이즈가 짜증이 난 가장 큰 이유는, 같은 요트에 탔던 어떤 남자가 엘로이즈에게 관심을 보이자 노리타라는 여자가 질투하면서 비롯된 것으로 보였다. 톰은 가십 칼럼에 실릴 법한 헛소리를 대충 흘려들었다. 아내의 화를 돋우지 않으면서도 그간 있었던 일들을 전할 방법을 궁리하고 있었다.

톰은 버나드가 수척해진 모습으로 언제든 현관에 불쑥 나타날지도 모른다고 반신반의하는 중이라서 거실을 천천히 서성이다가도 돌아설 때면 현관을 힐끔거렸다. "런던에 갔다 왔어."

"그래? 어땠어?"

"당신 선물 사 왔지." 톰은 계단을 뛰어 올라갔다. 발목이 많이 좋아졌다. 카나비 거리에서 산 바지를 들고 내려왔다. 엘로이즈가 식당에서 바지를 입고 나왔다. 꼭 맞았다.

"마음에 들어!" 엘로이즈가 톰을 끌어안고 뺨에 입을 맞춰 주었다.

"토머스 머치슨이라는 남자하고 같이 왔었어." 톰은 일단 말부터 꺼낸 다음 무슨 일이 있었는지 설명을 이어 갔다.

엘로이즈는 머치슨 실종 사건에 대해 알지 못했다. 머치슨은 자신이 소장한 〈시계〉가 위작으로 보인다고 의심했는데, 톰은 더와트의 그림이 위작일 리 없다고 확신했기에 경찰과 마찬가지로 머치슨이 실종된 이유를 설명할 수 없다고 했다. 엘로이즈는 위작 사기 사건에 대해서도 몰랐고, 톰이 더와트 유한 책임 회사에서 연간 1만 2천 달러를 받는다는 것도 몰랐다. 이 액수는 디키 그린리프에게 상속받은 주식에서 나오는 배당금과 맞먹었다. 엘로이즈는 돈에만 관심이 있지, 돈의 출처에 대해서는 무심했다. 톰이 버는 돈만큼 친정에서 생활비를 받아다 쓰면서도 돈 얘기는 톰 앞에서 일절 꺼내지 않았다. 톰은 더할 나위

없이 배려해 주는 아내가 고마웠다. 엘로이즈를 만나기 몇 년 전 더와트 법인 창립 당시 그가 도움을 줬기에 수익금의 극히 일부를 마지못해 받는 거라고 설명했다. 더와트 법인의 수익금은 뉴욕에 있는 더와트 미술용품 회사에서 톰에게 송금하거나 관리해 주었다. 그중 일부는 톰이 뉴욕에 투자했고, 일부는 프랑스로 송금받아 프랑으로 환전했다. 더와트 미술용품 회사 사장(하필 그리스인이었다)은 더와트가 사망했음에도 살아 있는 척 사기극이 벌어진다는 걸 알고 있었다.

톰이 설명을 계속했다. "소식이 하나 더 있어. 버나드 터프츠라고, 당신은 본 적 없는 남잔데, 요 며칠 우리 집에 와 있었거든. 그런데 오늘 오후에 산책하러 나간 모양이야. 짐을 다 챙겨서 말이지. 다시 돌아올지 어쩔지는 잘 모르겠어."

"버나드 터프츠? 영국 사람이야?"

"응. 잘 아는 사이는 아니고 친구의 친구야. 화가인데 여자 친구 때문에 약간 날이 서 있었어. 파리로 간 것 같은데 돌아올지도 모르니 당신이 알아 둬야 할 것 같아." 톰이 웃었다. 그는 버나드가 돌아오지 않을 거라는 예감이 더욱 강하게 들었다. 택시를 타고 오를리 공항으로 가서 런던행 첫 번째 비행기에 올랐으리라. "그리고 하나 더 있어. 내일 저녁에 베르틀랭 부부 집에 가기로 했어. 당신이 돌아온 걸 알면 무척 좋아할 거야! 이런, 깜빡할 뻔했네. 손님이 또 있었어. 크리스토퍼 그린리프라고 디키의 사촌 동생이 이틀 밤 자고 갔어. 내가 쓴 편지 못 받았구나?" 그녀는 받지 못했다. 톰이 화요일에야 부쳤기 때문이다.

"저런, 당신 바빴겠네!" 엘로이즈가 영어로 말하더니 질투를 살짝 담아서 농담을 건넸다. "내가 보고 싶긴 했어?"

톰이 엘로이즈를 두 팔로 감싸 안았다. "얼마나 보고 싶었는데. 정말로."

엘로이즈가 1층에 두려고 산 물건은 꽃병이었다. 짤막하고 단단한 것이 양쪽에 손잡이가 있었고 그 위에 검은 황소 두 마리가 고개를 숙이고 맞댄 장식이 달려 있었다. 매력적이었다. 톰은 비싼 거냐는 둥 골동품이냐는 둥 이러쿵저러쿵 묻지 않았다. 그 순간만큼은 상관없었기 때문이다. 비발디의 〈사계〉를 틀었다. 엘로이즈가 2층에서 짐을 끄르더니 목욕하겠다고 했다.

오후 6시 반이 되어도 버나드는 돌아오지 않았다. 버나드가 런던이 아니라 파리로 갔나. 그건 그저 짐작일 뿐, 절대로 믿어서는 안 되었다. 톰과 엘로이즈가 집에서 저녁을 먹는 사이, 아네트 여사가 영국에서 온 형사가 오전에 들러서 머치슨 씨에 관련해 물었다는 얘기를 엘로이즈에게 전했다. 엘로이즈는 관심만 살짝 보일 뿐, 걱정은 하지 않았다. 외려 버나드에게 더욱 관심을 보였다.

"버나드가 돌아올까, 오늘 밤에?"

"사실은 아직도 모르겠어." 톰이 대답했다.

목요일 오전이 되었다. 전화 한 통 없이 고요했다. 엘로이즈가 파리에 사는 사람들에게 전화를 서너 통 돌렸다. 아버지가 계신 파리 사무실로도 전화했다. 지금 엘로이즈가 색 바랜 리바이스 청바지를 입고 맨발로 돌아다니고 있었다. 아네트 여사가 보는 오늘 자 『르 파리지앵』에는 머치슨 기사가 실리지 않았다. 오후에는 아네트 여사가 외출했다. 대외적으로는 장을 보러 간다고 했지만, 친구이자 가정부인 이본 여사의 집에 가서 엘로이즈가 돌아왔다는 사실과 런던에서 경찰이 왔다는 사실을 떠벌리러 간 게 분명했다. 톰은 엘로이즈와 노란 소파에 누웠다. 아내의 가슴에 머리를 대고 있으니 나른했다. 아침에 사랑을 나누었다. 짜릿했다. 그 행위는 드라마틱했어야 했다. 그런데 톰에겐 간밤에 그녀를 품에 안고 잠들었던 것보다 잠자리를 했다는 게 중요하지 않았다. 엘로이즈는 종종 말했다. "당신은 같이 자기에 참 좋은 사람이야. 돌아누워도 침대가 지진 난 것처럼 흔들리지 않거든. 정말이라니까. 난 당신이 돌아눕는지도 모르겠어." 톰은 그 말이 마음에 들었다. 지진 나게 한 남자가 누구냐고 따지지 않았다. 엘로이즈 같은 사람이 존재한다는 게 이상했다. 톰은 그녀의 인생 목표를 이해할 수 없었다. 그녀는 벽에 걸린 그림 같았다. 언젠가는 아이를 원할지도 모르겠다고 말하는 그녀. 그럼에도 그녀라는 존재는 실존했다. 톰은 내세울 만한 인생 목표는 없어도 지금 손에 움켜쥐고 누리는 이 생활만큼은 자부할 수 있었다. 움켜쥘 수 있는 기쁨을 움켜쥐었다는 데에서 오는 삶의 묘미를 느끼고 있었다. 그런데 엘로이즈에겐 그런 묘미가 결여되어 보였다. 그 까닭은 그녀가 태어날 때부터 원하는 걸 모두 가져 왔다는 데에 있었다. 그녀와 사랑을 나눌 때도 가끔은 묘한 기분에 휩싸이곤 했다. 사랑을 나누면서도 현실과 동떨어진 기분이 들었다. 생명이 없는 실재하지 않는 사물이나 정체성이 없는 육신에서 쾌락을 얻는 기분이랄까. 그가 숫기가 없어서일까? 청교도식 금욕주의를 추구해서일까? 아니면 온전히 몸을 내맡기는 걸 (정신적으로) 두려워해서일까? 그래서 혼자 중얼거렸다. "엘로이즈를 갖지 못한다면, 잃어야 한다면, 나는 더는 존재할 수 없다." 엘로이즈에 한해서라면 톰은 그 말을 믿으면서도 자인하기는 싫었다. 그래서 그 말을 받아들이지 않았고, 엘로이즈에게 일절 말하지도 않았다. (지금과 같은 상황이라면) 거짓말이 될 테니 말이다. 그는 엘로이즈에게 전적으로 의지하는 상황을 그저 하나의 가능성으로 치부했다. 그녀에게 기대는 생활과 그녀와의 섹스는 무관하다고 여겼다. 엘로이즈는 대체로 톰이 경멸하는 것들을 경멸했다. 그녀가 그의 동반자이긴 하나 미온적인 동반자였다. 남자와 함께였더라면 톰이 웃는 날이 훨씬 많았을 것이다. 그게 가장 큰 차이점이었다. 톰은 그녀의 부모를 만났을 때가 떠올랐다. "마피아라면 다들 세례를 받았겠지만, 그래 봤자 그게 무슨 도움이 되겠습니까?" 하는 그의 말에 엘로이즈는 웃었지만 그녀의 부모는 웃지 않았다. 그들(그녀의 부모)은 톰이 미국에서 세례를 받지 않았다는 걸 여차저차 알게 되었다. 사실 톰이 그 부분을 얼버무리긴 했지만, 그렇다고 도티 이모가 말했을 리도 없었다. 톰이 아주 어릴 적에 부모가 익사했는데 그 일에 관해서는 그들은 언급조차 하지 않았다. 미국에서는 세례와 미사와 고해 성사 같은 의식도, 귀를 뚫고 지옥에 갈 짓이나 하는 마피아도 개신교가 아니라 가톨릭과 관계 있다는 사실을 가톨릭 신자인 플리송 부부에게 설명하기란 불가능했다. 톰은 이쪽도 저쪽도 믿지 않았지만, 그가 카톨릭이 아니라는 건 확실히 알았다.

톰이 보기에 엘로이즈가 가장 활기 넘칠 때는 버럭 화를 낼 때였다. 그녀는 화가 많았다. 파리의 어느 가게엔 다시는 가지 않겠노라고 (못 미덥게) 다짐해 놓고도, 그 가게가 배송이 느리다고 화를 낸 적이 셀 수 없을 지경이었다. 지겹거나 자존심이 살짝 상할 때는 더욱 불같이 화를 냈다. 손님과 식사하면서 대화를 나누다가도 손님이 자기를 이기거나 자기 말에 반박하기라도 하면 격분했다. 손님이 갈 때까지 꾹 참는 건 잘했다. 일단 손님이 떠나면, 거실을 오가며 고함치고 벽에 방석을 내던지며 고래고래 소리를 내질렀다. "지옥에나 떨어져라! 추잡한 인간아!" 관객이라곤 톰뿐이었다. 톰은 달래 주려고 아무 말이나 지껄였다. 엘로이즈는 축 늘어진 채 눈에 눈물이 차올랐다가도 조금만 지나면 미소를 되찾았다. 톰은 그런 기질이 라틴계답다고 확신했다. 영국계는 확실히 아니었다.

톰은 정원에서 한 시간가량 일하다가 훌리오 코르타사르*가 쓴 『비밀 무기』를 조금 읽었다. 그러고는 2층으로 올라가서 아네트 여사의 초상화를 마무리했다. 오늘은 목요일, 여사가 쉬는 날이었다. 오후

* 아르헨티나 작가

153

6시경에 와서 그림을 봐 달라고 엘로이즈에게 부탁했다.

"나쁘지 않은데? 공을 많이 들인 것 같진 않지만, 마음에는 들어."

톰도 마음에 들었다. "여사님한텐 그런 말은 하지 마." 그림이 마르라고 벽 한쪽 구석에 기대어 놓았다.

이제 둘이서 베르틀랭 부부의 집에 갈 채비를 했다. 편안한 차림이면 되니 청바지가 괜찮을 것 같았다. 남편 뱅상은 파리에서 회사에 다니다가 주말이면 교외에 있는 집으로 내려왔다.

"장인어른은 뭐라셔?" 톰이 물었다.

"아빠는 내가 프랑스에 와서 좋으시대."

톰은 장인이 그를 별로 탐탁지 않게 여긴다는 걸 알고 있었다. 장인은 자기 딸이 그를 무시한다고 막연히 생각하고 있었다. 부르주아라는 덕목을 갖추고도 딸 부부가 어떻게 사나 캐내려고 줄다리기를 하고 있었다. "노엘은?" 노엘은 파리에 사는 엘로이즈의 가장 친한 친구였다.

"만날 똑같지 뭐. 지겹대. 가을은 도무지 정이 안 간대."

베르틀랭 부부는 상당히 부유한데도 교외에서 고생을 자처하며 살았다. 화장실은 외부에 있었고, 주방 싱크대에서는 뜨거운 물이 나오지 않았다. 나무를 때는 난로 위에 주전자를 올리고 물을 데웠다. 손님으로 온 클레그 부부는 쉰 정도 된 영국인 커플로 베르틀랭 부부와 연배가 비슷했다. 뱅상 베르틀랭은 톰이 본 적도 없는 아들 얘기를 늘어놓았다. 아들이 스물두 살이고 짚은 머리칼을 가졌는데 파리에서 여자 친구와 동거한다고 했다(두 사람은 주방에서 리카 와인을 마시다가 자기 나이를 밝혔다. 요리는 뱅상이 했다). 그런데 조형 예술대에서 건축학 공부를 그만두겠다고 해서 걱정이라고 했다. "그럴 만한 여자가 아니라니까요!" 뱅상이 톰에게 크게 외쳤다. "이런 게 바로 영국의 영향력이라고요." 뱅상은 드골 지지자였다.

저녁 식사는 훌륭했다. 닭 요리와 쌀밥에 치즈를 곁들인 샐러드가 나오고 자클린이 만든 애플 타르트까지 차려졌다. 톰은 마음이 콩밭에 있었지만 흡족했다. 엘로이즈가 기분이 좋았는지 그리스에서 있었던 일들을 얘기하고 있었다. 톰은 그걸 보니 흐뭇한 나머지 미소가 절로 나왔다. 끝으로 엘로이즈가 가져온 우조*를 나눠 마셨다.

"구역질 날 뻔했잖아. 그 우조 말이야! 페르노보다도 별로였어!" 집으로 돌아온 엘로이즈가 자신의 욕실 세면대에서 이를 닦으며 투덜

* 아니스 열매로 만든 그리스 술

154

댔다. 벌써 파란 반바지 잠옷으로 갈아입었다.

톰도 침실에 가서 런던에서 사 온 새 파자마로 갈아입었다.

"지하실에 가서 샴페인 가져올게!" 엘로이즈가 외쳤다.

"내가 가져올게." 톰이 슬리퍼를 신으며 다급히 말했다.

"입에 밴 맛을 없애야겠어. 샴페인 생각도 나고. 다들 베르틀랭 부부가 꽤 쪼들리며 사는 줄 알겠어. 마시라고 내온 술 좀 봐. 흔해 빠진 포도주가 뭐야!" 엘로이즈가 계단을 내려가고 있었다.

톰이 아내를 가로막았다.

"내가 내려간다니까! 당신은 얼음이나 가져와." 엘로이즈가 말했다.

아무튼 톰은 엘로이즈가 지하 와인 저장소로 내려가는 게 싫었다. 톰이 주방으로 내려가 얼음 틀을 빼는데 비명이 들렸다. 멀어서 또렷하진 않았지만 엘로이즈의 비명이었다. 끔찍했다. 현관 복도를 뛰어갔다.

비명이 또다시 들렸다. 예비용 화장실에서 엘로이즈와 맞닥뜨렸다.

"이게 무슨 일이야! 누가 지하실에서 목매달았어!"

"세상에!" 톰은 엘로이즈를 살짝 부축해서 2층으로 데리고 올라갔다.

"내려가지 마, 여보! 끔찍해!"

보나 마나 버나드겠지. 톰이 엘로이즈를 부축해 계단을 올라오는데 온몸이 부들부들 떨렸다. 엘로이즈는 프랑스어로, 톰은 영어로 말했다.

"약속해, 내려가지 않겠다고! 경찰에 신고해, 톰!"

"알았어, 신고할게."

"누구지?"

"나도 모르지."

둘이 엘로이즈의 침실로 갔다.

"당신은 여기에 있어!" 톰이 말했다.

"어디 가지 말고 내 옆에 있어 줘."

"내 말 들어!" 톰이 불어로 말한 다음 1층으로 뛰어 내려갔다. 스카치를 스트레이트로 한 잔 마시는 게 제일 좋을 것 같았다. 엘로이즈가 증류주는 입에 대지 않는 편이라서 곧장 술기운이 퍼질 것이다. 그런 다음 안정제를 먹일 생각이었다. 톰은 바 카트에서 술병과 잔을 집어 들고 다시 계단을 올라가서 술을 잔에 반쯤 따랐다. 엘로이즈가 망설이자 자기가 조금 마신 다음 그녀의 입술에 잔을 갖다 댔다. 그녀의 치아가 달그락거렸다.

"경찰에 신고할 거지?"

"당연하지!" 적어도 이건 자살이었다. 살인이 아니라 자살이라는 걸 틀림없이 증명할 수 있었다. 톰은 한숨을 내쉬고 몸서리를 쳤다. 엘로이즈처럼 온몸이 부들부들 떨렸다. 아내가 침대 모서리에 걸터앉아 있었다. "샴페인 마실래? 쭉 들이키면 괜찮을 거야!"

"그럴까. 아니 됐어. 지하실엔 절대로 내려가지 마! 경찰한테 신고해!"

"알았다니까!" 톰이 계단을 내려갔다.

톰은 예비용 화장실로 들어간 다음 잠시 망설이다가 문을 열었다. 지하실에 불이 켜져 있었다. 천천히 계단을 내려갔다. 삐딱한 고개로 천장에 매달린 시커먼 형체를 보는 순간 충격이 온몸을 강타했다. 줄은 짧았다. 톰이 두 눈을 껌뻑였다. 발은 보이지 않았다. 조금 더 가까이 다가갔다.

사람이 아니었다.

톰은 피식 웃다가 늘어진 다리를 툭 건드렸다. 속이 빈 바지만 걸려 있을 뿐 아무것도 없었다. 버나드 터프츠의 바지였다. "엘로이즈!" 톰이 계단을 뛰어 올라가며 불렀다. 아네트 여사가 깨든 말든 상관없었다. "엘로이즈! 가짜야!" 톰이 영어로 말했다. "진짜가 아니라고! 옷만 걸려 있는 거야! 겁내지 마!"

톰이 이내 아내를 달랬다. 버나드가 장난친 거라고, 어쩌면 크리스가 한 걸지도 모른다고 덧붙였다. 어찌 됐든 다리를 툭 건드려 봤더니 시체가 아닌 건 확실하다고 했다.

엘로이즈가 화를 냈다. 본래 모습을 되찾았다는 신호였다. "영국 사람들은 저런 어이없는 장난을 해? 멍청이들! 어디 모자란 거 아냐!"

톰은 가슴을 쓸어내리며 웃었다. "내려가서 샴페인하고 얼음 가져올게."

톰이 다시 지하실로 내려갔다. 양복이 벨트에 매달려 있었다. 톰의 벨트였다. 옷걸이에 우중충한 회색 재킷을 건 다음 재킷 단추에 바지를 걸고 회색 걸레로 머리를 만들어 목에 줄을 매달아 놓은 형체였다. 톰은 서둘러 주방에 가서 의자를 가져왔다. 아네트 여사가 이 난리통에 깨지 않아서 다행이었다. 다시 지하실로 내려가 양복을 끄집어내렸다. 서까래에 박힌 못에 벨트가 걸려 있었다. 속이 빈 양복이 바닥으로 떨어졌다. 이제야 톰은 서둘러 샴페인을 골랐다. 재킷에서 옷걸이를 빼고 벨트를 챙겼다. 주방으로 가서 간신히 얼음 통을 들고 불을 끈 다음, 2층으로 올라갔다.

15

톰은 7시가 되기도 전에 눈이 떠졌다. 엘로이즈가 곤히 자고 있어서 살짝 침대에서 빠져나와 아내의 침실에 걸어 둔 가운을 걸쳤다.

아네트 여사가 일어났으려나. 살금살금 계단을 내려갔다. 여사가 보기 전에 지하실에 있는 버나드의 양복을 치우고 싶었다. 이제 보니 와인 얼룩과 머치슨의 혈흔이 별로 눈에 띄지 않았다. 수사 팀이 나선다면 당연히 혈흔을 찾겠지만, 톰은 그런 일은 없으리라 낙관했다.

재킷 단추에 걸린 바지를 끄르는데, 흰 종이가 나풀거리며 떨어졌다. 버나드가 길고 삐죽한 필체로 남긴 메모였다.

당신 집에서 옷으로 육신을 만들어 내 목을 매단다. 내가 매단 건 더와트가 아니라 버나드 터프츠. 내가 참회할 유일한 길은 지난 5년간의 나를 내 손으로 죽이는 것. 그래야 여생 동안 내 작품을 정직하게 그리는 데에 매진할 수 있으리.

버나드 터프츠

톰은 메모를 구겨서 찢어 버리고 싶은 충동이 일었지만 접어서 가운 주머니에 넣었다. 이 메모가 필요할 날이 올지도 모른다. 누가 알겠는가. 버나드가 어디에서 뭘 하는지 누가 알까. 버나드의 꾀죄죄한 정장에 묻은 먼지를 턴 다음 걸레를 구석으로 집어 던졌다. 세탁소에 옷을 맡겨야겠다. 나쁠 건 없다. 정장을 들고 방으로 올라가려다가 아네트 여사가 세탁소에 가져가도록 복도 탁자 위에 두기로 했다.

"안녕히 주무셨어요." 아네트 여사가 주방에서 인사했다. "오늘도 일찍 일어나셨네요. 사모님 일어나셨으면 차 준비할까요?"

톰은 주방으로 갔다. "오늘 아침엔 실컷 자게 두세요. 대신 내가 마실 커피만 부탁합니다."

아네트 여사가 커피를 올려다 주겠다고 했다. 톰은 2층으로 올라가서 옷을 입었다. 숲속 무덤을 확인해 보고 싶었다. 버나드가 이상한 짓을 해 놓았을지도 모른다. 살짝 헤집어 놨거나, 그 속에 누워 있을지 누가 아나.

커피를 마신 다음 아래층으로 내려갔다. 날이 흐려서 해는 거의 나지 않았다. 이슬이 내려앉은 잔디가 축축했다. 톰은 산울타리 옆에서 서성였다. 엘로이즈나 아네트 여사가 창문으로 내다볼지도 몰라서 무덤으로 직행하긴 싫었다. 집이 있는 쪽으론 뒤돌아보지 않았다. 시선은 시선을 부르는 법이라 믿었기 때문이다.

무덤은 톰과 버나드가 떠날 때 모습 그대로였다.

10시까지도 엘로이즈는 일어나지 않았다. 톰이 작업실에 있는데, 아네트 여사가 오더니 사모님이 보자고 하신다고 말을 전했다. 아내의 침실로 가니 엘로이즈가 침대에서 차를 마시고 있었다.

엘로이즈가 자몽을 씹으며 말했다. "당신 친구들이 장난치는 거 싫어."

"두 번 다시 그럴 일 없어. 지하실에 있던 옷은 치웠으니 더는 생각하지 마. 점심은 어디 근사한 데 가서 먹을까? 센강 근처 어때? 늦은 점심이나 먹자."

엘로이즈가 좋다고 했다.

두 사람은 남쪽 작은 마을에 있는 새로운 식당을 발견했다. 어쩌다 보니 센강 근처는 아니었다.

"우리 어디 멀리 여행 갈까? 스페인 이비사섬 어때?" 엘로이즈가 물었다.

톰은 망설였다. 배를 타고 어디론가 가고 싶었다. 책과 전축, 물감에 스케치북까지 원하는 걸 몽땅 가져가고 싶었다. 그런데 그랬다간 버나드뿐 아니라, 제프와 에드한테도 회피한다는 오해를 살 것 같았다. 톰 부부가 행선지를 알린다고 해도 경찰 역시 오해할 것이다. "생각해볼게."

"그리스로 여행 갔다가 괜히 기분만 찝찝해졌어. 우조 마신 것처럼 말이야."

톰은 점심을 먹고 잠깐 눈을 붙이고 싶었다. 엘로이즈도 같은 마음이었는지 자기 침대에서 같이 늘어지게 자다가 저녁 먹기 전에 일어나자고 했다. 톰의 방에 있는 전화기 코드를 뽑아서 전화가 아래층에서만 울리게 해 아네트 여사가 받게 할 것이다. 숲을 관통하는 길을 따라 느긋하게 운전하면서 빌페르스로 향했다. 직업은 없어도 돈이 많으니 결혼 생활이 즐거웠다.

톰이 열쇠로 현관문을 따는 순간, 전혀 예상하지 못한 광경이 눈앞에 펼쳐졌다. 버나드가 노란 의자에 앉아 현관을 바라보고 있었다.

엘로이즈는 곧바로 버나드를 알아채지 못하고 말했다. "톰, 탄산수하고 얼음 좀 갖다줘. 나 너무 졸려!" 엘로이즈는 톰의 품에 파고들다가 톰이 긴장했다는 걸 알고 깜짝 놀랐다.

158

"버나드가 돌아왔어. 내가 말한 영국 사람." 톰이 거실로 들어서며 인사했다. "잘 지냈어요, 버나드?" 톰은 손을 내미는 대신 억지로 미소를 지었다.

아네트 여사가 주방에서 나왔다. "다녀오셨어요! 제가 차 소리를 못 들었지 뭐예요. 귀가 먹으려나. 버나드 씨가 돌아오셨어요." 아네트 여사도 당황한 눈치였다.

톰은 애써 마음을 가라앉히고 말했다. "그러게요, 잘됐네요. 그럴 것 같더라니." 톰은 버나드가 돌아올는지 잘 모르겠다고 여사에게 말했던 기억이 떠올랐다.

버나드가 일어섰다. 면도해야 할 얼굴이었다. "이렇게 불쑥 돌아와서 미안해요."

"엘로이즈, 이쪽은 버나드 터프츠 씨. 런던에서 화가로 활동하시지. 이쪽은 제 아내 엘로이즈."

"처음 뵙겠습니다." 버나드가 인사했다.

엘로이즈는 그 자리에서 그대로 서 있었다. "처음 뵙겠습니다." 엘로이즈가 영어로 인사했다.

"아내가 좀 피곤해해서요." 톰이 엘로이즈에게 다가갔다. "당신은 2층으로 올라갈래? 여기에 같이 있을래?"

엘로이즈가 고개를 까닥이더니 같이 올라가 달라고 했다.

"금방 올게요, 버나드." 톰은 양해를 구하고 아내를 따라 올라갔다. "저 사람이 장난친 작자야?" 엘로이즈가 침실에서 물었다.

"맞아, 유감스럽지만. 좀 괴짜야."

"우리 집에서 뭐 하는 거야? 저 남자 싫어. 대체 누구야? 당신이 한 번도 말한 적 없잖아. 당신 옷까지 입었네."

톰이 어깨를 으쓱했다. "런던에 사는 내 친구의 친구야. 오늘 오후에 내 옷을 벗으라고 단단히 말할게. 돈이나 옷이 좀 필요한가 봐. 내가 물어볼게." 톰은 아내의 뺨에 입을 맞추었다. "한숨 자, 여보. 금방 올게."

톰은 주방에 가서 아네트 여사에게 엘로이즈에게 탄산수를 갖다주라고 했다.

"버나드 씨가 집에서 저녁을 드실 건가요?" 아네트 여사가 물었다.

"안 먹을 것 같긴 한데 그래도 모르니 준비는 해 줘요. 간단한 거로요. 점심을 거하게 먹었거든요." 톰이 버나드에게 돌아갔다. "그동안 파리에 있었어요?"

"네, 파리에요." 버나드가 계속 서 있었다.

톰은 버나드를 어떻게 구워삶아야 할지 난감했다. "지하실에 양복 걸어 놓은 거 봤어요. 그거 보고 아내가 충격을 받았습니다. 그런 장난을 치면 됩니까? 집에 여자가 있는데." 톰은 미소를 잃지 않았다. "그건 그렇고, 가정부가 양복을 세탁소에 맡겼으니, 양복은 런던으로 부쳐 줄게요. 당신이 어디로 가든지 그쪽으로 보내 줄게요. 앉아요." 톰은 소파에 앉았다. "앞으로 어쩔 셈이죠?" 미친놈한테 기분이 어떠냐고 묻는 거나 마찬가지였다. 톰은 불안했다. 심박이 빨라진 게 느껴지는 순간, 기분이 상했다.

버나드가 앉았다. "음……." 긴 침묵이 이어졌다.

"런던엔 안 돌아갈 겁니까?" 톰은 자포자기한 심정으로 커피 테이블 위에 있는 상자에서 시가를 꺼내 들었다. 지금 당장 그의 입에 재갈을 물리기에는 시가면 충분했다. 하지만 그게 중요한가?

"당신하고 얘기하려고 돌아온 거예요."

"좋아요. 무슨 얘기 할까요?"

다시 침묵이 흘렀다. 톰은 이 정적이 깨질까 봐 두려웠다. 버나드가 그동안 구름 속을 헤맸을 것이다. 지난 며칠간 머릿속에 걷히지도 않는 구름이 뿌옇게 끼었을 것이다. 수많은 양 떼 사이에서 북슬북슬한 새끼 한 마리만 쏴서 맞추려고 애쓴 기분이었을 것이다. "얼마든지 기다려 줄게요. 친구들이 곁에 있어요, 버나드."

"얘기는 아주 간단해요. 난 내 인생을 새로 시작할 거예요. 아주 깨끗한 상태에서요."

"그럼요, 알죠. 당신이라면 할 수 있어요."

"부인은 내가 위작을 그린다는 거 압니까?"

논리 정연한 질문이라면 환영이었다. "당연히 모르죠. 아무도 몰라요. 그걸 아는 사람은 프랑스에는 없어요."

"머치슨 일은요?"

"머치슨은 실종됐다고 했습니다. 오를리 공항에 내가 데려다줬다고 했어요." 톰은 엘로이즈가 2층 복도에 있을까 봐 목소리를 낮추면서도, 거실에서 나누는 말소리가 휘어진 계단을 타고 2층까지 올라가지 않는다는 걸 알았다.

버나드가 짜증 섞인 말투로 말했다. "이 집에서는 옆에 누가 있으면 말을 못 하겠어요. 당신 부인이나 가정부가 있으면요."

"그렇다면 다른 데로 갑시다."

"그건 싫어요."

"아네트 여사를 내쫓을 수는 없어요. 살림을 해 주는 분이니까요. 산책하러 갈래요? 조용한 카페도 좋고……."

"아뇨, 됐습니다."

톰은 시가를 문 채 소파에 등을 기댔다. 막 집에 불이 난 것 같은 냄새가 났다. 원래는 시가 냄새를 좋아했다. "그건 그렇고, 내가 당신을 만난 후론 영국 형사든 프랑스 경찰이든 조용하네요."

버나드는 가만히 있다가 말했다. "좋아요. 산책하러 가요, 우리." 버나드가 자리에서 일어나 프렌치 도어를 쳐다봤다. "뒷문으로 나가 죠."

두 사람은 밖으로 나가 잔디밭을 거닐었다. 둘 다 코트를 걸치지 않았다. 날씨는 쌀쌀했다. 톰은 버나드가 가고 싶은 데로 가게 두었다. 버나드가 숲속 오솔길로 향했다. 천천히 걷는 걸음새가 왠지 불안했다. 못 먹어서 기운이 없나? 얼마 지나지 않아 머치슨을 묻었던 자리를 지나쳤다. 공포가 엄습하자 톰의 목덜미와 귀 뒤에 있는 털이 따끔거렸다. 그 장소가 아니라 버나드가 두려웠다. 톰은 양손을 밖으로 빼고 버나드와 거리를 살짝 두고 걸었다.

버나드가 서서히 걸음을 멈추더니 뒤돌아섰다. 두 사람은 다시 집으로 향했다.

"무슨 생각 해요?" 톰이 물었다.

"이 일이 어떻게 끝날지 모르겠네요. 이미 사람이 죽었잖아요."

"그러게요, 안타깝네요. 그런데 이 일은 당신하고 아무 상관 없어요. 다시는 더와트인 척 그림을 그리지 않겠다고 했으니 새사람이 된 버나드 터프츠는 새 출발할 수 있어요. 처음부터 새로."

버나드는 대답이 없었다.

"파리에 갔을 때 제프나 에드한테 전화했습니까?"

"아뇨."

톰은 군이 영국에서 발행하는 신문을 사서 보지 않았다. 버나드도 그랬을 것 같았다. 버나드의 불안감은 마음에서 비롯된 것이었다. "집에 가면 신시아한테 전화해도 좋아요. 내 방에서 걸어도 되고."

"파리에서 통화했어요. 날 만나지 않겠대요."

"이런." 그게 문제였다. 마지막 희망이었을 텐데. "흠, 그럼 편지를 써 봐요. 편지가 나을 겁니다. 아니면 런던에 가면 찾아가든가. 신시아의 집에 가서 문을 쾅쾅 두드리라고요!" 톰이 웃었다.

"신시아가 싫대요."

정적이 흘렀다.

신시아가 발 빼고 싶어 하겠지, 하고 톰은 짐작했다. 위작을 그만 그리겠다는 버나드의 다짐을 못 믿어서가 아니라―버나드가 무슨 말을 꺼내든 아무도 그를 의심할 수 없었다―신시아가 학을 뗐기 때문일 것이다. 그 순간만큼은 버나드의 상처를 톰이 헤아릴 수 없었다. 둘은 프렌치 도어 바깥에 있는 석조 테라스에 서 있었다. "들어가야겠어요, 버나드. 너무 춥네요. 들어갑시다." 톰이 문을 열었다.

버나드도 안으로 들어왔다.

톰은 엘로이즈를 보러 2층으로 뛰어 올라갔다. 추위 때문인지 공포 때문인지 굳었던 몸이 여태 뻣뻣했다. 엘로이즈가 침대에 앉아서 사진과 엽서를 정리하고 있었다.

"언제 간대?"

"런던에 여자 친구가 있는데, 파리에 갔을 때 전화했더니 만나지 않겠다고 했대. 그래서 가슴이 아픈가 봐. 그런 사람한테 나가라는 말을 어떻게 해. 버나드가 앞으로 어쩔 건지 나도 모르겠어. 당신이 며칠 친정에 다녀올래?"

"싫어!"

"나하고 얘기하고 싶다잖아. 버나드가 이별을 빨리 받아들였으면 좋겠어."

"저 남자를 왜 못 내쫓는 건데? 당신 친구도 아니잖아. 저 남자는 미쳤다고!"

버나드는 집에 그냥 있었다.

저녁 식사가 끝나기도 전에 초인종이 울렸다. 아네트 여사가 현관에 나갔다 오더니 말했다.

"경찰서에서 두 분이 나오셨어요. 말씀을 나누고 싶다는데요."

엘로이즈가 짜증 섞인 한숨을 내쉬며 냅킨을 집어 던졌다. 식탁에 앉아 있는 게 싫었는지 자리에서 일어났다. "또 또 누가 불쑥 찾아왔군!" 엘로이즈가 불어로 투덜거렸다.

톰도 자리에서 일어났다.

버나드만 동요하지 않았다.

톰이 거실로 나갔다. 월요일에 왔던 그때 그 두 명의 경찰관이었다.

"방해해서 죄송합니다." 나이 많은 경찰이 말했다. "영 통화가 안 돼서 말이죠. 고장 신고는 저희가 했습니다."

"저희 집 전화가 고장 났다고요?" 6주에 한 번 정도는 전화가 아무 이유 없이 먹통이 되곤 했다. 버나드가 전화선을 자르는 식의 수상한 짓이라도 한 걸까. "몰랐습니다. 고맙습니다."

"영국에서 온 형사하고 그간 연락했는데요, 정확히 말씀드리자면 그쪽에서 연락을 한 거죠."

엘로이즈가 화는 나지만 궁금했는지 거실로 나왔다. 톰이 아내를 소개했다. 경찰이 성명을 다시 밝혔다. 한 명은 들로네 경찰서장이었고, 다른 한 명은 톰이 이름을 놓치고 말았다.

들로네 서장이 말했다. "머치슨 씨뿐만 아니라 이젠 화가 더와트까지 실종된 상태입니다. 영국에서 온 웹스터 형사가 오늘 오후에 댁으로 전화를 걸려고 시도했답니다. 혹시 두 사람한테 연락이 왔는지 궁금해서요."

톰은 미소를 지었다. 실은 좀 즐기고 있었다. "저는 더와트를 만난 적이 없어요. 더와트가 절 알 리가 없죠." 버나드가 때마침 거실로 나왔다. "안타깝게도 머치슨 씨도 연락이 없었습니다. 영국에서 온 버나드 터프츠 씨입니다. 버나드, 경찰서에서 나오셨어요."

버나드가 웅얼웅얼 인사를 건넸다.

버나드라는 이름은 프랑스 경찰에겐 아무 의미 없다는 걸 톰은 눈치챘다.

"지금 더와트전을 기획한 갤러리에서도 더와트의 소재를 모른다니, 이게 다 무슨 일일까요." 들로네가 말했다.

진짜 이상한 일이었지만 톰은 그들을 전혀 도와줄 수가 없었다.

"혹시 머치슨 씨라는 미국인을 아십니까?" 들로네가 버나드에게 물었다.

"아뇨."

"혹시 아십니까, 부인?"

"몰라요."

톰은 아내가 그리스에서 막 돌아왔는데, 머치슨 씨가 집에 왔다가 실종됐다는 얘기를 해 주었다고 했다.

경찰은 이제 뭘 해야 할지 모르는 눈치였다. 들로네가 말했다. "상황이 이렇다 보니, 리플리 씨, 웹스터 형사가 이 집을 꼭 수색해 달라고 당부하더군요. 의례적인 가택 수사라고 이해하시면 됩니다만, 꼭 필요한 일입니다. 단서가 나올 수도 있으니까요. 당연히 머치슨 씨 관련 단서죠. 저희는 최대한 영국 경찰에 협조해야 하니까요."

"당연히 그러셔야죠! 지금 시작하시겠어요?"

바깥을 수색하기엔 날이 좀 어두웠다. 경찰은 당장 하겠다면서 내일 오전까지 수색이 이어질 거라고 했다. 두 명의 경찰관이 석조 테라스로 나갔다. 둘 다 애타는 눈으로 어둑어둑해진 정원과 그 뒤로 펼쳐진 숲을 바라보는 것 같았다.

톰의 참관하에 경찰이 집을 살폈다. 경찰은 머치슨이 묵었던 방에 가장 먼저 관심을 보였다. 머치슨이 떠난 후 크리스가 그 방을 썼다. 아네트 여사가 이미 쓰레기통을 비워 놓았다. 경찰이 서랍을 뒤졌다. 불어로 '코모드'라고 불리는 서랍장은 모두 텅 비어 있었고, 밑에서부터 두 칸에만 침대보와 담요가 들어 있었다. 머치슨이나 크리스의 흔적은 남아 있지 않았다. 경찰이 엘로이즈의 침실(엘로이즈는 화를 삭이며 아래층에 있었다)도 뒤지더니 톰의 작업실에 가서 톰이 쓰는 톱까지 집어 들었다. 이 집에는 다락방이 있었는데, 전구가 나간 상태였다. 톰이 아래층에서 전구와 손전등을 들고 올라와야 했다. 다락방에는 먼지가 자욱했다. 천에 덮인 의자들과 예전에 살던 사람이 두고 간 낡은 소파가 있었다. 경찰이 손전등을 들고 소파 뒤를 살폈다. 단서보다 더 큰 걸 찾는 눈치였다. 톰이 소파 뒤에 시체를 숨겼다고 생각하나, 그들이 어리석어 보였다.

그다음, 지하 와인 저장소로 내려갔다. 톰은 얼룩 위에 발을 디디고 섰다. 불이 훤한데도 손전등을 들고 구석구석 비춰 주면서 이번에도 느긋하게 지하실을 보여 주었다. 와인 통 뒤 시멘트 바닥에 머치슨의 혈흔이 있는 건 아닌지 조금은 신경이 쓰였다. 그 자리를 꼼꼼히 살피지 않았다. 하지만 혈흔이 있다고 해도 경찰이 못 보고 바닥만 대충 힐끔거리고 말았다. 그렇다고 경찰이 내일도 구석구석 살피지 않을 거란 의미는 아니었다.

경찰이 내일 오전 8시에 다시 와도 되냐고 양해를 구했다. 톰은 8시면 괜찮다고 했다.

"미안해." 톰은 현관문을 닫고 엘로이즈와 버나드에게 사과했다. 두 사람이 내내 커피를 마시며 말없이 자리에 앉아 있었을 것이다.

"우리 집을 도대체 왜 수색하는 건데?" 엘로이즈가 따졌다.

"그때 그 미국인이 여태 행방이 묘연해서 그렇대. 머치슨 씨 말이야."

엘로이즈가 일어섰다. "2층에서 나랑 얘기 좀 해, 톰."

164

톰은 버나드에게 양해를 구하고 아내와 같이 2층으로 올라갔다.

엘로이즈가 자기 침실로 들어갔다. "저 작자 내쫓지 않으면 오늘 밤에 내가 나갈 거야."

딜레마에 빠졌다. 톰은 엘로이즈가 집을 나가지 않기를 바랐다. 그런데 아내가 집에 있으면 버나드하고는 진척이 아예 없을 것이다. 버나드처럼 톰도 엘로이즈가 화가 나서 눈을 부라리는 모습을 보면 생각이 멈추고 말았다. "한 번 더 내보내 볼게." 톰은 대답한 다음 엘로이즈의 목덜미에 입을 맞추었다. 그것만큼은 엘로이즈가 허락해 주었다.

톰이 아래층으로 내려갔다. "버나드, 엘로이즈가 화가 나서 그러는데 오늘 밤 파리로 돌아가 주겠어요? 내가 차로 데려다줄게요. 퐁텐블로로 가도 좋고요. 거기에도 괜찮은 호텔이 두어 군데 있어요. 나하고 얘기하고 싶다면 내가 내일 퐁텐블로로 찾아가겠습니다."

"싫은데요."

톰이 한숨을 내쉬었다. "그렇다면 아내가 오늘 밤 집을 나가겠대요. 내가 가서 말해 볼게요." 톰은 다시 계단을 올라가서 아내하고 얘기했다.

"뭐야, 디키 그린리프 같은 사람이 또 나타난 거야? 당신은 내 집에서 나가라는 말도 못 해?"

"절대로 못 해. 그리고 디키는 내 집에 있었던 게 아니라고." 톰은 말을 멈추고 가만히 있었다. 엘로이즈가 몸소 버나드를 내쫓겠다는 듯이 격분했지만, 내쫓지는 못할 것이다. 버나드의 고집이 상식과 예의를 벗어났기 때문이다.

엘로이즈가 옷장 맨 위에 있던 가죽으로 만든 작은 여행 가방을 내리더니 짐을 싸기 시작했다. 톰이 버나드에게 책임감을 느낀다고 말해 봐야 소용없을 것 같았다. 엘로이즈가 그 이유를 궁금해할 테니 말이다.

"엘로이즈, 여보. 미안해. 차 가지고 갈 거야? 아니면 내가 역에까지 태워 줄까?"

"알파 로메오 몰고 샹티이*로 갈 거야. 그건 그렇고, 우리 집 전화는 멀쩡해. 내가 당신 방에서 방금 걸어 봤거든."

"경찰이 신고해서 고쳤겠지."

"경찰이 거짓말한 거 같아. 우리 놀라라고." 그녀가 가방에 셔츠를

* 파리 북쪽의 도시

165

넣다가 동작을 멈췄다. "당신 무슨 짓 했어? 머치슨한테 무슨 짓이라도 한 거야?"

"내가 무슨!" 톰이 놀라서 말했다.

"있잖아. 아빠는 말도 안 되는 일이나 구설수는 더는 편들어 주지 않으실 거야."

아내가 그린리프 사건을 들먹였다. 톰은 그 사건에서 자신의 이름은 깨끗이 지웠지만, 의심의 눈초리는 여전히 그를 따라다녔다. 라틴계 사람들은 선이 넘는 농담을 했다. 호기심에 지껄이던 농담이 그들 사이에선 진실로 굳어졌다. 톰이 디키를 죽였을지도 모른다는 것. 더군다나 디키가 죽으면서 남긴 돈을 톰이 받았다는 것. 톰이 숨기는 만큼 그들은 알고 있었다. 톰이 디키의 유산을 받았다는 걸 엘로이즈는 물론이거니와 장인까지 알고 있었다. 사업하는 장인이 손에 티끌 하나 묻히지 않았을 리 없었다. 하지만 톰은 자기 손에 피를 묻혔다. 돈에선 냄새가 나지 않는다. 오직 피에서만 날 뿐.

"구설수는 더는 없어. 내가 구설수를 피하려고 기를 쓴다는 거 당신이 알아주면 좋겠어. 그게 내 목표야."

엘로이즈가 가방을 닫았다. "당신이 뭐 하고 다니는지 내가 알 게 뭐야."

톰이 들고 있던 가방을 내려놓고 아내를 품에 안았다. "오늘 밤 같이 있고 싶어."

엘로이즈도 같이 있고 싶어 했을지 모르지만, 그걸 꼭 말로 할 필요는 없었다. 그녀가 '꺼져' 하고 말할 때와는 정반대의 모습을 보이다가 발걸음을 뗐다. 프랑스 여자라면 방이든 집이든 일단 어디든 나가야 했다. 아니면, 방이라도 바꿔 달라고 하거나. 상대방이 불편해하면 할수록 그녀들은 더 좋아했다. 그래도 그게 그녀들이 악을 쓰는 소리를 듣는 것보다야 덜 거북했다. 톰은 이것을 '프랑스식 변위의 법칙'이라 불렀다.

"친정에 전화는 드렸어?"

"두 분이 안 계셔도 가정부는 있겠지."

운전해서 가려면 두 시간은 족히 걸리는 거리였다. "도착하면 전화해 줄래?"

"잘 있어요, 버나드!" 엘로이즈가 현관에서 외쳤다. 그리고 따라 나오는 톰에게도 소리를 내질렀다. "됐어!"

알파 로메오의 브레이크 등이 대문을 빠져나가더니 사라졌다. 톰

166

은 그 모습을 씁쓸히 지켜보았다.

버나드는 자리에 앉아서 담배를 피우고 있었다. 주방에서 쓰레기통 뚜껑이 달그락거리는 소리가 들렸다. 톰은 복도 탁자에 있던 손전등을 들고 예비용 화장실을 통해 지하실로 내려갔다. 머치슨이 누워 있던 와인 통 뒤를 살펴보았다. 운이 좋았는지 핏자국은 보이지 않았다. 톰은 1층으로 올라왔다.

"버나드. 오늘 밤은 괜찮지만, 내일 아침에는 경찰이 이 집을 샅샅이 뒤지러 올 겁니다." 문득 숲 생각이 났다. "경찰이 몇 가지 물으면서 신경을 긁을지도 몰라요. 그러니 경찰이 오기 전에 떠나는 게 어때요? 8시에 온다던데."

"갈게요, 간다고요."

밤 10시가 가까웠다. 아네트 여사가 와서 커피를 더 마시겠느냐고 물었다. 톰과 버나드는 괜찮다고 했다.

"사모님이 나가셨다고요?"

"친정에 부모님 뵈러 갔어요."

"이 시간에요! 이런 어쩐다." 아네트 여사가 커피 잔을 치웠다.

여사도 엘로이즈만큼 버나드를 싫어하거나 미덥지 않아 하는 것 같았다. 톰은 버나드의 성격을 받아 주지 못해서 다들 반감을 보이는 상황이 안타까웠다. 엘로이즈나 아네트 여사는 버나드를 좋아할 수가 없었다. 버나드를 전혀 모르기 때문이다. 버나드가 더와트에게 얼마나 헌신했는지 모르기 때문이다. 그런데도 그들은 버나드가 '더와트를 이용해 먹는다'고 오해할 것 같았다. 무엇보다, 서로 다른 배경에서 성장한 엘로이즈나 아네트 여사가 노동자 계층에서 태어나 (제프와 에드에 따르면) 자신의 재능으로 소위 출세의 언저리까지 올라온 버나드 터프츠의 비상을 이해하지 못할 것이다. 비록 버나드가 남의 이름을 적어 넣어야 했지만 말이다. 버나드는 돈에는 관심이 없었는데, 이것 역시 아네트 여사와 엘로이즈가 이해하지 못할 것이다. 아네트 여사가 거실에서 총총 사라졌다. 그 모습이 톰의 눈에는 여사가 씩씩대는 것처럼 보였다.

"해 주고 싶은 얘기가 있어요." 버나드가 입을 열었다. "더와트가 죽은 그날 밤이었어요. 우린 더와트가 그리스에서 죽은 지 하루가 꼬박 지나서야 부고를 들었거든요. 그런데 더와트가 세상을 떠나던 그날 밤에 더와트가 내 방에 서 있었어요. 창으로 달빛이 쏟아져 들어오는 밤이었어요. 혼자 있고 싶어서 신시아하고 약속했던 데이트를 깼는

167

데, 더와트가 내 방에 서 있는 거예요. 버나드가 옆에 있다는 게 느껴졌어요. 심지어 더와트는 씩 웃더니 '놀라지 마, 버나드. 나 그리 힘들지 않아. 하나도 안 아파' 하는 말까지 해 줬다고요. 더와트가 앞일을 예고하듯 그런 말을 해 줬다는 게 상상이 갑니까? 진짜로 내 귀에 더와트의 목소리가 들렸다니까요."

버나드가 내면의 소리를 들은 것이다. 톰은 경청했다.

"그래서 난 침대에서 일어나 앉아 더와트를 잠시 쳐다봤어요. 더와트가 내 방을 서성였어요. 내가 가끔 그림도 그리고 잠도 자는 내 방을요."

버나드가 말하는 그림은 더와트의 위작이 아니라 버나드 터프츠 본인만의 그림을 의미했다.

버나드가 말을 이었다. "그러더니 '버나드, 넌 계속 살아. 난 후회하지 않아'라고 했어요. 이 말은 더와트 자신은 자살한 걸 후회하지 않는다는 뜻으로 한 말 같더군요. 더와트가 '계속 살라'고 한 말이 무슨 뜻이냐면……" 버나드가 얘기를 꺼낸 후 처음으로 톰과 눈을 맞추었다. "목숨이 다할 때까지 그냥 살라는 뜻일 겁니다. 인간이 목숨을 제 마음대로 할 수 있는 게 아니잖아요. 칼자루를 쥔 건 내가 아니라 운명이니까요."

톰은 머뭇거렸다. "더와트한테 유머 감각이 있었군요. 제프는 더와트가 자기 화풍을 따라 그려서 이렇게 대성하게 해 준 버나드에게 고마워할 것 같다고 했거든요." 다행히도 여기까지는 일이 잘못되진 않았다.

"어느 정도는 그랬겠죠. 맞아요, 위작을 그린다는 게 어쩌면 그림을 제대로 그리는 전문가가 치는 장난인 거잖아요. 더와트라면 그런 장난으로 돈을 버는 걸 좋아하지 않았을 겁니다. 가난에 시달리던 더와트가 그렇게 쉽게 목숨을 던져 버린 이유가 돈 때문이었을 테니까요."

버나드의 생각이 슬슬 다른 쪽으로 제멋대로 흘러가더니 톰에게 화살을 돌리려는 것 같았다. 그만하자고 해야 하나? 그랬다간 버나드가 기분 나빠 하려나? "빌어먹을 경찰들이 내일 새벽부터 들이닥친다니 난 자야겠어요." 톰이 말을 돌렸다.

버나드가 몸을 앞으로 숙였다. "요전 날 내가 망했다고 한 말을 이해하지 못하는군요. 런던에서 온 형사를 만나서 더와트가 어떤 사람인지 설명하려고 했던 날 말입니다."

168

"그건 당신이 실패하지 않았기 때문이에요. 크리스도 당신이 하는 말을 이해했잖아요. 웹스터 형사도 뭉클하다고 했던 거로 기억하는데요."

"웹스터는 더와트의 묵인하에 위작이 그려졌을 가능성에 대해 지금까지도 고심하고 있을 거예요. 난 더와트의 성정에 관해서는 설명하지도 못했어요. 최선을 다했지만 실패했어요."

톰은 버나드의 생각을 다시 정상 궤도로 돌려놓으려고 필사적으로 노력했다. "웹스터가 할 일은 머치슨을 찾는 것이지, 더와트를 찾는 게 아닙니다. 난 올라갑니다."

톰은 방에서 잠옷으로 갈아입고 창문을 위에만 살짝 열어 놓고 침대에 누웠다. 아네트 여사가 오늘 저녁에는 잠자기 좋게 이불을 젖혀 놓지 않았다. 톰은 온몸이 떨려 방문을 걸고 싶은 충동이 일었다. 바보 같은 짓일까? 현명한 처사일까? 비겁해 보이겠지. 그래서 톰은 방문을 잠그지 않았다. 읽다 만 트리벨리언*의『영국 사회학사』를 집어 들었다가 불어 사전에서 '포르주(forge)'란 단어를 찾았다. 영어로 '위조하다'라는 뜻이었다. 고대 불어로는 '대장간'을, '파베르(faber)'는 '대장장이'를 의미했다. 불어로는 쇠를 다루는 작업에만 국한된 의미로 쓰였다. 불어로 '위조'는 '팔시피카시옹(falcification)'이나 '콩트르페르(contrefaire)'였다. 톰이 이미 아는 단어였다. 사전을 덮었다.

뜬눈으로 한 시간째 누워만 있었다. 시간이 갈수록 피가 도는 소리가 점점 커졌다. 소리가 얼마나 큰지 놀랄 지경이었다. 높은 데에서 추락하는 기분이 멈추지 않았다.

손목시계의 라듐 바늘이 12시 반을 가리켰다. 엘로이즈에게 전화해야 하나? 전화하고 싶었지만 야심한 시각에 전화해 장인어른의 미움을 더 사고 싶지는 않았다. 망할, 처가 식구들이란!

누가 뒤에서 덮치더니 목을 졸랐다. 톰은 두 발로 이불을 차려고 발버둥 쳤다. 목을 조르는 버나드의 손아귀에서 벗어나려고 팔을 잡아당겼지만, 소용없었다. 결국 두 발을 버나드의 몸통에 대고 밀었다. 목에서 버나드의 손이 떨어져 나갔다. 버나드가 바닥으로 쿵 하고 쓰러지더니 숨을 제대로 쉬지 못했다. 톰은 램프를 켜려다가 쓰러뜨릴 뻔했다. 대신 물잔이 쓰러지면서 파란 동양풍 러그 위로 물이 쏟아졌다.

버나드가 고통스레 헥헥거리고 있었다.

* 영국 역사가

169

톰도 마찬가지였다, 어떤 면에서는.

"대체 이게 무슨 짓입니까!"

버나드는 대답하지 않았다. 아니 대답할 수 없었다. 한쪽 팔을 대고 바닥에 주저앉은 자세가 〈죽어 가는 갈리아인〉 조각상 같았다. 기운을 차리면 곧바로 공격하려나? 톰은 침대에서 일어나 골루아즈 담배를 한 개비 물었다.

"버나드, 이게 무슨 바보 같은 짓입니까!" 톰이 헛웃음을 터뜨렸다. 웃다가 연기에 사레가 들렸다. "당신은 기회를 잡을 수가 없었겠죠. 심지어 도망갈 기회도 없었을 테고! 당신이 여기 있다는 건 아네트 여사도 알고 경찰도 아니까요." 톰은 일어서는 버나드를 주시했다. 죽을 뻔한 사람이 담배를 피우며 맨발로 돌아다니다가 좀 전에 자기를 죽이려던 사람을 보고 웃는 경우는 흔치 않았다. "다시는 이러지 말아요." 톰은 해 봐야 소용없는 말이라는 걸 알았다. 버나드는 자기가 어떻게 되든 상관하지 않았다. "무슨 말이라도 좀 해 봐요!"

"알았어요." 버나드가 대답했다. "당신이 미워요. 이게 다 당신 때문이에요. 내가 절대로 동의해서는 안 되는 거였어요. 맞아요. 당신이 원흉이에요."

톰은 알고 있었다. 자신이 전설 속 원흉이라는 것을. "다들 이 일을 매듭지으려고 노력하고 있잖아요. 계속하려는 게 아니라고요."

"신시아하고도 끝났다고요."

톰이 담배 연기를 내뿜었다. "그림을 그리다 보면 가끔 더와트가 된 것 같을 때가 있다고 했죠? 당신이 더와트의 이름을 빛내는 데에 이바지한 것을 떠올려 봐요. 더와트는 세상을 떠날 당시만 해도 무명이었다고요."

"그 일이 변질되고 말았잖아요." 버나드가 파멸의 음성, 심판의 음성, 지옥의 음성으로 일갈했다. 그러더니 평소와 달리 결연한 표정으로 방에서 나갔다.

어딜 가는 걸까? 톰은 궁금했다. 버나드는 새벽 3시가 넘었는데도 여태 잠옷으로 갈아입지 않았다. 이 밤에 밖에 나가 돌아다니려나? 아니면 지하실로 내려가서 집에 불을 지르려나?

톰은 방문을 걸어 잠갔다. 버나드가 돌아오면 들어오게 해 달라고 문을 두드려야 한다. 톰은 당연히 버나드를 안으로 들이겠지만, 약간의 경고는 하는 게 타당할 것이다.

내일 아침 경찰이 오면 버나드는 짐만 될 것이다.

16

10월 25일 토요일 오전 9시 15분, 톰은 프렌치 도어 앞에 서서 숲을 내다보았다. 경찰이 머치슨이 묻혀 있었던 장소를 파헤치고 있었다. 톰의 뒤에는 버나드가 초조한지 거실을 조용히 오가고 있었다. 톰의 손에는 제프리 콘스턴트가 벅마스터 갤러리 대표로 보낸 공식 서한이 들려 있었다. 갤러리에서 파악하지 못한 토머스 머치슨의 행방을 아느냐고 문의하는 내용이었다.

아침부터 경찰관 세 명이 들이닥쳤다. 두 명은 톰이 처음 보는 경관이었고, 나머지 한 명은 들로네 경찰서장이었다. 보아하니 서장이 땅파기에 합류하지는 않을 것 같았다. "숲속에 생긴 지 얼마 안 된 구덩이가 있는데 혹시 아십니까?" 경찰의 질문에 톰은 모른다고 잡아떼면서 숲은 자기 땅이 아니라고 했다. 경찰관이 잔디밭을 가로질러 동료 경찰관에게 가더니 집을 다시 수색했다.

크리스 그린리프가 보낸 편지가 왔지만, 톰은 미처 뜯어보지 못했다. 경찰이 땅을 판 지 10분이 지났다.

톰은 제프가 보낸 편지를 집중해서 읽었다. 제프는 톰에게 쓴 편지가 검열당할 걸 예상하고 썼거나, 재미를 선사하겠다는 마음으로 쓴 것 같았다. 전자로 보였다.

19xx 10월 24일

본가 W1

벅마스터 갤러리

수신:

빌페르스쉬르센 77

벨옹브르

토머스 리플리 씨 귀하

지난 수요일 귀하와 프랑스로 동행했던 토머스 머치슨 씨 일로 웹스터 형사가 최근 귀댁을 방문했다는 소식을 전해 들었습니다. 저희는 지난주 목요일인 15일 머치슨 씨가 갤러리를 방문한 이후 어떠한 소식도 듣지 못하였다는 사실을 알려 드리고자 합니다.

저희는 머치슨 씨가 미국으로 돌아가기 전에 더와트를 만나고 싶어 했다는 사실을 인지하고 있습니다. 현재로선

171

더와트가 영국 어디에 머무는지 알지 못합니다만, 멕시코로
돌아가기 전에는 연락이 올 것으로 기대하고 있습니다. 더와트가
머치슨 씨와 만나기로 했을지도 모르나, 저희로서는 아는 바가
전혀 없습니다. (무슨 귀신하고 차를 마시나, 하고 톰은 생각했다.)
　　　경찰과 마찬가지로 저희도 행방이 묘연한 더와트의 〈시계〉에
대해 우려하고 있습니다.
　　　혹시 아시는 게 있다면 수신자 부담으로 전화 연락
부탁드립니다.

　　　　　　　　　　　　　　당신의 진실한
　　　　　　　　　　　　　　제프리 콘스턴트

톰은 잠깐이지만 자신만만한 기분으로 뒤를 돌아보았다. 이러나저러
나 뚱한 버나드의 모습이 지긋지긋했다. 톰은 이렇게 지껄이고 싶었다.
'똑바로 들어, 이 쓰레기 같은 멍청아. 대체 내 집에서 뭘 하는 거지, 젠
장?' 톰은 버나드가 뭘 하려는지 알았다. 한 번 더 톰을 공격하려는 것
같았다. 그래서 톰은 잠시 숨을 고른 다음 버나드에게 미소를 보냈지
만, 버나드는 쳐다보지도 않았다. 아네트 여사가 나무에 우지를 걸어
놓았는데, 파란 박새가 그 위에 내려앉아 재잘거리는 노랫소리가 귓가
에 들렸다. 주방에서 아네트 여사가 틀어 놓은 트랜지스터 라디오 소
리가 흘러나왔다. 저 멀리 숲에서 삽으로 경찰이 땅을 파는 소리도 들
렸다.
　　　톰은 제프의 편지처럼 덤덤하고 건조하게 말했다. "숲에서 저런다
고 머치슨의 흔적이 나오지 않을 텐데요."
　　　"경찰한테 강바닥이나 훑으라고 해요." 버나드가 말했다.
　　　"경찰한테 얘기할 겁니까?"
　　　"아뇨."
　　　"그건 그렇고, 무슨 강이었죠? 어딘지 기억도 안 나네요." 톰은 버
나드가 기억하지 못하리라 확신했다.
　　　톰은 경찰이 숲에서 돌아와서 아무것도 못 찾았다고 말해 주기를
기다렸다. 경찰이 굳이 그런 말을 하지 않을지도 모른다. 아예 아무 말
도 하지 않을 것이다. 아니면 수색하려고 숲속으로 더 깊이 들어갈 수
도 있다. 그런다면 하루를 꼬박 갖다 바쳐야 할 것이다. 날씨도 좋겠다,
시간을 때우기에 괜찮은 방법 같았다. 이 동네나 다른 동네에서 점심

을 먹을지도 모른다. 아니면 이 근처에 있는 자기 집에 가서 점심을 먹고 올 가능성이 더 컸다.

톰은 크리스가 보낸 편지 봉투를 뜯었다.

19xx 10월 24일

리플리 씨 귀하

우아한 저택에서 며칠 재워 주셔서 다시 한번 감사드립니다. 지금 묵고 있는 누추한 숙소하곤 완전히 다른 곳이었어요. 여기도 그럭저럭 마음에 들어요. 간밤엔 모험을 감행했어요. 생제르맹데프레에 있는 어느 카페에서 발레리라는 여자를 만났는데, 제가 호텔방에 가서 와인을 마시자고 했어요(어험!). 그랬더니 좋대요. 같이 방을 쓰는 제럴드가 눈치껏 자리를 비켜 주더라고요. 가끔은 제럴드가 신사답게 행동하거든요. 발레리가 저를 따라 2층 호텔방에 잠시 올라왔어요. 1층에 있는 호텔 데스크에서 문제 삼지 않았을 것 같았어요. 발레리가 좀 씻어도 되겠냐고 묻더라고요. 욕실은 없고 세면대뿐이니 씻는 동안 제가 잠깐 나가 있겠다고 했어요. 제가 다시 문을 두드리자, 발레리가 혹시 욕조 딸린 욕실은 없냐고 묻더군요. 그래서 제가 있긴 있는데 열쇠를 받아와야 한다고 말하곤 받아다 줬어요. 발레리가 욕실에 들어가더니 15분이 지나도 안 나오는 거예요. 그러더니 나와서 자기가 씻는 동안 저더러 방을 비워 달라지 뭐예요. 그래서 그렇게 해 주었죠. 그런데 이번에는 발레리가 아직까지 씻는 건지 제가 궁금해졌어요. 그래서 아래층 인도에서 기다리고 있다가 방으로 다시 올라갔죠. 그랬더니 발레리가 사라지고 없더라고요. 방은 텅 비었고요. 복도 등 죄다 둘러보았지만 발레리가 없어졌지 뭐예요! 살다 살다 몸만 씻고 사라진 여자를 만나다니. 제가 바람직한 행동을 한 건 아니지만, 다음엔 행운이 조금만 더 따라 줬으면 좋겠어요.

이제 제럴드하고 로마로 갈까 해요.

톰은 창밖을 내다보았다. "언제 끝나려나. 아, 경찰이 빈 삽을 덜렁덜렁 들고 오네요!"

버나드는 눈길조차 주지 않았다.

173

톰은 노란 소파에 차분히 앉았다.

프랑스 경찰이 뒤 유리창을 두드렸다. 톰은 들어오라고 손짓한 다음 곧장 달려가 문을 열어 주었다.

"구덩이에서 나온 건 이게 답니다." 들로네 경찰서장이 오래된 동전 하나를 들어 보였다. 20상팀짜리 금색 동전이었다. "발행 연도가 1965년이네요." 서장이 씩 웃었다.

톰도 웃었다. "동전이 나오다니 재미있네요."

"오늘 저희가 찾아낸 보물이죠." 들로네가 동전을 주머니에 집어넣으며 말했다. "누군가 최근에 파 놓은 구덩이가 맞습니다. 거참 이상하네요. 암매장하기에 딱 좋은 크기던데, 시체는 없단 말이죠. 최근에 누가 땅 파는 거 못 보셨습니까?"

"전혀요. 집에서 보일 만한 위치가 아니죠. 나무에 가려서요."

톰은 아네트 여사에게 물어보려고 주방으로 갔지만, 여사는 없었다. 장을 보러 나간 것 같았다. 평소보다 오래 걸릴 것이다. 경찰이 신문에 나온 머치슨 때문에 집을 수색하러 왔다는 얘기를 지인 서너 명에게 떠들어야 할 테니 말이다. 톰은 시원한 맥주와 와인 병을 쟁반에 담아서 거실로 내왔다. 프랑스 경찰서장이 버나드하고 얘기하고 있었다. 그림에 관한 내용이었다.

"저 숲에 있는 나무는 누가 해 갑니까?" 들로네 서장이 물었다.

"농사짓는 사람들이 가끔 해 가는 것 같긴 한데, 오솔길에 누가 다니는 모습은 좀처럼 보기 힘듭니다."

"최근에 보신 적은 있나요?"

톰은 기억을 더듬었다. "제 기억에는 없네요."

세 명의 경찰관이 몇 가지를 확인한 다음 떠났다. 톰의 집 전화가 정상 작동 중이라는 것, 가정부가 방금 장을 보러 나갔다는 것(톰은 가정부와 얘기하고 싶으면 시내에서 찾을 수 있을 거라고 했다), 엘로이즈가 샹티이에 있는 친정에 갔다는 것이었다. 들로네는 그녀의 친정 주소를 묻지 않았다.

"창문 좀 엽시다." 경찰이 떠나자, 톰이 현관문과 프렌치 도어를 열었다.

찬기가 들어오는데도 버나드는 개의치 않았다.

"경찰이 숲에 무슨 짓을 해 놓았는지 가서 확인해야겠어요." 톰이 잔디밭을 가로질러 숲으로 향했다. 경찰이 떠나니 마음이 놓였다.

경찰이 구덩이를 메워 놓았다. 벌건 흙이 약간 도톰하게 돋아 있

174

었다. 경찰이 나름 정리해 놓았다. 톰은 집으로 돌아왔다. 천만다행이 군. 몇 번은 더 얘기하고 몇 번은 더 이 짓을 반복해야 할 텐데, 과연 버 틸 수 있을까? 딱 하나 고마운 게 있었다. 버나드가 자기 연민에 빠지 지 않고 톰에게 화살을 돌린다는 점이었다. 적어도 그건 능동적, 긍정 적, 절대적이었다.

"흠." 톰이 거실에 들어서며 입을 뗐다. "경찰이 깔끔하게 정리해 놓고 갔더군요. 고생해서 찾은 게 고작 20상팀짜리 동전뿐이라니. 우 리 어디 가서……."

바로 그때, 아네트 여사가 주방 쪽문을 열고 들어오고 있었다. 보이 지는 않고 소리만 들렸는데도 톰은 주방으로 가서 여사에게 말했다.

"여사님, 경찰이 왔다 갔습니다. 안타깝게도 단서를 찾지 못했어 요." 톰은 숲속 무덤 얘기는 하지 않을 작정이었다.

"참 이상하지 않나요?" 여사가 곧바로 말했다. 프랑스 사람들이 더 중요한 얘기가 있을 때 의례적으로 먼저 꺼내는 말이었다. "이 집이 수수께끼 같지 않나요?"

"수수께끼 같은 건 오를리 공항이나 파리겠죠. 이 집이 아니라." 톰이 반박했다.

"점심은 집에서 드실 건가요?"

"아뇨. 나가서 먹으려고요. 저녁도 신경 쓰지 마세요. 엘로이즈가 전화하면, 밤에 내가 다시 전화한다고 전하세요. 사실……." 톰이 머뭇 거렸다. "오후 5시까지는 꼭 전화하겠습니다. 아무튼 오늘 오후에는 쭉 쉬셔도 됩니다."

"혹시 몰라서 고기 두툼하게 썰어 왔어요. 그리고 이본 여사를 만 났는데요……."

"어이쿠, 잘됐네요!" 톰은 말을 자른 다음 버나드에게 돌아갔다. "어디든 나가 볼까요?"

두 사람은 당장 나가지는 않았다. 버나드가 방에서 뭘 좀 하고 싶 다고 했다. 아네트 여사가 빌페르스에 있는 친구와 점심을 먹으러 나 가는 것 같았다. 톰이 마침내 버나드의 닫힌 방문을 두드렸다.

버나드가 책상에 앉아 글을 쓰고 있었다.

"혼자 있고 싶은 거면……."

"그런 거 아니에요." 버나드가 기다렸다는 듯이 자리에서 일어났다.

톰은 얼떨떨했다. 대체 무슨 얘기를 하고 싶은 거야? 당신이 왜 내 집에 있어? 따지고 싶었다. 그런데 차마 물을 수가 없었다. "내려가죠."

버나드가 톰을 따라왔다.

톰은 엘로이즈에게 전화하고 싶었다. 이제 12시 반이니 점심 먹기 전에 통화할 수 있을 것 같았다. 처가에서는 1시경에 식사했다. 톰과 버나드가 거실로 내려오는데 전화가 왔다. "엘로이즈일 겁니다." 톰은 이렇게 말하고 수화기를 집어 들었다.

"전화가…… 지지직…… 끊지 마세요."

제프의 목소리가 들렸다. "여보세요, 톰. 지금 우체국에서 전화하는 건데요. 혹시 런던으로 다시 와 줄 수 있어요?"

더와트로 와 달라는 말이라는 걸 톰은 알아챘다. "버나드가 우리 집에 있어요."

"그럴 거 같더라니. 좀 어때요?"

"진정이 되어 가는 중이에요." 프렌치 도어 앞에 서서 창밖을 내다보는 버나드는 들으려고 하지도 않을 것 같았지만, 확실하진 않았다. "지금은 못 가요." 톰이 결국 머치슨을 죽였다는 걸 갤러리 사람들이 눈치채지 못한 걸까?

"다시 생각해 보면 안 됩니까? 제발 부탁입니다."

"여기서 해야 할 일이 있습니다. 대체 무슨 일인데요?"

"형사가 찾아와서 더와트가 있는 데를 알려 달래요. 갤러리 장부도 보고 갔다고요." 제프가 침을 꿀꺽 삼켰다. 보안 때문인지 자기도 모르게 목소리를 깔면서도 한편으론 누가 듣든 말든, 자기 얘기를 이해하든 말든, 신경 쓰지 않고 비관적으로 호소했다. "에드하고 내가…… 최근 장부를 몇 개 만들었어요. 그때그때 선적 날짜를 잡긴 해도 분실한 그림은 여태 없었다고 했어요. 이 말이 제대로 먹힌 것 같긴 한데, 경찰이 더와트를 궁금해하더라고요. 당신이 한 번만 더……."

"그건 현명한 생각이 아닌 것 같은데요." 톰이 말을 잘랐다.

"와서 장부라도 봐 주면……."

망할 놈의 장부, 망할 놈의 돈. 내가 머치슨을 죽인 건? 그게 나 혼자 오롯이 책임질 일인가? 버나드는 어쩌고, 버나드의 인생은 어쩌라고? 사고가 아예 정지하는 기이한 순간, 톰은 버나드가 자살할 거라는, 모처에서 스스로 목숨을 끊을 거라는 예감이 밀려왔다. 그런데도 제프와 에드는 자기들 수입, 자기들 평판이나 걱정하고 감방에 갈까 봐 벌벌 떨고 있다니! "난 여기에서 할 일이 있어요. 런던엔 못 갑니다." 제프가 실망했는지 아무 말도 못 했다. 톰이 물었다. "머치슨 부인이 영국으로 건너온답니까?"

"그런 말은 못 들었는데요."

"더와트는 지금 있는 곳에 그냥 있게 둡시다. 그게 어디든 간에요. 개인용 제트기를 소유하고 있는 지인이 있을지 누가 압니까?" 톰이 웃었다.

"그건 그렇고." 제프가 약간 기운 차린 목소리로 물었다. "〈시계〉는 대체 어떻게 된 거죠? 진짜로 없어진 겁니까?"

"네, 놀랍지 않나요? 누군가 애지중지 감상하고 있겠죠."

전화를 끊을 때 제프의 목소리엔 낙심이 이만저만한 게 아니었다. 톰이 런던에 가지 않겠다고 했기 때문이다.

"산책하러 가죠." 버나드가 말했다.

엘로이즈한테 전화할 생각은 이쯤에서 접기로 했다. 톰은 2층에 올라가서 엘로이즈와 10분 정도 통화해도 되는지 물어보려다가, 버나드의 비위를 맞추는 편이 나을 것 같았다. "올라가서 재킷 좀 가져올게요."

두 사람은 동네를 한 바퀴 돌았다. 버나드는 커피도 싫고, 와인도 됐고, 점심도 먹지 않겠다고 했다. 두 사람은 빌페르스에서 외곽으로 나가는 도로 두 곳 중 하나를 따라 1킬로미터 넘게 걷다가 돌아왔다. 대형 농장 트럭이, 페르슈롱 말*이 끄는 마차가 이따금 지나가면 길을 비켜 주었다. 버나드가 반 고흐와 아를 얘기를 꺼냈다. 아를에 두 번 가봤다고 했다.

"여느 사람들과 마찬가지로 빈센트 반 고흐에게도 정해진 명줄이 있어서 딱 자기 명까지 산 거죠. 여든이 된 모차르트를 과연 누가 상상할 수 있을까요. 잘츠부르크에 다시 가 보고 싶어요. 카페 토마셀리에도 가고 싶고. 커피 맛이 끝내주게 좋았는데……. 이를테면, 스물여섯에 요절한 바흐라니, 상상이 갑니까? 그런 걸 보면, 한 사람을 증명해 보이는 건 그 사람이 남긴 작품입니다. 그 이상도 그 이하도 아닙니다. 사람들 입에 오르내리는 건 단연코 그 사람이 아니라 그가 남긴 작품이라고요."

비가 내리려는지 날이 찌푸렸다. 톰은 한참 전에 깃을 세워 두었다.

"더와트에게도 정해진 명이 있었죠. 그걸 내가 연장한다는 게 말도 안 되는 짓이었어요. 당연히 연장하지도 못했지만요. 내가 모두 바로잡을 수 있어요." 버나드가 형을 선고하는 판사처럼 말했다. 판사 입장에서 보면 지혜로운 선고일 것이다.

* 프랑스 북부 페르슈 지방이 원산지인 말

177

톰은 주머니에서 손을 빼서 호호 분 다음 도로 넣었다.

톰은 집으로 돌아와 차를 준비하면서 위스키와 브랜디도 꺼냈다. 술이 버나드를 진정시킬 수도 있었고, 화나게 해서 일을 키울 수도 있었다. 만약 화나게 한다면 무슨 일이 생길지 모른다.

"아내한테 전화해야겠어요. 뭐든 마시고 있어요." 톰은 계단으로 뛰어 올라갔다. 엘로이즈는 여태 화가 풀리지 않았어도 아무렇지 않게 전화를 받을 것이다.

톰은 샹티이에 있는 처가 전화번호를 교환원에게 불러 주었다. 비가 내리기 시작하더니 창문을 살살 때렸다. 바람은 불지 않았다. 톰이 한숨을 내쉬었다.

"여보세요, 엘로이즈!" 엘로이즈가 전화를 받았다. "응, 별일 없지. 어젯밤에 전화할까 하다가 너무 늦어서……. 방금 산책하고 왔어." (엘로이즈도 전화했었다.) "버나드하고…… 응, 아직 있어. 오후에는 가겠지. 아니면 오늘 밤에라도. 집에는 언제 올 거야?"

"당신이 그 작자 좀 내쫓아!"

"엘로이즈, 사랑해. 내가 파리로 갈까? 버나드하고. 그럼 버나드를 집에서 내보내는 데 도움이 되지 않을까?"

"왜 그렇게 불안해하는 거야? 무슨 일 있어?"

"일은 무슨!"

"파리에 올 거면 언제 오는지 말해 줄 거지?"

톰은 아래층으로 내려가서 음악을 틀었다. 재즈를 골랐다. 좋지도 나쁘지도 않은 재즈였다. 인생의 중요한 순간을 맞이할 때 재즈는 해 준 게 아무것도 없었다. 클래식 음악만 뭔가를 해 주었다. 위안이나 따분함을 선사하기도 했고, 자신감을 주거나 앗아가기도 했다. 클래식 음악에는 질서와 체계가 있는데, 그걸 받아들이는 사람도 거부하는 사람도 있었다. 톰은 차에 설탕을 듬뿍 넣어 단숨에 들이켰다. 버나드는 면도를 이틀이나 하지 않은 몰골이었다. 더와트처럼 턱수염을 기르려는 건가?

몇 분 후, 둘이 뒷마당을 거닐었다. 버나드의 한쪽 신발 끈이 풀렸다. 앵클부츠였다. 낡아서 전체적으로 형태가 무너져 있었다. 앞코 밑창이 갓 태어난 새끼 새의 부리처럼 쩍 벌어져 있었다. 낡아도 너무 낡아서 신기할 지경이었다. 버나드가 신발 끈을 묶을까, 안 묶을까?

"요전 날 밤에 이진법을 사용하는 컴퓨터를 주제로 5행시를 지어 봤어요." 톰이 말했다.

옛날에 컴퓨터가 짝을 지어 주었더니
보잘것없는 자(O)와 무성(無性)인 자(1)가 혼인을 했다네.
무성인 자가 보잘것없는 자에게 말하길,
"이게 내 진짜 모습은 아니지만,
우리가 낳을 자손들은 그 수를 헤아릴 수조차 없을 거요."

"여기에서 문제는, 이 시가 밋밋하다는 점이죠. 당신이라면 마지막 행을 더 잘 쓸 수 있을 겁니다." 톰은 중간부터 마지막 행까지를 두 가지 버전으로 써 놓았지만, 과연 버나드가 듣기나 할까?

이제 오솔길을 따라 숲으로 접어들었다. 비는 그쳤고 지금은 빗방울만 똑똑 떨어졌다.

"조그만 개구리 좀 봐요!" 톰이 몸을 숙여 개구리를 손에 올리며 말했다. 엄지손톱만 한 개구리가 발에 밟힐 뻔했다.

무언가 톰의 뒤통수를 가격했다. 버나드가 주먹으로 후려친 것 같았다. 버나드의 목소리가 들리더니 축축한 잔디가 느껴졌다. 톰은 뺨에 닿은 돌멩이를 느끼며 정신이 혼미해졌다. 톰의 옆통수에 두 번째 가격이 가해졌는데, 오로지 편의상 그렇게 된 것이다. 이거 너무하는데. 톰은 맨손으로 바보같이 바닥을 더듬거리고 있는 자기 모습이 눈앞에 선했지만, 몸이 움직이지 않았다.

이제 버나드가 톰을 데굴데굴 굴렸다. 주위는 온통 고요했다. 귓속에 윙윙거리는 소리만 들렸다. 움직이려 했지만 몸이 말을 듣지 않았다. 내가 엎드린 건가, 바로 누운 건가? 톰은 앞이 보이지 않아서 짐작만 할 뿐이었다. 눈을 끔벅이자 눈알이 껄끄러웠다. 위에서 등을, 두 다리를 짓누르는 무게가 점점 묵직해졌다. 윙윙거리는 귓속에 삽으로 흙을 푸는 소리가 낮게 깔렸다. 버나드가 톰을 파묻고 있었다. 톰은 지금 눈을 뜨고 있는 게 확실했다. 구멍을 얼마나 깊이 팠더라? 머치슨을 묻었던 구덩이 속에 톰이 묻힌 게 분명했다. 시간이 얼마나 흘렀을까?

젠장, 톰은 버나드가 자기를 파묻게 그냥 둘 수는 없었다. 그렇다고 빠져나갈 방법도 없었다. 희미하게나마, 아주 약간의 익살을 곁들여 생각해 보니, 버나드를 진정시키는 데에도 끝은 있을 거라는 생각이 들었다. 그 끝이란 톰의 죽음이었다. 그래, 해 보라지! 톰은 자기가 소리를 내질렀다고 상상했고 그렇게 믿었다. 그런데 목소리가 나오지 않았다.

"처음도 아니잖아." 버나드의 목소리가 들렸다. 톰은 흙 속에 파묻혀 있어서 텁텁하고 답답하게 들렸다.

이게 무슨 소리지? 버나드가 내 말을 들은 건가? 톰은 고개를 살짝 돌렸다. 엎드린 자세라서 살짝이나마 고개가 돌아갔다.

흙이 더는 떨어지지 않았다. 톰은 호흡에 집중하면서 입으로 숨을 쉬었다. 메마른 입으로 모래를 내뱉었다. 움직이지 않고 가만히 있으면 버나드가 가겠지. 이제야 톰은 자신이 의식을 잃은 사이에 버나드가 연장 창고에서 삽을 가져왔다는 걸 파악할 만큼 정신이 돌아왔다. 목뒤에서 뜨뜻한 게 느껴졌다. 피 같았다.

2분, 아니 5분은 흘렀을까. 톰은 몸을 일으키고 싶었다. 일으키려고 노력했다. 버나드가 땅 위에 서서 지켜보고 있으려나?

발소리는 전혀 들리지 않았다. 버나드가 몇 분 전에 갔을지도 모른다. 아니면, 톰이 무덤에서 나오려고 어떻게든 발버둥 치는 걸 보고 있다가, 다시 공격하려나? 재미있었다. 나중에, 혹시라도 나중이 있다면, 웃음이 나올 것 같았다.

톰은 위험을 감수하기로 했다. 무릎을 꿇고 두 팔로 윗몸을 밀면서 일어나려고 자세를 잡았다. 그런데 힘이 아예 들어가지 않았다. 두더지처럼 두 손으로 땅을 파기 시작했다. 얼굴 앞쪽에 공간을 낸 다음 공기가 통하도록 위로도 구멍을 팠지만, 공기는 들어오지 않았다. 축축하고 무른 흙이 몸에 쩍 들러붙었다. 등을 짓누르는 흙 무게가 어마어마했다. 톰은 두 발로 밀면서 팔을 위로 쭉 뻗었다. 덜 굳은 시멘트 속에서 허우적거리는 기분이었다. 머리 위에 쌓인 흙이 1미터가 넘을 리 없다고 긍정적으로 추론했다. 그럴 리 없어. 1미터가 채 안 되는 흙더미에서 빠져나오는데도 시간이 꽤 걸렸다. 이렇게 무른 흙인데도 그랬다. 버나드가 아주 오래 작업했을 리는 없다. 이제 무덤 맨 위를 휘젓는 듯한 느낌이 들었다. 버나드가 가만히 서서 머리 위로 흙을 더는 뿌리지 않고, 톰의 머리통을 다시 후려갈기려고 흙을 파내지도 않는다면, 있는 힘껏 흙을 밀친 다음 잠시 숨을 돌릴 수 있을 것만 같았다. 한참 밀어 올리자 숨 쉴 공간이 조금 더 생겼다. 톰은 땅속 축축한 공기를 스무 번 정도 들이마신 후 흙을 다시 밀어 올렸다.

그로부터 2분 후, 전에는 머치슨이, 지금은 자신이 묻혔던 묘지 옆에서 톰이 술주정뱅이처럼 휘청거리며 서 있었다. 머리끝부터 발끝까지 온통 흙투성이였다.

해가 뉘엿뉘엿 지고 있었다. 비틀비틀 오솔길로 향하면서 쳐다보니 집에는 불이 아예 꺼져 있었다. 자기도 모르게 무덤의 외형이 떠오르면서 도로 메워 놓아야 한다는 생각이 들었다. 버나드가 삽을 어디에 두었을까. 다 집어치우고 싶었다. 톰은 눈과 귀에 들어간 흙을 여태 털어 내고 있었다.

버나드가 점점 어두워지는 거실에 앉아 있을지도 모른다. 그럼 이렇게 말해 줄 것이다. "어이!" 버나드가 심해도 너무 심한 장난을 쳤다. 톰은 테라스에 신발을 벗어 두었다. 프렌치 도어가 살짝 열려 있었다. "버나드!" 톰이 외쳤다. 다시 공격당하면 버텨 낼 상태가 전혀 아니었다.

대답이 없었다.

톰은 거실로 들어갔다가 멍하니 돌아 나와 테라스에서 흙 묻은 재킷을 벗고 바지까지 벗었다. 이제 팬티 바람으로 불을 켜고 2층 욕실로 올라갔다. 샤워하니 개운했다. 목에 타월을 감았다. 찢어진 뒤통수에서 피가 났다. 흙을 털어 내려고 수건으로 살짝 건드렸다가 그냥 두기로 했다. 혼자서는 할 수 있는 게 아무것도 없었기 때문이다. 가운을 걸치고 주방으로 내려갔다. 슬라이스 햄을 넣고 샌드위치를 만든 다음 우유를 큰 잔에 따랐다. 주방 식탁에서 요기를 했다. 재킷과 바지를 욕실에 걸었다. 흙을 털어서 세탁소에 보내야지. 아네트 여사가 기함하겠지. 지금 여사가 집에 없어서 다행이지만, 10시 반이면 돌아올 것이다. 퐁텐블로나 믈룅에 영화를 보러 갔다면 11시 반은 돼야 오겠지만, 그건 모르는 일이다. 지금은 8시 10분 전이었다.

이제야 톰은 버나드가 어쩌려는 건지 궁금해졌다. 파리로 내뺐을까? 런던으로 돌아가진 않았을 테니, 그 생각은 배제했다. 그런데 버나드가 지금 정신이 나갈 대로 나간 상태라 멀쩡한 잣대로는 예측할 수 없었다. 제프와 에드에게 자기가 톰 리플리를 죽였다고 고백하려나? 당연히 버나드는 지금 세상에 대고 무슨 소리든 외칠 것이다. 사실 톰은 자기가 살인할 거라는 걸 직감했던 것처럼, 버나드가 자살할 거라는 예감이 밀려왔다. 결국 자살도 넓게 보면 살인이기 때문이다. 버나드가 자신이 의도한 바를 끝까지 관철하려면, 다시 말해 완수하려면, 톰이 계속 죽은 상태로 있어야만 했다.

아네트 여사며 엘로이즈며 이웃이나 경찰이 보기엔 얼마나 지긋지긋할까? 톰이 죽었다는 사실을 어떻게 해야 모두 믿어 줄까?

톰은 청바지를 입고 예비용 화장실에 있던 랜턴을 들고 다시 오솔길로 향했다. 쓸 만큼 쓴 무덤과 오솔길 사이에 삽이 놓여 있는 모습이 한눈에 들어왔다. 삽으로 흙을 퍼서 무덤을 채웠다. 땅을 잘 갈아 두었으니 언젠가는 근사한 나무가 이 무덤에서 자라나겠지. 애초에 머치슨의 무덤 위를 덮고 있던 메마른 가지와 낙엽을 도로 끌어다 덮어 놓았다.

톰 리플리의 명복을 빌며.

여권을 새로 하나 만드는 게 좋을 것 같았다. 그걸 부탁할 사람이 리브스 마이넛밖에 없었다. 리브스에게 부탁해야 할 때가 온 것이다.

톰은 타자기로 쳐서 리브스에게 보내는 편지를 쓰고, 지금 사용하는 여권에 붙인 사진을 동봉했다. 혹시 몰라서 두 매를 넣었다. 오늘 밤 파리에 가서 리브스에게 전화해야 한다. 톰은 파리로 가기로 했다. 파리에서 몇 시간만이라도 몸을 숨긴 채 생각하기로 했다. 흙 묻은 신발과 옷을 다락으로 치웠다. 아네트 여사가 다락에는 올라가지 않는다. 톰은 다시 옷을 갈아입고 스테이션왜건을 몰고 믈룅 기차역으로 향했다.

10시 45분에 파리에 도착했다. 리옹역에서 리브스에게 편지를 부친 다음, 리츠 호텔로 가서 대니얼 스티븐스라는 가명으로 투숙했다. 가짜 미국 여권 번호를 적고 여권을 가져오지 않았다고 둘러댔다. 주소는 루앙, 독퇴르카베트 14번지라고 적었다. 톰이 아는 한 실재하지 않는 거리명이었다.

17 호텔방에서 엘로이즈에게 전화를 걸었다. 엘로이즈가 부모님과 식사하러 나갔다고 가정부가 말했다. 톰은 함부르크에 있는 리브스에게 전화 연결을 신청했다. 20분 만에 연결됐다. 리브스가 받았다.

"여보세요, 리브스? 톰입니다. 난 지금 파리에 있어요. 별일 없죠? 급히 여권이 필요합니다. 사진은 벌써 부쳤어요."

리브스의 당황한 목소리가 들렸다. "이제야 부탁다운 부탁을 하는군요. 여권이라고요? 세세한 필수 항목은 남의 정보를 슬쩍 빌려다 쓰는 거죠. 다 그렇게 해요." 톰은 얼마나 드냐고 정중히 물었다.

리브스가 당장은 모르고 해 봐야 안다고 했다.

"계산서 보내요." 톰이 당당하게 말했다. "중요한 건 당장 만들어서 보내 줘야 한다는 겁니다. 내가 부친 사진이 월요일 오전에 도착하면 월요일 저녁때까지 만들어 줄 수 있습니까?…… 네, 급해요. 월요일 밤늦게 비행기 편으로 파리로 갖다줄 사람이 있을까요?" 없으면 구해, 하고 톰은 말하고 싶었다.

"당연히 있죠." 리브스가 말했다. "비행기를 타고 파리로 갈 사람이 있긴 있어요." 톰은 다른 수단(몰래 마이크로필름을 붙이고 오는 사람)은 안 된다고 했다. 남의 지갑이나 가방을 뒤질 형편이 아니기 때문이다.

"미국 사람 이름이면 아무거나 됩니다. 미국 여권이면 좋겠지만, 영국 여권도 괜찮아요. 방돔 광장 리츠 호텔에 있습니다. 대니얼 스티븐스라고 적고 들어왔어요." 톰은 리브스의 편의를 도모하기 위해 리츠 호텔 전화번호를 알려 주면서 리브스의 하수인이 오를리 공항에 도착하는 시간만 알려 주면 직접 나가서 받겠다고 했다.

엘로이즈가 샹티이에 있는 친정으로 들어왔을 시간이 됐다. 톰은 아내와 통화했다. "그래, 나 지금 파리로 올라왔어. 오늘 밤에 호텔로 올래?"

톰은 엘로이즈가 오겠다고 하자 기뻤다. 아내와 식탁에 마주 앉아 한 시간 정도 샴페인을 마시는 모습을 상상했다. 엘로이즈가 좋다고 할까? 그녀는 늘 좋다고 했다.

톰은 회색 길 위에 서서 원형의 방돔 광장을 바라보았다. 둥근 형태라 짜증이 났다. 어느 쪽으로 가야 하지? 왼쪽으로 가야 오페라 극장이 나오고, 오른쪽으로 가야 리볼리 거리가 나오나? 방향을 잡기에는 네모난 형태가 더 좋았다. 버나드는 어디 있을까? 왜 가짜 여권을 구하려는 건지 톰은 자신에게 물음을 던졌다. 만일의 경우를 대비해? 잠재적 자유를 얻기 위한 또 하나의 방책으로? 오늘 오후에 버나드가 말했었다. "난 더와트처럼 그릴 수는 없어요. 더는 못 그리겠어요. 나답게 그리는 것조차 못 하겠다고요." 버나드가 파리 모처의 호텔방 화장실에서 칼로 손목을 그으려나? 센강의 어느 다리 난간에 기대고 있다가 아무도 없을 때 조용히 뛰어내리려나?

톰은 리볼리 거리로 이어지는 직선 도로를 걸었다. 이 무렵 저녁이면 날이 음산하고 어둑어둑했다. 관광객에게 팔려고 쇼윈도에 전시해 놓은 조잡한 상품을 훔쳐 가지 못하도록 상점 앞 철문에는 사슬이 걸려 있었다. '파리'라는 글자가 찍힌 실크 손수건이라든지, 터무니없는 가격표가 붙은 실크 넥타이와 셔츠가 보였다. 택시를 타고 파리 6구로 이동해 좀 더 활기찬 거리를 거닐다가 리프스에서 맥주나 한잔 할까. 우연이라도 크리스와 마주치기는 싫었다. 톰은 호텔로 돌아와 제프의 스튜디오와 전화 연결을 신청했다.

교환원이 지금은 회선이 꽉 차서 45분은 걸릴 거라고 했다. 그런데 30분 만에 연결되었다.

"여보세요? 파리라고요?" 제프가 물속에서 꽥꽥거리는 돌고래 같은 목소리로 말했다.

"나예요, 톰! 파리에 왔다고요! 내 말 들려요?"

"잘 안 들려요!"

그렇다고 다시 연결해야 할 만큼 통화 상태가 나쁘지는 않았다. 톰이 계속 고함을 질렀다. "버나드가 어디로 갔는지 모르겠어요. 혹시 연락 왔었나요?"

"파리에는 왜 갔어요?"

소리가 제대로 들리지 않는 상황이라 설명해 봐야 소용없었다. 톰은 버나드가 제프와 에드한테도 연락하지 않았다는 말만 간신히 알아들을 수 있었다.

이제 제프가 말했다. "경찰이 더와트를 찾고 있어요……." (영어로 중얼중얼 욕하는 소리가 들렸다.) "젠장, 나도 잘 안 들리는데 중간에서 누가 엿듣겠어요?"

"그러게 말입니다!" 톰이 맞장구쳤다. "뭐가 문제인지 다 말해 봐요."

"머치슨 부인이……."

"부인이 뭐요?" 제기랄, 전화기는 사람을 미치게 하는 기기였다. 다들 펜과 종이로 회귀해 우편선에 편지를 실어 보내야 한다. "한 마디도 안 들린다고요! 젠장!"

"〈욕조〉가 팔렸는데…… 경찰이…… 더와트를…… 해 달래요! 톰, 혹시……."

갑자기 통화가 뚝 끊겼다.

톰은 격분해서 수화기를 쾅 내려놓았다가 다시 들고 귀에 댄 다음 아래층에 있는 교환원에게 호통을 치려다가 다시 내려놓았다. 교환원 잘못이 아니었다. 누구의 잘못도 아니었다. 누구를 탓할 수가 없었다.

머치슨 부인이 건너온다니. 예견했던 일이었다. 부인이 라벤더색 이론을 알고 있을지도 모른다. 〈욕조〉가 팔리다니. 도대체 누가 사 갔을까? 버나드는 어디에 있을까? 아테네로 갔을까? 더와트처럼 자살하려고 그리스의 어느 섬으로 가서 바다로 뛰어들려나? 아테네로 향하는 자신의 모습을 상상해 보았다. 더와트가 어느 섬으로 갔더라? 이카리아섬이었나? 그게 어디지? 내일 여행사에 가서 알아봐야겠다.

톰은 책상에 앉아서 단숨에 글을 써 내려갔다.

제프

184

혹시 버나드를 만나게 되면, 내가 죽은 거로 해 줘요. 버나드는 자기가 날 죽인 줄로 알아요. 나중에 설명하겠습니다. 이 편지는 아무한테도 보여 주지 말아요. 혹시 버나드를 만났는데 버나드가 날 죽였다고 말할 경우에만 이렇게 해 줘요. 버나드가 하는 얘기를 믿는 척해 주고, 아무 말도 하지 말아요. 버나드를 막아야 해요, 반드시.

성공을 빌며
톰

톰은 로비로 내려가 프런트에서 70상팀짜리 우표를 사서 편지를 부쳤다. 화요일은 되어야 제프가 편지를 받을 것이다. 감히 전보로 보낼 내용이 아니었다. 만일 전보를 친다면? '버나드 일로 나는 땅속 깊이 누워 있는 겁니다.' 이걸로는 뜻을 정확히 전달할 수 없을 것이다. 톰이 곰곰이 생각에 잠겨 있는데, 엘로이즈가 호텔 정문으로 들어왔다. 작은 구찌 가방을 든 모습을 보니 반가웠다.

"스티븐스 부인, 어서 오시죠." 톰이 불어로 말했다. "오늘 밤 당신은 스티븐스 부인이야." 톰은 엘로이즈를 프런트로 데려가 숙박부를 작성할까 하다가 굳이 그러지 않기로 하고 엘리베이터로 데려갔다.

세 사람의 시선이 그들을 따라왔다. 저 여자가 진짜 부인이 맞아?

"톰, 얼굴이 왜 이렇게 퀭해!"

"오늘 진짜 바빴어."

"어머나, 여긴 왜 이래……."

"쉿!" 엘로이즈가 톰의 뒤통수를 언급했다. 아내는 사소한 것까지 눈치챘다. 톰은 전부는 아니어도 몇 가지는 말해 줄 수 있을 것 같았다. 무덤 얘기는 너무 끔찍할 것 같았다. 그랬다간 엘로이즈가 버나드를 살인자 취급을 할지도 모른다. 버나드는 살인자가 아니었다. 톰이 엘리베이터 안내원에게 팁을 주자, 안내원은 굳이 엘로이즈의 가방을 들어 주겠다고 했다.

"뒤통수는 어쩌다가 다친 거야?"

톰이 진초록과 파란색이 섞인 머플러를 끌렀다. 핏자국을 가리려고 목도리를 높이 둘둘 말고 있었다. "버나드한테 맞았어. 지금은 걱정 안 해도 돼, 여보. 신발부터 벗어. 옷도 갈아입고 편안히 있어. 샴페인 마실래?"

185

"당연하지."

톰은 전화로 샴페인을 주문했다. 열이 나는지 머리가 살짝 띵했다. 하지만 열이 나는 이유가 피곤한 데다가 피까지 제법 많이 흘려서라는 걸 알았다. 집에 핏방울이 떨어졌나 확인했던가? 했다. 떠나기 직전에 2층에 올라가서 혈흔이 있는지 확인했던 기억이 났다.

"버나드는 어디 있어?" 엘로이즈가 신발을 벗고 맨발로 있었다.

"도통 모르겠어. 파리에 있지 않을까?"

"둘이 싸웠어? 집에서 안 나가겠다고 해서?"

"좀 다퉜어. 지금 신경이 곤두섰더라고. 진짜 별일 아니야."

"그런데 당신이 왜 파리까지 왔어? 버나드가 여태 집에 있는 거야?"

톰은 그럴 수도 있겠다는 생각이 들었다. 그런데 버나드의 짐은 집에 없었다. 톰이 확인했었다. 프렌치 도어 유리창을 깨지 않고서는 버나드가 집으로 다시 들어갈 수 없었다. "아니, 집에는 없어."

"뒤통수 좀 봐야겠어. 욕실 조명이 더 밝으니 그리로 가자."

노크 소리가 들렸다. 샴페인이 벌써 도착했다. 퉁퉁하고 머리가 희끗희끗한 웨이터가 웃는 얼굴로 코르크를 따더니 샴페인을 얼음 통에 잘그락대며 집어넣었다.

"메르시, 므시외." 웨이터가 톰이 내민 지폐를 받으며 인사했다.

톰과 엘로이즈가 잔을 들었다. 엘로이즈는 별로 내키지 않아 하면서도 입술을 축였다. 톰의 상처를 살펴야 했기 때문이다. 톰이 뒤통수를 들이댔다. 셔츠를 벗고 몸을 숙인 다음 눈을 감았다. 엘로이즈가 세면대에 물을 받아 수건으로 뒤통수를 닦았다. 예상했던 대로 그녀가 비명을 질렀다. 톰은 귀를 닫았다. 아니 닫으려고 했다.

"많이 찢어진 건 아닐 거야. 그랬으면 피가 계속 났겠지!" 톰이 말했다. 상처를 씻어 내자 당연히 다시 피가 흘렀다. "타월을 새로 갖다 줘. 뭐라도 갖다줘." 톰은 이렇게 말한 다음 침대로 갔다가 바닥에 살짝 주저앉았다. 정신을 잃은 건 아니라서 타일이 깔린 욕실로 엉금엉금 기어 왔다.

엘로이즈가 접착테이프 얘기를 하고 있었다.

톰은 잠시 머리가 핑 돌았지만 얘기하지 않았다. 변기로 기어가 짧게 구토한 다음, 엘로이즈가 적셔 놓은 타월을 얼굴과 이마에 댔다. 그리고 잠시 후 다시 세면대 앞에 서서 샴페인을 음미했다. 그사이 엘로이즈가 작고 흰 손수건으로 붕대를 만들어 주었다. "접착테이프는 왜 갖고 다녀?"

"손톱 붙이려고."

뭘 어떻게 붙인다는 거지, 톰은 궁금했다. 아내가 테이프를 자르는 동안 톰이 테이프를 들고 있었다. "분홍색 테이프라니, 이건 인종 차별의 상징이잖아. 미국에서 벌어지는 흑인 인권 운동가들이 이걸 논제로 삼아서 막으려고 할걸."

엘로이즈는 이해하지 못했다. 톰이 영어로 떠들었기 때문이다.

"내일 설명해 줄게."

이제 둘이 침대에 누웠다. 높은 베개가 네 개나 있는 넓고 고급스러운 침대였다. 엘로이즈가 자기 잠옷을 접어서 톰의 머릿밑에 깔아 주었다. 뒤통수에서 피가 멈추지 않을 경우를 대비한 것이다. 피가 거의 멎은 것 같았다. 엘로이즈는 알몸이었다. 감탄이 터질 만큼 매끄러운 그녀의 몸은 광을 낸 대리석 같았다. 보드랍고 포근했다. 사랑을 나누기에 적당한 밤은 아니었지만, 톰은 행복에 젖어 내일을 전혀 걱정하지 않았다. 현명한 처사는 아니었지만 그날 밤, 아니 새벽까지 마음껏 그녀를 탐닉했다. 엘로이즈가 마시는 샴페인 잔에서 보글거리는 기포 소리가 어둠 속으로 퍼졌다. 그녀가 침대 옆 탁자에 술잔을 내려놓는 소리도 들렸다. 이제 그의 뺨이 아내의 가슴에 닿았다. 엘로이즈, 현재만 생각하게 하는 여자는 세상에 당신밖에 없어. 톰은 이렇게 말하고 싶었지만 너무 노곤했다. 말해 봐야 뭐 그리 대단한 찬사도 아니었다.

톰은 다음 날 아침 엘로이즈에게 대충 얼버무릴 수밖에 없었다. 버나드 터프츠가 영국에 있는 여자 친구 때문에 예민해져서 자살할까 봐 찾고 있다고 둘러댔다. 버나드가 아테네로 갔을지도 모른다고 했다. 경찰이 머치슨 실종 건으로 톰에게 계속 연락이 닿는 곳에 있으라고 했으니, 그가 파리에 사는 친구 집에 있는 거로 해 두는 게 최선이라고 했다. 그러면서 빠르면 월요일 밤에 도착할 여권을 기다리고 있다고 했다. 두 사람은 침대에서 아침을 먹었다.

"당신을 때린 남자를 왜 그리 신경 쓰는지 이해가 안 가."

"우정이랄까. 있잖아, 당신은 벨옹브르로 돌아가서 여사님하고 같이 있는 게 어때? 아니면 오늘은 나하고 있겠다고 여사님한테 전화하든가." 톰이 더욱 힘찬 목소리로 말했다. "오늘은 다른 호텔로 옮기려고. 안전을 위해서."

"오, 톰." 엘로이즈의 말투엔 실망한 기색이 느껴지지 않았다. 그녀는 비밀에 부치지 않아도 되는 순간에도 비밀을 간직한 채 은밀하게 행동하는 걸 좋아했다. 학창 시절 친구들하고 부모님의 감시를 피하려고 음모를 꾸민 일화들은 콕토의 창의력과 맞먹을 정도였다.

"오늘은 이름을 바꿀 거야. 뭐가 좋을까? 나 때문에 영국식이나 미국식 이름이어야만 해. 당신은 내 프랑스 국적의 아내인 거지." 톰이 영어로 말했다.

"음…… 글래드스턴?"

톰이 웃었다.

"글래드스턴에도 웃긴 뜻이 있어?"

엘로이즈는 영어를 몹시 싫어했다. 영어에는 뜻이 잡다하게 여러 개 있는 단어들 천지라 마스터하는 건 불가능하다고 여겼기 때문이다. "아니. 영국 총리였던 글래드스턴이 가방을 발명했는데 그 가방을 글래드스턴 가방이라고 불렀어. 그래서 웃은 거야."

"가방을 발명했다고? 그 말을 믿으라고? 가방을 대체 누가 발명해? 그렇게 간단한 것을! 말도 안 돼, 톰!"

두 사람은 파리 9구 오스만 거리에 있는 앰배서더 호텔로 옮겼다. 수수하면서도 고상한 호텔이었다. 이곳에서는 윌리엄 테니크란 이름으로 체크인하면서 아내의 이름을 미레유라고 적었다. 톰은 리브스에게 다시 전화해 독일 악센트로 말하는 남자에게 새 가명과 주소는 물론 전화번호(PRO 72-21)까지 남겼다. 리브스에게 전화하면 대체로 그 남자가 받았다.

톰과 엘로이즈는 오후에 영화를 보러 나갔다가 6시에 호텔로 돌아왔다. 리브스는 여태 연락이 없었다. 톰이 권하자, 엘로이즈가 아네트 여사에게 전화를 걸었다. 톰도 여사와 통화했다.

"네, 파리에 있습니다. 메모도 안 남기고 와서 미안해요. 아내가 내일 밤늦게 집으로 갈 겁니다." 톰은 엘로이즈에게 수화기를 넘겼다.

버나드가 보란 듯이 벨옹브르에 있진 않았다. 확실했다. 그랬다면 여사가 얘기했을 것이다.

두 사람은 일찌감치 잠자리에 들었다. 톰은 뒤통수에 붙인 우스꽝스러운 테이프를 떼겠다고 했다가 저지당했다. 아내가 프랑스제 보라색 소독약까지 사서 밴드 위에 듬뿍 발라 주었다. 그녀가 리츠 호텔에서 빨아 주었던 목도리가 아침에 일어나니 다 말라 있었다. 자정을 앞두고 전화가 왔다. 리브스는 그의 지인이 내일 밤 12시 15분에 루프트한자 311편으로 오를리 공항에 도착해 톰이 부탁한 물건을 전달해 줄 거라고 했다.

"그 남자 이름이 뭐죠?"

"여잡니다. 게르다 슈나이더라고, 당신 얼굴을 알아요."

"알겠습니다." 톰이 말했다. 톰이 부친 사진을 리브스가 미처 받지도 않았다는 사실로 비춰 볼 때 대단히 흡족한 서비스였다. "내일 밤 오를리 공항에 같이 갈래?" 톰이 전화를 끊고 엘로이즈에게 물었다.

"운전은 내가 할게. 당신이 무사한지 봐야겠어."

톰이 차를 믈룅역에 세워 두었다고 하자, 엘로이즈는 가끔 부르는 정원사 앙드레에게 연락해 같이 가서 차를 가져오겠다고 했다.

두 사람은 월요일 밤에 여권을 받는 일이 혹시라도 어그러질 수 있으니 앰배서더 호텔에 하루 더 묵기로 했다. 톰은 화요일 아침 일찍 그리스로 가는 비행기를 탈까 했지만, 여권을 손에 쥐기 전까진 결정할 수 있는 일이 아니었다. 여권에 찍힌 서명을 손에 익히는 것도 문제였다. 이게 다 버나드의 목숨을 지키기 위한 일이었다. 톰은 자기 생각과 감정을 엘로이즈와 나누고 싶었지만, 그녀가 이해하지 못할까 봐 두려웠다. 엘로이즈가 위작 사기극의 전말을 알고 난 후에도 이해해 줄까? 톰이 위작이라는 단어를 써도 똑똑한 엘로이즈는 알아들을 것이다. 그러고는 이렇게 반응할지도 모른다. '그걸 왜 당신이 혼자 짊어지는데? 자기들 친구니까 제프하고 에드가 찾아야지? 두 사람 밥줄이잖아.' 톰은 아내에게 얘기를 꺼내지도 않았다. 혼자 알아서 하는 게 최고다. 다 집어치우고 행동으로 옮기는 게 최선이다. 집에서 들던 연민도, 덧없는 생각도 내다 버리는 게 최고다.

일은 착착 진행되었다. 두 사람은 월요일에서 화요일로 넘어가는 자정에 오를리 공항으로 갔다. 비행기는 정시에 착륙했다. 게르다 슈나이더가—혹은 그 이름을 쓰는 여자가—2층 게이트에서 기다리던 톰에게 말을 걸었다.

"톰 리플리 씨?" 여자가 웃으며 물었다.

"네, 슈나이더 씨?"

여자는 서른 정도 되어 보였다. 금발 미녀로 상당히 지적으로 보였다. 찬물로 세수하고 나왔는지 화장기가 아예 없었고, 옷도 수수하게 입었다. "리플리 씨, 만나 뵙게 돼서 대단히 영광입니다." 여자가 영어로 말했다. "말씀 많이 들었습니다."

톰은 그녀의 정중하고 즐거운 말투에 호탕하게 웃었다. 리브스가 이렇게 흥미로운 사람들을 부린다는 게 놀라웠다. "아내하고 같이 왔습니다. 아래층에 있어요. 오늘 파리에서 묵으실 겁니까?"

그녀는 그럴 거라면서 몽탈랑베르가에 있는 퐁루아얄 호텔을 예약했다고 했다. 톰은 여자를 엘로이즈에게 인사시켰다. 톰이 차를 가지러 간 사이, 엘로이즈와 슈나이더 씨가 머치슨의 여행 가방을 내려 주었던 자리에서 얼마 떨어지지 않은 곳에서 기다렸다. 세 사람이 탄 차가 파리로 진입했고 퐁루아얄 호텔 앞에 도착했다. 슈나이더 씨가 말했다.

"이쯤에서 물건을 드려야겠네요."

셋 다 차에 타고 있었다. 슈나이더 씨가 큼직한 핸드백을 열더니 두툼하고 허연 봉투를 꺼냈다.

톰이 봉투를 받았다. 주위는 어두웠다. 톰이 녹색 미국 여권을 꺼내 재킷 주머니에 넣었다. 여권은 백지에 싸여 있었다. "고맙습니다. 리브스한테 연락하겠습니다. 리브스는 잘 있죠?"

몇 분 후, 톰과 엘로이즈는 앰배서더 호텔로 향했다.

"꽤 미인이네, 독일 사람치고는." 엘로이즈가 말했다.

톰은 호텔방에서 여권을 꺼냈다. 상당히 낡은 여권이었다. 거기에 걸맞게 리브스가 톰의 사진도 낡아 보이게 작업했다. 로버트 피들러 매카이. 31세. 유타주 솔트레이크시티 출생. 직업은 엔지니어. 부양가족은 없음. 늘씬하게 솟은 글자를 떼지 않고 이어서 쓴 서명이었다. 서명을 보니 톰이 알던 따분한 미국 남자 두 명의 얼굴이 떠올랐다.

"여보, 엘로이즈, 이제 난 로버트야." 톰이 불어로 말했다. "서명 연습을 해야겠어. 당신이 양해해 준다면."

엘로이즈가 서랍장에 몸을 기댄 채 그를 쳐다보았다.

"여보! 걱정하지 마!" 톰이 아내를 품에 안았다. "샴페인 마시자! 다 잘되고 있어!"

화요일 오후 2시, 톰은 아테네에 도착했다. 5~6년 전에 왔을 때보다 날이 훨씬 쨍하고 청명했다. 호텔 그랑 브르타뉴에 체크인한 후 방에 짐을 대강 풀었다. 아테네 신태그마 광장이 내다보였다. 주위를 둘러보려고 밖으로 나갔다. 여기저기 있는 다른 호텔에 들러서 버나드 터프츠라는 남자가 투숙했는지 묻기로 했다. 버나드가 아테네에서 제일 비싼 호텔인 그랑 브르타뉴에 묵는다는 건 상상이 가지 않았다. 버나드가 아테네로 오지 않았을 것 같은 확신이 60퍼센트쯤 들었지만, 더와트가 갔던 섬이나 다른 섬에도 가 보기로 했다. 아무리 그렇다고 해도 아테네에 몇 되지 않는 호텔에 들러서 물어보지도 않는다는 건 어리석었다.

그는 버나드 터프츠라는 친구와 만나기로 했는데 길이 엇갈렸다고 둘러댔다. 그의 이름은 중요하지 않았지만, 혹시나 누가 물으면 로버트 매카이라고 대답했다.

"지금 섬에 갈 만한 상황인가요?" 톰이 꽤 괜찮은 호텔에 가서 물었다. 이곳이라면 관광에 대해 뭔가 알고 있을 것 같았다. 이곳에서는 불어로 물었고, 다른 호텔에 가서는 영어로 짧게 문의했다. "이카리아섬에 갈 수 있을까요?"

"이카리아라고요?" 직원이 놀라서 물었다.

이카리아섬은 동쪽으로 한참 떨어진 도데카네스 제도 북단에 있는 섬이었다. 공항이 없어서 선편을 이용해야 했는데, 호텔 직원마저 배가 얼마나 자주 다니는지는 몰랐다.

수요일, 톰은 이카리아섬에 도착했다. 미코노스섬에서 쾌속정을 소유한 선장을 고용한 것이다. 톰은 아주 잠시나마 희망에 부풀었지만, 이카리아섬은 톰을 철저히 실망시켰다. 아르메미스티라는 (혹은 비슷한 이름의) 마을은 따분해 보였다. 서유럽 사람은 아예 보이지 않았다. 그물을 손질하는 뱃사람들이나, 자그마한 카페에 앉아 있는 주민들뿐이었다. 톰은 마을에서 혹시 짙은 머리칼에 마른 체격을 가진 버나드 터프츠라는 영국인을 봤느냐고 물었다. 그러고는 아지오스키리코스라는 섬에 있는 마을로 전화를 걸었다. 그곳 호텔 사장이 확인해 보더니 다른 호텔에 알아보고 연락을 주겠다고 했다. 연락은 오지 않았다. 톰은 포기했다. 모래밭에서 바늘 찾기였다. 버나드가 다른 섬으로 간 것 같았다.

그런데도 더와트가 자살을 감행했던 현장이라 그런지, 이카리아섬은 정제된 미스터리를 희미하게나마 간직한 듯했다. 필립 더와트가 노란빛을 머금은 하얀 모래사장 어딘가를 거닐다가 바다로 들어가 두 번 다시는 돌아오지 않은 현장이었다. 이카리아섬 주민들이 더와트라는 이름에 반응을 보일 것 같지 않았다. 그런데도 톰은 카페 사장에게 한 번 더 물어보았다. 헛수고였다. 더와트는 이곳에서 한 달도 살지 않았다. 그것도 무려 6년 전이었다. 톰은 작은 식당에 들어가 토마토 스튜 한 접시와 밥과 양고기를 시켜 놓고 마음을 달랬다. 그런 다음 선장을 호출했다. 선장은 자기가 필요할지도 모르니 4시까지는 근처 술 파는 식당에 있겠다고 했었다.

톰과 선장은 선장이 사는 미코노스섬으로 돌아왔다. 톰은 짐 가방을 들고 다녔다. 마음도 불안한데 몸까지 지치자 참담했다. 톰은 그날 밤 아테네로 돌아가야겠다고 마음먹고 카페에서 내키지도 않는 달착지근한 커피를 들이켰다. 그리고 그리스 선장을 만났던 부두로 돌아가 선장의 집을 찾았다. 선장이 저녁을 먹고 있었다.

"오늘 밤 피레에프스로 돌아가고 싶은데, 얼마면 됩니까?" 톰이 물었다. 그에겐 아메리칸 익스프레스 여행자 수표가 아직 남아 있었다.

선장은 할 일이 많아서 힘들 것 같다는 말만 되풀이했지만, 돈이면 뭐든지 해결할 수 있었다. 톰은 아테네로 돌아가는 도중에 절반을 꾸벅꾸벅 졸다가 보트에 딸린 작은 선실 안 나무 벤치에 몸을 묶어 맸다. 피레에프스에 도착한 시간은 대략 새벽 5시경. 선장 안티노는 들뜬 상태였다. 신이 난 건지, 돈을 벌어서인지, 피곤해서인지, 술 때문인지 톰은 알 수가 없었다. 안티노는 피레에프스에 사는 친구를 만날 거라며 좋아했다.

새벽녘 공기가 살을 파고들었다. 톰은 택시 기사에게 돈은 충분히 줄 테니 아테네 신태그마 광장에 있는 호텔 그랑 브르타뉴 앞까지 태워 달라고 했다.

방을 잡고 보니 저번에 묵었던 그 방이 아니었다. 야간에 근무하는 벨보이가 그 방은 청소가 덜 됐다고 솔직하게 말했다. 톰은 제프의 스튜디오 전화번호를 종이에 적어 벨보이에게 주면서 런던으로 전화를 신청해 달라고 했다.

톰은 방으로 올라가 샤워하면서 전화벨이 울리는지 신경을 곤두세웠다. 8시 15분 전에 전화가 연결됐다.

"톰입니다. 여기 아테네입니다." 톰은 침대에서 잠이 들 뻔했다.

"아테네라고요?"

"버나드한테 연락은 왔었나요?"

"안 왔어요. 대체 거기서……."

"런던으로 건너가겠습니다. 내일 밤에요. 농담하는 거 아니니 변장할 준비나 해 둬요. 알겠죠?"

18

톰은 목요일 오후 아테네에서 충동적으로 초록색 우비를 샀다. 톰 리플리라면 절대로 사지 않을 스타일이었다. 거들떠보지도 않았을 것이다. 플랩과 스트랩이 주렁주렁 달린 우비였다. 한 스트랩에는 이중 링이, 다른 스트랩에는 작은 버클이 달려 있었는데, 거기에 꾸러미, 군인용 수통, 카트리지, 휴대용 식기, 총검, 바통 같은 것들을 매달아 우비가 펄럭이지 않게 하라는 것 같았다. 촌스러운 스타일이었지만 혹시라도 출입국 관리 직원이 톰 리플리의 모습을 기억할 경우에 대비해 런던에 입국할 때 입으면 도움이 될 것 같았다. 톰은 가르마를 왼쪽에서 오른쪽으로 바꿨지만, 정면 사진에선 제대로 보이지 않았다. 운 좋게 여행 가방에는 이니셜을 새기지 않았다. 이제 돈이 문제였다. 리플리 이름이 찍힌 여행자 수표뿐이라, 런던에서는 그리스 선장한테 주듯 수표를 내밀 수가 없었다. 대신 드라크마(엘로이즈가 프랑스 프랑은 물론이거니와 드라크마까지 주었다)는 넉넉해서 런던행 편도 티켓은 살 수 있었다. 런던에 가면 제프와 에드가 해결해 줄 것이다. 톰은 지갑에서 신분 확인이 가능한 카드를 빼서 단추 달린 바지 뒷주머니에 쑤셔 넣었다. 그러면서도 몸수색은 당하지 않을 거로 기대했다.

톰은 히스로 공항 입국 심사대를 무사통과했다. "얼마나 계실 겁니까?" "나흘은 안 넘길 겁니다." "사업차 오셨습니까?" "네." "어디에 묵으실 겁니까?" "웰벡가에 있는 런더너 호텔이요."

이번에도 버스를 타고 런던역으로 가 공중전화 부스에서 제프의 스튜디오로 전화를 걸었다. 밤 10시 15분이었다.

어떤 여자가 전화를 받았다.

"콘스턴트 씨 계십니까? 아니면 밴버리 씨는요?"

"두 분 다 방금 나가셨는데요. 실례지만 누구시죠?"

"로버트입니다. 로버트 매카이." 아무 반응이 없었다. 톰이 제프에게 그의 새 이름을 알려 주지 않았기 때문이다. 제프와 에드가 사람을 분명 남겨 두었을 것이다. 한배를 탄 사람더러 스튜디오에 남아서 톰 리플리를 기다리라고 했을 것이다. "혹시 신시아?"

"그런데요." 목소리 톤이 살짝 올라갔다.

톰은 위험을 감수하기로 했다. "나예요, 톰. 제프는 언제 오나요?"

"어머나, 톰! 톰인지 몰랐어요. 30분 후에 올 거예요. 이쪽으로 오실 거죠?"

톰은 택시를 타고 세인트존스우드 스튜디오로 갔다.

신시아 그래드노어가 문을 열어 주었다. "어서 오세요, 톰."

톰은 신시아의 얼굴이 가물가물했다. 보통 키에 어깨까지 떨어지는 갈색 머리, 큼직한 회색 눈동자. 신시아는 그의 기억 속 모습보다 더 야위어 보였다. 서른이 가까운 나이. 살짝 불안해 보였다.

"버나드는 만나셨어요?"

193

"만나긴 했는데 어디로 갔는지는 몰라요." 톰이 미소를 지었다. 톰이 시킨 대로 제프(와 에드)가 버나드가 톰을 죽이려 했다는 얘기는 아무한테도 하지 않은 것 같았다. "파리에 있겠죠."

"앉으세요, 톰! 마실 것 좀 드릴까요?"

톰은 미소를 지으며 아테네 공항에서 산 꾸러미를 내밀었다. 화이트 호스 스카치였다. 신시아는 꽤 싹싹했다. 겉으로는 그래 보였다. 톰은 흐뭇했다.

"버나드는 전시회가 열리는 기간이면 늘 예민해져요." 신시아가 칵테일을 만들며 말했다. "그렇다고 들었어요. 제가 최근엔 버나드를 못 봐서요. 아시겠지만."

톰은 버나드가 신시아에게 차였다고, 신시아가 자길 만나지 않겠다고 했다는 얘기를 절대로 꺼내지 않을 것이다. 신시아가 진심이 아니었을지도 모르지만, 톰은 도통 감이 잡히지 않았다. "있잖아요." 톰이 조심스레 말을 꺼냈다. "버나드가 더는 그림을 그리지 않겠답니다. 더와트로서요. 참 잘됐죠. 버나드는 그게 싫었대요."

신시아가 잔을 내밀었다. "소름 돋는 사업이잖아요. 무시무시한!"

그랬다. 톰도 무시무시한 일이라는 걸 알고는 있었다. 눈앞에서 신시아가 부들부들 떠는 모습을 보니 뼈저리게 와닿았다. 살인, 거짓말, 사기. 끔찍한 사업이었다. "불행히도 이 지경까지 왔지만, 더는 멀리 가진 않을 겁니다. 더와트의 등장도 이번이 마지막이에요. 제프와 에드가 다른 마음을 먹고 있다면 얘기가 달라지겠지만요. 두 사람은 나에게 더와트인 척 연기를 시키는 걸 더는 하고 싶지 않을 거예요. 아마 지금도 하고 싶지 않을걸요."

신시아는 톰이 하는 말에는 별로 관심이 없어 보였는데, 그게 의아했다. 톰은 앉아 있었고, 신시아는 스튜디오 안을 느릿느릿 서성이며 제프와 에드가 올라오는 발소리가 나는지 귀를 세우고 있었다. "머치슨이란 남자한테 대체 무슨 일이 생긴 거죠? 그 남자 부인이 내일 런던으로 온대요. 제프와 에드가 그렇게 알고 있더라고요."

"나야 모르니 대답해 드릴 수가 없네요." 톰은 아주 차분하게 말했다. 톰은 신시아의 질문에 당황할 수 없었다. 그에겐 해야 할 일이 있었다. 제길, 내일 머치슨 부인까지 건너오다니.

"위작이 그려진다는 걸 머치슨이 알고 있던데, 대체 그렇게 주장하는 근거가 정확히 뭘까요?"

"그냥 혼자 떠드는 거예요." 톰은 어깨를 으쓱했다. "머치슨이 그림에 깃든 정신이니, 화가의 성정이니 하며 떠들더라고요. 그런 머치슨이 런던에 있는 미술 전문가에게 확신을 줬을 것 같진 않아요. 툭 까놓고 말해, 어디까지가 더와트고 어디부터가 버나드인지 선을 그을 수 있는 사람이 과연 있을까요? 따분한 녀석들. 자칭 미술 평론가라고 하는 작자들이란. 그들이 쓴 미술 비평서를 읽는 거나, 그런 주장을 듣는 거나 우스운 건 거기서 거기죠. 공간 개념이니, 가소성 가치니, 재즈니 뭐니 들먹이는 꼴이란." 톰은 웃으며 셔츠 커프스를 코트 소매 밖으로 뺐다. 이번에는 커프스가 저절로 밀려 나왔다. "머치슨이 우리 집에 있는 두 작품을 봤어요. 하나는 진품이고, 또 하나는 버나드가 그린 위작이죠. 당연한 소리지만, 나도 머치슨의 마음을 돌리려고 애를 썼다고요. 이런 말 하긴 그렇지만, 노력했다고요. 머치슨이 테이트 갤러리 관계자와 만나기로 한 약속을 지킬 것 같진 않았어요."

"그럼 머치슨이 도대체 어디로 사라진 걸까요?"

톰은 망설였다. "그게 참 이상해요. 그럼 버나드는 어디로 갔을까요? 나도 모릅니다. 머치슨은 나름 생각이 있어서 개인적인 이유로 모습을 감췄을지도 모르죠. 아니면, 오를리 공항에서 아무도 모르게 납치당했을 수도 있고요." 톰은 초조했다. 이런 주제로 얘기하기가 싫었다.

"그런다고 문제가 간단해지진 않아요. 머치슨이 제거된 것 같아요. 위작에 대해 안다는 이유로요."

"내가 바로잡으려는 게 바로 그겁니다. 바로잡고 퇴장해야죠. 위작이라는 게 아직껏 들통나지는 않았잖아요. 신시아, 이건 추잡한 게임이지만 이 지경까지 왔으니 끝까지 밀어붙여야 해요. 어느 정도까지는요."

"버나드가 경찰에 다 털어놓고 싶다고 했어요. 어쩌면 지금 자백하고 있을지도 몰라요."

소름 돋지만 그럴 수도 있었다. 그걸 상상하는 순간, 톰도 신시아처럼 잠시 몸서리가 쳐졌다. 톰은 단숨에 잔을 비웠다. 만일 내일 또다시 더와트인 척 한창 연기하는 도중에 영국 경찰이 놀랍다는 듯이 비웃으며 들이닥친다면 참사가 벌어질 것이다. "그러진 않을 겁니다." 말은 이렇게 했지만, 톰은 자기가 한 말에 확신이 들지 않았다.

신시아가 톰을 쳐다보았다. "버나드를 설득하려고 노력은 해 보셨나요?"

그녀의 날이 선 공격에 톰은 별안간 가책을 느꼈다. 신시아가 수년간 꾹꾹 참고 참아 온 적의라는 걸 톰은 짐작할 수 있었다. 모든 게 어그러지는 모습을 이미 상상해 왔었다. "물론이죠. 두 가지 이유를 들어 설득했어요. 하나는 버나드의 커리어가 망가질 테고, 또 하나는……."

"버나드의 커리어는 이미 끝장났어요. 화가 버나드 터프츠를 말씀하시는 거라면요."

"두 번째는." 톰은 더없이 자상하게 말했다. "안타깝게도 이 일에 가담한 사람이 버나드 혼자가 아니라는 겁니다. 버나드가 자백이라도 하는 날엔 제프와 에드가 망하는 건 당연지사고, 위작으로 사기 치고 있다는 걸 몰랐다고 잡아떼지 않는 한 미술용품 회사까지 망하게 될 겁니다. 그런데 잡아뗀다고 제대로 통할 것 같지가 않아요. 이탈리아에 있는 미술 아카데미도……."

신시아가 긴장했는지 한숨을 내쉬었다. 말이 나오지 않는 것 같았다. 어쩌면 더는 말하고 싶지 않은 것 같았다. 신시아가 다시 네모진 스튜디오를 빙글빙글 돌다가 제프가 벽에 기대 놓은 확대된 캥거루 사진을 바라보았다. "제가 2년 만에 이 스튜디오에 왔는데요, 제프는 갈수록 화려해지네요."

톰은 입을 꾹 다물었다. 다행히도 남자들의 음성과 발소리가 흐릿하게 들렸다.

노크 소리가 들렸다. "신시아, 우리야!" 에드가 불렀다.

신시아가 문을 열었다.

"반가워요, 톰!" 에드가 소리치더니 달려와 톰의 손을 잡았다.

"톰! 잘 지냈어요?" 제프도 에드처럼 반갑게 인사했다.

제프의 손에 검은색 작은 가방이 들려 있었다. 톰은 안에 화장품이 들어 있다는 걸 짐작할 수 있었다.

"이번에도 소호에 사는 친구한테 부탁할 수밖에 없었어요." 제프가 말했다. "잘 지냈어요, 톰? 아테네는 어땠어요?"

"그저 그랬어요." 톰이 말했다. "자, 다들 한 잔씩 합시다. 부주키*소리는 듣지도 못했어요. 오늘 밤에는 빠진 물건이 없었으면 좋겠네요."

제프가 가방을 열고 있었다. "없어요. 물건이 다 들어 있는지 방금 확인했습니다. 버나드한테 연락이 왔나요?"

"무슨 질문이 그렇죠?" 톰이 되물었다. "왔을 리가 없죠." 톰은 불안한 시선으로 신시아를 살펴보았다. 신시아는 팔짱을 낀 채 스튜디오

---

* 그리스 전통 현악기

맞은편에 있는 캐비닛에 기대고 있었다. 버나드를 찾겠다고 톰이 그리스까지 갔다 온 걸 신시아가 알려나? 그럴 리 없었다.

"그럼 머치슨한테는 연락이 있었나요?" 에드가 술을 홀짝이면서 어깨너머로 물었다.

"없었어요. 그나저나 머치슨 부인이 내일 온다면서요?" 톰이 물었다.

"그렇대요." 제프가 대답했다. "웹스터가 오늘 전화하더니 그러더군요. 알죠? 웹스터 형사."

톰은 스튜디오에 있는 신시아 앞에서는 대화를 나눌 수가 없어서 입을 다물었다. 가령 '누가 〈욕조〉를 사 갔다면서요?' 하며 가볍게 묻고 싶어도 물을 수가 없었다. 신시아가 적의를 품고 있었기 때문이다. 배신은 하지 않겠지만, 반감은 보이고 있었다.

"그건 그렇고 톰." 에드가 제프에게 술잔을 건네며 물었다. (신시아는 여태 잔을 들고만 있었다.) "오늘은 여기서 자요. 그게 좋겠어요."

"그럴게요."

"내일 아침 10시 반경에 웹스터한테 전화할까 합니다. 혹시 연락이 안 되면 메시지를 남기려고요. 당신이 오늘 오전에 열차 편으로 런던에 도착했다고요. 그러니까 더와트가 도착했으니 전화 달라고 하려고요. 당신은 그동안 베리세인트에드먼드 인근에 사는 친구들과 지냈고, 연락이 안 된 건 음······."

"경찰에 행방을 알려야 할 만큼 경찰이 당신을 찾는다는 걸 심각하게 여기지 않은 거죠." 제프가 전래 동요를 따라 부르듯 끼어들었다. "솔직히 당신을 찾겠다고 경찰이 이 잡듯이 거리를 뒤지고 다니진 않았잖아요. 더와트가 어디 있냐고 우리한테 두어 번 물어봤을 뿐이고, 우린 더와트가 교외에서 친구들과 같이 있을 거라고 대답한 거고."

"내 말이!" 톰이 맞장구쳤다.

"그럼 난 이만." 신시아가 말했다.

"신시아, 술이 반이나 남았는데?" 제프가 물었다.

"됐어." 그녀가 코트를 걸치자 에드가 거들었다. "버나드가 연락했는지 그걸 꼭 알고 싶었어. 그것뿐이야."

"고마워, 신시아. 우리를 위해서 입장을 고수해 줘서." 제프가 말했다.

톰은 적절하지 않은 표현이라고 생각하며 자리에서 일어섰다. "신시아, 버나드한테 연락 오면 꼭 알려 줄게요, 난 조만간 파리로 돌아갈 겁니다. 내일쯤."

제프와 에드가 문 앞에서 조용히 신시아를 배웅한 다음 돌아왔다.

"신시아가 아직도 버나드를 사랑할까요? 내가 보기엔 아닌 것 같아요. 버나드 말로는……." 톰이 말했다.

제프와 에드가 살짝 고통스러운 표정을 지었다.

"버나드가 뭐라던가요?" 제프가 물었다.

"지난주 파리에서 전화했더니 신시아가 만나지 않겠다고 했대요. 버나드가 부풀려 말했는지는 나야 모르지만요."

"우리도 모르죠." 에드가 대답하더니 가는 금발을 뒤로 쓸어 넘긴 다음 한 잔 더 따르러 갔다.

"신시아한테 남자가 생긴 것 같던데요." 톰이 말했다.

"아, 그 남자." 에드가 주방에서 살짝 지루한 목소리로 대답했다.

"스티븐 뭐라던데. 신시아가 아직 불이 붙진 않았어요." 제프가 말했다.

"그 남자가 여자한테 불 지를 타입은 아니지!" 에드가 웃으며 말했다.

"신시아는 다니던 회사를 계속 다니고 있어요." 제프가 말을 이었다. "월급도 잘 나오니 잘난 남자에겐 최고의 여자죠."

"신시아는 해결됐고." 에드가 마침내 끼어들었다. "이제 버나드가 어디에 있으며, 버나드한테는 당신이 죽은 거로 해 두자는 이유가 뭔지 설명해 봐요."

톰은 간략히 설명했다. 그가 땅에 묻혔던 사건을 털어놓았다. 그 얘기가 우스웠는지 제프와 에드가 무척 즐거워했다. 소름 끼치는 얘기에 홀린 나머지 둘이 동시에 웃음을 터트린 것 같기도 했다. "버나드가 내 뒤통수를 후려치더라고요." 톰은 엘로이즈의 가위를 몰래 훔쳐 와 아테네로 가는 비행기 화장실 안에서 접착테이프를 잘랐다는 얘기도 했다.

"한번 만져나 봅시다!" 에드가 톰의 어깨를 부여잡았다. "여기 무덤에서 나온 남자가 있어, 제프!"

"우린 감당 못해, 못한다고!" 제프가 말했다.

톰은 재킷을 벗더니 제프의 얼룩덜룩한 소파에 느긋하게 앉았다. "혹시 둘 다 머치슨이 죽었다고 생각합니까?"

"분명히 죽었겠죠." 제프가 진지하게 말했다. "대체 무슨 일이 있었던 겁니까?"

"내가 죽였거든요. 우리 집 지하실에서 와인 병으로." 순간, 어색

198

해지자 톰은 신시아에게 꽃이든 뭐든 보내야겠다는 생각이 들었다. 신시아가 그걸 쓰레기통에 버리든 벽난로 안에 던지든 말이다. 신시아에게 다정하게 대해 주지 못한 자신이 원망스러웠다.

제프와 에드는 말문이 막힌 채 톰이 한 말을 여태 헤아리고 있었다. "그럼 시체는요?" 제프가 물었다.

"어디 강바닥에 있겠죠. 집 근처였으니 루앙강일걸요." 버나드가 거들었다는 말도 해야 하나? 아니, 뭐 하러? 톰은 이마를 문질렀다. 톰은 피곤해서 한쪽 팔꿈치를 세운 채 몸을 기댔다.

"맙소사. 그럼 머치슨의 짐을 오를리 공항에 갖다 놓은 게 당신?"

"나예요, 맞아요."

"집에 가정부가 있잖아요?" 제프가 물었다.

"있죠. 아무도 몰래 혼자서 해치워야 했어요. 가정부 모르게. 꼭두새벽에."

"숲속에 무덤 같은 곳이 있어서 그 구덩이를 버나드가 써먹었다고 했잖아요?" 에드가 물었다.

"맞아요. 일단 머치슨을 숲속에 묻어 놨는데 경찰 조사가 시작됐어요. 그래서 경찰이 숲을 뒤지기 전에 머치슨을 숲에서 파내야 했어요." 톰은 대충 내다 버리는 동작을 했다. 버나드가 거들었다는 말은 안 하는 게 제일이었다. 버나드가 원한다고 해도—버나드가 원하는 게 뭘까? 오명을 씻는 일?—되도록 얽히지 않는 편이 버나드에게 더 나았다.

"세상에. 맙소사. 머치슨 부인을 만날 수 있겠어요?" 에드가 물었다.

"쉿." 제프가 신경질적으로 웃으며 재빨리 말을 막았다.

"그럼요. 내 입장에선 어쩔 수 없는 일이었어요. 머치슨이 날 알아봤다고요. 지하실에 내려갔는데, 런던에서 더와트인 척한 사람이 나라는 걸 머치슨이 눈치챘거든요. 내가 머치슨을 제거하지 않았다면 모든 게 탄로 났을 겁니다. 알잖아요?" 톰은 졸음을 쫓으려고 서성였다.

둘은 무슨 말인지 이해하더니 감격했다. 동시에 둘이 머리를 굴리는 소리가 들렸다. '톰 리플리가 전에도 사람을 죽였었지. 디키 그린리프였나? 프레디라는 남자도 죽인 것 같던데. 심증만 있었는데 설마 사실은 아니겠지? 톰이 이번에도 살인에 진지하게 임했으니 더와트 유한 책임 회사에서 감사의 표시를 얼마나 해 주기를 기대할까?' 감사니, 진심이니, 돈이니 하는 것들은 결국엔 다 같은 말 아닌가? 톰은 그걸 생각하지 않을 정도로, 바라지 않을 정도로 이상향을 꿈꾸고 있었다. 톰은 제프 콘스턴트와 에드 밴버리가 더 넓은 도량을 갖기를 바랐다. 이

199

러니저러니 해도, 두 사람은 거장 더와트의 친구, 그것도 가장 친한 친구였다. 더와트가 얼마나 위대한가? 톰은 이 질문은 피했다. 그럼 버나드는 얼마나 위대한가? 솔직히 말해 화가로서는 대단했다(우정이라는 관점에서 보면 제프와 에드는 버나드를 수년간 외면해 왔다). 톰은 버나드를 대신해 몸을 더 꼿꼿이 세우고 말했다. "여러분, 브리핑은 내일 합시다. 누가 더 오나요? 너무 피곤해서 당장 자야겠어요."

에드가 톰에게 얼굴을 들이댔다. "머치슨 일로 불리한 증거가 있나요, 톰?"

"없어요." 톰이 씩 웃었다. "사실 말고는 없어요."

"〈시계〉가 도난당한 게 맞아요?"

"오를리 공항에 머치슨의 짐을 갖다 두면서 그 옆에 그림을 함께 두었어요. 그림은 따로 싸 놨는데 누가 그걸 훔쳐 간 겁니다. 복잡할 거 없어요. 지금 그 그림을 걸어 놓고 보는 사람이 누군지 궁금하군요. 자기들이 뭘 훔쳐 갔는지 알기는 알까요? 그걸 알면 걸어 놓지도 않겠죠. 우리 지금 브리핑 계속하는 겁니까? 그럼 음악도 틀까요?"

자극적인 라디오 룩셈부르크에 주파수를 맞추어 놓고, 톰은 리허설을 간단히 하기로 했다. 이번에도 거즈로 된 한 장짜리 턱수염을 붙여야 했다. 두 사람은 대보기만 하고 붙이지는 않았다. 버나드가 보관하던 더와트의 낡은 파란색 정장이 있어서 톰이 재킷을 걸쳤다.

"머치슨 부인이 어떤 사람인지 누구 아나요?" 톰이 물었다.

두 사람은 제대로 아는 게 없었지만, 그녀가 어떤 사람인지 보여 주는 토막 난 정보를 자진해서 알려 주었다. 머치슨 부인은 적극적이지도 소심하지도 않고, 똑똑하지도 멍청하지도 않다고 했다. 한쪽이 다른 한쪽을 무력화시키는 정보라, 들으나 마나 한 소리였다. 제프가 벽마스터 갤러리에서 머치슨 부인과 통화한 적이 있다면서, 부인이 전보로 사전에 조율한 후 전화한 거라고 했다.

"나한테 전화를 안 한 게 기적이네요." 톰이 말했다.

"우리가 당신 번호를 모른다고 했거든요. 더군다나 프랑스라고 했더니 안 했겠죠."

"설마 오늘 밤에 우리 집으로 전화하는 건 아니겠죠?" 톰이 더와트의 목소리를 흉내 내며 물었다. "그건 그렇고, 난 지금 빈털터리라고요."

제프와 에드는 더할 나위 없이 친절하게 대해 주었다. 돈이 많아서 그런지 제프는 곧바로 벨옹브르로 전화를 신청해 주었고, 톰의 부탁에 에드는 에스프레소를 내려 주었다. 톰은 샤워하고 파자마로 갈아입었다. 기분이 한결 나아졌다. 제프가 신던 실내화도 신었다. 톰은 스튜디오 소파에서 자기로 했다.

"확실히 짚고 넘어가야겠어요. 버나드는 그만 그리고 싶대요. 그러니 더와트는 영원히 은퇴하는 겁니다. 멕시코에서 개미들에게 뜯겨 먹히든 불에 타서 죽든 말이죠. 더와트는 장차 그림 한 장 남기지 않고 사라지는 겁니다."

제프가 고개를 끄덕이더니 손톱을 물어뜯어서 입으로 퉤 뱉었다. "집에는 뭐라고 했습니까?"

"아무 말도 안 했어요. 중요한 얘기는 입도 뻥끗 안 했어요."

전화벨이 울렸다.

제프가 에드한테 손짓하자 둘이 침실로 들어갔다.

"여보세요, 나야, 여보!" 톰이 말했다. "아니, 여기 런던이야…… 음, 마음이 바뀌어서……."

"언제 와? 아네트 여사님이 치통이 도졌어."

"퐁텐블로 치과 이름을 알려 드려!" 톰이 말했다.

톰은 현재 자신이 처한 상황에서 전화 한 통이 큰 위로가 된다는 게 놀라웠다. 덕분에 그는 전화를 거의 사랑하게 되었다.

19

"웹스터 형사님 계십니까? 벅마스터 갤러리의 제프리 콘스턴트라고 합니다…… 아침에 전화 왔었다고 형사님께 전해 주시겠습니까? 오전 중에 갤러리에서 만나 뵙고 싶다고요…… 확실하진 않지만 대략 12시 전이 될 겁니다."

10시까지 15분이 남았다.

톰은 다시 전신 거울 앞에 서서 턱수염과 짙어진 눈썹을 살폈다. 에드가 제프의 손전등 중에 가장 밝은 것을 들고 턱 밑을 살피는 바람에 톰의 눈동자가 이글이글 타는 것처럼 보였다. 턱수염보다 머리칼이 밝았지만 원래 더와트의 머리칼보다는 짙었다. 저번에도 그랬다. 에드가 뒤통수에 난 상처를 조심스레 살폈다. 다행히 피는 멎었다. "제프." 톰은 긴장한 더와트의 목소리로 말했다. "저 음악은 끄고 다른 거로 틀어 줘요."

"뭐 듣고 싶은데요?"

"〈한여름 밤의 꿈〉 앨범 있어요?"

"아뇨." 제프가 말했다.

"사 와요. 듣고 싶어요. 그걸 들어야 영감이 떠오르거든요. 영감을 받아야겠어요." 오늘 아침에 틀어 놓은 음악은 영감을 불러일으키기엔 역부족이었다.

제프는 그 앨범을 어디에서 사야 하는지조차 몰랐다.

"나가서 사다 주면 안 됩니까, 제프? 세인트존스우드로드까지 가는 길에 레코드 가게가 있을 것 아닙니까?"

제프가 뛰쳐나갔다.

"머치슨 부인하고는 통화 안 했죠?" 톰이 골루아즈 담배를 피우며 잠시 긴장을 늦추었다. "영국산 담배를 사야겠어요. 프랑스산 담배를 피우다가 일을 그르치고 싶진 않아요."

"이거 받아요. 담배가 다 떨어지면 다들 궐련을 내밀 겁니다." 에드가 곧바로 대답하더니 톰의 주머니에 담배를 한 갑 쑤셔 넣었다. "안 했어요. 부인이 미국 탐정까지 끌어들이진 않았으니까요. 그랬더라면 일이 꽤 복잡해졌을 겁니다."

톰은 머치슨 부인이 미국에서 탐정을 데리고 영국으로 올지도 모른다는 생각이 들었다. 반지 두 개를 뺐다. 당연히 지금은 멕시코산 반지도 끼지 않았다. 제프의 책상에 앉아 볼펜을 잡고 파란 지우개에 진하게 찍힌 더와트의 서명을 흉내 내려고 노력했다. 세 번 연습한 다음 종이를 구겨서 쓰레기통에 던졌다.

제프가 뛰어 왔는지 헐떡이며 돌아왔다.

"아주 크게 틀어 줘요." 톰이 주문했다.

〈한여름 밤의 꿈〉이 꽤 크게 울려 퍼지자, 톰은 미소를 지었다. 이거야말로 그가 찾던 음악이었다. 과감한 생각이 떠올랐다. 지금은 과감해야 할 때였다. 이제야 몸이 뜨거워지는 것 같았다. 자리에서 일어나니 키가 더 커진 듯했다. 순간, 더와트는 자세가 구부정했다는 게 기억났다. "제프, 하나만 더 부탁할게요. 꽃집에 전화해서 신시아에게 꽃다발을 보내 줘요. 돈은 내 앞으로 청구하고요."

"지금 내 앞에서 돈 얘기 하는 겁니까? 신시아에게 꽃을 보내라…… 알았어요. 뭐로 보낼까요?"

"글라디올러스요. 없으면 장미로 스무 송이 정도 보내요."

"꽃집이 어디 있더라……." 제프가 전화번호부를 뒤적거렸다. "뭐라고 보낼까요? 그냥 '톰'이라고 해요?"

"사랑을 담아, 톰." 톰은 이렇게 말한 다음 윗입술을 내밀고 가만히 있었다. 에드가 연분홍 립스틱을 발라 주었다. 더와트의 윗입술은 톰보다 더 도톰했다.

레코드판을 절반쯤 들었을 때 셋이 스튜디오를 나섰다. 제프가 레코드판이 자동으로 멈출 거라고 했다. 제프가 먼저 온 택시에 혼자 탔다. 톰은 혼자서도 충분히 갈 수 있을 것 같았다. 그런데 에드는 위험을 감수할 생각이 없어 보였다. 그게 아니라면 톰을 혼자 두기 싫거나. 둘이 같이 택시를 타고 가다, 본드가에서 한 거리 떨어진 곳에서 미리 내렸다.

"혹시 누가 물으면 벅마스터 갤러리로 가다가 우연히 마주친 거로 합시다." 에드가 말했다.

"긴장하지 말아요. 분명히 잘 해낼 테니."

이번에도 톰은 갤러리 뒤편에 있는 붉은 페인트가 발린 문으로 들어갔다. 통화 중인 제프만 빼면 사무실은 휑했다. 제프가 앉으라고 손짓했다.

"되도록 빨리 연결해 주시겠습니까?" 제프가 전화를 끊었다. "프랑스에 인사차 전화하려고요. 더와트가 돌아왔다고 믈룅 경찰서에 알려 주려고요. 프랑스 경찰이 더와트 건으로 전화한 적이 있었는데, 내가 더와트한테 연락이 오면 알려 주겠다고 약속했거든요."

"그랬군요. 신문 기자는 안 불렀나 보네요?" 톰이 물었다.

"네. 왜 불러야 하죠?"

"뭐, 상관없어요."

쾌활한 성격의 소유자이자 프런트 매니저로 일하는 레너드가 문으로 고개를 빠끔히 내밀었다. "오셨어요! 저 들어가도 돼요?"

"아-니!" 제프가 농담으로 거절했다.

레너드가 들어와서 문을 닫았다. 또다시 부활한 더와트를 보더니 활짝 웃었다. "보면서도 믿기지가 않아요! 오늘 오전엔 누가 오시나요?"

"일단 런던 경찰청 웹스터 형사가 올 거야." 에드가 말했다.

"아무나 들이면······."

"안 되지, 아무나는." 제프가 말했다. "일단 노크부터 해. 그럼 문열어 줄게. 대신 오늘 문은 잠그지 않을 거야. 이제 나가 봐!"

레너드가 나갔다.

웹스터 형사가 도착하자 톰은 암체어에 몸을 깊이 파묻었다.

웹스터가 큼직하고 누런 앞니를 드러내며 행복한 토끼처럼 미소를 지었다. "처음 뵙겠습니다, 더와트 씨? 와우! 이렇게 뵙게 될 줄은 상상도 못 했습니다."

"처음 뵙겠습니다, 형사님." 톰은 자리에서 일어나지 않았다. 명심해, 넌 톰 리플리보다 조금 더 나이가 많고, 조금 더 뚱뚱하고, 조금 더 동작이 느리고, 어깨도 더 구부정해야 해. 톰이 자신에게 말했다. "사과부터 드리겠습니다." 톰은 전혀 미안하거나 불안한 기색 없이 느긋하게 말했다. "제가 어디에 있다가 왔는지 궁금하셨죠? 친구들하고 서픽에 올라가 있었습니다."

"그러셨다면서요." 웹스터 형사가 말하면서 2미터가량 떨어진 의자에 앉았다.

베니션 블라인드가 창을 4분의 3쯤 가리고 있었다. 조명은 편지를 쓰기에 적당했는데 그렇다고 너무 밝지는 않았다.

"하필이면 토머스 머치슨 씨가 실종되면서 행방이 묘연해지셨지 뭡니까." 웹스터가 웃으면서 말했다. "머치슨 씨를 찾는 게 제 임무거든요."

"기사에서도 봤고, 제프한테도 들었습니다. 머치슨 씨가 프랑스에서 실종됐다면서요."

"네, 그림도 함께 사라졌습니다. 〈시계〉가요."

"뭐, 사실 절도라는 게 처음 있는 일은 아니죠." 톰은 달관한 듯 말했다. "머치슨 부인이 영국으로 오시는 중이라고 들었습니다."

"도착했을 겁니다." 웹스터가 손목시계를 들여다보았다. "오전 11시 비행기로 온다고 했거든요. 밤 비행기를 타고 왔으니 두어 시간은 쉬셔야겠죠. 혹시 오늘 오후에도 여기에 계실 건가요, 더와트 씨? 어디 안 가실 거죠?"

예의를 차리려면 어디 안 가고 계속 있겠다고 대답해야 했다. 톰은 내키지 않는 기색을 살짝만 내비친 채 당연히 여기에 있을 거라고 했다. "대략 몇 시경이면 되겠습니까? 오후에 할 일이 있어서요."

웹스터가 바쁘다는 듯이 자리에서 일어났다. "3시 반 어떠세요? 변동 사항이 있으면 갤러리로 연락드리죠." 형사가 제프와 에드에게 몸을 돌렸다. "더와트 씨가 오셨다고 알려 주셔서 진심으로 고맙습니다. 그럼 이만."

"안녕히 가십시오, 형사님." 제프가 문을 열어 주었다.

에드가 톰을 보며 입술을 앙다문 채 흡족한 미소를 지었다. "오후에는 조금만 더 생기 있게 해 줘요. 더와트는 활기 넘쳤거든요. 팽팽한 기운이 느껴지게."

"나도 다 생각이 있습니다." 톰은 대답한 후 양손 손끝을 모으고 허공을 응시했다. 이건 셜록 홈스가 사색에 잠길 때 무의식적으로 하는 손동작이었다. 지금 이 상황과 비슷한 셜록 홈스의 이야기가 떠올랐기 때문이다. 톰은 변장한 티가 한눈에 탄로 나지 않기를 바랐다. 그래도 작가 코난 도일 경이 쓴 소설 속 어느 귀족이 다이아몬드 반지를 깜빡하고 빼지 않아서 생기는 상황보다는 나았다.

"무슨 생각인데요?" 제프가 물었다.

톰이 벌떡 일어섰다. "그건 나중에 얘기하고, 지금은 스카치나 한 잔하죠."

세 사람은 에지웨어로드에 있는 이탈리아 식당 노루게에서 점심을 먹었다. 출출해서 그런지 식당이 그의 구미에 딱 들어맞았다. 조용한 분위기라 쳐다만 보고 있어도 기분이 좋아졌다. 거기에 파스타까지 끝내줬다. 톰은 맛있는 치즈 소스로 버무린 뇨키를 먹었고, 일행은 베르디키오 와인을 두 병 마셨다. 옆 테이블에는 영국 로열 발레단 소속 유명 단원들이 앉아 있었다. 톰이 그들을 알아보자 그들도 더와트를 한눈에 알아보았지만, 영국이라 그런지 시선을 교환하는 상황은 금세 끝이 났다.

"오늘 오후엔 나 혼자 갤러리 정문으로 들어가는 게 나을 것 같습니다." 톰이 말했다.

세 사람이 시가를 피우며 브랜디를 마셨다. 톰은 무슨 일이 닥치든 준비가 된 것 같았다. 머치슨 부인도 만날 각오가 되어 있었다.

"여기에서 내리겠습니다. 걸어가려고요." 톰이 택시에서 더와트처럼 말했다. 점심을 먹는 동안에도 그랬었다. "걸으면 얼마 안 걸립니다. 멕시코만큼 언덕이 많지는 않으니까요."

옥스퍼드가는 분주하면서도 매력적이었다. 톰은 에드나 제프에게 그림 관련 장부를 더 만들었냐고 묻지 않았다는 게 생각났다. 웹스터 형사가 또 보자고 하진 않겠지만, 머치슨 부인이라면 보자고 할지도 모른다. 그걸 누가 알까? 옥스퍼드가를 오가며 그를 몇 번이고 힐끔거리는 사람들이 보였다. 더와트를 알아보는 눈치였다. 솔직히 말하자면, 설마 누가 알아보겠나 했었다. 그의 턱수염과 강렬한 안광이 시선을 끌어모은 것 같았다. 눈썹 때문에 눈매가 매서워 보였다. 더와트가 인상을 쓰긴 해도 성질이 괴팍하진 않다고 에드가 힘주어 말했었다.

오늘 오후는 성공 아니면 실패, 둘 중 하나일 것이다. 그렇다면 성공해야 한다. 오후에 실패할 경우, 무슨 일이 벌어질지 상상해 보았다. 엘로이즈와 처가 식구들이 떠오르는 순간 상상이 멈췄다. 모든 게 끝장 날 것이다. 벨옹브르도, 아네트 여사의 살뜰한 살림 솜씨도 끝이다. 쉬운 말로 하자면, 톰이 감옥에 가야 한다. 머치슨을 제거한 사실이 백일하에 드러날 것이다. 그러니 감옥에 간다는 생각은 지워 버려야 했다.

톰은 급속 인화를 보장하며 여권 사진 광고판을 앞뒤로 매단 늙은 샌드위치맨과 맞닥뜨렸다. 늙은 남자가 눈이 먼 사람처럼 비켜서지 않았다. 톰이 비켜섰다가 노인 앞으로 성큼 다가갔다. "저 기억하시죠? 잘 지내셨어요?"

"흠, 뭐요?" 반쯤 피우다 만 담배가 남자의 입술 사이에서 떨어졌다.

"행운을 빕니다!" 톰은 말한 다음 피우다 만 담뱃갑을 남자가 입은 낡은 트위드 코트 주머니에 쑤셔 넣었다. 톰은 구부정한 자세여야 한다는 걸 명심하며 발걸음을 재촉했다.

톰이 조용히 벅마스터 갤러리로 들어섰다. 안에는 온통 더와트 작품이 걸려 있었다. 임대 작품을 제외한 나머지 작품에는 모두 자그마한 빨간 별이 붙어 있었다. 레너드가 그를 보며 미소를 짓더니 거의 절하듯 허리를 굽혀 인사했다. 안에는 젊은 커플(여자는 베이지색 카펫 위에 맨발로 서 있었다), 나이가 지긋한 노신사, 남자 둘, 이렇게 다섯 명이 있었다. 톰이 갤러리 뒤편에 있는 붉은 문으로 걸어갔다. 그가 사라질 때까지 사람들의 시선이 따라오는 게 느껴졌다.

제프가 문을 열었다. "더와트, 어서 와. 머치슨 부인이 오셨어. 필립 더와트입니다."

톰은 암체어에 앉은 여자에게 고개를 살짝 숙이며 인사했다. "처음 뵙겠습니다, 머치슨 부인." 톰은 의자에 앉은 웹스터 형사한테도 눈인사했다.

머치슨 부인은 쉰 정도 되어 보였다. 붉은 기가 도는 짧은 금발, 하늘색 눈동자, 다소 큼직한 입매. 힘든 상황이 아니었다면 표정이 한결 활기찼을 것이다. 우아하게 재단된 고급 트위드 정장 차림이었다. 안에는 연두색 스웨터를 받쳐 입고 비취 목걸이를 차고 있었다.

제프가 책상 뒤로 갔지만 의자에 앉지는 않았다.

"런던에서 저희 남편하고 만나셨다고요. 여기에서요." 머치슨 부인이 톰에게 말했다.

"네, 잠시 뵀었죠. 10분 정도 뵀던 것 같습니다." 톰은 에드가 내미는 의자에 앉으려고 다가갔다. 머치슨 부인이 그의 구두를 살피는 게 느껴졌다. 실제로 더와트가 신던 구두라 바닥이 거의 떨어져 나가기 직전이었다. 톰은 류머티즘보다 더한 질환을 앓는 사람처럼 의자에 살살 앉았다. 이제 머치슨 부인과의 거리는 2미터도 채 되지 않았다. 부인이 고개를 오른쪽으로 살짝 돌려야 톰이 보였다.

"그이가 프랑스에 사는 리플리 씨의 댁에 간다고 편지를 보냈어요. 그이가 나중에 뵙자며 약속을 잡지 않았나요?"

"아뇨, 안 하셨습니다."

"혹시 리플리 씨를 아세요? 그분이 선생님 작품을 소장하고 있다던데요."

"이름만 들어 봤지 만난 적은 없습니다."

"제가 리플리 씨를 만나 봐야 할 것 같아요. 어찌 됐든 저희 남편이 아직 프랑스에 있을 테니까요. 제가 알고 싶은 건, 더와트 씨, 혹시 선생님 작품들을 가지고 작당하는 일당이 있지 않느냐 하는 점입니다. 이걸 뭐라 설명하기가 참 그런데요. 위작이 존재한다는 사실을, 그것도 하나가 아니고 여러 점이 있다는 사실을 그이가 밝히지 못하도록 막아야 득을 볼 사람들이 있지 않을까요?"

톰이 느릿느릿 고개를 저었다. "제가 아는 한 없습니다."

"쭉 멕시코에만 계셨잖아요?"

"제가 저분들과 얘기를 나눠 봤습니다." 톰이 고개를 들어 제프를 본 후 책상에 기대고 선 에드에게 시선을 옮겼다. "갤러리 관계자들은 그런 일당에 대해 아는 바가 없습니다. 하물며 위작은 더더욱 알지도 못합니다. 부군께서 가지고 오신 작품을 저도 봤습니다. 〈시계〉를요."

"도난당했어요."

"네, 그렇다고 들었습니다만, 중요한 건 그게 제 작품이 맞는다는 겁니다."

"남편은 그걸 리플리 씨에게 보여 준다고 했어요."

"보여 주셨대요." 웹스터가 끼어들었다. "리플리 씨에 따르면 두 분이 그 그림을 두고 얘기하셨답니다."

"알아요, 안다고요. 그이가 주장하는 이론이 있었어요." 머치슨 부인이 자부심인지 용기인지 모를 기세로 말을 이었다. "제 남편이 틀렸을지도 몰라요. 솔직히 말씀드리자면 제가 남편만큼 그림 보는 눈이 없어요. 하지만 남편의 주장이 맞는다고 가정을 해 보자고요." 부인이 누구든 대답해 주기를 기다렸다.

톰은 부인이 머치슨이 주장하는 바를 모르거나 이해하지 못하기를 바랐다.

"부군께서 주장하시는 바가 뭐였나요, 부인?" 웹스터가 궁금한 표정으로 물었다.

"더와트의 후기작에 보이는 보라색에 관한 이론이었어요. 일부 작품에 국한된 얘기이긴 하지만요. 남편이 그 얘기를 분명히 했을 텐데요, 더와트 씨?"

"하셨습니다. 부군께서는 저의 초기작에 보이는 보라색이 더 어둡다고 하셨습니다." 톰이 살짝 미소를 머금었다. "저는 인지하지 못했거든요. 지금의 보라색이 예전보다 밝아졌다면, 제가 보라색을 더 많이 써서 그럴 겁니다. 밖에 걸린 〈욕조〉를 보면 아실 겁니다." 톰은 생각 없이 말했다. 〈욕조〉는 머치슨이 〈시계〉만큼 위작이라 확신했던 작품이었다. 양쪽 작품에서 보이는 보라색은 초기작에서 쓰던 코발트 바이올렛 원색이었다.

그의 말에 부인은 아무런 반응을 보이지 않았다.

"그건 그렇고." 톰이 제프에게 말했다. "내가 런던으로 돌아왔다고 오늘 오전에 프랑스 경찰서로 전화한다고 했잖아, 통화했어?"

제프가 말을 꺼냈다. "아니. 조지한테 시켰는데 못 했대."

머치슨 부인이 물었다. "저희 남편이 프랑스에 간다는 말을 리플리 씨 말고 다른 사람한테도 했나요, 더와트 씨?"

톰은 고민에 빠졌다. 부질없는 시도를 해 볼까. 아니면 솔직하게 말할까. 톰은 매우 솔직해지기로 했다. "제가 알기론 안 하셨습니다. 부군께서는 그 문제로 리플리 씨 얘기는 제게 하지 않으셨습니다."

"차 더 드실래요, 부인?" 에드가 다정하게 물었다.

"아뇨, 괜찮아요."

"차 드실 분? 아니면 셰리주 드실 분?"

뭐든 마시겠다고 하는 사람이 아무도 없었다.

이건 사실상 머치슨 부인더러 나가라는 신호였다. 부인은 웹스터 형사에게 전화번호를 받았다면서 리플리 씨에게 전화해 만날 약속을 잡고 싶어 했다.

제프가 톰의 행보에 발맞춰 침착하게 물었다. "지금 전화해 보시겠습니까, 부인?" 제프가 책상 위에 있는 전화기를 가리켰다.

"아니에요. 정말 감사합니다. 호텔에 가서 전화할게요."

머치슨 부인이 떠나자 톰이 자리에서 일어났다.

"런던 어디에 묵으십니까, 더와트 씨?" 형사가 물었다.

"콘스턴트 씨 스튜디오에 있습니다."

"영국엔 어떻게 오셨는지 여쭤봐도 될까요?" 형사가 활짝 미소를 지었다. "출입국 사무소엔 입국 기록이 없어서요."

톰은 일부러 모호한 태도로 고심하는 척했다. "제가 지금은 멕시코 여권을 가지고 다닙니다." 예상했던 질문이었다. "게다가 멕시코에선 다른 이름을 쓰거든요."

"항공편으로 오셨나요?"

"선편으로 왔습니다. 비행기는 별로 좋아하지 않아서요." 톰은 사우샘프턴*으로 들어왔냐는 질문이 나올 거라 예상했지만, 웹스터는 이렇게만 말했다.

"고맙습니다, 더와트 씨. 그럼 이만."

형사가 그것까지 확인했다면, 앞으로 뭘 더 확인해 볼까? 2주 전에 멕시코에서 런던으로 입국한 사람이 몇이나 될까? 많진 않을 것이다.

제프가 문을 다시 닫았다. 그들의 말소리가 들리지 않을 만큼 방문객들이 멀어질 때까지 잠시 침묵을 지켰다. 제프와 에드는 그들이 하는 마지막 대화를 들었다.

"형사가 확인할지도 모르니 내가 뭘 좀 만들어야겠어요." 톰이 말했다.

"그게 뭔데요?" 에드가 물었다.

"이를테면 멕시코 여권이라든가. 내가 당장 프랑스로 가야겠습니다." 톰은 더와트의 말투로 거의 속삭이듯 말했다.

"오늘 밤에 가는 건 아니겠죠? 설마." 에드가 물었다.

"오늘은 제프의 스튜디오에 있겠다고 말을 해 놨으니 못 가죠."

"다행이네요." 제프가 안도하면서도 손수건으로 목뒤를 훔쳤다.

"우리가 해냈어요." 에드가 엄숙한 척하며 손으로 얼굴을 쓸어내렸다.

"우리끼리 자축하고 싶군요!" 톰이 느닷없이 중얼거렸다. "이 끔찍한 턱수염을 붙이고 축하는 무슨 축하! 정오까지는 치즈 소스가 수염에 닿지 않게 해야 한다니! 저녁 내내 이걸 붙이고 있어야 한다니!"

"수염을 붙인 채 잠도 자야 한다고요!" 에드가 소리치며 웃더니 사무실에서 나동그라졌다.

"여러분." 톰이 자리에서 일어났다가 곧바로 주저앉았다. "위험을

* 영국 남부의 항구 도시

무릅쓰고 엘로이즈에게 전화해야겠습니다. 해도 됩니까, 제프? 교환원을 거치지 않고 전화를 걸면 갤러리 전화 명세서에 우리 집 번호가 눈에 띄진 않을 겁니다. 혹시라도 눈에 띈다고 해도 어쩔 수 없어요. 안 걸면 안 되거든요." 톰이 수화기를 들었다.

제프가 차를 내린 다음 위스키 병도 쟁반에 담아 왔다.

안 받았으면 했던 아네트 여사가 전화를 받자 톰이 여자 목소리를 냈다. 원래 실력보다 훨씬 어설픈 불어로 리플리 부인을 바꿔 달라고 했다. "쉿!" 톰이 낄낄거리는 제프와 에드에게 조용히 하라고 시켰다. "여보세요, 엘로이즈?" 톰이 불어로 말했다. "나야, 짧게 말할게. 혹시 누가 전화로 날 찾으면, 내가 친구들하고 파리에 있는 걸로 해 줘…… 어떤 부인이 당신한테 전화할 거야. 영어만 할 줄 알걸, 잘은 모르지만. 파리 연락처라고 하면서 아무 번호나 대. 하나 가짜로 만들어. 고마워, 여보. 내일 오후쯤 갈 거야. 그 여자한테도, 아네트 여사한테도 내가 런던에 있다는 말은 하지 마."

톰은 전화를 끊고 제프가 만들었다던 장부를 보여 달라고 했다. 제프가 장부를 꺼내 왔다. 장부는 두 개였다. 하나는 꽤 낡았고, 하나는 비교적 새것이었다. 톰은 몇 분간 장부를 들여다보며 작품명과 날짜를 살폈다. 제프가 칸을 넉넉히 비워 두었다. 더와트 작품만 있는 건 아니었다. 벅마스터 갤러리에서 다른 작가들의 작품도 취급했기 때문이다. 제프가 날짜 뒤에 다른 색 잉크로 작품명을 기입한 것도 군데군데 보였는데, 더와트가 자기 작품에 매번 제목을 붙이지는 않았기 때문이다.

"여기 차 얼룩을 묻혀 놓은 게 마음에 드네요." 톰이 말했다.

제프가 활짝 웃었다. "에드가 흘린 거예요. 이틀 전에."

"축하 얘기가 나와서 말인데." 에드가 말하며 두 손을 한데 모아 살짝 쥐었다. "오늘 마이클의 집에서 파티를 연다는데 거기 가면 어떨까요? 10시 반, 홀랜드파크로드."

"생각해 보자." 제프가 말했다.

"20분이나 들여다볼 게 있어요?" 에드가 희망에 부풀어 말했다.

〈욕조〉는 후기 작품들 사이에 제대로 올라가 있었다. 그건 어쩔 수 없었다. 장부에는 구매자의 이름과 주소, 지불 대금이 적혀 있었다. 판매 내역은 사실이었지만, 그림이 도착한 일시는 곳곳이 위조되어 있었다. 전체적으로 봤을 때, 제프와 에드가 제대로 해낸 것 같았다. "웹스터 형사가 이걸 봤습니까?"

"그럼요." 제프가 말했다.

"의문을 제기하진 않았잖아, 제프?" 에드가 물었다.

"안 했지."

베라크루스, 베라크루스, 사우샘프턴, 베라크루스……

이 목록이 통과했다면 문제없는 거라고 톰은 생각했다.

폐관 시간이 가까워지자 세 사람은 레너드에게 작별 인사를 하고 택시를 타고 제프의 스튜디오로 이동했다. 톰은 제프와 에드가 자기를 무슨 마법사라도 되는 양 쳐다보는 게 느껴졌다. 재미있으면서도 한편으론 쓸쓸했다. 두 사람은 톰을 성인으로 착각하고 있을지도 모른다. 손끝만 대도 죽어 가는 식물을 되살려 내고, 손을 흔들면 두통을 가시게 하고, 물 위를 걸어 다니는 성인 말이다. 더와트는 물 위를 걸어 다니지 못했다. 그러길 바라지도 않았다. 그런데 이제 톰이 더와트가 된 것이다.

"신시아한테 전화하고 싶어요." 톰이 말했다.

"7시에 퇴근이에요. 웃기는 회사죠." 제프가 대답했다.

톰은 일단 에어 프랑스에 전화해 내일 오후 1시 비행기를 예약했다. 티켓은 공항에서 받기로 했다. 문제가 생길지도 모르니 내일 오전까지는 런던에 있기로 했다. 더와트가 다급히 현장을 빠져나가는 인상을 주어서는 안 되었다.

톰은 차에 설탕을 넣어 마신 다음 제프의 소파에 몸을 기댔다. 이제 재킷도 벗고 타이도 끌렀지만, 거추장스러운 턱수염은 계속 붙이고 있었다. "버나드를 다시 받아 주라고 신시아를 설득할 수만 있다면 얼마나 좋을까요." 톰은 힘겨운 순간을 감내하는 신이라도 된 양 고심하며 말했다.

"왜요?" 에드가 물었다.

"버나드가 스스로 목숨을 내던질까 봐 겁이 나서요. 어디 있는지 알면 좋겠는데."

"진심으로 하는 말입니까? 버나드가 자살을요?" 제프가 물었다.

"진심입니다. 내가 그랬잖아요. 버나드가 자살할 것 같다고. 이 말은 신시아에게 하지 않았어요. 그건 너무하잖아요. 버나드를 다시 받아 주라고 협박하는 것 같고. 그건 버나드도 바라지 않을 겁니다."

"버나드가 딴 데 가서 자살한다는 말인가요?" 제프가 물었다.

"네, 맞아요." 톰은 버나드가 자신의 집에 걸어 둔 허수아비 얘기는 하지 않을 작정이었다. 그런데 왜 말하면 안 되는지 의아했다. 때론 진실 그 자체가 위험한지라 뭔가 새로운 것을, 무언가를 더 폭로하는 게 유리할 수도 있었다. "버나드가 우리 집 지하실에 허수아비를 만들어 매달아 놓았어요. 자기 양복을 걸어 놓았으니 버나드가 자살한 거나 다름없죠. 거기에다가 '버나드 터프츠'라고 메모까지 남겼다고요. 위작을 그리던 과거의 버나드가 목을 매달았다는 의미인데, 그러다 진짜로 버나드가 목을 매달지도 모릅니다. 버나드의 머리가 온통 뒤죽박죽일 겁니다."

"세상에나! 버나드, 이거 정신 나간 거 아냐!" 에드가 제프를 보며 소리쳤다.

둘 다 눈이 휘둥그레졌다. 머리는 제프가 더 많이 굴리는 것 같았다. 버나드 터프츠가 더는 더와트를 대신해 그림을 그리지 않을 거라는 걸 둘이 이제야 실감하는 건가?

"그래서 고민 중입니다. 일이 벌어지지도 않았는데 속 끓여 봐야 아무 소용 없지만……." 톰이 자리에서 일어났다. '중요한 건 버나드가 날 죽였다고 생각하게 두는 겁니다' 하고 말을 꺼내려다가 궁금해졌다. 이게 그렇게 중요해? 중요하다면 얼마나 중요한데? 내일 '더와트의 귀환'이란 제목으로 기사를 낼 기자가 한 명도 없다는 게 좋았다. 혹시나 버나드가 신문을 보고 톰이 이래저래 무덤에서 빠져나와 살아 있다는 걸 알게 될 테니 말이다. 한편으론 톰이 살아 있다는 걸 버나드가 아는 게 나을지도 모른다. 자기가 톰 리플리를 죽이지 않으니 자살하려는 마음이 조금이라도 엷어질지 모른다. 지금 혼란에 휩싸인 버나드의 머릿속에서 이게 그렇게 중요할까? 뭐가 옳고 뭐가 그를까?

톰은 7시가 넘어서 런던 베이스워터에 사는 신시아의 집으로 전화를 걸었다. "신시아, 가기 전에 하고 싶은 말이 있어요. 만약 내가 어디서든 버나드를 다시 만날 수만 있다면, 꼭 해 주고 싶은 말이 있어요. 별말 아니지만요."

"무슨 말인데요?" 신시아가 딱딱하게 물었다. 톰보다 훨씬 방어적이었다. 적어도 신시아가 톰보다 몸을 더 사리는 것 같았다.

"내가 버나드를 런던에서 만나면, 당신이 버나드를 다시 만나겠다고 했다는 말을 버나드한테 전해 주고 싶어요. 버나드에게 긍정적인 얘기를 해 준다면 얼마나 좋을까요. 지금 버나드가 굉장히 힘들어하거든요."

"다시 만나 봐야 무슨 소용 있겠어요."

그녀의 목소리에 벽이 느껴졌다. 중산층의 성이나 교회를 에워싼 벽이랄까. 누리끼리 거무죽죽한 돌을 쌓아 만든 난공불락의 돌벽에 부딪힌 듯한 기분이 들었다. 그래도 톰은 정중히 물었다. "무슨 상황이 닥친다 해도 다시 만날 생각은 없는 겁니까?"

"미안하지만 없어요. 질질 끌지 않는 게 훨씬 나아요. 버나드한테도요."

그걸로 끝이었다. 그녀는 너무나 완강했다. 하지만 이건 굉장히 옹졸한 짓이기도 했다. 톰은 적어도 버나드가 지금 어느 위치로 내몰렸는지는 이해할 수 있었다. 버나드는 3년 전 한 여자를 무시하고, 외면하고, 배척하다가, 차 버렸다. 버나드가 헤어지자고 한 것이다. 상황이 아주 좋아지는 때가 오면 수습은 버나드가 하게 돼야 한다. "알겠어요, 신시아."

신시아는 버나드가 자기 때문에 또다시 목을 매달 수도 있다는 걸 알게 됐으니, 자존심을 회복하는 데에 조금이라도 도움이 됐으려나?

제프와 에드가 제프의 침실로 들어가 얘기하느라 톰이 통화하는 내용을 전혀 듣지 못했다. 그래서 신시아가 뭐라고 했는지 물었다.

"버나드를 다시는 만나고 싶지 않대요."

제프와 에드는 이런 결말을 이해하지 못하는 눈치였다.

톰이 이 문제에 종지부를 찍으려고 말했다. "나라도 두 번 다시 버나드를 안 볼 겁니다."

20 세 사람은 마이클 아무개라는 사람이 여는 파티에 갔다. 자정 무렵에 도착하니 손님 중 절반은 취해 있었고 거물급 인사는 아무도 보이지 않았다. 톰은 램프 밑에 놓인 등받이가 높은 의자에 앉아 스카치에 토닉 워터를 탄 잔을 들고 그를 경외하거나 최소한 선망하는 눈으로 바라보는 이들과 담소를 나누었다. 제프는 건너편에서 톰에게 눈을 떼지 않았다.

실내는 분홍색 장식과 큼직한 술로 온통 꾸며져 있었고, 머랭처럼 생긴 하얀 의자가 여기저기 놓여 있었다. 여자들이 초미니스커트를 입고 온갖 색상의 스타킹을 신고 있었다. 톰은 그런 차림에 익숙하지 않아서인지 얽히고설킨 솔기로 눈길이 끌리자 고개를 돌렸다. 미련하긴, 완전히 돌아섰어? 아니, 지금 내가 더와트라면 바라봤을 법한 눈으로 쳐다보는 건가? 견고하게 박음질된 솔기가 보이는 스타킹 속으로 손을 밀어 넣으면 만져질 속살을 다들 상상하고 있는 걸까? 여자들이 담배를 집으려고 몸을 숙이면 가슴이 훤히 드러났다. 어느 쪽 가슴을 쳐다

213

봐야 하나? 톰이 시선을 더 위로 올리자 갈색으로 아이라인을 그린 눈이 보였다. 톰은 그 눈을 보고 화들짝 놀랐다. 그 밑으로 보이는 창백한 입술이 벌어졌다.

"더와트, 멕시코 어디에 사시는지 알려 주실래요? 진짜로 대답해 달라는 건 아니고, 대충이라도 말씀해 주시면 돼요."

톰은 도수 없는 안경을 쓴 채 당황한 눈으로 여자를 관조하듯 바라보았다. 그 좋은 머리를 절반이나 할애해 여자가 한 질문에 대한 대답을 찾는 척했지만, 사실 지루했다. 무릎 위로 살짝 떨어지는 치마를 입고, 마스카라를 바르지 않아 앞으로 쭉 내민 작살 같은 모양과는 거리가 먼 속눈썹에, 화장기가 아예 없는 엘로이즈의 얼굴이 훨씬 나아 보였다. "그러니까 거기가 어디냐면……." 톰은 아무 생각 없이 대답했다. "두랑고 남쪽입니다."

"두랑고가 어디에 있는데요?"

"멕시코시티 북쪽에 있습니다. 당연히 내가 사는 마을 이름은 알려 드릴 수 없어요. 아즈텍식이라 이름이 길거든요. 하하하."

"저희가 때 묻지 않은 곳을 찾고 있거든요. 여기에서 저희란 남편 잭하고 저 그리고 아이 둘을 말해요."

"그렇다면 푸에르토바야르타 쪽을 알아보십시오." 톰은 대답을 마치고 구원받았다. 멀찌감치 서 있던 에드 밴버리가 오라고 손짓한 것이다. "실례하겠습니다." 톰은 양해를 구한 다음 머랭처럼 생긴 하얀 의자에서 간신히 일어났다.

에드는 떠날 시간이 됐다고 했다. 톰도 같은 마음이었다. 제프는 유들유들 돌아다니면서 편안한 미소로 수다를 떨었다. 칭찬할 만하군, 하고 톰은 생각했다. 젊은이든 늙은이든 감히 다가오지 못하고 톰을 쳐다보기만 했다. 어쩌면 다가오고 싶지 않은 것일지도 모르겠다.

"갈까요?" 제프가 오자 톰이 말했다.

톰은 이 집에 온 지 한 시간이 지나도 만나지 못하고, 구경도 못한 집주인을 끝까지 찾아보았다. 집주인 마이클은 후드가 달린 검정 파카를 입고 있었지만, 후드는 안 쓰고 있었다. 키는 별로 크지 않았고, 아주 짧게 친 머리를 하고 있었다. "더와트, 오늘 밤 저희가 연 파티의 주인공이 돼 주셨어요! 얼마나 기쁜지 말로 다 할 수가 없네요. 참으로 감사해서 여기에 있는 오랜……."

나머지는 소음에 묻혔다.

악수한 다음 마침내 문이 닫혔다.

"흠." 제프가 계단을 무사히 내려오더니 어깨 너머로 힐끔거린 후 목소리를 낮추고 말했다. "우리가 이 파티에 온 건 여기 있는 사람들이 대단하지 않아서였다고."

"아무튼 지금은 저들이 중요해졌어." 에드가 덧붙였다. "저들도 사람이잖아. 우린 오늘 밤 또 하나의 성공을 거둔 거야!"

톰은 아무 말도 하지 않았다. 틀린 말은 아니었다. 아무도 그의 턱수염을 잡아 뜯지 않았기에.

셋이서 택시를 타고 가다가 중간에 에드를 내려 주었다.

아침에 톰은 침대에서 식사를 했다. 턱수염을 단 채 식사해야 하는 상황을 조금이나마 위로하기 위한 제프의 아이디어였다. 제프가 사진 용품점에 사러 갈 물건이 있다면서 10시 반까지는 돌아오겠다고 했다. 그가 돌아온다고 해도 웨스트켄싱턴 터미널까지 톰을 바래다줄 수는 없었다. 11시가 되자 톰은 욕실에 가서 턱수염을 살살 뜯기 시작했다.

전화벨이 울렸다.

처음에는 받지 않을 생각이었다. 안 받으면 이상하게 여기려나? 피한다고 생각하겠지?

톰은 웹스터일지 몰라서 마음을 다져 먹고 더와트의 말투로 전화를 받았다. "네, 여보세요?"

"콘스턴트 씨 계십니까? 혹시 더와트 씨? 계셨군요, 웹스터 형사입니다. 앞으로 계획이 어떻게 되시죠, 더와트 씨?" 웹스터 형사가 평소와 다름없이 유쾌한 말투로 물었다.

웹스터 형사를 만날 계획은 없었다. "이번 주에 떠날까 합니다. 다시 소금 광산으로 돌아가서 조용히 살아야죠." 톰이 껄껄 웃었다.

"그럼, 떠나시기 전에 전화 한 통 해 주시겠습니까, 더와트 씨?" 웹스터가 전화번호와 구내 번호를 부르자 톰이 받아 적었다.

제프가 돌아왔다. 톰은 간절히 떠나고 싶은 마음에 짐 가방을 들고 막 나가려던 참이었다. 짤막한 작별 인사를 나누었다. 톰은 형식적인 인사를 건넸다. 서로의 안녕이 서로에게 달렸다는 것을 둘 다 직감하고 있었다.

"잘 가요, 행운을 빌어요."

"잘 있어요."

지옥에나 떨어져라, 웹스터.

얼마 후 톰은 누에고치처럼 생긴 기내라는 인위적인 공간에서 안전띠를 매고 앉아 있었다. 여승무원이 미소를 지으며 노란색과 흰색이 섞인 카드를 작성하라고 내밀었다. 옆에 앉은 정장 차림의 승객과 팔꿈치가 맞닿았다. 톰은 기분이 찝찝해서 팔을 확 뺐다. 일등석을 탔더라면 좋았을 것을.

톰 리플리가 파리 어디를 갔다 왔다고 해야 하나? 적어도 어젯밤엔 어디에 있었다고 둘러대지? 톰이 파리에 있었다고 말해 줄 친구는 있지만, 누굴 끌어들이고 싶진 않았다. 이미 연루된 사람이 너무 많았기 때문이다.

비행기가 기수를 들고 이륙했다. 시속 몇 백 킬로미터의 속도로 쏜살같이 날아가는데도 소음이 별로 들리지 않는다니 참으로 지루하다는 생각이 들었다. 하필이면 저 밑에서 사는 재수 없는 사람들이 대신 소음에 시달려야 했다. 그의 가슴을 떨리게 하는 건 기차뿐. 파리에서 출발해 미끈한 철로를 쉬지 않고 달려 믈룅역 플랫폼으로 진입하는 기차를 타면 속도가 너무 빨라 양옆에 있는 프랑스어와 이탈리아어로 쓰인 간판을 읽을 수가 없었다. 한번은, 절대로 건너면 안 되는 철로를 건널 뻔한 적도 있었다. 철로는 텅 비어 있었고 역은 고요했다. 위험한 짓은 하지 말자고 마음먹은 지 정확히 15초 후, 번쩍거리는 크롬이 달린 열차 두 대가 미친 듯한 속도로 스쳐 지나갔다. 그 사이에서 온몸이 으스러지는 모습이 눈앞에 선했다. 그의 몸과 짐 가방이 신원 확인이 불가능할 정도로 갈기갈기 찢겨 양방향 몇 미터 반경에 흩뿌려진 모습이 그려졌다. 머치슨 부인이 같은 비행기에 타지 않았다는 게 그나마 좋았다. 톰은 탑승하면서 부인을 찾느라 두리번거리기까지 했었다.

21

이제 프랑스 상공으로 진입했다. 비행기가 고도를 낮추자 나무 꼭대기가 슬슬 보이기 시작했다. 진초록색 실과 갈색 실을 매듭지어 만든 태피스트리 같기도 했고, 집에서 걸치는 가운에 그려진 화려한 개구리 같기도 했다. 톰은 새로 산 후줄근한 우비를 걸치고 앉아 있었다. 오를리 공항에서 여권을 심사하는 직원이 톰을 쳐다보더니 로버트 매카이 여권 속 사진을 들여다보기만 할 뿐 도장은 찍어 주지 않았다. 오를리 공항에서 런던으로 출국할 때도 그랬었다. 런던에서 입국 심사를 받을 때만 여권에 도장을 받았던 것 같았다. 톰은 세관에 신고할 내역이 없는 여행객들이 통과하는 줄을 거쳐 택시를 타고 집으로 향했다.

오후 3시가 되기 직전에 벨옹브르에 도착했다. 톰은 택시에서 가르마를 원래대로 되돌리고 우비를 팔에 걸쳤다.

엘로이즈가 집에 있었다. 보일러가 돌아가고 왁스로 광을 낸 가구와 바닥이 반질반질했다. 아네트 여사가 짐 가방을 2층으로 들고 올라갔다. 톰과 엘로이즈가 입을 맞추었다.

"그리스에서 대체 뭐 했어?" 아내가 짜증 섞인 말투로 물었다. "그것도 모자라 런던까진 왜 간 거야?"

"그냥 돌아다녔어." 톰이 웃으며 말했다.

"그 작자 찾으러 간 거네. 그래서 만났어? 뒤통수는 좀 어때?" 엘로이즈가 톰의 어깨를 잡더니 돌려세웠다.

별로 아프지는 않았다. 버나드가 나타나 엘로이즈를 놀라게 하지 않았다니 마음이 놓였다. "미국에서 왔다는 부인이 전화했었어?"

"응. 머치슨 부인이 불어를 하긴 하던데, 뭐랄까 몹시 웃겼어. 오늘 아침에 런던에서 전화했더라. 오늘 오후 3시에 오를리 공항에 도착하는데 당신을 만나고 싶다나. 참 나, 도대체 이 사람들 뭐야?"

톰이 손목시계를 확인했다. 머치슨 여사를 태운 비행기가 10분 후면 착륙이다.

"여보, 차 마실래?" 엘로이즈가 톰을 노란 소파로 데려가며 물었다. "버나드는 만나긴 만났어?"

"못 만났어. 손부터 씻고, 잠시만." 톰은 아래층 화장실에 가서 손을 씻고 세수했다. 머치슨 부인이 굳이 벨옹브르까지 내려오지 않고 파리에서 보자고 했으면. 솔직히 오늘 파리로 나가는 게 번거롭긴 하지만 말이다.

톰이 거실로 나오자 아네트 여사가 계단에서 내려왔다. "여사님, 동네방네 소문난 치통은 좀 어때요? 나아졌어요?"

"네. 오늘 오전에 퐁텐블로 치과에 다녀왔는데요, 병원에서 신경을 죽여 주셨어요. 잘 죽여 주셨다니까요. 월요일에 다시 가려고요."

"우리가 우리의 신경을 모두 죽일 수 있다면 얼마나 좋을까요! 모두 다요! 이젠 안 아프다니 그냥 믿으면 되겠네요!" 톰은 자기가 무슨 소릴 지껄이는지 도통 알 수 없었다. 웹스터한테 전화를 했어야 했나? 출발하기 전에 형사한테 전화하지 않은 건 잘한 일 같았다. 만약 전화했다면, 톰은 경찰이 시키는 대로 고분고분 말을 잘 듣는 사람처럼 보였을 것이다. 죄 지은 게 없는 사람이라면 전화하지 않았을 거라는 게 톰의 판단이었다.

톰과 엘로이즈가 차를 마셨다.

"노엘이 화요일 밤 파티에 당신이 오는지 궁금해했어. 화요일이 노엘 생일이거든."

파리에 사는 엘로이즈의 가장 친한 친구 노엘 하슬러는 유쾌한 파티를 곧잘 열곤 했다. 하지만 톰은 당장이라도 잘츠부르크로 달려갈 생각을 하고 있었다. 버나드가 잘츠부르크로 갔다는 결론에 도달했기 때문이다. 잘츠부르크는 요절한 또 다른 예술가 모차르트의 고향이기도 했다. "당신은 가. 난 여기 없을지도 몰라."

"왜?"

"그게 말이지…… 잘츠부르크로 가야 할 것 같아서 그래."

"오스트리아? 설마 또 그 남자 찾으러 가는 거야? 이러다 중국까지 가겠어!"

톰은 신경을 곤두세운 채 전화기를 노려봤다. 머치슨 부인이 전화할 것 같은데, 언제쯤 할까? "머치슨 부인한테는 내가 말한 대로 파리 연락처 알려 줬어?"

"응. 가짜로 번호를 댔어." 엘로이즈는 불어로 말하더니 슬슬 짜증을 냈다.

엘로이즈에게 과연 어디까지 설명할 수 있을까. "내가 집에 언제 온다고 했어?"

"모르겠다고 했는데?"

전화벨이 울렸다. 만일 머치슨 부인이라면, 부인이 오를리 공항에서 전화하는 것이리라.

톰이 자리에서 일어났다. "중요한 건." 아네트 여사가 거실로 나오는 중이라 영어로 다급하게 말했다. "난 런던에 간 적이 없는 거야. 명심해, 여보. 나는 파리에만 있다가 온 거야. 머치슨 부인을 만나게 되면, 런던 얘기는 꺼내면 안 돼."

"이리로 온대?"

"그건 아니었으면 좋겠어." 톰이 수화기를 들었다. "여보세요…… 네…… 안녕하십니까, 머치슨 부인?" 부인이 톰에게 만나자고 했다. "괜찮습니다. 당연하죠. 그보다 제가 파리로 나가는 편이 나을 것 같은데요? 네…… 거리가 좀 있어서요. 오를리 공항에서 파리로 들어가는 것보다 훨씬 멀거든요……." 톰에겐 행운이 따르지 않았다. 오는 길을 복잡하게 설명했더라면 부인이 마음을 돌렸을까. 안 그래도 딱한 여자를 더 힘들게 하고 싶지는 않았다. "택시 타고 오시는 게 제일 쉽습니다." 톰이 집으로 오는 길을 알려 주었다.

218

톰은 엘로이즈에게 설명하려고 노력했다. 한 시간 후면 머치슨 부인이 와서 남편 얘기를 꺼낼 거라고 했다. 아네트 여사가 거실에 없어서 톰은 아내와 불어로 얘기하면서도, 여사에게까지 들릴까 봐 신경이 쓰였다. 머치슨 부인의 전화를 받기 전까지는 이런 생각을 했었다. 톰이 런던에 다녀온 이유를 엘로이즈에게 털어놓자. 그가 고인이 된 화가 더와트로 두 번이나 변장했다는 사실을 고백하자. 하지만 지금은 모든 걸 실토할 때가 아니었다. 머치슨 부인의 접대를 성공리에 마무리하는 것, 그것이 그가 엘로이즈에게 바라는 전부였다.

"대체 머치슨 씨한테 무슨 일이 생긴 걸까?"

"난들 아나. 머치슨 부인이 프랑스까지 쫓아왔으니 당연히 그 사람을 만나서 물어보고 싶겠지." 여기에서 그 사람이란, 자기 남편을 마지막으로 만난 사람을 의미했다. 톰은 그 사람이 바로 나라고 밝히고 싶지 않았다. "부인이 우리 집을 보고 싶대. 남편이 마지막으로 묵은 곳이니까. 내가 오를리 공항에서 머치슨 씨를 태워서 이리로 데려왔잖아."

엘로이즈가 짜증이 났는지 온몸을 비비 꼬며 일어났다. 그렇다고 한바탕 소동을 피울 정도로 어리석은 여자는 아니었다. 자제하지 못하고 비이성적으로 굴 사람도 아니었다. 나중에는 또 모르지만.

"당신이 무슨 말 하는지 알겠어. 그러니까 머치슨 부인이 오늘 저녁때까지 우리 집에 눌러앉아 있는 건 싫다는 거잖아. 우리가 저녁 식사에 초대한 건 아니니, 선약이 있다고 말해. 대신, 내가 차든 술이든 내올게. 아니 둘 다 내오지 뭐. 머치슨 부인이 한 시간도 안 돼서 갈 테니, 내가 끝까지 정중하게 대할게. 제대로."

엘로이즈가 흥분을 가라앉혔다.

톰은 2층 침실로 올라갔다. 아네트 여사가 짐 가방을 비워서 치워놓았다. 그런데 몇 가지 물건은 원래 있던 자리에 갖다 놓지 않아서, 톰이 최근 몇 주간 벨옹브르에서 놓고 쓰던 자리로 되돌려 놓았다. 톰은 샤워를 마치고 회색 플란넬 바지에 셔츠와 스웨터를 걸친 다음 옷장에서 트위드 재킷을 꺼냈다. 머치슨 부인이 정원을 거닐고 싶어 할 경우에 대비한 것이었다.

머치슨 부인이 도착했다.

톰은 부인을 맞이하려고 대문으로 나가 택시를 제 위치에 세웠다. 머치슨 부인이 갖고 있던 프랑으로 기사에게 과하게 팁을 건넸지만, 톰은 잠자코 있었다.

"아내 엘로이즈입니다." 톰이 소개했다. "머치슨 부인이셔. 미국에서 오셨어."

"처음 뵙겠습니다."

"안녕하세요?" 엘로이즈가 인사했다.

머치슨 부인은 차를 마시겠다고 했다. "불쑥 찾아온 걸 양해해 주시면 좋겠어요." 부인이 톰 부부에게 사과했다. "워낙 중요한 일이라서요. 되도록 빨리 뵙고 싶기도 했고요."

이제 세 사람이 자리에 앉았다. 머치슨 부인은 노란 소파에, 톰은 엘로이즈를 따라 의자에 앉았다. 엘로이즈는 이런 상황에 별로 관심은 없지만, 예의상 자리를 지키고 있다는 태도를 보였다. 그럼에도 톰은 아내가 꽤 관심이 있다는 걸 간파했다.

"제 남편은……."

"부군께서는 저더러 톰이라고 부르라고 하셨죠." 톰이 웃으며 말하더니 자리에서 일어났다. "이 두 그림을 보셨습니다. 오른쪽에 있는 〈의자에 앉은 남자〉와 부인 뒤편에 있는 〈붉은 의자〉를요. 이건 더와트의 초기 작품입니다." 톰이 과감히 말했다. 성공하거나 망하거나. 예의, 윤리, 친절, 율법, 운명, 미래 따위는 죄다 집어치우라지. 지금은 모 아니면 도라는 심정이었다. 머치슨 부인이 집을 둘러보겠다고 나오면, 지하실도 보여 줘야 한다. 그건 톰이 우려하는 상황이었다. 톰은 머치슨 부인이 질문하기를 기다렸다. 남편이 이 두 작품의 진위에 대해 뭐라고 했느냐는 질문이 나올 것 같았다.

"둘 다 벅마스터 갤러리에서 구입하셨나요?"

"네, 두 점 다요." 톰이 엘로이즈를 쳐다보았다. 아내는 거의 찾지도 않던 지탄 담배를 피우고 있었다. "아내가 영어를 할 줄 압니다."

"저희 남편이 왔을 때 부인도 집에 계셨나요?"

"아뇨. 전 그리스에 있었어요. 전 뵌 적이 없어요."

머치슨 부인이 일어나서 그림을 감상했다. 톰은 이미 켜 놓은 전등 말고도 램프 두 개를 더 밝혀서 그림이 잘 보이도록 해 주었다.

"〈의자에 앉은 남자〉가 가장 마음에 들어서 벽난로 위에 떡하니 걸어 두었죠."

머치슨 부인도 마음에 들어 하는 눈치였다.

톰은 부인이 남편이 주장한 더와트 위작 이론을 들먹이며 무슨 말이든 하기를 기다렸다. 그런데 부인은 아무 말이 없었다. 양쪽 그림에서 보이는 라벤더색, 즉 보라색과 관련된 얘기는 일절 없었다. 부인은 웹스터 형사가 했던 질문을 했다. 남편이 집을 나설 때 기분은 괜찮았었느냐, 누구하고 약속이 있었느냐고 물었다.

"기분이 무척 좋아 보이셨어요. 약속이 있다는 말은 없었다고 웹스터 형사님께도 말씀드렸습니다. 이상한 건, 가져오신 그림이 없어졌다는 겁니다. 오를리 공항으로 직접 들고 가셨거든요. 잘 싸요."

"네, 저도 알아요." 머치슨 부인이 체스터필드 담배를 피웠다. "그림도 없어지고 남편과 여권도 사라졌어요." 부인은 웃음기를 잃지 않았다. 편안하고 푸근한 인상이었다. 약간 통통해서 그런지 노화로 인한 주름은 아직 생기지 않았다.

톰은 부인에게 차를 더 따라 주었다. 머치슨 부인이 엘로이즈를 바라보고 있었다. 살피는 눈빛 같았다. 엘로이즈가 이 모든 사태를 어떻게 생각할까? 어디까지 아는 걸까? 누구보다 먼저 알고 있는 내용이 있을까? 만일 남편이 죄를 지었다면 엘로이즈가 어느 편에 설까?

"웹스터 형사님께 듣자 하니, 이탈리아에서 살해당한 디키 그린리프 씨와 친구 사이셨다면서요."

"친구 사이는 맞는데, 디키는 살해당한 게 아니라 자살한 겁니다. 5개월 정도 알고 지냈습니다. 6개월이었나."

"자살한 게 아니라면…… 웹스터 형사님께서는 자살은 아닐 거라고 의심하시는 것 같던데요. 자살이 아니라면 대체 누가 죽였을까요? 이유가 뭐였을까요? 어떻게 생각하세요?"

톰은 자리에서 일어나 바닥에 두 다리를 단단히 디딘 채 차를 음미했다. "생각할 게 뭐가 있나요. 디키는 자살했는걸요. 다른 길이 없었을 겁니다. 화가로서도 앞이 안 보였고, 그렇다고 부친의 사업을 이어받자니 그쪽으로는 아예 생각이 없었거든요. 조선업, 다시 말해 보트를 제작하는 회사였으니까요. 디키는 주변에 친구가 많았어요. 그래도 나쁜 친구는 없었죠." 톰이 말을 끊자 다들 동작을 멈추었다. "디키가 적을 만들 이유가 있을 리가 없잖습니까."

"제 남편도 마찬가지예요. 혹시, 더와트의 위작이 어디선가 계속 그려지고 있다면 얘기가 달라지지 않을까요?"

"여기 사는 제가 뭘 알겠습니까."

"일당이 있을지도 모르잖아요." 부인이 엘로이즈를 쳐다보았다. "제가 무슨 말을 하는지 이해하시죠, 리플리 부인?"

톰이 엘로이즈에게 불어로 통역해 주었다. "머치슨 부인이 부정한 일을 하는 무리가 있는지 궁금해서. 더와트 그림과 관련해서."

"이해해요." 엘로이즈가 말했다.

엘로이즈도 디키 사건에 관해 의심을 품고 있다는 걸 톰은 눈치챘다. 그래도 아내는 믿을 만한 사람이었다. 엘로이즈도 누가 사기를 치는지 상당히 궁금하겠지만, 어찌 됐든 처음 보는 여자 앞에서 남편이 한 말을 의심하는 티는 내지 않을 것이다.

"2층도 구경하시겠습니까?" 톰이 머치슨 부인에게 권했다. "아니면 어두워지기 전에 정원부터 보실래요?"

머치슨 부인은 집 구경부터 하겠다고 했다.

톰이 부인을 데리고 2층으로 올라갔다. 연회색 모직 원피스를 입은 부인은 몸이 탄탄했다. 승마를 하는지 골프를 치는지는 모르겠지만, 뚱뚱하진 않았다. 이렇게 탄탄한 몸매로 운동을 즐기는 여자들을 보고 사람들은 절대로 뚱뚱하다고 하지 않는다. 그렇다면 뭐라고 하지? 엘로이즈는 같이 올라가지 않겠다고 했다. 톰이 부인에게 손님방을 보여주었다. 방문을 활짝 열고 불을 켰다. 그리고 내키는 대로 2층에 있는 다른 방들도 느긋하게 보여 주었다. 엘로이즈의 침실은 방문만 열어주고 불은 켜지 않았다. 부인이 별로 관심을 보이지 않았기 때문이다.

"고맙습니다." 머치슨 부인이 말했다. 둘이 1층으로 내려왔다.

톰은 부인이 딱했다. 남편을 죽인 게 미안하긴 했지만 마음을 다잡았다. 지금은 그 짓을 한 걸 자책할 때가 아니었다. 그랬다간 버나드 같은 꼴이 될 것이다. 죄다 털어놓고 여럿을 희생시키려는 버나드로 전락하고 말 것이다. "런던에서 더와트를 만나셨습니까?"

"네, 만났어요." 머치슨 부인이 다시 소파에 앉으며 말했다. 이번에는 끝에 걸터앉았다.

"어떻게 생겼던가요? 저는 전시회가 개막하는 날에 간발의 차로 못 만났거든요."

"아 그러세요. 턱수염을 길렀던데…… 성격이 유쾌하긴 하지만 그렇다고 말수가 많진 않았어요." 부인은 더와트에게 별로 관심이 없는지 대답을 마무리 지었다. "자기는 위작이 그려지고 있다고 생각하지 않는다면서, 이 얘기를 그이한테도 했다고 했어요."

"네, 부군께서도 제게 그렇게 말씀하셨어요. 더와트를 믿으시나요?"

"그런 것 같아요. 사람이 진실해 보이더라고요. 제가 무슨 말을 하겠어요?" 부인이 소파에 등을 기댔다.

톰이 한 걸음 다가갔다. "차 드시겠어요? 아니면 스카치는 어떠세요?"

222

"스카치가 좋겠네요. 고맙습니다."

톰은 얼음을 가지러 주방으로 갔다. 엘로이즈가 따라와 거들었다.

"디키 얘기가 여기서 왜 나와?" 엘로이즈가 물었다.

"별일 아니야. 무슨 일이 있었으면 내가 당신한테 말했겠지. 내가 디키의 친구였다는 걸 부인이 알게 되었나 보지. 화이트 와인 마실래?"

"응."

두 사람은 얼음과 잔을 들고 거실로 나갔다. 머치슨 부인이 택시를 불러야겠다고 했다. 믈룅까지 타고 갈 콜택시를 부르겠다며 양해를 구하면서도 얼마나 걸릴지는 알지 못했다.

"제가 믈룅역까지 태워다 드릴 테니 기차를 타고 파리로 가시는 건 어떨까요?"

"그게 아니라, 믈룅 경찰서에 가서 얘기 좀 하려고요. 오를리 공항에서 전화드렸거든요."

"그렇다면 제가 경찰서까지 태워다 드리겠습니다. 불어는 잘하십니까? 저도 완벽한 건 아니지만……."

"정말 감사합니다만, 혼자서도 할 수 있을 것 같아요." 부인이 살짝 미소를 머금었다.

부인이 톰을 배제한 상태로 경찰과 의논하고 싶은 눈치였다.

"남편이 이 집에 왔을 때, 다른 분은 안 계셨나요?"

"가정부만 있었어요. 아네트 여사라고. 여사님이 지금 어디 계시지, 여보?"

엘로이즈는 아네트 여사가 방에 있거나 장에 떨이를 사러 나갔을 거라고 했다. 톰이 여사의 방에 가서 방문을 두드렸다. 아네트 여사가 바느질을 하고 있었다. 톰이 아네트 여사에게 잠깐만 나와서 머치슨 부인을 만나 달라고 했다.

잠시 후, 아네트 여사가 호기심이 가득한 얼굴로 나왔다. 실종된 머치슨 씨의 부인이었기 때문이다. "두 분이 점심을 드시고 같이 나가시는 모습을 본 게 마지막이었어요."

아네트 여사가 깜먹은 게 확실했다. 아테트 여사는 머치슨 씨가 이 집에서 걸어 나가는 모습을 실제로 보지 못했다.

"뭐 더 필요한 거 있으세요?" 아네트 여사가 물었다.

다들 필요 없다고 했다. 머치슨 부인은 더는 물어볼 말이 없는 게 확실했다. 아네트 여사가 마지못해 거실에서 물러났다.

"그이한테 대체 무슨 일이 생긴 걸까요?" 머치슨 부인이 묻더니 엘로이즈와 톰을 갈마보았다.

"제 생각엔." 톰이 말을 꺼냈다. "부군께서 그 그림을 들고 이동한다는 걸 누군가 눈치챈 것 같습니다. 최고가의 그림은 아니더라도 더와트의 작품이니까요. 부군께서 그 얘길 런던에 있는 몇 분께 하셨겠죠. 그래서 누군가 부군을 납치한 후에 그 그림을 훔칠 생각이었는데, 그만 선을 넘는 일을 저지르고 만 거죠. 그 바람에 어떻게든 시신을 숨긴 거 아닐까요? 아니면…… 어딘가에 산 채로 감금해 놓았거나요."

"말씀을 들으니, 그이가 〈시계〉가 위작이라고 주장한 게 틀리지 않았다는 얘기로 들리네요. 말씀하신 대로, 그 그림이 그렇게 비싼 것도 아니고, 대단한 명작도 아니잖아요. 더와트의 위작이 그려지고 있다는 주장 자체를 아예 묻어 버리려고 누군가 작정한 것 같아요."

"그런데 전 부군께서 들고 오신 그림이 위작이라고 생각하지 않습니다. 이 얘긴 웹스터 형사님께도 말씀드렸습니다. 부군께서는 영국에서 출발하실 때만 해도 〈시계〉가 위작이라고 의심하셨지만, 런던으로 돌아가 〈시계〉를 굳이 전문가에게 보여 주고 감정받으실 것 같진 않았거든요. 제가 물어보진 않았지만, 저희 집에 있는 더와트의 작품 두 점을 보시고는 생각이 바뀌신 것 같았습니다. 제 생각이 틀렸을지도 모릅니다만."

정적이 흘렀다. 머치슨 부인이 무슨 말을 해야 하는지, 이제 뭘 물어야 하는지 고심하고 있었다. 꼭 물어봐야 할 중요한 질문이 있다면, 벅마스터 갤러리 사람들에 관한 것일 텐데, 부인이 어떻게 그들에 대해 물어볼 수 있단 말인가?

콜택시가 도착했다.

"고맙습니다, 리플리 씨. 부인께도 감사드려요. 혹시라도 다시 뵐 일이 생기면……."

"언제든지요." 톰은 대답한 다음 택시를 타고 가는 부인을 배웅해 주었다.

톰은 거실로 들어와 느릿느릿 소파로 다가가 풀썩 주저앉았다. 믈룅 경찰이 머치슨 부인에게 새로운 사실을 알려 줄 리 없다. 새로운 사실이 있었다면 지금쯤 톰에게 알려 주었을 것이다. 엘로이즈는 톰이 잠깐 나간 사이 경찰한테 온 전화는 없다고 했다. 만일 경찰이 루앙강에서든 어디서든 머치슨의 시신을 찾았다면…….

"자기, 너무 긴장했네." 엘로이즈가 말했다. "한 잔 마셔."

"내가 그랬나." 톰은 술을 따르며 대답했다. 톰은 기내에서 런던에서 발행한 신문을 이것저것 뒤적거렸지만, 런던에 다시 나타난 더와트에 관한 기사는 아예 보이지도 않았다. 영국에서는 그 일을 대수롭지 않게 여기는 게 확실했다. 톰은 기뻤다. 버나드가 어디에 있든, 톰이 무덤에서 기어 나왔다는 걸 버나드에게 알리고 싶지 않았다. 알리고 싶지 않은 이유가 뭔지는 정확히 모르겠지만, 버나드의 운명과 관련 있을 것만 같았다.

"여보. 베르틀랭 부부가 오늘 밤 7시에 한잔하러 오래. 가면 좋을 것 같아. 오늘 밤엔 당신도 갈 거라고 말해 두었거든."

베르틀랭 부부는 7킬로미터 떨어진 마을에 살았다. "나 말이야……." 전화가 그의 말을 막았다. 톰은 엘로이즈에게 전화를 받으라고 시켰다.

"당신이 왔다고 얘기해도 돼?"

톰은 조심스러워하는 아내의 모습을 보고 흐뭇하게 웃었다. "그럼. 노엘 전화일 거야. 화요일에 어떻게 입으면 좋을지 당신한테 조언을 구하려는 걸걸."

"위, 봉주르." 아내가 톰을 보며 미소를 지었다. "잠시만요." 그녀가 수화기를 건넸다. "영국 사람인데 굳이 불어로 말하는데?"

"여보세요, 톰입니다. 제프, 별일 없죠?"

"그럼요, 아주 좋습니다."

그럴 리가. 제프의 말 더듬는 버릇이 도졌다. 제프가 다정하긴 하나 속사포로 말을 쏟아 냈다. 톰은 조금만 더 크게 말해 달라고 부탁했다.

"웹스터가 또다시 더와트에 대해서 물었어요. 더와트가 어디에 있느냐, 언제 떠났느냐."

"그래서 뭐라고 했습니까?"

"더와트가 갔는지 안 갔는지 우리는 모른다고 했어요."

"웹스터한테 말해요. 더와트가 심란한지 잠시 혼자 있고 싶어 하는 것 같다고요."

"웹스터가 당신을 다시 보자고 할 것 같아요. 게다가, 프랑스로 건너가 머치슨 부인과 합류하겠대요. 그래서 전화한 겁니다."

톰이 한숨을 쉬었다. "언제요?"

"오늘 갈지도 몰라요. 도대체 무슨 꿍꿍이인지……."

톰은 전화를 끊자 머리가 멍했다. 화가 나는 건지, 짜증이 나는 건지 헷갈렸다. 웹스터를 또다시 만나야 한다니, 대체 왜? 피하는 게 나을 것 같았다.

"여보, 무슨 일인데?"

"베르틀랭 부부한테 못 가." 톰이 미소를 잃지 않고 말했다. 베르틀랭 부부는 이제 신경 쓰이지도 않았다. "오늘 밤에 파리로 갔다가 내일 잘츠부르크로 떠날 거야. 비행기에 자리만 있으면 오늘 밤이라도 떠나려고. 혹시 오늘 밤에 영국에서 웹스터 형사가 전화하면, 내가 파리로 출장 갔다고 해. 회계사를 만나러 갔다고 둘러대면서 어디에 묵는지는 모르겠다고 해. 호텔에서 잔다고 했는데, 무슨 호텔인지는 모른다고 해."

"도대체 당신이 왜 도망가는 건데?"

톰은 숨이 막혔다. 도망? 뭐가 무서워서 어디로 도망치는 거냐고? "나도 몰라." 온몸에 땀이 삐질삐질 나기 시작했다. 다시 샤워하고 싶었지만 시간이 지체될까 봐 두려웠다. "아네트 여사한테도 내가 급한 일이 있어서 파리에 갔다고 해."

톰은 2층으로 올라가 옷장에서 여행 가방을 꺼냈다. 새로 산 추한 우비를 다시 걸치고 가르마 방향을 바꿨다. 한 번 더 로버트 매카이로 변신해야 한다. 엘로이즈가 들어와서 거들었다.

"샤워하고 싶어." 톰의 말이 떨어지자마자 엘로이즈가 욕실 샤워기의 물을 틀어 주었다. 톰은 후다닥 옷을 벗고 샤워기 밑에 섰다. 물이 미지근한 게 딱 좋았다.

"나도 같이 갈까?"

그러면 얼마나 좋을까. "여보, 여권 때문에 안 돼. 리플리 부인이 로버트 매카이하고 국경을 넘나들 순 없잖아. 프랑스-독일 국경이든, 오스트리아 국경이든 그건 안 돼. 매카이, 이 녀석 아주 나쁜 놈이네!" 톰이 샤워를 마쳤다.

"머치슨 때문에 영국에서 형사가 오는 거야? 당신이 죽였어?" 엘로이즈가 인상을 쓴 채 걱정 어린 눈으로 톰을 바라보았다. 히스테리를 부리는 건 아니었다.

톰은 아내가 디키 사건에 관해 알고 있음을 눈치챘다. 그 일에 대해 이러쿵저러쿵 한마디도 하지 않았지만, 아내는 알고 있었다. 차라리 톰이 털어놓는 게 나을지도 모른다. 그러면 엘로이즈가 도와줄 것이다. 길을 잃든, 어디 발에 걸려 넘어지든, 무슨 일이 닥치든, 그가 절박한 상황에 부닥치면 엘로이즈가 손을 내밀어 줄 것이다. 여기엔 결혼 생활도 포함된다. 순간 어떤 생각이 톰의 머리를 스쳤다. 톰 리플리 여권을 들고 잘츠부르크로 가면 안 되나? 엘로이즈를 데려가면 안 되나? 아내를 데려가고 싶은 마음은 굴뚝같았지만, 톰이 잘츠부르크에서 무슨 일을 하게 될지, 그 일이 어떤 결과를 낳게 될지 도저히 감이 잡히지 않았다. 톰은 어찌 될지 몰라서 리플리 여권과 매카이 여권을 둘 다 챙겼다.

"당신이 죽였어? 우리 집에서?"

"남들을 살리려면 내가 머치슨을 죽일 수밖에 없었어."

"갤러리 사람들을 보호하려고 그랬어? 도대체 왜?" 엘로이즈의 입에서 불어가 튀어나왔다. "그 사람들이 뭐가 그리 중요한데?"

"더와트는 죽었어. 벌써 몇 년 전에 죽었거든. 그 사실을 머치슨이 폭로하려고 했어."

"더와트가 죽었다고?"

"응. 그래서 내가 런던에 가서 두 번이나 더와트로 변장했어." 같은 내용을 불어로 말하면서 '레프레장테'*라는 단어를 쓰니 뭔가 더 고결하고 대단한 일을 해낸 것 같았다. "이제 경찰이 더와트를 찾고 있어. 필사적으로 찾는 건 아냐. 아직까지는 앞뒤가 아예 맞지 않으니까."

"설마 당신이 더와트의 그림까지 위조한 건 아니지?"

톰이 웃음을 터뜨렸다. "엘로이즈, 내 말 잘 들어. 그동안 더와트 대신 그린 게 바로 버나드야. 버나드가 그만 그리고 싶대. 이거 참, 설명하기가 복잡하군."

"그래서 당신이 버나드를 찾아다녔던 거야? 오, 톰, 그런 짓은 제발……"

톰은 아내의 말을 끝까지 듣지 않았다. 버나드를 찾는 이유가 불현듯 떠올랐다. 갑자기 희망이 보였다. 톰이 짐 가방을 들었다. "나의 천사. 믈룅역까지 태워다 주겠어? 경찰서 앞으론 지나가지 말고."

둘이 아래층으로 내려갔다. 톰은 현관에 서서 주방에 있는 아네트 여사에게 다급히 작별 인사를 외쳤다. 바뀌서 탄 가르마를 여사에게 들키지 않으려고 고개를 살짝 틀었다. 추한, 그러나 행운을 가져다주는 우비는 팔에 걸치고 있었다.

톰은 엘로이즈에게 계속 연락하겠지만, 전보는 가명으로 치겠다고 했다. 두 사람은 알파 로메오 안에서 작별 키스를 나누었다. 톰은 그녀의 포근한 품을 떠나 파리행 열차 일등석에 올랐다.

톰은 파리에 도착한 후에야 잘츠부르크행 직항편이 없다는 걸 알

* représenter: 연기하다

227

았다. 대신 프랑크푸르트를 경유해 잘츠부르크로 가는 비행기가 매일 한 편씩 있었다. 그 비행기는 매일 오후 2시 40분에 출발했다. 톰은 리옹역 근처 호텔에서 대기했다. 자정이 되기 직전에 위험을 무릅쓰고 엘로이즈에게 전화를 걸었다. 집에 혼자 있을 엘로이즈의 모습을 생각하니 견딜 수가 없었다. 어쩌면 엘로이즈가 톰의 행방을 파악하지 못한 웹스터 형사를 만나고 있을지도 모른다. 엘로이즈는 베르틀랭 부부의 집에 가지 않겠다고 했었다.

"여보세요, 혹시 옆에 웹스터 형사가 있으면 잘못 걸었다고 하고 그냥 끊어."

"잘못 거신 것 같네요." 엘로이즈가 전화를 끊었다.

톰은 맥이 탁 풀렸다. 무릎이 후들거려서 호텔방 침대에 주저앉았다. 엘로이즈에게 괜히 전화했네. 예나 지금이나 혼자 해결하는 게 최선인 것을. 웹스터가 톰의 전화라는 걸 눈치챘을 것이다. 톰의 전화라고 강하게 의심했을 것이다.

엘로이즈가 잘 빠져나가고 있을까? 그녀에게 진실을 털어놓은 게 잘한 일일까, 아닐까?

22

톰은 오전에 비행기표를 사서 오후 2시 20분까지 오를리 공항에서 기다렸다. 버나드가 잘츠부르크로 가지 않았다면, 다음은 어디를 찾아봐야 할까? 로마? 로마는 아니었으면. 로마에서는 누구든 찾는다는 게 쉽지 않은 일이었다. 톰은 고개를 계속 숙인 채 공항을 둘러보지 않았다. 톰을 찾으라고 웹스터가 사람을 보냈을지도 모른다. 상황이 얼마나 급박하느냐에 따라 다르겠지만, 톰이 거기까지는 알 길이 없었다. 웹스터가 왜 다시 찾아왔을까? 톰이 더와트인 척 연기했다고 의심하는 걸까? 만약 의심한다면, 톰이 두 번째로 더와트로 변장했을 때 다른 여권으로 국경을 드나들었던 게 그나마 도움이 될 것이다. 더와트가 두 번째로 등장했던 시기에는 적어도 톰이 런던에 없었다는 얘기가 되기 때문이다.

프랑크푸르트 공항 터미널에서 한 시간가량 대기했다가 기체에 '요한 슈트라우스'라는 매력적인 이름이 적힌 오스트리아 항공기에 올랐다. 엔진이 네 개짜리 비행기였다. 잘츠부르크 공항에 내리니 마음이 조금 더 놓였다. 버스를 타고 미라벨 광장으로 갔다. 골드너 히르슈 호텔에 묵고 싶었는데, 일단 전화부터 해야 했다. 최고급 호텔이라 방이 없을 때가 종종 있기 때문이었다. 욕실이 딸린 방이 있다는 말에, 톰은 토마스 리플리의 이름으로 예약했다. 별로 멀지 않은 거리라 호텔까지 걸어가기로 했다. 그는 잘츠부르크에 두 번 왔었고, 그중 한 번은 엘로이즈와 함께였다. 가죽 반바지를 입고 무릎 위에까지 양말을 당겨서 신고 티롤 모자를 쓴 다음 수렵용 칼로 방점을 찍은 남자들이 인도에 보였다. 저번에 왔을 때 오다가다 본 유서 깊은 대형 호텔들이 정문에 큼직한 플래카드를 내걸고 메뉴를 적어 놓았다. 25실링에서 30실링 정도면 비엔나식 슈니첼 정식을 먹을 수 있었다.

이윽고 잘차흐강과 큰 다리가 보였다. 저게 슈타츠 다리였던가? 작은 다리가 두 개 더 보였다. 톰은 큰 다리를 건넜다. 수척한 모습으로 구부정하게 서 있을 버나드를 찾으려고 주변을 두리번거렸다. 우중충한 강물이 빠르게 흘러갔다. 부글거리는 강물 너머 양옆으로 솟은 푸르른 강둑을 따라 큼직한 돌들이 보였다. 오후 6시를 막 넘기자 땅거미가 내려앉았다. 그가 가려고 하는 구시가지 여기저기에 불이 켜지기 시작했다. 호엔잘츠부르크성이 있는 웅장한 묀히스베르크산을 타고 불빛이 불똥이 튀듯 튀어 오르자, 별자리가 펼쳐지는 것 같았다. 좁은 골목으로 들어섰다. 이 길을 따라가면 게트라이데 거리가 나왔다.

톰이 묵는 방 창문으로 호텔 뒤편에 있는 지크문트 광장이 내다보였다. 오른쪽으로는 그리 높지 않은 절벽 앞에 말이 물을 마셨다는 분수가, 정면으론 화려한 우물이 보였다. 오전이면 사람들이 광장에 손수레를 끌고 와 과일이며 채소를 팔던 모습이 기억났다. 톰은 잠시 숨을 고른 다음 가방을 열었다. 그런 다음, 티끌 하나 없이 반짝거리는 나무 바닥을 양말을 신고 돌아다녔다. 하얀 벽면 앞에 오스트리아 특유의 녹색이 두드러지는 가구가 놓여 있었고, 벽감처럼 움푹 팬 창에는 이중 유리가 끼워져 있었다. 아, 오스트리아에 오다니! 이제 내려가서 근처에 있는 카페 토마셀리에 가서 도펠 에스프레소*나 마셔 볼까. 괜찮은 생각이었다. 대형 커피 전문점이니 버나드가 있을지도 모른다.

카페 토마셀리에서 톰은 커피 대신 슬리보비츠**를 시켰다. 커피를 파는 시간이 아니었기 때문이다. 버나드는 보이지 않았다. 각국 언어로 발행된 신문이 회전식 가판대에 꽂혀 있었다. 런던 『타임스』와 파리에서 발행하는 『헤럴드 트리뷴』을 훑어보았다. 버나드 관련 기사

* 더블 에스프레소
** 자두로 만든 브랜디

229

도(『헤럴드 트리뷴』에 나올 거라고는 기대도 안 했지만), 토머스 머치슨 기사도, 머치슨 부인이 런던과 프랑스를 방문했다는 기사도 보이지 않았다. 다행이었다.

톰은 어슬렁어슬렁 돌아다니다가 슈타츠 다리를 다시 건너서 큰 길인 린츠 거리를 따라 올라갔다. 이제 밤 9시가 넘었다. 버나드가 잘츠부르크로 왔다면 중급 호텔에 묵을 것이다. 잘차흐강을 기준으로 이쪽 아니면 건너편일 가능성은 반반. 도착한 지는 2~3일 정도 됐을 것이다. 그걸 누가 알까? 톰은 수렵용 칼, 마늘 다지개, 전기면도기, 러플 달린 흰 블라우스와 던들 스커트처럼 티롤 지방에서 입을 법한 옷들이 잔뜩 내걸린 상점 유리창을 응시했다. 상점은 모두 닫혀 있었다. 톰은 뒷골목을 걷기로 했다. 어떤 골목은 지나다닐 수가 없었다. 어둡고 좁은 골목 양쪽에 출입문을 달아 막아 놓았기 때문이다. 10시가 가까워지자 출출했다. 린츠 거리 오른편으로 보이는 오르막길에 있는 식당으로 들어갔다. 식사를 마친 후, 다른 길로 해서 카페 토마셀리로 돌아갔다. 그곳에서 한 시간 정도 있어 볼 생각이었다. 게트라이데 거리에는 그가 묵는 호텔은 물론, 모차르트 생가도 있었다. 만일 버나드가 잘츠부르크에 왔다면 주로 그쪽 구역을 돌아다닐 것 같았다. 톰은 24시간은 찾아봐야겠다고 혼잣말했다.

카페 토마셀리에서는 운이 따르지 않았다. 지금 있는 손님들은 죄다 단골로 보였다. 잘츠부르크에 사는 사람들과 가족 단위의 손님들이 큼직한 에스프레소 크림 케이크나 분홍빛이 감도는 맥주를 즐기고 있었다. 톰은 초조했다. 신문도 지겨워졌다. 버나드를 만나지 못하자 속상해서 짜증이 났다. 지쳐서 그렇겠지. 톰은 호텔로 돌아갔다.

다음 날 오전 9시 반, 다시 거리로 나섰다. 잘츠부르크 북동쪽 기슭에 자리 잡은 신시가지를 돌아다니며 버나드를 찾아 헤맸다. 톰은 잠시 걸음을 멈추고 상점 유리창 안을 들여다보다가 다시 잘차흐강이 있는 쪽으로 슬슬 발걸음을 옮겼다. 그가 묵는 호텔과 같은 거리에 있는 모차르트 생가에나 가 볼까. 삼위일체 교회를 지나 린츠 거리로 들어섰다. 톰이 슈타츠 다리를 막 건너려는데, 버나드가 다리를 지나 맞은편 인도로 막 내려서고 있었다.

버나드가 고개를 푹 숙이고 있다가 차에 치일 뻔했다. 톰은 버나드를 따라가고 싶었지만, 한참을 서 있어도 바뀌지 않는 신호등에 발이 묶이고 말았다. 그래도 상관없었다. 버나드가 빤히 보이는 데에 있었기 때문이다. 버나드가 입은 우비는 전보다 더 꼬질꼬질해졌고, 풀린 허리끈은 땅바닥에 질질 끌렸다. 떠돌이 같은 행색이었다. 톰은 길을 건넌 다음, 10미터 간격을 유지한 채 뒤따라갔다. 버나드가 모퉁이를 돌기라도 하면 속도를 낼 준비를 하고 있었다. 버나드가 골목 안 여관으로 사라져 버리는 상황은 원치 않았기 때문이다. 골목에는 여관이 두 곳 있었다.

"자기 오늘 아침에 바빠?" 어떤 여자가 톰에게 영어로 말을 걸었다.

톰은 놀라서 어느 입구에 서 있는 금발 매춘부에게 시선을 보냈다가 걸음을 재촉했다. 제길, 내가 너무 굶주려 보였나? 아니면 녹색 우비를 입어서 변태 같아 보인 걸까? 아침부터 이게 무슨 일이지!

버나드가 린츠 거리를 따라 계속 올라가더니 길을 건넌 후 반 블록을 더 걸어갔다. 그러더니 '방 있습니다'라고 적힌 팻말이 걸린 입구로 들어가 버렸다. 입구는 초라했다. 톰은 맞은편 인도에서 걸음을 멈추었다. '데르 블라우에' 여관이었다. 간판은 색이 바래 있었다. 버나드가 어디에 묵는지는 적어도 알아낸 것이다. 톰의 예상이 맞았다. 버나드가 잘츠부르크로 온 게 맞았군! 톰은 자신의 촉이 적중했음을 자축했다. 설마 버나드가 지금 방을 잡으려는 건가?

그건 아닌 것 같았다. 버나드가 데르 블라우에 여관에 묵는 게 확실했다. 몇 분이 지났는데도 나오지 않고, 손에 더플백을 들고 있지도 않았었기 때문이다. 밖에서 기다리다 보니 톰은 지루했다. 근처에는 여관 입구가 보이는 카페가 없었지만, 몸을 숨겨야만 했다. 버나드가 여관 정면 방향으로 난 유리창으로 내다보다가 톰을 볼지도 몰랐다. 그런데 버나드 같은 부류는 전망 좋은 방은 절대로 잡지 않는다. 톰은 계속 몸을 숨긴 채 기다렸다. 11시가 가까워졌다.

그제야 버나드가 나왔다. 면도한 얼굴로 갈 데가 있는 사람처럼 오른쪽으로 꺾었다.

톰은 몰래 버나드의 뒤를 밟으면서 담배에 불을 붙였다. 큰 다리를 또 건넜다. 버나드는 톰이 어젯밤에 거닐었던 길을 지나 오른쪽으로 틀더니 게트라이데 거리로 접어들었다. 날카로우면서도 제법 잘생긴 버나드의 옆모습이 힐끔 보였다. 입술은 앙다물고 올리브색 뺨은 그늘이 질 정도로 움푹 팼다. 형태가 무너진 앵클부츠를 신고 있었다. 버나드가 모차르트 생가로 들어가려고 했다. 입장료는 12실링. 톰은 우비의 깃을 세우고 생가로 따라 들어갔다.

톰은 입장료를 내고 첫 번째 계단을 오르자마자 나오는 거실로 들어갔다. 온갖 악보와 오페라 프로그램이 유리 케이스 안에 전시되어 있었다. 톰은 거실을 둘러보며 버나드를 찾았다. 버나드는 보이지 않았다. 2층으로 올라간 것 같았다. 예상했던 대로 2층은 모차르트 가족이 거주하던 공간이었다. 톰은 두 번째 계단을 올라갔다.

버나드가 고개를 숙인 채 모차르트의 클라비코드 건반을 들여다보고 있었다. 사람들이 건드리지 못하도록 건반 위에 유리 케이스가 씌워져 있었다. 버나드가 저걸 몇 번이나 들여다봤을까, 톰은 궁금했다.

모차르트 생가에는 대여섯 명 정도가 돌아다니고 있었다. 적어도 2층은 그랬다. 톰은 조심스럽게 행동해야 했기에 문설주 뒤에서 한 걸음 물러나 있었다. 그래야 혹여 버나드가 방향을 살피더라도 들키지 않을 테니 말이다. 솔직히 말하면, 톰은 버나드를 보면서 자신의 마음이 어떤 상태인지 헤아리고 싶어 한다는 사실을 깨달았다. 톰은 자신에게 솔직해지려고 노력하고 있었다. 그가 잘 모르는 사람을, 힘들어하는 사람을, 그의 존재를 의식하지 못하는 사람을 잠시나마 관찰할 수 있다는 게 그저 신기하고 놀라운 걸까? 버나드가 같은 층에 있는 거실로 이동했다.

이윽고 톰도 버나드를 따라 그다음이자 마지막 계단을 올랐다. 3층엔 유리 케이스가 훨씬 많았다(클라비코드가 있는 방 한쪽 구석에 안내 문구가 붙어 있었다. 모차르트의 요람이 놓여 있던 자리라는데, 요람은 없었다. 모형이라도 갖다 놓지 않아서 아쉬움이 남았다). 계단에는 가느다란 철제 난간이 달려 있었고, 한쪽 구석으로 보이는 창은 기울어져 있었다. 톰에게 모차르트는 늘 경외의 대상이었기에, 모차르트 가족이 내다본 창밖은 어떤 모습일지 궁금했다. 1미터 남짓 떨어진 근처 건물의 처마를 쳐다보진 않았을 것이다. 오페라 〈이도메네오〉와 〈코지 판 투테〉의 미니 모형 무대가 칙칙하고 허접하게 구현되어 있었는데, 버나드는 지나가면서 그것조차 눈여겨보았다.

버나드가 뜬금없이 톰이 있는 쪽으로 고개를 홱 돌렸다. 톰은 복도에 가만히 서 있었다. 둘의 시선이 마주치는 순간, 톰은 한 걸음 물러나 오른쪽으로 이동해 복도 뒤 거실로 몸을 숨겼다. 톰은 다시 숨을 골랐다. 버나드의 표정 때문에 방금 전 그 순간이 우스워졌다.

톰은 가만히 서 있다가 더는 생각할 엄두가 나지 않자 곧바로 계단을 내려갔다. 마음이 편해진 않았지만, 그렇다고 그렇게 거북하진 않았다. 톰은 복잡한 게트라이데 거리로, 밖으로 나갔다. 짧은 골목을 지나 잘차흐강으로 향했다. 과연 버나드가 따라오려나? 톰은 고개를 숙이고 속도를 올렸다.

방금 전 버나드는 믿지 못하겠다는 표정을 지었다. 귀신이라도 본 듯 공포가 순간 얼굴을 스치고 지나갔다.

버나드가 자기가 뭘 봤다고 믿는지 톰은 정확히 알고 있었다. 바로 귀신이었다. 버나드는 톰 리플리의 귀신이자 자기가 죽인 남자의 영혼을 봤다고 믿는 것 같았다.

톰은 홱 돌아서서 모차르트 생가로 다시 향했다. 버나드가 잘츠부르크를 뜨려고 할지도 모른다. 이번 일로 버나드가 톰이 모르는 곳으로 가 버리는 사태는 겪고 싶지 않았다. 만일 길에서 버나드가 보이면 이번에는 크게 불러야 하나? 톰은 모차르트 생가 맞은편에서 잠시 기다리기로 했다. 버나드가 나오지 않자 그가 묵는 여관으로 발걸음을 옮겼다. 가는 도중에도 버나드의 모습은 보이지 않았다. 톰이 여관 근처까지 가자 버나드가 린츠 거리 건너편 인도에서 걸어오고 있었다. 버나드는 여관이 있는 쪽 인도를 정신없이 걷다가 여관으로 쑥 들어가 버렸다. 톰은 30분 정도 기다렸지만, 버나드가 잠시라도 바깥으로 나올 것 같지 않았다. 톰은 버나드가 이곳을 떠날 수 있다는 위험을 기꺼이 감수하면서도, 스스로는 자각하지 못하고 있었다. 톰은 커피 생각이 간절해지자 어느 호텔 커피숍으로 들어갔다. 그러다가 마음을 고쳐먹고 커피숍에서 나와 버나드가 묵는 여관으로 다시 돌아갔다. 프런트에 가서 톰 리플리가 아래층에서 기다리고 있으니 얘기하고 싶다고 터프츠 씨에게 전해 달라고 할 작정이었다.

톰은 초라하고 칙칙한 여관 입구로 들어갈 수가 없었다. 한쪽 발은 입구에 들여놓고 다른 쪽 발은 인도에 걸친 순간, 머리가 멍해졌다. 이렇게 우유부단할 수가, 톰은 혼잣말했다. 더는 뭘 할 수가 없어서, 강 건너에 있는 호텔로 돌아갔다. 골드너 히르슈 호텔의 안락한 로비로 그가 들어서자, 회색과 녹색이 어우러진 제복을 입은 벨보이가 열쇠를 내주었다. 톰은 손수 엘리베이터를 조작해 3층에 내린 다음 방으로 들어갔다. 추한 우비를 벗고 주머니를 비웠다. 담배, 성냥, 이리저리 뒤섞인 프랑스 동전과 오스트리아 동전이 쏟아져 나왔다. 톰은 동전을 분류해서 프랑스 동전만 여행 가방 위 주머니에 집어넣었다. 옷을 마저 벗고 침대에 누웠다. 얼마나 고단한지도 모를 정도였다.

눈을 떠 보니 오후 2시가 넘은 시각이었다. 해가 중천에 떠 있었다. 톰은 산책하러 나갔다. 버나드는 찾지도 않고 여느 관광객처럼 시내를 돌아다녔지만, 갈 데가 없어서 관광객 같아 보이진 않았다. 버나드는 잘츠부르크에서 뭘 하는 걸까? 얼마나 있으려나? 톰은 이제야 정신이 번쩍 드는 것 같았다. 그런데 뭘 해야 할지 막막했다. 버나드한테 가서 신시아가 보고 싶어 한다고 말해 줘야 하나? 버나드에게 다가가 설득해야 할까? 그런데 도대체 뭘 설득한다는 거지?

오후 4시에서 5시까지는 기분이 울적했다. 아무 데나 가서 커피도 마시고 스타인헤거 진도 한잔했다. 호엔잘츠부르크성을 지나 (흐르는 강을 거슬러) 한참 올라갔는데도 구시가지에 있는 선착장을 벗어나지 못했다. 톰은 더와트 사기극을 벌인 이후 제프와 에드가 얼마나 변했는지 따져 보고 있었다. 그러다가 이제는 버나드도 얼마나 변했는지 생각하게 되었다. 신시아는 더와트 법인 때문에 불행해졌고 삶의 궤적이 틀어지고 말았다. 톰에게는 세 남자의 인생을 다 합친 것보다 그게 더 중요해 보였다. 지금쯤이면 신시아가 버나드와 결혼해 아이를 둘은 낳았을 텐데. 버나드도 같은 모습이었을 것이다. 톰은 버나드의 어긋난 인생보다 신시아의 어긋난 인생에 마음이 더 쓰이는 이유를 도통 알 수가 없었다. 제프와 에드 두 사람의 얼굴에만 혈색이 돌고 부티가 흘렀다. 겉으로 보기에 그들의 생활도 훨씬 윤택해졌다. 버나드는 찌들 대로 찌들어 보였다. 서른네다섯 살밖에 안 됐는데도 말이다.

톰은 그가 묵는 호텔에 있는 잘츠부르크 최고의 식당에서 식사하려고 했지만, 고상한 분위기에서 비싼 음식을 음미할 기분이 아니었다. 그래서 발걸음을 옮겨 게트라이데 거리로 나가서 뷔르거슈피탈 광장(길거리 표지판에서 봤다)을 지나 좁지만 차 한 대는 거뜬히 지나갈 만한 고대 관문인 게슈테텐토르를 통과했다. 이곳은 묀히스베르크 산기슭 마을을 드나들 때 거쳐야 했던 오래된 관문 중 하나였다. 문을 통과하자 같은 너비의 다소 칙칙한 길이 이어졌다. 작은 식당이 나올 것 같았다. 바깥에 동일한 메뉴를 걸어 놓은 식당이 두 군데 있었다. 오늘의 수프, 비엔나식 슈니첼, 감자, 샐러드, 디저트까지 나오는 식사가 26실링이었다. 톰은 두 번째 식당으로 골랐다. 정면에 작은 랜턴 모양의 간판을 내건 카페 아이글러라는 곳이었다.

빨간 유니폼을 입은 흑인 여자 종업원 둘이 남자 손님들과 테이블에 앉아 있었다. 주크박스에서 음악이 흘러나오고 조명은 침침했다. 매음굴인가? 즉석 만남이 이루어지는 장소인가? 싸구려 식당인가? 톰이 걸음을 막 들여놓는 순간, 혼자 부스석에 앉아 있는 버나드가 보였다. 버나드가 어깨를 웅크린 채 수프를 퍼먹고 있었다. 톰은 망설였다.

버나드가 눈을 들자 톰과 시선이 마주쳤다.

톰은 지금 그답게 입고 있었다. 트위드 재킷을 걸치고 한기를 막

234

으려고 목에 목도리를 두르고 있었다. 엘로이즈가 파리 호텔에서 빨아서 핏자국을 빼 준 목도리였다. 톰이 다가가 손을 내밀고 미소를 지으려는 순간, 버나드가 식겁한 표정으로 엉거주춤 일어났다.

두 명의 풍만한 흑인 여종업원이 버나드를 쳐다보다가 톰에게 시선을 옮겼다. 둘 중 한 명이 아프리카 출신답게 굼뜬 동작으로 일어섰다. 버나드에게 다가가 무슨 일이냐고 물어보려는 게 분명했다. 버나드가 음식을 잘못 삼켜서 숨이 넘어갈 것처럼 보였기 때문이다.

버나드가 그런 게 아니라는 듯이 재빨리 손을 휘휘 내저었다. 여종업원한테 한 걸까, 아니면 톰에게 한 걸까? 톰은 궁금했다.

톰은 돌아서서 안쪽 문(이곳에는 덧문이 있었다)을 지나 인도로 나왔다. 두 손을 주머니에 찔러 넣고 고개를 숙였다. 버나드하고 상당히 비슷한 자세였다. 톰은 다시 게슈테텐토르를 통과해 가로등이 조금 더 밝은 곳으로 이동했다. 내가 뭘 잘못했나? 버나드에게 다가갔어야 했었나? 그랬더라면 버나드가 비명을 내질렀을 것이다.

톰은 그가 묵는 호텔을 지나 다음 모퉁이까지 간 다음 오른쪽으로 꺾었다. 카페 토마셀리가 지근거리에 있었다. 버나드가 식당에서 나와 톰을 따라왔다면, 만일 카페 토마셀리에서 합석하려는 마음이 있다면 아주 좋을 것 같았다. 그런데 뭔가 달랐다. 버나드는 자기가 헛것을 봤다고 굳게 믿고 있었다. 톰은 잘 보이라고 한가운데 있는 테이블에 떡하니 앉아 샌드위치와 화이트 와인을 시켜 놓고 신문 두 부를 읽고 있었다.

버나드는 나타나지 않았다.

나무로 짠 큼직한 입구에는 굽이진 철제 커튼레일에 녹색 커튼이 쳐져 있었다. 커튼이 펄럭일 때마다 톰이 고개를 들고 쳐다보았지만, 들어오는 사람 중에 버나드는 없었다.

만약 버나드가 들어와 그에게 다가온다면, 톰이 살아 있다는 걸 확인하려는 목적 때문일 것이다. 그래야 앞뒤가 맞는다. 그런데 문제는, 버나드가 뭐가 됐든 논리적으로 행동하지 못하고 있다는 데에 있었다. 톰은 이렇게 말하려고 했다. '앉아서 와인이나 마십시다. 난 귀신이 아니에요. 신시아하고 얘기했는데, 신시아는 당신을 다시 만나고 싶대요.' 버나드가 착각에서 벗어나도록 도와야 해.

그런데 톰은 버나드를 도울 수 없을 것 같았다.

23

다음 날인 화요일, 톰은 다시 한번 결심했다. 몸싸움을 해서라도, 무슨 짓을 해서라도 버나드한테 얘기하자. 버나드가 런던으로 돌아가도록 돕자. 제프와 에드라면 보나 마나 피하겠지만, 두 사람 말고도 런던에 다른 친구들이 있을 것이다. 버나드의 모친이 여태 런던에 사시나? 글쎄. 톰은 뭐라도 해야 할 것 같았다. 힘겨워하는 버나드가 안쓰러웠기 때문이다. 버나드를 스치듯 볼 때마다 묘한 고통이 전해졌다. 이미 죽음의 고통 속에서 허우적거리며 떠돌아다니는 자를 보는 듯했다.

톰은 오전 11시에 데르 블라우에 여관으로 가서 1층 프런트를 보는 짙은 머리의 50대 여인에게 말했다. "실례합니다. 버나드 터프츠라는 영국 남자가 여기에 있죠?" 톰이 독일어로 물었다.

여자의 눈이 휘둥그레졌다. "네, 그런데 좀 전에 체크아웃하셨어요. 한 시간 전에요."

"혹시 어디로 간다는 말은 안 했나요?"

버나드는 아무 말도 남기지 않았다. 톰이 감사 인사를 건네고 여관을 나서는데, 여자의 시선이 따라오는 게 느껴졌다. 그저 버나드를 안다는 이유만으로 톰도 버나드에 버금가는 별종이라는 듯이 여자가 눈을 떼지 못했다.

톰은 택시를 타고 기차역으로 갔다. 아담한 잘츠부르크 공항으로 가면 국제선 비행기가 몇 편 있겠지만, 비행기보다 기차가 저렴했다. 기차역에서도 버나드는 보이지 않았다. 플랫폼도 살피고 간이식당도 들여다보았다. 다음은 잘차흐강과 잘츠부르크 중심부로 이동하며 버나드가 있는지, 축 늘어진 누런 우비를 걸치고 더플백을 든 남자가 있는지 살폈다. 혹시 버나드가 프랑크푸르트로 갈지도 몰라서 오후 2시경에는 택시를 타고 공항에도 가봤지만, 행운은 따르지 않았다.

오후 3시를 막 넘긴 시간에 톰은 버나드를 찾았다. 버나드가 잘차흐강 위를 지나가는 다리 위에 서 있었다. 강에 놓인 작은 다리들 중 더 작은 다리 위에 서 있었다. 난간이 설치되어 있는 그 다리는 일방통행이었다. 버나드가 더플백은 발밑에 내려놓고 난간에 팔뚝을 댄 채 아래를 내려다보고 있었다. 톰은 다리 위로 올라갈 시도조차 하지 않았다. 멀리서도 버나드가 보였다. 버나드가 뛰어내리려는 걸까? 바람에 휘날리던 버나드의 머리카락이 이마 위로 풀썩 주저앉았다. 버나드가 자살할 것 같았다. 당장은 아니겠지만, 한두 시간 정도 돌아다니다가 이곳으로 돌아와 사고를 칠 것 같았다. 어쩌면 오늘 저녁에 행동으로 옮길지도 모른다. 여자 두 명이 버나드를 스쳐 지나갔다. 톰은 버나드에게 걸어갔다. 빠르지도 느리지도 않은 걸음이었다. 다리 밑으로 흐르는 강물이 강변에 있는 돌에 부딪히는 순간 거품이 일었다. 잘차흐강을 지나가는 배는 한 번도 본 적이 없었다. 수심이 얕아서일까. 톰은 3미터 이내로 거리가 좁혀지자 버나드의 이름을 부르려고 했다. 바로 그 순간, 버나드가 고개를 왼쪽으로 돌리다가 톰을 발견하고 말았다.

버나드가 곧바로 허리를 세웠다. 톰을 쳐다보는 순간에 눈빛이 흔들리지는 않았지만, 더플백을 집어 들었다.

"버나드!" 톰이 크게 불렀다. 하필이면 그때, 뒤에 트레일러를 끌고 가는 오토바이가 굉음을 내며 지나갔다. 톰은 버나드가 못 들었을까 봐 걱정되었다. "버나드!"

버나드가 내달렸다.

"버나드!" 톰이 어떤 여자와 부딪혔다. 하마터면 여자가 넘어질 뻔했지만 난간을 황급히 붙잡았다. "이런, 정말 죄송합니다!" 톰은 독일어로 연신 사과하면서 여자가 떨어뜨린 꾸러미를 집어 주었다.

여자가 무슨 말을 했는데, '축구 선수'라는 단어가 들린 것 같았다.

톰은 총총걸음으로 쫓아갔다. 버나드가 앞에 보였다. 톰은 인상을 찌푸렸다. 민망하면서도 화가 치밀더니 느닷없이 버나드가 미워졌다. 그 바람에 온몸이 잠시 뻣뻣해졌지만, 미워하는 마음은 이내 가셨다. 버나드가 뒤돌아보지도 않고 성큼성큼 걸어갔다. 버나드의 걸음새에 뭔지 모를 광기가 서려 있었다. 긴장했지만 고른 보폭으로 걸어가는 모습을 보는 순간, 톰은 몇 시간을 따라가다가 결국 포기할 것만 같았다. 아니, 포기는 버나드가 하려나? 버나드가 톰을 귀신이라고 착각하는 것만큼, 톰의 눈에도 버나드가 귀신 같아 보인다는 게 신기했다.

버나드는 이리저리 길거리를 정처 없이 떠돌면서도 잘차흐강 옆은 벗어나지 않았다. 두 남자가 앞뒤로 걸은 지 30분이 지났다. 잘츠부르크가 뒤로 멀어졌다. 이제 길이 좁아졌다. 꽃이 한창 피는 제철에만 영업하는 꽃집이 나오더니, 숲과 정원들이 이어졌다. 주택가와 강이 보이는 작은 카페의 텅 빈 테라스도 나왔다. 마침내 버나드가 이들 중 한 곳으로 들어갔다.

톰은 발걸음을 늦췄다. 빠르게 걸었어도 피곤하거나 숨이 차지는 않았다. 기분이 묘했다. 이마에 와닿는 상쾌한 찬기 덕분에 살아 있는 것들 사이에 둘러싸여 있다는 게 실감 났다.

작은 카페는 벽이 통유리로 되어 있었다. 버나드가 레드 와인 잔을 앞에 놓고 앉아 있는 모습이 보였다. 여종업원 말고는 아무도 없었다. 깡마르고 나이가 제법 든 여종업원이 검은색 유니폼을 입고 흰 앞치마를 두르고 있었다. 톰은 마음이 놓였는지 빙그레 웃음이 나왔다. 아무 생각 없이 다짜고짜 문을 열고 들어갔다. 버나드가 약간 놀라고 당황한 눈빛으로 톰을 처다보긴 했지만(인상을 찌푸리고 있었다), 전에 식겁했던 그 표정은 아니었다.

톰은 살짝 미소를 머금은 채 고개를 끄덕였다. 자기가 고개를 왜 끄덕이는지 자기도 몰랐다. 인사하는 건가? 아니면 확신을 주는 건가? 그렇다면 무슨 확신일까? 톰은 의자를 잡아 빼 합석한 다음에 말해 주려고 했다. '버나드, 난 귀신이 아니에요. 얕게 묻혀 있어서 흙을 헤치고 나왔어요. 재밌죠? 런던에서 신시아를 만났는데 신시아가……' 우비를 입고 와인 잔을 든 버나드의 팔뚝을 툭 치면, 톰이 귀신이 아니라는 걸 버나드가 깨달을 거라 기대했다. 하지만 그런 일은 벌어지지 않았다. 버나드의 표정이 바뀌었다. 그 속에는 권태로움과 적개심이 녹아 있었다. 톰은 또다시 욱하고 화가 치밀었다. 그는 허리를 꼿꼿이 펴고 등 뒤에 있는 문을 연 다음 유연하고 우아하게 뒷걸음질 쳐서 밖으로 나갔다.

톰은 자기가 일부러 그렇게 행동한 면이 없지 않았다는 걸 깨달았다.

검은 유니폼을 입은 여종업원은 톰을 처다보지 않았다. 톰의 오른편에 있는 카운터에서 뭔가를 하느라 보지 못한 것 같았다.

톰은 길을 건너서 버나드가 있는 카페에서 멀어졌다. 잘츠부르크에서 한참 떨어진 위치였다. 카페는 강변 쪽이 아니라 길 건너편에 있었다. 톰이 잘차흐강과 강변에 가까운 쪽으로 자리를 옮긴 것이다. 연석 근처에 전면이 유리로 된 공중전화 부스가 보이자 그 뒤로 몸을 숨겼다. 프랑스제 담배에 불을 붙였다.

버나드가 카페에서 나왔다. 톰은 공중전화 부스 주변을 천천히 돌며 버나드와의 거리를 유지했다. 버나드가 톰을 찾고 있었다. 톰을 볼 거라곤 전혀 예상하지 못했는지 눈빛에 긴장감이 감돌았다. 아무튼 버나드는 톰을 보지 못하고 잘츠부르크 시내 방향이 아닌 외곽으로 발걸음을 재촉했다. 톰은 다시 버나드의 뒤를 밟았다.

높다란 산들이 저 앞에 솟아 있고 점점 폭이 좁아지는 잘차흐강이 그 사이를 갈랐다. 청록색 나무가 산을 온통 뒤덮었는데, 죄다 소나무였다. 아직까지는 둘 다 인도를 걷고 있었다. 그런데 저 앞에서 인도가 끊기면서 2차선 시골길이 이어졌다. 버나드가 초인적인 힘을 발휘

해 내친김에 산에도 오르려나? 버나드가 한두 번 뒤를 힐끔거릴 때마다 톰은 몸을 숨겨 시선을 피했다. 버나드의 행동을 보니, 톰을 보지 못한 것 같았다.

잘츠부르크에서 8킬로미터는 걸었을 것이다. 톰은 걸음을 멈추고 이마를 훔친 다음 머플러 속에 맨 넥타이를 끌렀다. 버나드가 꺾어지는 길을 따라 걷자 시야에서 사라졌다. 톰은 계속 걸었다. 정확히 말하면 뛰었다. 잘츠부르크에서 우려했던 것처럼 버나드가 좌우 어디로든 방향을 틀어 톰이 찾지 못할 곳으로 사라질 것만 같았다.

앞에 버나드가 보였다. 바로 그때, 버나드가 뒤를 돌아보았다. 톰은 걸음을 멈추고 잘 보이도록 두 팔을 옆으로 활짝 벌렸다. 그런데 버나드가 화들짝 시선을 돌리는 게 아닌가. 예전에도 여러 번 그랬던 것처럼 말이다. 톰은 뭔가 미심쩍었다. 버나드가 날 본 건가, 못 본 건가? 그게 그렇게 중요해? 톰은 계속 따라갔다. 버나드가 굽은 길에서 또다시 사라지자, 톰은 이번에도 발걸음을 재촉했다. 직선 구간으로 들어섰는데도 버나드가 보이지 않았다. 톰은 걸음을 멈추고 버나드가 숲으로 들어갔을지도 몰라 귀를 쫑긋 세웠다. 들리는 거라곤 재잘거리는 새소리와 저 멀리 교회 종소리뿐.

왼쪽에서 나뭇가지가 부러지는 소리가 희미하게 들리다가 이내 그쳤다. 톰은 숲으로 몇 걸음을 더 들어가서 신경을 곤두세웠다.

"버나드!" 톰이 거칠게 고함쳤다. 버나드한테도 분명 들렸을 것이다.

완벽한 정적에 휩싸인 듯했다. 버나드가 망설이는 걸까?

멀리서 쿵 하는 소리가 났다. 아니, 환청이었나?

톰은 숲으로 더 깊이 들어갔다. 20미터 남짓 들어가자 강으로 내려가는 비탈이 펼쳐지면서 그 너머로 연회색 바위 절벽이 보였다. 높이가 족히 10미터는 되어 보였다. 바위 절벽 위에 버나드의 더플백이 보였다. 톰은 무슨 일이 벌어졌는지 직감했다. 가까이 다가가며 귀를 기울였지만, 이제는 새소리도 들리지 않았다. 톰은 절벽 끝에 매달려 아래를 내려다보았다. 험하지는 않았다. 버나드가 돌무더기 비탈을 걷거나 고꾸라진 다음에야 절벽에서 뛰어내리든 굴러떨어지든 했을 것이다.

"버나드?"

톰은 왼쪽으로 이동했다. 그쪽이 내려다보기에 더 안전했다. 작은 나무를 부여잡은 채 혹시나 미끄러져서 뭐라도 잡아야 할 사태가 발생할 경우에 대비해, 붙들 나무를 하나 더 봐 두었다. 아래를 내려다보았다. 축 늘어진 회색 물체가 저 아래 돌무더기 위에 보였다. 한쪽 팔을 쭉 뻗고 있었다. 마치 4층 높이에서 떨어져 돌무더기 속으로 처박힌 물체처럼 보였다. 버나드는 미동조차 없었다. 톰은 안전지대로 돌아왔다.

톰이 더플백을 집어 들자, 측은할 정도로 가벼웠다.

몇 분을 흘려보낸 후에야 간신히 정신이 돌아왔다. 톰의 손에는 여전히 더플백이 들려 있었다.

버나드를 찾을 사람이 있을까? 강에서 누가 버나드를 본 건 아니겠지? 강 위에 사람이 있을 리가? 등산하던 사람이 지나가다가 우연이라도 버나드를 발견할 것 같진 않았다. 당장은 그럴 리 없어 보였다. 톰은 아래로 내려가 버나드를 가까이 살펴보는 일은 감당할 수 없었다. 톰은 버나드가 죽었다는 걸 알았다.

기이한 살인 사건이 일어난 것이다.

톰은 다시 비탈진 길을 따라 잘츠부르크 방향으로 내려갔다. 아무도 마주치지 않았다. 주택가로 내려가자 버스가 보였다. 손을 흔들었다. 톰은 지금 여기가 어딘지는 모르겠지만, 버스가 잘츠부르크 방향으로 가는 것 같긴 했다.

버스 기사가 특정 지명을 대며 그리로 가려는 거냐고 물었지만, 톰이 모르는 곳이었다.

"잘츠부르크 방향으로 가기만 하면 됩니다." 톰이 말했다.

기사가 몇 실링을 내라고 했다.

톰은 눈에 익은 곳이 보이자마자 버스에서 내렸다. 그리고 걸었다. 버나드의 더플백을 손에 든 채 레지던스 광장을 터덜터덜 가로질러 마침내 게트라이데 거리로 들어섰다.

골드너 히르슈 호텔에 도착했다. 가구 왁스의 상쾌한 냄새가 코끝에 훅 들어왔다. 안락하고 평안한 향기였다.

"잘 다녀오셨습니까?" 벨보이가 인사하더니 톰에게 방 열쇠를 내주었다.

24

톰은 답답한 악몽에서 깨어났다. 여덟 명 정도 되는 사람들(그중에 아는 사람은 딱 하나, 제프 콘스턴트뿐이었다)이 어느 집에 모여서 그를 놀리며 비웃는다. 톰이 제대로 하는 일이 하나도 없기 때문이다. 지각이나 하고, 돈도 제대로 내지 못하고, 바지를 입어야 하는 자리에 팬티 바람으로 있거나, 중요한 약속을 잊어버린다. 톰은 일어나 앉은 후에도 꿈에서 잠시 허우적대다 보니 기분이 울적해졌다. 한쪽 손을 뻗어서 광이 나는 나무로 만든, 작지만 도톰한 탁자를 매만졌다.

그러고 나서 커피를 시켰다.

몇 모금만 마셨는데도 기분이 나아졌다. 마음속에 갈등이 일었다. 버나드를 처리하는 일과—어떻게 하지? —무슨 일이 벌어졌는지 제프와 에드에게 전화로 알리는 일 사이에서 마음이 흔들렸다. 제프라면 뭔가 더 명료하게 말은 해 주겠지만, 제프나 에드가 톰이 앞으로 해야 하는 일의 방향을 제시해 주지는 못할 것이다. 톰은 초조했다. 사방이 꽉 막힌 듯한 불안함이 밀려왔다. 두 사람한테 전화해야 할 이유가 있다면, 그건 톰이 그저 두렵고 외롭기 때문이었다.

시끄럽고 북적이는 우체국에 가서 기다리는 대신 방에 있는 수화기를 들고 제프의 런던 번호를 불러 주었다. 전화가 연결될 때까지 30분 정도 기다리는 동안, 톰은 신기하면서도 불쾌하지 않은 림보에 갇힌 것만 같았다. 그가 버나드를 자살로 몰고 갔다는 자각이, 버나드가 자살하기를 바랐다는 자각이 서서히 들기 시작했다. 더군다나 버나드가 목숨을 버릴 거라고 예상한 이후론 자기가 버나드에게 자살을 강요했다는 자책감조차 들지 않았다. 이와는 반대로, 톰은 자기가 살아 있다는 사실을 꽤 명확히, 그것도 여러 번 버나드에게 보여 줬었다. 버나드가 귀신을 보는 걸 더 좋아하지 않았다면 말이다. 게다가 버나드가 자살한 건, 톰이 버나드를 죽음으로 몰고 간 사람이 자기라고 믿는 것과는 별로 상관없었다. 아니, 아예 무관했다. 버나드는 숲에서 톰을 가격하기 며칠 전에 톰의 집 지하실에 허수아비를 매닮으로써 이미 스스로 목숨을 끊지 않았던가?

톰은 이내 두 가지를 깨달았다. 버나드의 시신이 필요하다는 것, 그리고 이 생각이 그의 잠재의식 깊은 곳에 자리 잡고 있었다는 것. 버나드의 시체를 더와트의 시체라고 우길 경우, 버나드 터프츠에게 무슨 일이 생겼는지에 대한 의문이 남겠지만, 그 문제는 나중으로 미루기로 했다.

전화가 울리자 톰은 다급히 수화기를 들었다. 제프의 음성이 들렸다.

"나예요, 톰. 여기 잘츠부르크예요. 내 목소리 들립니까?"

통화 연결 상태는 아주 좋았다.

"버나드가…… 죽었어요. 절벽에서 몸을 던졌어요. 뛰어내렸다고요."

"설마, 자살했다는 겁니까?"

"네, 내 눈으로 봤어요. 런던 상황은 어떤가요?"

"그들이…… 경찰이 더와트를 찾고는 있는데, 소재를 파악하지 못하고 있어요. 런던에도 없고, 음…… 아무 데도 없으니까요." 제프가 말을 질질 끌었다.

"더와트 연극을 끝내야 합니다. 이번이 좋은 기회예요. 버나드가 죽었다는 얘기는 경찰에 하지 말아요."

제프는 무슨 말인지 이해하지 못했다.

그가 앞으로 하려는 일을 제프에게 말할 수 없자, 어색한 대화가 이어졌다. 톰은 가능하다면 버나드의 시체를 유해로 만들어 어떻게든 오스트리아 밖으로, 가능하다면 프랑스로 가져가겠다는 뜻을 전했다.

"그렇다면…… 버나드는 지금 어디에 있나요? 설마 거기에 그대로 누워 있는 겁니까?"

"버나드를 본 사람이 아무도 없으니, 그 일을 할 사람은 나밖에 없어요." 톰은 고통을 감내하듯 힘겹게 말하면서 제프가 불쑥 던진 질문에, 다듬어지지 않은 질문에 대답하려 했다. "버나드가 분신자살했거나, 아니면 화장해 달라고 유지를 남긴 것처럼 처리하려고요. 다른 방법이 없어요. 있나요?" 톰이 한 번 더 더와트 법인을 돕는다면 방법이 없지는 않았다.

"없죠." 제프는 평소처럼 협조적이었다.

"프랑스 경찰한테는 내가 곧 알리겠습니다. 웹스터가 아직도 프랑스에 있다면 웹스터한테도 알려야죠." 톰이 조금 더 자신 있게 말했다.

"웹스터가 영국으로 돌아왔어요. 경찰이 런던에서 더와트를 찾고 있어요. 어제 사복 경찰한테 들었는데, 누가 더와트인 척 연기한 걸지도 모른다고 하더라고요."

"경찰이 날 의심하나요?" 톰은 걱정하는 목소리로 물었지만, 불쑥 반발심이 일었다.

"아뇨. 안 해요, 톰. 의심하는 것 같진 않아요. 그런데 누구더라, 웹스터였나. 누군지는 잘 모르겠지만, 당신이 파리 어디에 있었는지 궁금해하더군요. 경찰이 파리 호텔을 싹 다 뒤진 모양이에요."

"당연한 소리지만, 당신은 지금 내가 어디 있는지 모르는 겁니다. 그리고 더와트가 침울해 보였다고 말해야 해요. 당신은 더와트가 갔을 만한 곳이 어딘지 아예 모르는 겁니다."

잠시 후, 통화가 끝났다. 경찰이 후일 톰이 잘츠부르크에서 뭘 했는지 조사할 경우, 그리고 호텔 정산서에서 이 통화 내역을 발견할 경우, 톰은 더와트 일로 통화했다고 할 것이다. 무슨 이유로 더와트를 따라 잘츠부르크까지 왔는지 사연을 짜야 했다. 사연 속에는 버나드도 등장해야 한다. 이를테면, 이런 식이 될 것이다.

실종된 머치슨이 사망했을 가능성이 점쳐지자, 더와트가 산란하고 침울해진 마음으로 벨옹브르에 있는 톰 리플리에게 전화한다. 더와트는 제프와 에드를 통해 버나드가 벨옹브르에 들렀다는 얘기를 듣는다. 더와트는 평소 가고 싶었던 잘츠부르크에서 만나자고 톰에게 제안한다(혹은 톰이 버나드 때문에 잘츠부르크를 떠올렸거나). 톰은 잘츠부르크에서 최소 두세 번 버나드와 같이 더와트를 만났다고 말한다. 더와트가 우울해하긴 했는데, 톰은 그 이유를 정확히 모른다. 더와트는 톰에게 모든 걸 털어놓지 않는다. 멕시코 얘기도 거의 하지 않지만, 머치슨에 대해 물어보더니 자기가 런던에 간 게 실수였다고 한다. 잘츠부르크에서 더와트는 한적한 곳에 가서 커피도 마시고, 굴라시 수프도 먹고, 오스트리아 그린칭 와인도 마시자고 한다. 더와트는 더와트답게 잘츠부르크 어디에 묵는지 톰에게 밝히지 않은 채, 작별 인사를 건넨 후 홀로 걸어간다. 톰은 더와트가 가명으로 모처에 투숙했을 거로 추측한다.

톰은 더와트를 만나러 잘츠부르크에 간다는 얘기를 엘로이즈에게조차 밝히고 싶지 않았다고 털어놓는다.

여기까지는 아귀가 딱 들어맞았다.

톰은 지크문트 광장으로 난 창을 열었다. 광장을 가득 메운 손수레 위에 큼직한 무머 화사한 오렌지며 사과가 펼쳐져 있었다. 사람들이 서서 종이 접시 위에 긴 소시지를 올려놓고 겨자에 찍어 먹고 있었다.

톰은 이제야 버나드의 더플백을 열어 볼 수 있을 것 같았다. 바닥에 무릎을 꿇고 앉아서 지퍼를 열었다. 흙 묻은 셔츠가 맨 위에 있었고 그 밑에 속옷이 들어 있었다. 옷을 바닥으로 내던졌다. 호텔의 다른 직원들과는 달리 객실 청소원은 노크하지 않고 불쑥 들어오는 일이 없는데도, 톰은 방문을 걸어 잠갔다. 가방을 계속 뒤졌다. 이틀 전 날짜가 찍힌 『잘츠부르크 신문』과 런던 『타임스』가 보였다. 칫솔, 면도기, 낡은 빗, 밑단을 접어 올린 베이지색 면바지가 들어 있었고, 바닥에는 버나드가 벨옹브르에서 꺼내 와 읽어 주었던 낡고 누런 공책이 있었다. 그 밑에는 스프링 바인더가 달린 스케치북이 보였다. 표지에는 더와트 미술용품 회사의 마크인 더와트의 서명이 찍혀 있었다. 스케치북을 펼쳤다. 바로크식 교회와 잘츠부르크의 고층 빌딩을 약간 기울여 그리고 소용돌이 장식을 추가로 그려 넣은 그림이 보였다. 박쥐처럼 생긴 새들이 건물 위로 날아가고, 침 묻은 엄지로 종이를 비벼서 여기저기 음영을 표현했다. 스케치 위에 금을 죽죽 그어 놓은 것도 있었다. 더플백 한쪽 구석에 인도산 잉크가 보였다. 위쪽이 바스러진 코르크 마개가 입구를 단단히 막고 있었다. 고무줄에 묶인 연필 한 묶음과 붓 두 자루도 보였다. 톰은 버나드가 최근에 쓴 글이 있는지 확인하려고 누런 공책을 과감히 펼쳤다. 올해 10월 5일 이후론 아무것도 적혀 있지 않았지만, 지금은 읽을 수가 없었다. 남의 편지 같은 사적인 글을 읽기가 싫었다. 벨옹브르에서 사용하는 편지지 두 장이 접혀 있었다. 버나드가 톰의 집에서 처음 묵은 날 밤에 쓴 글이었다. 언뜻 보니 6년 전 위작을 그리기 시작할 때의 소회가 적혀 있었다. 톰은 읽고 싶지 않아서 편지지를 갈기갈기 찢어서 쓰레기통에 버렸다. 짐을 더플백에 모조리 쓸어 담고 지퍼를 잠가 옷장에 쑤셔 넣었다.

기름을 어떻게 구해서 시신을 태우나?

차에 기름이 떨어졌다고 말하면 그만이다. 오늘 안에 화장을 다 끝내지 못할 게 확실했다. 하루에 한 편뿐인 파리행 항공기가 오후 2시 40분에 출발하기 때문이다. 돌아가는 비행기표는 있지만, 기차를 타도 된다. 그런데 기차로 국경을 넘을 때 짐 검사가 훨씬 철저할 텐데? 세관 직원이 가방을 뒤지다가 유해가 담긴 봉지를 발견하는 상황은 피하고 싶었다.

야외에서 불을 피워서 시신을 온전히 재로 만들 수 있을까? 온도를 높이려면 가마 같은 게 있어야 할 텐데?

톰은 정오가 되기 전에 호텔을 나섰다. 강 건너 슈바르츠 거리에 있는 가게에 가서 돼지가죽으로 만든 자그마한 여행 가방을 샀다. 신문도 몇 부 사서 가방 안에 집어넣었다. 날이 서늘하고 바람이 세찼지만, 해가 나긴 했다. 잘츠부르크 구시가지 쪽에서 버스를 타고 강을 따라 올라갔다. 예전에 찾아보았던 마리아플라인과 베르그하임이라는 마을로 가는 방향이었다. 근처에 온 것 같자, 톰은 버스에서 내려서 주유소를 찾아 헤맸다. 20분 만에 한 곳을 발견했다. 새로 산 여행 가방은 숲에 놔두고 주유소로 향했다.

종업원은 친절하게도 자기 차로 데려다주겠다고 했다. 톰은 별로 멀지 않다면서 기름통도 사겠다고 했다. 통을 돌려주려고 두 번 걸음하고 싶지 않았기 때문이다. 기름 10리터를 샀다. 톰은 숲으로 가면서 뒤는 돌아보지 않았다. 여행 가방을 집어 들었다. 이 길이 맞긴 한데, 한참 걸어 들어가야 했다. 숲속에서 주변을 두 번이나 살펴봤지만, 그곳이 아니었다.

톰이 마침내 그 현장을 찾았다. 회색 바위 절벽이 저 앞에 보였다. 톰은 여행 가방은 두고 석유통만 들고 빙 돌아 내려갔다. 버나드가 누운 자리 밑으로 피바다가 좌우로 펼쳐져 있었다. 톰이 주변을 둘러보았다. 동굴이라든가 움푹 팬 곳, 처마같이 생겨서 열기를 끌어 올릴 만한 곳을 찾아야 했다. 땔감이 아주 많이 필요할 텐데. 인도 사람들이 단을 높이 쌓고 화장하던 사진이 떠올랐다. 그러려면 나무가 아주 많아야 했다. 절벽 밑에서 적당한 자리를 찾았다. 바위틈에 있는 동굴 같은 곳이었다. 시체를 아래로 굴리는 게 가장 쉬운 일이 될 것 같았다.

일단, 톰은 버나드가 끼고 있던 반지부터 뺐다. 위에 찍힌 인장이 거의 닳은 금반지였다. 톰은 반지를 숲속으로 냅다 던지려고 했지만, 혹시나 나중에라도 누가 발견할 가능성을 아예 배제할 수 없었다. 그래서 자기 주머니에 넣어 두었다가 잘차흐강 다리에서 버리기로 했다. 이제 버나드의 주머니를 뒤졌다. 우비 주머니에서 오스트리아 동전이, 재킷 주머니에서 톰이 준 담뱃갑이, 바지 주머니에서 꾸깃꾸깃한 현찰이 나왔다. 톰은 지폐와 담뱃갑을 모조리 구긴 다음 일단 자기 주머니에 쑤셔 넣었다가 나중에 불붙일 때 쓰거나, 불구덩이에 던져 넣기로 했다. 이제야 끈적끈적한 시체를 들었다가 굴렸다. 시체가 돌무더기 아래로 굴러갔다. 톰도 엉금엉금 기어 내려갔다. 그런 다음 아까 봐 놓은 동굴로 시신을 질질 끌고 갔다.

톰은 시체를 쳐다보지 않아도 되자 후련한 마음으로, 정신없이 땔감을 줍기 시작했다. 톰은 자기가 발견한 변변찮은 작은 동굴까지 최소 여섯 번은 왔다 갔다 해야 했다. 버나드의 얼굴과 머리통 쪽으론 애써 시선을 피했다. 얼굴과 머리가 전체적으로 시커멓게 변해 버렸다. 바싹 마른 낙엽과 나뭇가지를 잔뜩 모아서 버나드의 지갑에 들어 있던 종이와 돈을 그 사이에 쑤셔 넣었다. 그런 다음, 시체를 질질 끌어다 땔감 위에 올려놓고 숨을 참으며 시신의 양쪽 다리와 한쪽 팔을 자기 발로 쓱 밀었다. 시신은 한쪽 팔을 쭉 뻗은 자세로 사후 경직이 된 상태였다. 톰은 석유통을 들고 와서 버나드가 입고 있는 우비 위로 기름을 절반쯤 부었다. 톰은 시신 위에 얹을 나무를 조금 더 해 온 다음에 불을 제대로 붙이기로 했다.

톰이 성냥을 그어 불을 붙인 다음, 멀리서 휙 집어 던졌다.

순간 화염이 확 하고 일면서, 누렇고 허연 불꽃이 피어올랐다. 톰은 눈을 가늘게 뜨고 연기가 닿지 않는 자리로 피신했다. 타다닥거리는 소리가 엄청나게 나는데도 쳐다보지 않았다.

시야에 보이는 것 중에 살아서 움직이는 건 아예 없었다. 날아가는 새도 보이지 않았다.

톰은 나무를 더 많이 주워 왔다. 쉬지 않고 주워 와도 모자랐다. 연기가 엷어지긴 했어도 자욱했다.

차 한 대가 지나갔다. 갈리는 듯한 엔진음으로 보아 트럭인 것 같았다. 톰은 숲속에 있어서 보이지 않았다. 차 소리가 멀어졌다. 무슨 일인지 알아보려고 차가 멈춰 서지 않으면. 4~5분가량 흘렀지만, 아무 일도 벌어지지 않았다. 차가 그냥 지나간 것 같았다. 톰은 시신을 외면한 채 기다란 막대기를 들고 가까운 화염 속으로 나뭇가지를 밀어 넣었다. 톰은 지금 하고 있는 일이 어딘지 어설퍼 보였다. 시체를 온전히 태울 만큼 온도가 충분히 올라가지 않았다. 그가 할 수 있는 거라곤 가급적 최대한 오래 불을 피우는 것뿐. 오후 2시 17분. 작은 동굴에는 처마처럼 튀어나온 곳이 있어서 덕분에 불꽃이 거센 열기를 내뿜었다. 드디어 나뭇가지를 던져 넣어야 했다. 톰은 쉬지 않고 7분 정도 계속 나무를 던져 넣었다. 불길이 살짝 죽기라도 하면, 톰은 불을 피워 놓은 자리로 다가가 반쯤 타다 만 나뭇가지를 집어서 불 속으로 도로 던졌다. 기름통에는 기름이 절반이나 남아 있었다.

방법이 떠오른 톰은 더 멀리까지 가서 땔감을 구해 왔다. 마지막 시도를 하기 위해서였다. 땔감을 잔뜩 구해 온 톰은 철로 된 기름통을 시체 위로 휙 집어 던졌다. 맥 빠지게도 시신은 여태 사람 형체를 유지하고 있었다. 우비와 바지는 다 타버렸지만, 신발과 살은 타지 않고 시커멓게 그을리기만 했다. 드럼을 두드리듯 기름통에서 쾅 하는 굉음이 났지만, 폭발한 건 아니었다. 톰은 숲에서 발소리나 나뭇가지가 밟혀서 부러지는 소리가 나는지 계속 청각을 곤두세우고 있었다. 연기가 많이 나서 누가 올 수도 있었다. 마침내 톰은 몇 미터 뒤로 물러나 입고 있던 우비를 벗어서 팔뚝에 걸친 다음 등을 돌려 바닥에 쭈그리고 앉았다. 20분은 건드리지 않고 가만히 둘 생각이었다. 뼈는 타지 않고 누인 모양 그대로 남을 것이다. 그렇게 된다면, 이번에도 무덤이 필요하다는 뜻이었다. 어디 가서 삽을 구해 와야 하는데. 삽을 하나 살까? 훔치는 게 나을 것 같았다.

톰이 장작더미를 향해 다시 몸을 돌리자, 불씨에 둥글게 에워싸

246

인 시신이 시커멓게 변해 있었다. 톰이 뒤적거려 보니, 시신은 아직도 사람의 형상을 하고 있었다. 화장해서 재로 만들겠다는 계획은 실패로 끝나고 말았다. 오늘 마저 끝낼 것인가, 내일 다시 올 것인가 마음속에서 갈등이 일었다. 화장이 어느 정도까지 됐는지 상태를 확인할 수 있을 만큼만 해가 남아 있다면, 오늘 끝장을 보기로 했다. 땅을 팔 도구가 필요했다. 아까 들고 있던 기다란 막대기로 시체를 쑤셔 봤더니, 시체가 젤리처럼 말랑했다. 톰은 작은 관목들이 모여서 자라는 자리에 여행 가방을 활짝 펼쳤다.

그런 다음 단숨에 비탈을 뛰어올라 오솔길로 나갔다. 연기 냄새가 지독해서 몇 분은 숨을 참아야 했다. 삽을 찾는 데 한 시간 정도 쓸 생각이었다. 이러지도 저러지도 못해 엉거주춤한 기분이 들자, 계획을 세우는 편이 나을 것 같았다. 여행 가방은 두고 빈손으로 길을 따라 내려갔다. 몇 분을 걸어 내려가자, 드문드문 집들이 서 있는 주택가가 보이기 시작했다. 버나드가 레드 와인을 마시던 카페에서 그리 멀지 않았다. 깔끔하게 정리된 정원도 보였고, 유리 온실도 보였다. 하지만 벽돌 벽에 편히 기대어 놓은 삽은 보이지 않았다.

"그뤼스 고트*!" 어떤 남자가 좁다랗고 날카롭게 생긴 삽으로 정원을 파다가 톰을 보더니 큰 소리로 인사했다. 톰은 저런 삽이면 괜찮을 것 같다고 생각했다.

톰은 남자에게 인사를 되돌려 주었다.

때마침 버스 정류소가 눈에 들어왔다. 어제는 못 본 정류소였다. 아이인지 성인인지 모를 여자가 정류장으로, 그러니까 톰이 있는 쪽으로 걸어오고 있었다. 버스가 올 때가 된 것 같았다. 버스가 오면 톰은 시체니 여행 가방이니 죄다 집어치우고 올라타고 싶었다. 톰은 여자가 그를 기억하지 않기를 바랐기에, 여자를 쳐다보지도 않고 스쳐 지나갔다. 이제야 도로 연석 옆으로 낙엽을 가득 실은 외바퀴 손수레가 보였다. 그 맞은편에 삽이 있었다. 톰은 믿기지가 않았다. 하늘이 주신 작은 선물인가. 대신 끝이 뭉툭했다. 톰은 서서히 발걸음을 늦추면서 숲속을 살폈다. 삽 주인이 작업하다 말고 잠시 자리를 비운 것 같았다.

버스가 왔다. 여자가 타자 버스가 떠났다.

톰은 삽을 들고 아무렇지 않게 왔던 길로 되돌아갔다. 우산을 들듯 태연히 들었지만, 삽을 가로로 들어야 했다.

* 독일 남부 지방이나 오스트리아에서 하는 인사로, '신이 당신에게 인사한다'라는 뜻

톰은 현장으로 돌아가 삽을 내려놓고 땔감을 더 찾으러 갔다. 시간이 흐르고 있었지만, 아직까지는 해가 지지 않아서 잘 보였다. 땔감을 찾으려고 숲으로 더 깊이, 과감하게 들어갔다. 두개골을 박살 내 치아를 몽땅 제거해야 했다. 내일도 이곳에 오기는 싫었다. 톰은 한 번 더 불을 쑤셔서 돋아 놓고, 낙엽이 떨어져 축축한 자리를 삽으로 파기 시작했다. 갈퀴로 파는 것만큼 쉽지는 않았다. 생각해 보니, 버나드의 시신은 어슬렁거리는 동물들조차 거들떠보지 않을 테니 무덤을 너무 깊이 팔 필요는 없어 보였다. 톰은 점점 힘이 빠져 화장하는 곳으로 되돌아가자마자 삽으로 두개골을 내리쳤다. 잘될 것 같지 않았다. 그래도 두어 번 더 내리치자, 턱뼈가 빠졌다. 톰은 삽으로 턱뼈를 긁어서 끄집어냈다. 두개골 근처로 나무를 더 많이 밀어 넣었다.

톰은 여행 가방을 펼쳐 놓은 곳으로 가서 가방 안에 신문지를 깔았다. 시신의 일부를 가져가야만 했는데, 손이나 발을 가져간다고 상상만 해도 온몸이 움찔거렸다. 몸에서 살을 조금 떼어 가기로 했지만, 그래도 살은 살이었다. 인간의 몸에서 떼어 낸 살이었기에, 인육을 소고기로 오인할 수는 없었다. 톰은 잠시 구역질이 올라오고 기침이 나서 나무에 기댔다. 그런 다음, 곧장 삽을 들고 시체를 태우는 곳으로 가서 버나드의 허리춤에 있는 살점을 조금 긁어냈다. 살이 시커멓고 약간 축축했다. 톰은 그 부위를 삽으로 떠서 여행 가방을 펼쳐 놓은 곳까지 들고 간 다음, 가방 속에 툭 떨어뜨렸다. 톰은 가방을 열어 놓은 채 진이 빠져서 바닥에 대자로 뻗었다.

한 시간쯤 지났을까. 잠을 잔 건 아니었다. 주위에 땅거미가 내리자 손전등을 챙겨 오지 않았다는 게 생각났다. 톰은 자리에서 벌떡 일어났다. 삽으로 한 번 더 두개골을 내리쳤지만 소용없었다. 발로 밟고 머리뼈 위에 올라서도 헛수고일 것이다. 바위 정도는 되어야 할 것 같았다. 톰은 바위를 찾은 다음, 불을 피워 놓은 곳으로 데굴데굴 굴렸다. 그리고 있는지도 몰랐던 힘까지 끌어모아 바위를 들어 올렸다가 두개골 위로 쿵 떨어뜨렸다. 바위가 두개골을 깔아뭉개는 순간, 밑에서 뼈가 으스러졌다. 톰은 삽을 들고 바위를 밀치는 동시에 잽싸게 뒤로 물러나 시뻘겋게 피어오르는 열기를 피했다. 삽으로 이리저리 찔러 보고 뒤척이면서 기괴하게 뭉개진 뼈 뭉치와 윗니였던 부위를 긁어 끌어냈다.

이쯤 되자 마음이 놓였다. 톰은 슬슬 불을 정리하기 시작했다. 긍정적으로 생각하니 기다란 형체가 인간의 형상을 조금도 닮지 않은 듯했다. 톰은 아까 땅을 파던 자리로 돌아가 마저 파기 시작했다. 좁다란 구덩이의 깊이가 금세 1미터가 되었다. 톰은 삽을 들고 연기가 폴폴 피어오르는 형상을 그가 파 놓은 무덤을 향해 데굴데굴 굴렸다. 이따금씩 바닥에 남아 있는 작은 불씨를 삽으로 때려서 껐다. 뼈를 묻기 전에 윗니를 따로 챙겼는지 확인했다. 확인 완료. 타다 남은 시신을 묻고 흙으로 덮었다. 톰이 마지막으로 맨 위에 덮어 놓은 나뭇잎 사이로 연기가 동그랗게 피어올랐다. 여행 가방 안에 깔아 둔 신문지를 찢어다가 윗니가 일부 붙어 있는 뼈와 턱뼈까지 같이 싸서 집어넣었다.

불을 한군데로 모았다. 타다 남은 불씨가 튀어서 숲에 불이 나지 않도록 유의했다. 불을 피웠던 자리에서 낙엽을 멀리 긁어내 화재를 예방했다. 날이 어두워지자 이곳에서 더는 지체할 수 없었다. 톰은 여행 가방 속에 있는 작은 살점을 신문지에 싼 다음, 여행 가방과 삽을 들고 다시 비탈을 올라갔다.

톰이 버스 정류장으로 내려가자, 손수레가 아까 있던 자리에서 사라졌다. 그래도 삽을 연석 위에 두고 왔다.

톰은 다음 버스 정류장까지 한참을 걸어가서 기다렸다. 어떤 여자가 오더니 그와 합류했다. 톰은 여자에게 눈길조차 주지 않았다.

달리는 버스는 덜컹거렸고, 문이 쐑쐑거리며 열릴 때마다 승객들이 타고 내렸다. 그러는 동안, 톰은 생각을 해 보려고 했다. 버스가 변칙적으로 통통 튀어 오르는 와중에도 평소처럼 생각하려고 애를 썼다. 버나드, 더와트, 톰 이렇게 셋이 이곳 잘츠부르크에서 여러 번 만나서 얘기했다고 하면 어떨까? 더와트가 자살 얘기를 꺼낸다. 화장장 말고 야외에서 화장해 달라며, 버나드와 톰에게 부탁한다. 톰은 침울해하는 두 남자를 설득하려 한다. 버나드는 신시아 때문에 우울하고(이건 제프와 에드가 증명해 줄 테고), 더와트는……

톰은 어딘지도 모르면서 버스에서 내렸다. 걸으면서 생각하고 싶었다.

"가방 들어 드릴까요?" 골드너 히르슈 호텔의 벨보이가 물었다.

"안 무겁습니다, 고마워요." 톰은 인사한 다음 방으로 올라갔다.

톰은 손을 씻고 세수한 다음 옷을 벗고 목욕했다. 버나드와 더와트가 잘츠부르크에 있는 맥주와 와인을 파는 바에서 대화를 나누는 모습을 그려 보았다. 더와트가 5년 전 그리스로 떠난 후 버나드와 처음 만나는 자리다. 더와트가 런던으로 돌아왔을 때는 버나드가 피했고, 더와트가 두 번째로 런던에 잠시 나타났을 때는 버나드가 런던에 없었

249

다. 잘츠부르크에 먼저 도착한 건 버나드. 버나드가 벨옹브르에서 잘츠부르크 얘기를 한 적이 있다(사실이었다). 더와트가 벨옹브르로 전화했을 때, 전화를 받은 건 엘로이즈였다. 그녀는 톰이 버나드를 만나러, 혹은 찾으러 잘츠부르크로 갔다고 더와트에게 전한다. 그래서 더와트도 잘츠부르크로 온 것이다. 더와트가 무슨 이름으로 입국했을까? 흠, 그건 미스터리로 남겨 두자. 더와트가 멕시코에서 쓰는 이름을 누가 알겠는가? (혹시 누가 물을 때만) 더와트가 벨옹브르로 전화했었다고 엘로이즈에게 시키는 일이 남았다.

아직은 아귀가 딱 들어맞지도 않고 매끄럽지도 않지만, 이제 시작이었다.

톰은 두 번째로 버나드의 더플백을 앞에 놓고 앉았다. 이제야 버나드가 최근에 쓴 글들을 읽어 보았다. 10월 5일 자 글은 다음과 같았다. "때론 난 내가 이미 죽은 목숨이라는 기분이 든다. 나의 정체성, 내 자아가 분열해 사라졌다는 게 느껴질 정도니 신기해도 너무나 신기하다. 나는 절대로 더와트가 될 수 없었다. 그렇다면 이제 진짜 버나드 터프츠는 될 수 있을까?"

톰은 마지막 두 문장을 참아 줄 수가 없어서 아예 그 장을 통째로 찢어 버렸다.

어떤 그림에는 글귀가 적혀 있었다. 색상에 관한 내용이거나, 푸르른 잘츠부르크 건물에 관한 글이었다. "사람들이 시끌벅적 찾는 모차르트의 성지에는 누가 봐도 근사한 초상화가 단 한 점도 보이지 않았다." 이런 글도 있었다. "나는 이따금 강을 응시한다. 유속이 빨라서 그런지 근사하다. 주위에 '저 남자를 구해라!'라고 소리칠 사람이 단 한 명도 없는 어느 날 밤, 다리에서 뛰어내리는 방법이 최고로 보인다."

이게 바로 톰이 찾던 글귀였다. 톰은 서둘러 스케치북을 덮어서 더플백 속에 도로 쑤셔 넣었다.

설마 내 이름을 적은 건 아니겠지? 톰은 스케치북을 훑어보면서 톰의 이름이나 이니셜이 있는지 살폈다. 그다음, 누런 공책을 폈다. 더와트의 일기에서 필사한 내용이 대부분이었다. 끝에 몇 장만 버나드가 쓴 글이었다. 날짜가 빠짐없이 적혀 있었다. 모두 버나드가 런던에 있을 때 작성한 글이었다. 톰 리플리에 관한 구절은 아예 없었다.

톰은 로비로 내려가 호텔 식당으로 들어갔다. 시간은 늦었어도 뭐든 주문할 수 있었다. 음식을 몇 숟가락 뜨니 기분이 나아졌다. 시원하고 상큼한 화이트 와인을 마시니 영감이 떠올랐다. 내일 오후면 비행기를 타고 떠날 수 있으리라. 어제 제프한테 왜 전화했냐고 추궁당할 경우, 더와트가 잘츠부르크에 있는데 걱정이 된다고 말하려 했다고 하면 된다. 게다가 제프한테는 그가 잘츠부르크에 있다는 말은 아무한테도 하지 말고, 최소한 '대중'에게 공개하지 말아 달라고 부탁했다고 둘러대야 한다. 그럼 버나드는 어쩐다? 버나드도 잘츠부르크에 있다고 제프한테 말했다고 하자. 말을 안 할 리가 없지 않은가? 경찰은 버나드 터프츠를 찾지도 않았다. 버나드가 실종됐다면 자살했을 것이다. 톰과 버나드가 더와트의 시신을 화장하던 날 밤에 버나드가 잘차흐강에서 몸을 던졌다고 하자. 버나드가 화장을 거들었다고 하는 게 최선이다.

톰은 자살을 돕고 선동했다는 이유로 비난받을 각오를 했다. 그런 짓을 하는 자에게 사람들이 어떻게 하더라? 톰은 더와트가 수면제를 잔뜩 먹겠다며 고집을 피웠다고 할 것이다. 세 사람이 숲에서 아침을 보낸 후 산책한다. 더와트가 수면제를 몇 알 먹고 산책에 동참한다. 두 사람이 더와트가 남은 수면제를 마저 먹지 못하게 막는 건 역부족이었으며, 더와트가 그토록 간절히 원하는 일을 방해할 마음은 없었다고 털어놓아야 한다. 그건 버나드도 마찬가지였다고 할 것이다.

톰은 방으로 돌아와서 창문을 열고 돼지가죽으로 만든 여행 가방을 열었다. 둘 중 더 작은 신문지 뭉치를 꺼낸 다음 신문지로 한 번 더 감쌌다. 그런데도 여전히 포도송이보다 작았다. 객실 청소원이 방에 들어오지 않도록 가방을 닫고 창문을 살짝 열어 놓은 다음(손님이 잠자리에 들도록 이미 이불을 젖혀 놓고 갔지만), 작은 꾸러미를 들고 아래층으로 내려갔다. 오른편에 있는 다리를 건넜다. 난간이 있는 다리였다. 어제 버나드가 바로 이 난간에 몸을 기대고 있었다. 톰도 같은 자세로 기댔다. 아무도 지나가지 않을 때 두 손을 벌려 꾸러미를 강으로 떨어뜨렸다. 꾸러미가 가볍게 툭 떨어지더니 이내 어둠 속으로 사라졌다. 톰은 버나드의 반지도 꺼내서 같은 방식으로 처리했다.

다음 날 아침, 톰은 비행기표를 끊어 놓고 쇼핑하러 갔다. 엘로이즈에게 줄 선물이 대부분이었다. 아내에게 주려고 녹색 조끼와 청명한 파란색이 감도는 모직 재킷을 샀다. 골루아즈 담뱃갑 겉면에 칠해진 파란색하고 비슷했다. 하얀 러플 블라우스도 샀다. 그가 입을 청록색 조끼와 헌팅 나이프 두 자루도 샀다.

이번에 탄 소형기는 '루트비히 판 베토벤'이라는 이름이 붙어 있었다.

저녁 8시에 오를리 공항에 도착했다. 톰은 자기 여권을 제시했다. 직원은 톰과 사진을 번갈아 쳐다보더니 도장은 찍어 주지 않았다. 택시를 타고 빌페르스로 갔다. 엘로이즈가 손님을 불렀을까 봐 걱정했는데, 역시나 예상이 맞았다. 집 앞에 다 쓰러져 가는 자주색 시트로엥이 서 있었다. 그레 부부의 차였다.

저녁 식사가 거의 끝나 가고 있었다. 편안하고 작은 불꽃이 벽난로에 안에서 피어오르고 있었다.

"전화는 왜 안 했어?" 엘로이즈가 투덜거리면서도 톰을 보자 반가워했다.

"방해하고 싶지 않아서."

"저희 다 먹었어요!" 아녜스 그레가 말했다.

사실이었다. 다들 거실에서 커피를 막 마시려던 참이었다.

"저녁은 드셨어요?" 아네트 여사가 물었다.

톰은 먹었다고 했지만, 커피는 마시고 싶었다. 톰은 그레 부부에게 파리에 가서 개인적인 문제로 힘들어하는 친구를 만나고 왔다고 천연덕스럽게 말했다. 그레 부부는 캐묻는 스타일이 아니었다. 톰은 건축가 앙투안에게 바쁜 사람이 무슨 일로 목요일 밤부터 빌페르스로 내려왔냐고 물었다.

"그냥 오고 싶어서요. 날씨도 좋겠다, 새로 지을 건물 관련해서 이것저것 기록하자고 내가 날 설득한 거예요. 사실 더 중요한 일이 있긴 합니다. 제가 저희 집 손님방에 놓을 벽난로를 설계하는 중이거든요." 앙투안이 웃었다.

엘로이즈만 톰이 평소와 다르다는 걸 눈치챈 것 같았다. "화요일에 있었던 노엘 파티는 어땠어요?" 톰이 물었다.

"아주 재미있었어요! 같이 가셨더라면 좋았을 텐데요." 아녜스가 말했다.

"신기루처럼 사라진 머치슨은 어찌 된 겁니까?" 앙투안이 물었다. "도대체 무슨 일이 벌어지고 있는 거죠?"

"경찰이 여태 머치슨을 못 찾았나 봅니다. 머치슨 부인이 절 만나러 여기까지 왔었거든요. 엘로이즈한테 이미 들으셨는지 모르겠지만요."

"아뇨, 못 들었어요." 아녜스가 말했다.

"머치슨 부인을 도와드릴 일이 별로 없더라고요. 남편이 들고 온 더와트의 그림이 오를리 공항에서 도난당했어요." 이 얘긴 해도 상관없을 것 같았다. 사실이었고, 신문에도 실린 내용이었기 때문이다.

톰은 커피를 마신 다음 양해를 구했다. 짐을 풀고 금방 돌아오겠다고 했다. 아네트 여사가 짐 가방을 2층에 올려다 놓아서 짜증이 났다. 짐을 아래층에 그냥 두라는 말을 흘려들은 것이다. 2층에 올라가서 보니 다행히도 아네트 여사가 짐 가방은 풀지 않았다. 아래층에서 할일이 많아서 그냥 둔 것 같았다. 톰은 새로 산 돼지가죽으로 만든 여행가방을 옷장 속에 집어넣고, 다른 가방을 열었다. 그 안엔 쇼핑한 물건들이 가득했다. 톰은 아래층으로 내려갔다.

그레 부부는 오래 눌러앉아 있는 타입이 아니라서 11시가 되기도 전에 집으로 돌아갔다.

"웹스터가 또 전화했어?"

"아니." 엘로이즈가 영어로 다정하게 대답했다. "아네트 여사한테 당신이 잘츠부르크에 갔다 왔다고 말해도 돼?"

톰은 미소를 지었다. 하나를 가르치면 열을 아는 엘로이즈 때문에 안도의 미소가 지어졌다. "응, 이제부터 당신은 내가 잘츠부르크에 갔다 왔다는 말을 반드시 해야 해." 톰은 자초지종을 설명하고 싶었지만, 오늘 밤에는 버나드의 유해를 가져왔다는 말을 꺼낼 수가 없었다. 나중에도 못 할 것 같았다. 더와트 겸 버나드의 유해를 가져왔다고 말이다. "나중에 설명할게. 지금은 런던에 전화부터 하고." 톰은 수화기를 들고 제프의 스튜디오로 전화를 신청했다.

"잘츠부르크에서 무슨 일 있었어? 그 남자 만났어?" 엘로이즈가 캐물었다. 버나드에 대한 짜증이라기보다 톰을 향한 관심이 더 컸다.

톰이 주방으로 시선을 돌렸지만, 이미 아네트 여사는 안녕히 주무시라고 한 후에 문을 닫고 들어간 후였다. "버나드는 죽었어. 자살했어."

"정말? 농담하는 거 아니지, 여보?"

엘로이즈는 농담이 아니라는 걸 감지했다. "중요한 건, 당신이 누구한테든 내가 잘츠부르크에 갔다 왔다고 말해야 한다는 거야." 톰은 아내가 앉은 의자 옆 바닥에 무릎을 꿇고 앉은 다음, 머리를 아내의 무릎에 잠시 댔다가 자리에서 일어나 양쪽 뺨에 입을 맞췄다. "여보, 나는 잘츠부르크에서 더와트도 죽었다는 말까지 해야 해. 그래서 말인데, 혹시 누가 물으면, 더와트가 런던에서 우리 집으로 전화해 나를 만날 수 있는지 물었다고 당신이 꼭 말해야 해. 내가 잘츠부르크로 갔다고 더와트에게 전해 준 사람이 당신이야. 알았지? 기억할 수 있지? 그게 사실이니까."

엘로이즈가 의심스러운 눈길을 보내다가 살짝 짓궂게 바라보았다. "어디까지가 진실이고, 어디까지가 거짓인데?"

아내의 목소리에서 묘하게 철학적인 느낌이 묻어났다. 사실 그건 철학자들이나 던지는 질문이었다. 그걸 왜 톰과 엘로이즈가 고민해야 하나? "2층으로 올라가자. 내가 잘츠부르크에 갔다 왔다는 걸 보여 주겠어." 톰이 엘로이즈를 의자에서 일으켜 세웠다.

두 사람은 톰의 침실로 가서 가방에 있는 물건들을 구경했다. 엘로이즈가 녹색 조끼를 걸치고 파란 재킷을 품에 안았다. 입어 보니 재킷이 몸에 꼭 맞았다.

"가방도 새로 샀네!" 엘로이즈가 옷장에 넣어 둔 갈색 돼지가죽 가방을 보며 말했다.

"흔해 빠진 가방인데, 뭐." 톰은 불어로 말했다. 그때 전화가 왔다. 톰은 엘로이즈를 가방에서 떼어 놓았다. 제프가 전화를 받지 않는다는 교환원의 말에, 톰은 몇 번이든 연결이 될 때까지 걸어 달라고 부탁했다. 자정이 얼마 남지 않은 시각이었다.

톰이 샤워하는 동안 엘로이즈가 말을 걸었다. "버나드가 죽었다고?"

톰은 비눗기를 씻어 냈다. 집에 온 것도 좋았고, 발바닥에 닿는 익숙한 욕조의 느낌도 좋았다. 실크 잠옷으로 갈아입었다. 어디부터 설명해야 할지 난감했다. 그때 전화가 왔다. "내가 통화하는 거 들으면 이해가 될 거야."

"여보세요?" 제프였다.

톰이 긴장한 몸을 곧게 펴고 진지하게 말했다. "여보세요. 톰입니다. 더와트가 죽었다는 얘기를 하려고 전화했습니다. 더와트가 잘츠부르크에서 사망했습니다."

제프는 지금 전화가 도청이라도 당하고 있다는 듯이 말을 더듬었다. 톰은 평범하고 정직한 시민처럼 설명을 이어 갔다.

"경찰한테는 아직 신고를 못 했어요. 어떻게 죽었는지 전화로는 설명할 수 없는 상황이라서요."

"그럼 런던으로 올 건가요?"

"아뇨, 안 갑니다. 대신 웹스터한테 내가 전화했다고 전해 줘요. 내가 버나드를 찾으러 잘츠부르크에 갔었다고요. 지금은 버나드를 신경 쓸 때가 아닙니다. 대신 딱 한 가지는 무슨 일이 있어도 당신들이 신경 써야 해요. 버나드의 작업실에 가서 더와트의 서명이 적힌 작품은 모조리 치워요. 할 수 있죠?"

제프가 무슨 말인지 알아들었다. 제프와 에드가 관리인을 알기에 열쇠를 받을 수 있을 것이다. 버나드가 뭘 좀 갖다 달라고 했다고 둘러대면 된다. 이렇게 하면 스케치며 미완성 캔버스까지 다 들고 나올 수 있을 것이다. 톰은 그럴 수 있기를 바랐다.

"빠짐없이 전부 처리해요. 이어서 설명하자면, 더와트가 며칠 전 우리 집에 전화했는데, 그 전화를 아내가 받았습니다. 그래서 엘로이즈가 내가 잘츠부르크에 갔다고 더와트한테 말했대요."

"알겠어요. 그런데 왜……."

더와트가 잘츠부르크에 간 이유를 제프가 묻는 것 같았다. "중요한 건 내가 여기에서 웹스터를 만날 준비가 되었다는 점이죠. 실은 내가 만나고 싶거든요. 웹스터 형사한테 할 말이 있어요."

톰은 전화를 끊고 엘로이즈에게 다가갔다. 도저히 웃음이 나오지 않는데도 미소를 지었다. 그런 그가 성공하지 못할 리가 있을까.

"이게 다 무슨 소리야?" 엘로이즈가 영어로 물었다. "더와트가 잘츠부르크에서 죽었다니? 당신이 그랬잖아? 더와트는 이미 몇 년 전에 그리스에서 죽었다고."

"더와트가 죽었다는 걸 보여 줘야 하거든. 필립 더와트의 영예를 지켜 주려고 내가 지금까지 이 일을 다 한 거야."

"이미 죽은 사람이 어떻게 또 죽어?"

"그건 나한테 맡겨. 내가 말이지……." 톰은 좁은 탁자 위에 올려놓은 손목시계를 확인했다. "오늘 밤에 해야 할 일이 있는데 30분 정도 걸릴 거야. 일단 그것부터 끝내고 같이 있자."

"일이라니?"

"사소한 일이야." 만약 사소하지만 해야 할 일이 있다는 걸 여자들이 이해해 주지 못한다면, 과연 누가 이해해 줄 수 있을까? "별건 아닌데 꼭 해야 하는 일이야."

"내일 아침에 하면 안 돼?"

"웹스터 형사가 내일 아침에 올지 몰라서 그래. 새벽에 들이닥칠 수도 있고. 그때면 당신이 옷도 대충 입고 있을 텐데, 내가 옆에 있어 줘야지." 톰이 아내를 일으켜 세웠다. 그녀가 스스로 일어나는 걸 보니 기분이 괜찮아 보였다. "아버님은 별일 없으시지?"

엘로이즈가 불어로 쏟아냈다. "오늘 저녁 같으면 아빠가 난리 나실 걸? 잘츠부르크에서 둘이나 죽다니! 당신 말을 들으면 한 명이 죽은 것 같은데. 혹시 아무도 안 죽었다는 소리야?"

톰이 웃음을 터뜨렸다. 엘로이즈의 종잡을 수 없는 모습을 보니 흐뭇했다. 자기를 닮았기 때문이다. 그녀가 보이는 예의범절은 겉치레일 뿐, 그렇지 않았더라면 엘로이즈는 절대로 그와 결혼하지 않았을 것이다.

엘로이즈가 복도를 지나 자기 방으로 건너가자, 톰은 여행 가방에서 버나드의 누런 공책과 스케치북을 꺼낸 다음 책상 위에 단정히 올려놓았다. 버나드가 입던 면바지와 셔츠는 잘츠부르크 길거리 휴지통에 버렸고, 더플백은 다른 쓰레기통에 버렸다. 버나드가 다른 호텔에 가서 방을 잡을 동안만 더플백을 맡아달라고 했지만 돌아오지 않아서 톰이 중요한 것만 챙겨 왔다고 할 작정이었다. 그런 다음, 런던에서 처음 더와트로 변장했을 때 꼈던 멕시코산 반지를 잡동사니 상자에서 꺼냈다. 반지를 쥐고 맨발로 조용히 아래층으로 내려갔다. 반지를 타다 남은 불씨 한가운데로 던졌다. 반지가 녹아내려 방울 모양이 될 것이다. 멕시코산 은은 순도가 높고 무르기 때문에 뭐가 되긴 될 것이다. 그럼 그것을 더와트의 유해 속에, 다시 말해, 버나드의 유해 속에 집어넣을 것이다. 내일 아침에는 일찍 일어나야 한다. 아네트 여사가 벽난로에서 재를 치우기 전에.

엘로이즈가 침대에 누워서 담배를 피우고 있었다. 톰은 아내가 담배를 피우는 건 싫었지만 내뿜는 연기 냄새는 좋았다. 불을 끄고 아내를 더욱 꽉 끌어안았다. 로버트 매카이의 여권을 오늘 밤 벽난로 속에 던져 넣지 않았다는 게 아쉬웠다. 찰나의 평화라는 것이 과연 존재하긴 하려나?

25 톰은 자고 있는 엘로이즈에게서 몸을 뺐다. 팔베개해 준 팔을 빼고 과감히 아내를 돌려 눕힌 다음 한쪽 가슴에 입을 맞추었다. 그러고는 침대에서 빠져나왔다. 아내는 깰 것 같지 않았다. 남편이 화장실에 간다고 생각하는 것 같았다. 톰은 맨발로 자기 침실로 걸어가 재킷 주머니에 넣어 둔 매카이 여권을 꺼냈다.

아래층으로 내려갔다. 전화기 옆에 놓인 시곗바늘이 6시 45분을 가리켰다. 벽난로의 불꽃이 허연 재로 변한 듯해도, 아직은 불씨가 남아 있는 게 확실했다. 톰은 막대기를 쥐고 은반지를 찾으려고 뒤적거리면서도 손에 쥐고 있는 녹색 여권을 감출 태세를 취했다. 혹시라도 아네트 여사가 거실로 나올 경우에 대비해 여권을 반으로 접었다. 반지를 찾았다. 형태가 일그러지고 시커멓게 변하긴 했지만, 톰이 기대

256

했던 만큼 뭉그러지지는 않았다. 반지를 벽난로 근처에 놓고 식히는 사이, 톰은 남은 불씨를 키웠다. 빨리 타도록 여권을 찢은 다음 성냥불을 붙이고 다 탈 때까지 지켜보았다. 이제 반지를 들고 2층으로 올라가 잘츠부르크에서 가져온 돼지가죽 가방 속 꾸러미를 꺼냈다. 시커멓게 탔지만 벌건 기가 남아 있는 형체 불명의 덩어리와 반지를 같이 싸 놓았다.

전화가 울리자마자 곧장 수화기를 들었다.

"아, 웹스터 형사님, 안녕하세요…… 괜찮습니다. 일어나 있었습니다."

"콘스턴트 씨한테 듣자 하니 더와트가 사망했다던데, 제가 이해한 게 맞습니까?"

톰은 순간 멈칫했다. 웹스터는 콘스턴트가 어젯밤 늦게 경찰서로 전화해 메모를 남겼다고 덧붙였다. "더와트가 잘츠부르크에서 스스로 목숨을 끊었습니다. 때마침 저도 잘츠부르크에 있었고요."

"좀 뵙죠, 리플리 씨. 새벽같이 전화드린 건, 9시 비행기에 자리가 있더라고요. 오늘 오전 11시경에 뵈러 가도 되겠습니까?"

톰은 흔쾌히 그러라고 했다.

이제 톰은 엘로이즈의 침실로 갔다. 톰이 잠이 든다면, 두 사람은 한 시간 후에 올라올 아네트 여사 때문에 깰 것이다. 여사가 쟁반에 마실 것을 들고 올라오면 엘로이즈는 차를, 톰은 커피를 마실 것이다. 아네트 여사는 톰이나 엘로이즈가 서로의 방에 가서 한 침대를 쓰는 모습에 익숙했다. 톰은 잠을 더 자지 않았지만 약간의 휴식을 취할 수 있었다. 엘로이즈와 같이 있는 것만으로도 잠을 자는 것만큼 원기를 되찾았다.

아네트 여사가 8시 반경에 올라왔다. 톰은 커피를 마시겠다고 손짓을 보냈지만, 엘로이즈는 더 자겠다고 했다. 톰은 커피를 음미하면서 꼭 해야 할 일과 앞으로 어떻게 행동해야 하는지를 점검했다. 무엇보다 정직한 게 최고라는 생각에 머릿속으로 사연을 되뇌었다. 머치슨이 실종되자 괴로워하던 더와트(더와트가 그렇게까지 괴로워한다는 게 이상하긴 했다. 비논리적이긴 하지만, 사실처럼 들릴 것이다. 예상치 못한 반응이 진실처럼 들리는 법이니)가 톰을 만나러 오겠다고 전화한다. 엘로이즈는 남편이 버나드 터프츠를 찾으러 잘츠부르크로 갔다고 더와트에게 전한다. 그래 맞아, 엘로이즈가 웹스터 형사한테 버나드 얘기를 꺼내는 게 최선일 것이다. 더와트에게 버나드 터프츠는 이름만 들어도 당장 반응할 오랜 친구였기 때문이다. 잘츠부르크에서 만난 톰과 더와트는 머치슨보다 버나드 걱정을 더 많이 한다.

엘로이즈가 뒤척이자, 톰은 침대에서 일어나 아래층으로 내려가 아네트 여사한테 차를 새로 우려 달라고 했다. 시간은 9시 반쯤 되었다.

톰은 밖으로 나가 맨 처음 머치슨을 암매장했던 자리를 살폈다. 마지막으로 확인한 이후 비가 내렸다. 톰은 예전처럼 나뭇가지 몇 개를 그 위에 올려놓았다. 누가 그곳을 애써 감추려 한 것 같지 않게 자연스러워 보였다. 경찰이 파헤친 자리를 톰이 굳이 숨길 이유가 없었다.

10시경에 아네트 여사가 장을 보러 나갔다.

톰은 웹스터 형사가 올 때가 됐다면서 엘로이즈에게 같이 만나자고 했다. "당신은 내가 버나드를 찾으러 잘츠부르크에 갔다 왔다고 얘기하면 돼."

"웹스터 형사가 당신을 기소하면 어떡해?"

"무슨 수로?" 톰이 웃으며 말했다.

웹스터 형사가 10시 45분에 도착했다. 검은 서류 가방을 든 모습이 의사처럼 유능해 보였다.

"구면이시죠? 아내입니다." 톰이 소개하면서 코트를 받아 들고는 웹스터에게 앉으라고 권했다.

웹스터 형사가 소파에 앉더니 일단 사건을 시간순으로 확인하며 기록했다. 더와트와 언제 통화했냐는 질문에, 톰은 11월 3일 일요일에 더와트가 전화했을 거라고 답했다.

"더와트가 전화했을 때, 아내가 받았습니다. 저는 잘츠부르크에 있었고요."

"부인께서 더와트하고 통화하셨다고요?" 웹스터가 엘로이즈에게 물었다.

"네. 그분이 남편을 찾으시기에 버나드 씨를 찾으러 잘츠부르크로 갔다고 말씀드렸어요."

"허흠. 어느 호텔에 묵으셨나요?" 웹스터가 예의 미소를 지으며 톰에게 물었다. 즐거워하는 표정만 봐서는 사망 사건을 조사하러 나온 형사 같지 않았다.

"골드너 히르슈 호텔이요. 무작정 파리부터 가서 버나드가 있나 돌아다니다가 잘츠부르크로 이동했습니다. 버나드가 잘츠부르크 얘기를 했었거든요. 버나드가 잘츠부르크로 간다는 말은 안 했지만, 다시 가 보고 싶다는 말은 했었어요. 워낙 작은 도시니 사람을 찾는 게 어렵지 않잖아요. 아무튼 둘째 날에 버나드를 찾았습니다."

"누굴 먼저 만나셨나요, 버나드인가요, 아니면 더와트?"

"버나드요. 제가 찾던 사람은 버나드였어요. 전 더와트가 잘츠부르크에 왔는지도 몰랐습니다."

"흠. 계속하시죠."

톰은 의자에 앉은 채 몸을 앞으로 숙였다. "한두 번 버나드하고 만나서 얘기했습니다. 그리고 더와트하고도 그 정도 만났죠. 그런 다음에 셋이서 여러 번 만났습니다. 버나드와 더와트는 오랜 친구 사이였으니까요. 둘 중 더 우울해했던 사람은 버나드였어요. 런던에 사는 여자 친구 신시아가 버나드를 다시는 만나지 않겠다고 했거든요. 더와트는……." 톰이 머뭇거렸다. "더와트는 자기 자신보다 버나드를 더 많이 걱정하는 것 같았어요. 버나드가 갖고 다니던 공책과 스케치북이 저한테 있는데요, 형사님께서 꼭 보셔야 할 것 같습니다." 톰이 자리에서 일어서자 웹스터가 저지했다.

"일단 몇 가지 사실부터 확인하고 싶습니다. 버나드가 자살했다고 하셨는데, 왜 그렇게 생각하십니까?"

"버나드가 사라졌어요. 더와트가 사망한 직후에요. 버나드가 공책에 남긴 글귀로 보아, 잘츠부르크에 있는 잘차흐강으로 뛰어든 것 같습니다. 그렇다고 그쪽 경찰에 신고할 만큼 확실한 건 아니라서, 일단 형사님께 먼저 말씀드리고 싶었습니다."

웹스터가 약간 당황한 기색을 내비쳤다. 아니, 얼어붙었다고 할까. 그 모습을 보면서 톰은 놀라지 않았다. "저야말로 버나드가 갖고 다니던 공책에 누구보다 관심이 있습니다만, 대체 잘츠부르크에서 더와트에게 무슨 일이 있었던 거죠?"

톰이 엘로이즈를 쳐다보았다. "그러니까 그게, 화요일 오전 10시경에 셋이서 다 같이 만나기로 약속을 했습니다. 그런데 더와트가 만나서 하는 말이, 자기가 신경 안정제를 먹었다는 거예요. 더와트는 자기가 자살을 앞두고 하는 말이라면서, 자기를 화장시켜 달라고 했어요. 저희들 손으로요. 버나드하고 저한테 부탁한 거죠. 사실, 일전에도 그런 소리를 한 적이 있었지만, 전 그 말을 대수롭지 않게 듣고 넘겼거든요. 그런데 그날 화요일에는 더와트가 몸을 가누지도 못하는 상태로 나타나 이런저런 농담을 하더라고요. 셋이서 걸어가는 동안에도 더와트가 약을 몇 알 더 먹었어요. 더와트가 숲으로 가고 싶다고 해서, 저희 셋이 숲으로 들어갔어요." 톰이 엘로이즈에게 말했다. "듣고 싶지 않으

259

면 2층으로 올라가도 좋아. 난 있었던 일을 있는 그대로 말씀드려야 하거든."

"나도 들을래." 엘로이즈가 잠시 두 손으로 얼굴을 감쌌다가 손을 내리고 일어섰다. "아네트 여사님한테 차 준비해 달라고 할게. 괜찮지, 여보?"

"그래, 그게 좋겠어." 톰은 대답한 다음 웹스터를 보며 말을 이어 갔다. "더와트가 절벽에서 몸을 날려서 돌무더기 위로 떨어지고 만 겁니다. 더와트는 세 가지 방법으로 자살한 셈이죠. 약을 먹어서, 뛰어내려서, 그리고 마지막으로 불에 타서 죽은 거죠. 저희가 더와트를 화장시킬 때는 이미 숨이 끊긴 상태였으니, 투신자살한 게 맞아요. 버나드와 제가 그다음 날 다시 현장에 갔어요. 저희 둘이 힘닿는 데까지 불을 피워서 더와트를 화장시킨 다음, 남은 유해는 땅에 묻어 주었습니다."

엘로이즈가 자리로 돌아왔다.

웹스터가 받아 적으며 물었다. "다음 날이면 11월 6일 수요일이겠네요. 버나드는 어디에 묵었습니까?" 톰은 린츠 거리에 있는 데르 블라우에 여관이라고 대답했다. 그러면서도 수요일 이후에는 버나드가 어디에서 잤는지 모르겠다고 했다. "석유는 어디에서 어떻게 구했죠?" 톰은 장소는 얼버무리면서도 수요일 정오에 샀다고 대답했다. "그럼 더와트는 어디에 묵었나요?" 톰은 그걸 알아볼 생각은 하지도 않았다고 진술했다.

"버나드와 목요일 오전 9시 반에 올터 마트 앞에서 만나자고 약속했어요. 그런데 수요일 밤에 버나드가 더플백을 제게 건네더니 그날 밤에 묵을 다른 호텔을 찾을 때까지만 맡아 달라고 했어요. 그래서 제가 제 호텔방에 같이 있자고 했는데도, 거절하더라고요. 그런데 목요일이 되어도 버나드가 돌아오지 않았어요. 마트 앞에서 한 시간이나 기다렸지만, 끝끝내 모습을 보이지 않았죠. 제가 묵고 있던 호텔에 메모조차 남기지 않은 걸 보면, 버나드는 애당초 약속을 지킬 마음이 없었던 것 같아요. 버나드는 강으로 뛰어들어 스스로 목숨을 버렸을 겁니다. 그래서 전 프랑스로 돌아왔습니다."

웹스터가 평소보다 굼뜬 동작으로 담배에 불을 붙였다. "그렇다면 수요일 밤새 버나드의 더플백을 갖고 계셨다는 얘긴가요?"

"밤을 샐 필요는 없었죠. 버나드는 제가 어느 호텔에 묵는지 알고 있었으니까요. 그래서 전 그날 밤 늦게라도 버나드가 가방을 찾으러 올 줄 알았어요. 제가 뭐라고 했냐면, '오늘 밤에 못 오면, 내일 아침에 봅시다'라고 했었죠."

"그렇다면 어제 아침에 여기저기 호텔을 돌아다니면서 버나드를 찾아보셨나요?"

"아뇨. 찾지 않았습니다. 희망이 아예 보이지 않았으니까요. 저는 심란했고 지칠 대로 지쳤었습니다."

아네트 여사가 차를 들고 나오더니 웹스터 형사에게 "봉주르" 하고 인사를 건넸다.

"버나드가 며칠 전 저희 집 지하실에 허수아비를 만들어서 걸어 놓은 적이 있었습니다. 그 허수아비가 다름 아닌 버나드였던 셈이죠. 아내가 발견하고 기겁했어요. 버나드가 벨트에 바지와 재킷을 걸고 천장에 매단 다음 메모를 남겼습니다." 톰이 아내를 바라보았다. "엘로이즈, 미안해."

엘로이즈가 입술을 깨물더니 어깨를 으쓱했다. 그녀가 보인 반응은 의심할 여지없는 날것 그대로였다. 무슨 일이 있었는지 먼저 얘기를 꺼낸 사람은 톰이었지만, 엘로이즈는 그 기억을 떠올리고 싶어 하지 않았다.

"버나드가 붙여 놓았다던 메모를 갖고 계십니까?"

"네. 가운 주머니 속에 넣어 뒀습니다. 가서 가져올까요?"

"잠시만요." 웹스터가 미소를 지으려다가 말았다. "잘츠부르크에 가신 이유가 정확히 뭔가요?"

"버나드가 걱정돼서요. 버나드가 잘츠부르크에 가고 싶다고 한 적이 있었어요. 전 버나드가 자살할 것 같은 느낌을 받았어요. 그리고 궁금하기도 했습니다. 버나드가 도대체 왜 날 찾아왔을까. 버나드는 저희 집에 더와트의 작품 두 점이 있다는 사실을 알고 있었어요. 진품 두 점을요. 하지만 저와는 아는 사이가 아니었거든요. 그런데도 버나드가 처음으로 저희 집에 와서는 허심탄회하게 얘기하더군요. 그래서 전 제가 도움이 될 거로 생각했죠. 하지만 결국 더와트도, 버나드도 스스로 생을 마감하고 말았잖습니까. 더와트가 먼저 떠났는데, 다들 더와트 같은 사람하고는 얽히고 싶어 하지 않잖아요. 그 사람이 그릇된 선택을 할 거라는 게 느껴지니까요. 이게 제 진심은 아니지만, 진심이기도 해요. 자살하기로 결심한 사람한테 씨알도 안 먹힐 얘기라는 걸 알면서도 자살하지 말라고 설득해 봐야 뭐 합니까. 제 말은 이런 뜻이에요. 그건 잘못된 거고 부질없는 일이라는 거죠. 말해 봐야 아무 소용없다는 걸 아는데, 죽지 말라는 말을 하지 않았다는 이유로 왜 비난받아

261

야 하죠?" 톰이 말을 멈추었다.

웹스터가 경청하고 있었다.

"버나드가 저희 집에 허수아비를 걸어 놓고는 사라졌다가, 파리에서 돌아왔더라고요. 그때 엘로이즈가 버나드를 만났습니다."

웹스터는 버나드가 벨옹브르로 돌아온 날짜를 물었다. 톰은 최대한 기억을 되살려 10월 25일인 것 같다고 대답했다.

"여자 친구였던 신시아가 다시 만나자고 했다는 말을 해서라도 전 버나드를 돕고 싶었어요. 그런데 그건 사실이 아니었어요. 버나드가 했던 말들을 맞춰 봐도, 그건 사실이 아니었어요. 전 우울감에 빠져서 허우적대는 버나드를 어떻게든 꺼내 주고 싶어서 노력했을 뿐입니다. 노력은 더와트가 훨씬 많이 했어요. 잘츠부르크에서 둘이서만 여러 차례 만난 거 같더라고요. 더와트는 버나드를 좋아했거든요." 톰이 엘로이즈에게 말했다. "무슨 말인지 이해하지, 여보?"

엘로이즈가 고개를 끄덕였다.

엘로이즈는 처음부터 끝까지 이해하고 있는 것 같았다.

"대체 더와트가 왜 그렇게까지 우울해한 걸까요?"

톰이 잠시 생각에 잠겼다. "더와트는 이 세상에 염증을 느낀 것 같았어요. 산다는 것 그 자체에요. 더와트가 멕시코에서 개인적으로 무슨 일을 겪었는지는 저야 모르죠. 더와트 말로는 멕시코 여자와 결혼했지만, 여자가 도망갔다고 했거든요. 이 일이 얼마나 심각했는지 저는 모릅니다. 더와트는 런던에 가자 불안해진 것 같았어요. 런던에 간 게 실수였다고 자기 입으로 털어놓았으니까요."

웹스터가 마침내 받아 적기를 멈추었다. "그럼 2층으로 같이 올라가실까요?"

톰이 자기 침실로 웹스터 형사를 데려갔다. 그러더니 옷장에 넣어 둔 여행 가방을 꺼냈다.

"아내가 이걸 안 봤으면 좋겠습니다." 톰은 이렇게 말한 후 가방을 열었다. 톰과 웹스터가 가방 옆에서 몸을 숙였다.

유해의 일부가 오스트리아와 독일 신문지에 싸여 있었다. 톰이 사서 가방 밑에 깔아 두었던 신문지였다. 톰은 웹스터가 신문 날짜를 확인한 후 뭉치를 꺼내 러그 위에 올려놓는 모습을 포착했다. 웹스터가 뭉치 밑에 신문을 몇 장 더 두껍게 깔았다. 그런데 톰은 그 뭉치가 축축하지 않다는 걸 알고 있었다. 웹스터가 신문지를 풀었다.

"세상에. 더와트가 이걸로 뭘 어떻게 해 달라고 부탁한 건가요?"

톰이 인상을 쓴 채 머뭇거렸다. "더와트는 그런 부탁은 하지도 않았습니다." 톰은 창가로 가서 창문을 살짝 열었다. "이걸 왜 가져왔는지 저도 잘 모르겠어요. 저도, 버나드도 참담한 심경이었습니다. 우리가 영국으로 더와트의 유해를 일부라도 꼭 가져가야 한다는 말을 버나드가 했는지는 기억나지 않습니다만, 제가 가지고 온 거예요. 시신을 태우면 가루가 될 줄 알았는데, 안 되더라고요."

웹스터가 볼펜 끝으로 살덩어리를 쿡쿡 찔렀다. 그러다가 반지가 보였는지 그걸 볼펜으로 끄집어냈다. "은반지네요."

"반지도 일부러 챙겨 왔어요." 반지에 새겨진 뱀 두 마리가 여전히 보였다.

"제가 이걸 런던으로 가져가겠습니다." 웹스터가 일어서며 말했다. "상자가 있으면 좋겠는데요."

"그러시죠. 상자야 당연히 있습니다." 톰이 문으로 향했다.

"버나드 터프츠가 쓰던 공책도 있다고 하셨죠?"

"네." 톰이 나가다 말고 돌아와 책상 위 한쪽 구석에 놓인 공책과 스케치북을 가리켰다. "저겁니다. 그리고 버나드가 쓴 메모는……." 톰이 욕실 고리에 걸어 둔 가운을 가지러 갔다. 메모가 주머니 속에 그대로 들어 있었다. "당신 집에서 옷으로 육신을 만들어 내 목을 매단다." 톰은 웹스터에게 메모를 건넨 다음 아래층으로 내려갔다.

아네트 여사는 온갖 종류의 상자를 모아 두었다. "상자는 뭐 하시게요?" 여사가 도우려고 물었다.

"이거면 되겠네요." 톰이 말했다. 아네트 여사가 옷장 맨 위에 켜켜이 쌓아 둔 상자들 사이에서 하나를 끄집어 내렸다. 상자 안에는 쓰다 남은 뜨개질용 털실이 정갈하게 감겨 있었다. 톰이 실뭉치를 건네자, 여사가 미소를 지으며 말했다. "고맙습니다. 제 보물이거든요."

웹스터가 아래층으로 내려와 영어로 통화하고 있었다. 엘로이즈는 자기 방으로 올라간 것 같았다. 톰은 상자를 들고 2층으로 올라가 작은 뭉치를 그 안에 담고 신문지를 구겨서 상자 안에 채운 다음 작업실에서 끈을 가져와 묶었다. 구두 상자였다. 톰은 상자를 들고 아래층으로 내려갔다.

웹스터는 아직도 통화하고 있었다.

톰은 바에 가서 자기가 마실 깔끔한 위스키를 따른 다음, 웹스터가 뒤보네를 마시겠다고 할 수도 있으니 기다리기로 했다.

"벅마스터 갤러리 사람들이요? 제가 돌아갈 때까지 기다려 주시겠습니까?"

톰은 마음을 바꿔 먹고 웹스터가 마실 술에 넣을 얼음을 가지러 주방으로 갔다. 얼음을 꺼내다가 여사와 마주치자 술 한 잔을 만들어 달라고 했다. 잊지 말고 레몬 제스트도 넣어 달라고 부탁했다.

웹스터는 아직도 수화기를 붙들고 있었다. "한 시간 후 다시 전화 드릴 테니 점심 먹으러 나가지 마시고…… 아닙니다. 지금은 아무한테 도 말씀하시면 안 됩니다…… 아직은 모릅니다."

톰은 불안했다. 정원에 엘로이즈가 보이자 톰은 아내에게 말을 걸러 나갔다. 사실 거실에 그냥 있고 싶었다. "웹스터 형사한테 점심으로 샌드위치라도 대접해야 할 것 같아. 괜찮지, 여보?"

"형사님한테 유해를 건넨 거야?"

톰이 눈을 껌뻑였다. "일부만 조금 건넸어. 상자에 담아서." 톰은 어색해하며 말했다. "잘 싸서 드렸으니, 상상은 하지 마." 톰은 손을 잡고 아내를 집 뒤편으로 이끌었다. "다들 더와트의 유해라고 받아들일 수 있도록 버나드가 자기 몸을 제공하는 게 맞아."

엘로이즈는 이해했을 것이다. 그동안 무슨 일이 있었는지 이해했을 것이다. 그렇다고 해도, 톰은 버나드가 더와트를 동경했다는 사실까지 아내가 이해해 주기를 기대하지는 않았다. 톰은 아네트 여사에게 랍스터 통조림과 이것저것을 넣어서 샌드위치를 만들어 달라고 했다. 엘로이즈는 거들러 갔고, 톰은 웹스터 형사에게 갔다.

"공식적인 절차라서 그런데요. 리플리 씨, 여권을 보여 주시겠습니까?"

"물론이죠." 톰은 곧바로 2층에 올라가서 여권을 들고 내려왔다.

웹스터 형사가 그제야 뒤보네를 마시면서 여권을 꼼꼼히 살폈다. 최근 날짜에도 관심을 보였지만, 몇 달 전 찍힌 날짜에도 관심을 보이는 것 같았다. "오스트리아에 다녀오신 게 맞네요."

톰은 더와트가 두 번째로 런던에 등장했을 때 톰 리플리의 여권을 들고 입국하지 않았다는 사실을 상기하며 마음을 놓았다. 피곤이 밀려오자 의자에 앉았다. 어제 사람을 손수 화장하는 일까지 했으니 톰은 지치고 우울해 보여야 했다.

"더와트의 물건은 어찌 됐나요?"

"물건이라뇨?"

"여행 가방이라든가."

"전 더와트가 어디에 묵었는지는 아예 모릅니다. 버나드도 몰랐어요. 그래서 더와트가 자살한 후에 제가 버나드한테 물어봐야 했습니다."

"더와트가 자기 짐을 호텔방에 그대로 두었을까요?"

"그건 아닐걸요." 톰이 고개를 저었다. "그건 아닐 겁니다. 버나드는 더와트가 자기 흔적을 모조리 지운 다음 호텔에서 나왔을 것 같다고 했어요. 그렇다면 가방을 어떻게 없앴을까요? 쓰레기통이나 강에 버렸겠죠. 잘츠부르크에서는 그러기가 쉽죠. 만약 더와트가 그 전날 캄캄한 밤에 가방을 버렸다면 아주 쉬웠을 겁니다."

웹스터가 생각에 잠겼다. "버나드가 숲속 그 장소로 돌아가 그 벼랑에서 몸을 날렸을까요?"

"네." 톰은 이렇게 대답했다. 좀 어색하긴 했지만, 톰이 시나리오를 그렇게 짜 두었기 때문이다. "그렇다고 해도, 제가 어제 아침에 그곳에 다시 가지는 못하겠더라고요. 제가 갔어야 했어요. 아니면, 길거리에서 버나드를 조금 더 찾아보기라도 했어야 했어요. 하지만 버나드가 이미 죽었다는 걸 육감으로 알겠더라고요. 버나드가 어디선가 죽어서 두 번 다시 찾지 못할 것 같다는 느낌이 밀려왔어요."

"제가 이해한 바로는, 버나드 터프츠가 아직도 살아 있을 것 같은데요."

"그것도 전적으로 옳은 말씀이죠."

"버나드가 돈은 넉넉히 갖고 있었나요?"

"글쎄요. 사흘 전에 제가 돈을 빌려주겠다고 했더니 거절하던데요."

"머치슨이 실종된 사건을 보고 더와트가 뭐라고 하던가요?"

톰은 잠시 생각에 잠겼다. "그 일로 기분이 우울하다고 했어요. 더와트가 말하길, 유명세의 무게가 느껴진다고 했어요. 더와트는 자기가 유명인이라는 사실을 싫어했어요. 자신의 유명세 때문에 다른 사람이 죽었다고, 머치슨이 죽었다고 자책했거든요."

"더와트가 당신에게 다정한 편이었습니까?"

"네, 전 적어도 푸대접을 받았다고는 느끼진 않았어요. 더와트하고 단둘이 얘기한 시간은 아주 짧았지만요. 고작 한두 번이었지만요."

"더와트는 당신이 리처드 그린리프 사건의 당사자라는 걸 알고 있었나요?"

떨림이 온몸을 훑고 지나갔다. 톰은 누구에게도 그런 떨림을 들키고 싶지 않았다. 어깨를 으쓱했다. "더와트는 그 일에 대해서는 아예 언급하지 않았습니다."

"그럼 버나드는요? 버나드도 아무 말 안 했습니까?"

"전혀요."

"거참 기괴하게도, 당신 주변에서만 세 사람이 실종되거나 사망했습니다. 머치슨, 더와트, 버나드 터프츠. 리처드 그린리프는 시신이 발견되지 않아서 실종 상태로 남아 있는 걸로 압니다. 한 명 더 있죠. 그린리프의 친구였던…… 이름이 뭐더라? 프레드? 프레디 아무개라는 사람도 있지 않았나요?"

"프레디 마일스였을 겁니다. 그런데 머치슨이 제 주변 사람은 아니죠. 잘 모르는 사이라서요. 프레디 마일스도 제 주변 사람이라곤 할 수 없고요." 적어도 웹스터는 톰이 더와트로 변장했을 가능성은 지금까지 염두에 두지 않은 것 같았다.

엘로이즈와 아네트 여사가 거실로 나왔다. 아네트 여사가 밀고 오는 카트에는 샌드위치와 얼음 통에 담긴 와인 한 병이 있었다.

"간식을 준비했습니다. 점심 약속이 있으시냐고 제가 여쭙지도 않았네요. 별로 차린 건 없지만……."

"플뢰 경찰서 사람들과 점심을 먹기로 했습니다만." 웹스터가 재빨리 미소를 지었다. "짧게 통화해야겠네요. 전화비는 드리겠습니다."

톰이 마다하며 손을 내저었다. "여사님 고마워요." 톰이 아네트 여사한테 감사 인사를 건넸다.

엘로이즈가 웹스터 형사 앞에 접시와 냅킨을 내려놓고 샌드위치를 그 위에 올려 주었다. "랍스터와 게살을 넣어서 만든 샌드위치예요. 이쪽이 랍스터예요." 엘로이즈가 가리키며 말했다.

"이걸 어찌 사양하겠습니까." 형사가 말하더니 각각 하나씩 맛보았다. 그러면서도 아직도 그 문제에 매달리고 있었다. "런던 경찰청을 통해서 잘츠부르크 경찰에게 버나드 터프츠를 찾아 달라고 요청할 생각입니다. 제가 독어를 못해서요. 내일 잘츠부르크에서 만날 약속을 잡아야 할 것 같은데요, 혹시 내일 시간이 되시나요, 리플리 씨?"

"그럼요. 당연히 시간을 내야죠."

"숲속 그 현장으로 안내해 주시면 그곳을 파 보겠습니다. 더와트는 영국 경찰청에서 담당하는 게 맞겠죠?" 웹스터가 한입 가득 베어 물고 씩 웃었다. "더와트가 멕시코 시민권을 땄을 것 같진 않거든요."

"제가 그건 아예 물어보지도 않았네요."

"더와트가 살던 마을을 찾는다면 재미있을 것 같습니다. 이름 모

266

를 외딴 마을일 텐데, 혹시 어디하고 가까운지 아십니까?"

톰이 미소를 지었다. "더와트는 힌트조차 주지 않았어요."

"더와트가 살던 집이 방치될까요, 아니면 더와트가 죽었다는 소식이 알려져 위임받은 변호사나 관리인이 그 집을 정리할까요? 궁금하네요." 웹스터가 말을 멈추었다.

톰은 아무 말도 하지 않았다. 톰이 실마리라도 흘려 달라고 웹스터 형사가 수작을 부리는 걸까, 아니면 흘려 주기를 기대하는 건가? 톰은 런던에서 더와트로 변장했을 때, 자기가 멕시코 여권을 갖고 있으며 다른 이름으로 멕시코에서 산다고 형사에게 말했었다.

"더와트가 가명으로 영국을 드나들며 여행했을까요? 가명으로 된 영국 여권을 들고 다녔을까요?"

톰이 침착하게 미소를 지었다. "전 예전부터 그렇게 생각하고 있었습니다."

"그렇다면 더와트가 멕시코에서도 가명으로 생활했겠네요."

"아마 그러지 않았을까요. 사실 거기까지 생각해 보지 않아서요."

"그렇다면 멕시코에서 그림을 부칠 때도 가명으로 부쳤겠네요."

톰은 별로 관심이 없다는 듯이 가만히 있었다. "그 부분은 벅마스터 갤러리가 확인해 줘야겠죠."

엘로이즈가 샌드위치를 더 권했지만, 형사가 마다했다.

"갤러리에서는 확실히 말해 주지 않을 겁니다. 더와트가 더와트 이름으로 그림을 보냈을지언정 확인해 줄 리 없겠죠. 더와트가 영국에 입국할 때 가명을 쓴 게 분명합니다. 더와트의 입출국 기록이 전혀 없거든요. 제가 지금 믈룅 경찰서에 전화해도 될까요?"

"물론이죠. 2층 제 방에서 거시겠습니까?"

웹스터는 1층 전화도 괜찮다고 하더니, 수첩을 참고하면서 썩 괜찮은 불어 실력으로 교환원과 얘기하며 경찰서장을 연결해 달라고 요청했다.

톰은 쟁반 위에 잔 두 개를 올려놓고 화이트 와인을 따랐다. 엘로이즈는 자기가 자기 잔에 따랐다.

웹스터가 믈룅 경찰서장에게 토머스 머치슨과 관련된 새로운 소식이 있는지를 물었으나, 없다고 하는 것 같았다. 웹스터는 머치슨 부인이 차후 며칠간 런던 코노트 호텔에 묵으면서 소식을 애타게 기다리고 있을 테니, 혹시라도 새로운 소식이 들리면 웹스터가 소속된 경찰서로 연락해 달라고 했다. 웹스터는 사라진 〈시계〉에 대해서도 물었

267

다. 진척이 아예 없었다.

웹스터 형사가 전화를 끊었다. 톰은 머치슨 수색이 어찌 되어 가냐고 묻고 싶었지만, 통화하는 걸 엿들은 티를 내고 싶진 않았다.

웹스터 형사가 전화 요금으로 50프랑을 두고 가겠다고 우겼지만, 톰이 만류했다. 형사는 톰에게 감사를 표하면서 뒤보네 말고 와인을 마시겠다고 했다.

웹스터 형사가 고심하는 게 보였다. 톰 리플리가 어디까지 감추고 있는지, 어느 지점에서 죄를 지었는지, 그렇다면 그게 얼마나 법에 저촉되는지, 어디서 어떻게 무슨 이득을 취했는지 선 채로 따져 보고 있었다. 톰의 집에 걸려 있는 더와트 작품 두 점의 가치를 지키겠다고 사람을 둘이나, 아니, 머치슨, 더와트, 버나드까지 셋씩이나 죽일 사람은 아무도 없을 것이다. 만일 웹스터가 톰에게 다달이 수익금을 부치는 더와트 미술용품 회사까지 조사할 경우, 그 수입금을 스위스의 무기명 계좌로 송금하라고 시켜야 한다.

아무튼, 톰은 경찰과 함께 내일 또다시 오스트리아로 가야 했다.

"택시 좀 불러 주시겠습니까, 리플리 씨? 저보다 콜택시 회사 번호를 더 잘 아실 테니까요."

톰은 2층으로 올라가 빌페르스 택시 회사에 전화를 걸었다. 당장 택시를 보내 주겠다고 했다.

"내일 잘츠부르크 일정 건으로 오늘 밤늦게 연락드리겠습니다. 거기까지 찾아가기가 힘든가요?"

톰은 프랑크푸르트에서 비행기를 갈아타야 한다면서, 뮌헨에서 내리면 잘츠부르크까지 버스로 이동해야 하는데, 그러는 편이 프랑크푸르트에서 오스트리아행 비행기를 타려고 기다리는 것보다 빠르다고 했다. 웹스터는 일단 런던에서 뮌헨으로 가는 비행기 편을 확인한 다음 전화로 조율하기로 했다. 동료 경찰과 함께 움직여야 하기 때문이다.

이제 웹스터 형사가 엘로이즈에게 감사를 전했다. 택시가 오자, 엘로이즈와 톰이 현관 앞까지 형사를 배웅했다. 웹스터가 복도 탁자 위에 놓인 구두 상자를 쳐다보자, 톰이 상자를 집어 들었다.

"버나드가 남긴 메모하고, 공책과 스케치북은 제 가방에 넣었습니다." 웹스터가 말했다.

웹스터가 탄 택시가 멀어지는 사이, 톰과 엘로이즈는 현관 계단에 서 있었다. 웹스터가 창문으로 토끼 같은 미소를 지어 보냈다. 부부는 집 안으로 들어왔다.

268

평화로운 정적을 되찾았다. 평화롭진 않아도 적어도 고요하긴 했다. "오늘 저녁엔 아무것도 하지 말자. 밤에 텔레비전이나 볼까?" 오후에 톰은 정원 일을 하고 싶었다. 정원을 가꾸다 보면 늘 마음이 정리되었다.

그래서 톰은 정원에서 일했다. 저녁에 둘이 엘로이즈의 침대 위에 잠옷 바람으로 누워서 텔레비전을 보며 차를 마셨다. 10시가 되기 전에 전화가 왔다. 톰은 자기 방에 가서 전화를 받았다. 웹스터의 전화에 대비해 내일 계획을 받아 적으려고 손에 펜을 들었다. 그런데 파리에서 크리스 그린리프가 전화한 것이다. 라인란트에 갔다가 돌아왔다면서 친구 제럴드하고 언제 방문하면 좋겠느냐고 물었다.

톰은 크리스와 통화를 마친 다음 엘로이즈의 침실로 가서 말했다. "디키 그린리프의 사촌인 크리스가 전화했어. 월요일에 친구 제럴드 헤이먼하고 우리 집에 오고 싶대. 그래서 내가 오라고 했어. 당신도 괜찮지? 하룻밤 자고 갈 거 같아. 젊은 애들이 오면 분위기가 좋게 바뀔 것 같아. 잠깐 구경도 시켜 주고 점심도 맛있는 거로 사 주고, 어때? 마음이 편해지겠지?"

"잘츠부르크에 갔다가 언제 올 거야?"

"일요일이면 오겠지. 그런 일이 하루 이상 걸릴 리가 없잖아. 내일 갔다가 일요일에 올 거야. 경찰이 원하는 건 숲속 그 현장을 알려 달라는 것뿐이거든. 버나드가 묵었던 여관하고."

"정말 잘됐어." 엘로이즈가 중얼거리며 베개에 기댔다. "그럼 애들은 월요일에 오는 거지?"

"다시 전화한다고 했으니, 월요일 저녁에 오라고 할게." 톰은 침대에 다시 누웠다. 엘로이즈가 크리스에 대해 궁금해하는 것 같았다. 크리스와 크리스의 친구 같은 청년들이라면 잠시나마 엘로이즈를 즐겁게 해 줄 것이다. 톰은 청년들이 온다는 약속이 잡혀서 기분이 좋았다. 텔레비전에서 옛날 프랑스 영화가 나왔다. 루이 주베*가 바티칸을 지키는 스위스 용병 같은 차림을 하고 미늘창으로 누군가를 위협하고 있었다. 톰은 내일 잘츠부르크에 가서 침통한 표정으로 딱 부러지게 행동해야 한다고 다짐했다. 오스트리아 경찰에겐 당연히 경찰차가 있을 것이다. 그러니 톰이 경찰차를 타고 숲속 그 현장으로 지체없이 안내해야 한다. 숲에 가도 아직은 날이 훤할 테니, 내일 저녁에는 린츠 거리

* 프랑스 배우

에 있는 데르 블라우에 여관으로 곧장 가야 한다. 짙은 머리색을 하고 프런트를 보던 여자가 버나드 터프츠도, 여관에 와서 버나드를 찾았던 톰도 기억하고 있을 것이다. 톰은 마음이 놓였다. 텔레비전 화면 속에 나오는 최면 같은 대사를 따라 하려는 순간, 전화벨이 울렸다.

"웹스터겠지." 톰은 이렇게 말하고 다시 침대에서 몸을 일으켰다.

톰은 수화기를 들려다가 잠시 동작을 멈추었다. 바로 그때, 그가 한 거짓말이 들통났다는 예감이 들자 고통이 밀려왔다. 모든 죄가 까발려지면 민망해서 어쩌지. 지금껏 그래 왔던 것처럼 시치미를 뚝 떼자. 아직 쇼는 끝나지 않았어. 용기를 내! 톰이 수화기를 들었다.

"암흑가를 경험하신 거로 아는데요, 리플리 씨?"
"다들 그렇지 않나요?"_『리플리를 따라간 소년』

1.

어린 시절 부모를 여의고 보스턴의 냉혹한 이모 댁에서 성장했던 톰 리플리는 배우가 되고 싶었다. 그에게는 기가 막히게 타인을 잘 흉내 내는 재능이 있었다. 하지만 대도시 뉴욕은 이 빈털터리 야망 덩어리를 기꺼이 받아들여 주지 않았다. 그는 "하루 벌어 하루 먹고사는 신세"에 "은행 잔고는 바닥"이었다. 스물다섯 살이 된 톰 리플리는 얼마 전까지 국세청의 말단 직원이었지만 주 5일 노력해서 벌어들이는 주급 40달러로는 자신이 간절히 원하는 약간의 호사스러움과 여가를 사들이기가 불가능하다는 걸 일찌감치 깨달았다. 지금은 당시 사무실에서 슬쩍해 온 국세 관련 서식 용지를 이용해서 남들을 등쳐 먹는 일로 겨우 생계를 유지하는 중이다. 그런 그에게 디키 그린리프의 아버지라고 소개하는 신사가 다가온다. 누군가의 파티에서 스친 적이 있던 디키, 잘생기고 돈도 많으며 여유로웠다는 인상만 희미하게 남아 있다. 디키의 아버지는 미국을 떠나 나폴리에 머무르며 시간을 낭비하고 있는 아들을 다시 불러들이기 위해 '친구'의 도움이 필요하다는 요청을 한다. 여행 경비를 대주겠다는 제안을 받아들여 나폴리로 무작정 떠난 톰은 디키의 나른한 매력에 사로잡히는 동시에, 디키에 대한 애정과 환멸 사이에서 방황한다. 디키 그린리프, 리플리를 충분히 좋아하면서도 남들로부터 동성애자라는 의심을 받기 싫어 "비인간적인 오만함"과 "퉁명스러운 무례함"으로 그를 밀어냈던 배신자. "딱 한 번만이라도 왜 숙이질 않는 거지? 뭘 얼마나 대단한 걸 가졌기에 저렇게 뻗대는 걸까?" 리플리는 "애증과 조바심과 절망이 뒤섞여 미칠 것 같은 감정"으로 어쩔 줄 몰라 하다가, "디키를 후려갈기고 올라타서 입을 맞춘 다음 배 밖으로 내던질 수도 있"다는 가능성 앞에 잠시 저울질하다가 결국 그를 죽여 버린다.

271

위의 줄거리는 『재능 있는 리플리』의 삼분의 일에 해당하는 내용이다. 범죄소설에서 살인이라는 끔찍한 범죄 행위는 인물 간의 갈등이 쌓여 가고 긴장이 서서히 고조되다가 그 결과로 계획적이든 우발적이든 벌어지는 클라이맥스인 경우가 대부분이다. 하지만 『재능 있는 리플리』에서의 살인은 톰 리플리라는 인물의 변곡점, 그의 삶에서 꼭 거쳐야 했던 정류장 같은 순간으로 제시된다. 톰 리플리는 왜 살인을 저질러야 했으며 그 살인을 통해 그가 어떤 사람으로 바뀌는가가 더 중요한 초점이다.

2.

무엇보다 리플리가 견딜 수 없어 하는 부분은 디키와 그의 패거리들 (마지와 프레디)이 예술을 대하는 태도다. 디키는 "화가로서 세상을 깜짝 놀라게 할 일은 없겠지만, 그래도 그림을 그리며 큰 기쁨을 얻"는다고 짐짓 겸손한 척하지만, 리플리는 아마추어티가 팍팍 나는 디키의 그림을 바라보며 "디키가 그린 그림이라면 머리에서 죄다 지우고 싶었다"라고 생각한다. 디키의 주변을 계속 맴도는 마지 같은 경우, "글을 쓰는 둥 마는 둥"하며 "하루에 절반은 해변에 늘어지게 누워서 저녁에 뭘 먹을까 고민이나 하"는 사람이다. 그리고 "미국 호텔 체인 소유주의 아들로 극작가"라고 하는 프레디 역시 지금까지 희곡을 겨우 두 편 썼지만 그걸 무대에 올리지도 못했다. 디키와 마지, 프레디 모두 부모의 돈으로 여유로운 삶을 누리면서 자신들의 행운을 아주 자연스러운 상태로 인지한다. 그야말로 무작위적인 행운이었음을 아예 자각하지 못하고, 돈을 벌 필요가 없이 그저 소비하기만 하면 되는 상황에서 자신들의 품위를 '예술'에 종사한다는 자부심에서 찾으려고 한다는 점을, 리플리는 냉소한다.

2권 『지하의 리플리』에서 서른한 살의 리플리는 엘로이즈와 결혼하여 파리 인근의 시골 마을 빌페르스에서 행복한 가정을 꾸렸다. 그는 아내와 사이가 좋지만, 아내와 함께 정착한 아름다운 저택 벨옹브르를 더욱 사랑한다. 더 이상 디키의 살해 의혹을 피해 유럽 전역을 떠돌아다니며 전전긍긍할 필요가 없이, 오로지 자신의 취향대로 꾸민 작은 왕국에서 리플리는 더 없는 안락함을 느낀다.

예술을 경애하는 리플리는 영국 화가 더와트와 그의 친구들 무리에 끼게 됐고, 더와트의 요절 이후 그의 친구였던 화가 버나드가 심혈을 기울여 완성한 위조품을 판매하는 작업에 개입한다. 리플리는 진심으로 버나드의 위조품이 걸작이라고 생각한다. "어떤 화가가 자신의 화풍으로 그릴 때보다 남의 화풍으로 그리는 경우가 잦아지다 보면, 자신의 화풍보다 모방한 화풍에 점차 익숙해지고 편안해져서 아예 몸에 배어 버리다 못해 독창적인 창작물로 승화시키지 않을까? 마침내 굳이 따라 그리려고 애쓰지 않아도 위작 화가가 그린 가품이 또 다른 진품의 반열에 오르는 건 아닐까?" 그러다가 리플리는 "화가라면 단색이든 조색이든 일단 다른 색으로 넘어가겠다고 결심한 후엔 예전에 사용하던 색으로는 절대로 회귀하지 않는다"라며 더와트(정확하게는 버나드)의 작품 진위 여부를 따지고 드는 미국인 사업가 머치슨을 살해한다. 머치슨은 위조자가 또 다른 창조자로 도약할 수 있는 노력의 가치를 깎아내렸고, "화가의 화풍에는 그 사람의 진심과 진솔함이 담겨" 있으므로 타인이 그걸 베낄 권리가 없다는 주장을 굽히지 않았기 때문에 때 이른 죽음을 맞았다. 다분히 충동적이었지만, 창조자 더와트, 위조자 버나드, 그리고 디키를 죽인 다음 디키가 되었던 리플리 자신의 명예를 지키기 위한 어쩔 수 없는 선택이었다. "화가는 애쓰지 않고 물 흐르듯 그림을 그린다. 어떤 힘이 화가의 손을 이끄는 것이다. 그에 반해, 위작 화가는 따라하려고 애를 쓰는데, 만약 그가 성공한다면 진정한 성취를 이룬 것이다."

　시리즈 속에서 리플리는 더와트, 버나드, 트레바니, 프랭크처럼 정체성 앞에서 흔들리는 이들에게 연민을 느끼고, 그들의 명예를 지켜주고 싶어 했다. 그들에게는 무너질 이유가 없다. 살인의 기억에 사로잡히기보다 스스로의 어둠을 직시하고 다시 살아가는 법을 체득하며 세상 어딘가에서 자신의 동료이자 일족으로 존재하길 기원하기 때문에, 리플리는 그들을 공격하는 사람들을 기꺼이 죽였다. "완벽하게 옹호하는 건 아예 불가능하겠지만, 그래도 태도는 갖춰야 했다. 살면서 실수하게 될 경우, 태도로 만회해야 한다고 톰은 생각했다. 올바른 태도를 보일 수도 있고, 잘못된 태도를 보일 수도 있다. 건설적인 태도를 보일 수도 있고, 자멸적인 태도를 보일 수도 있다. 만약 어떤 사람이 실수했을 때 타인에게 올바른 태도를 보일 수 있는데도 그렇게 하지 않는다면 얼마나 참담할까."(『리플리를 따라간 소년』) 그러나 더와트, 버나드, 트레바니, 프랭크는 자꾸 타인의 시선에 기댄 환상과 희망을 붙잡으려 하거나, '진짜'라고 하는 것의 절대적인 기준에 가닿으려는 과욕을 부렸다. 그들은 어느 순간 자기 자신을 "흉내 내는 것 같은"(『지하의 리플리』) 기분에, 자신이 저지른 죄가 뼛속 깊이 실감되는 순간을

273

견디지 못하고 스스로를 파괴한다.

반면 리플리는 타인의 죽음과 자신의 죽음 앞에서 반드시 선택해야만 하는 순간이 올 때 절대로 망설이거나 회의하지 않는다. 그에게는 "자기방어"(『심연의 리플리』)가 최우선이며, 그래서 살아남는다. 리플리가 다양한 방식으로 저질렀던 살인들은, 노력의 가치를 알지 못하는 어리석고 불친절한 사람들, 세계를 향한 자신의 심미안을 이해하지 못한 채 "철없는 남정네들이 앞길 망치는 장난을 저지르자 못마땅해하는 나이 먹은 여자" 같은 고지식한 이들에 대한 복수였다. 리플리의 말마따나, "고약하고 더러운 의심 때문에 벌어진 일이었다."(『재능 있는 리플리』) 리플리는 더 이상 타인이 자신을 싫어할까 봐 두려워하는 이들, 타인의 호의와 잣대에 자신의 인생을 건 채 안달복달하며 불공정한 내기에 패배한 채 죽어가는 이들의 전철을 밟지 않는다.

3.

무엇보다 외부로부터 가해지는 끝없는 공격 속에서 리플리가 진심으로 보존하고 싶어 하는 건 가족의 인정, 타인의 평가, 개인의 양심 같은 거대한 기준이 아니다. 그는 아내 엘로이즈와 가구, 옷, 하프시코드, 정원, 그림 같은 소유물들을 지키고자 한다. 그 모든 소유물을 집약하는 '집'이라는 공간은 너무나 중요하다. 심지어 리플리는 어린 시절 자신을 매몰차게 대했던 이모가 약간의 유산을 그에게 남겼을 때도, 좁아터진 낡은 집을 다른 사람에게 줬다는 사실을 아쉬워했다. 이모와 함께했던 삶은 불행했지만, 리플리라는 인간의 토대를 형성했던 시절의 증거는 오로지 그 좁은 집에 들어찬 공기와 벽에 스며든 기억들뿐이다. 시간을 간직할 수 있는 유일한 방법은 시간을 보냈던 공간을 소유하는 것이다. 그래서 리플리의 유일한 결핍은, 미국에서의 25년을 기억할 만한 실체를 가지지 못했다는 점이다. 그는 그저 여행자나 방문객의 입장에서만 과거의 근처를 가끔 맴돌 수밖에 없다.

하지만 그 결핍이 리플리의 발목을 잡을 순 없다. 『재능 있는 리플리』에서 디키를 죽인 다음 리플리가 가장 먼저 한 일은 로마의 아파트를 구입한 것이다. 손님을 초청할 생각도 없으면서 손님 접대실과 넓은 거실이 갖춰진 아파트에서 자신의 취향을 과시할 수 있는 방식으로 치장하는 일에 그는 몰두했다. "그런 물건들이 그의 자존심을 채워 주었다. 과시할 수 있어서가 아니라 엄선된 물건의 품질이, 그리고 그 품질을 고이 간직하려는 애정이 살아 있음을 느끼게 해 주었다. 덕분에 톰은 자기 존재를 즐기게 되었다. 이렇게 간단할 수가. 그렇다면 자기 존재를 즐긴다는 게 뭔가 가치 있는 일 아닐까? 톰이라는 존재는 존재했다. 돈이 아무리 많아도 자기 존재를 즐길 줄 아는 이는 세상에 그리 많지 않았다."『재능 있는 리플리』에서 멋진 구찌 여행 가방을 산 다음 황홀경에 휩싸여 밤마다 영양 크림으로 세심하게 가죽을 손질하던 그는, 4권 『리플리를 따라간 소년』에 이르면 "콧대가 너무 높아진" 구찌 대신 마크 크로스라는 브랜드에서 새롭게 여행 가방을 구입한다.

3권 『리플리의 게임』에서 마피아의 테러 위협에 시달릴 때도, 리플리는 "하프시코드가 불에 타거나, 폭탄이 터져서 산산조각이 나는 모습"을 상상하는 것만으로도 못 견뎌 하면서 "주로 여자들에게 보이는 집과 가정에 대한 애착을 그 역시 갖고 있음을 인정할 수밖에 없었다." 그는 타인과의 접촉보다 집(을 채우는 사물들)에 대한 애착으로 세계와 관계 맺는다. "소파 모서리의 굴곡이 어깨에 딱 맞아서 그런지, 남의 팔을 베고 누운 것 같"(『재능 있는 리플리』)은 느낌이 그에게는 훨씬 편안한 것이다.

5권 『심연의 리플리』에서 리플리는 자신의 과거를 파헤치는 프리처드 부부가 무례한 시선으로, 카메라 렌즈로, 전화로 그의 안락한 실내 생활을 훼손하고 간섭하는 것에 격분한다. 그는 프리처드 부부 같은 인간들이 자신의 집에 발을 들여놓지 못하게 하겠다고 맹세한다. 디키와 그 친구들처럼 부모의 돈으로 유유자적할 수 있는 프리처드는 그런 행운에 감사하기는커녕, 타인의 오래된 비밀을 파헤치고 협박하는 즐거움에 전심전력한다는 점에서 가장 쓸모없는 현실주의자이자 최악의 방해꾼이었다. 부부의 진짜 속셈이 무엇인지 알아내기 위해 프리처드의 집을 방문했을 때 리플리는 즉각적으로 혐오감을 느낀다. "가짜 앤티크"가 확실한 식탁을 들여놓고, 어디서나 볼 법한 평범한 꽃무늬 벽지와 그림이 집 안 곳곳을 차지한 광경은 프리처드 부부의 얄팍함과 저속함을 그대로 내비치는 거울이다. 아름다움을 알아보는 감각이 없는데다가 타인의 '추한' 과거를 킁킁거리며 쫓는 데에만 열성적으로 덤벼드는 이에게 베풀 관용은 없다. "프리처드의 몸에 닿은 거라면 그게 뭐든 못마땅했다." 리플리는 그 집을 곧장 미워하게 되고, 결국 그 집이 프리처드를 '잡아먹는' 덫으로 작동하게끔 이끈다.

4.

1권 『재능 있는 리플리』를 제외하고 나머지 시리즈는 일종의 우화처럼 읽히기도 한다. 그러니까 살인범이자 사기꾼, 양성애자(하이스미스는 리플리가 동성애자가 아니라고 인터뷰에서 강력하게 부인했지만, 리플리는 아내 엘로이즈와 '정상적인' 부부 생활을 자주 즐기지도 않는다)라는 정체성을 간직한 채 자신의 행복을 지키기 위해 고군분투하는 리플리라는 특별한 인물이 거의 초인처럼 유럽 전역을 누비며 법망의 감시를 완벽하게 빠져나가는 상황이 되풀이되는데, 현실적 잣대는 물론이거니와 범죄소설의 잣대로 보기에도 가끔 터무니없을 때가 있기 때문이다. 그 이유를 굳이 생각해 보자면, 시리즈의 발표 시점을 떠올려 볼 수 있다.

1955년 매카시즘의 광풍 직후 발표된 『재능 있는 리플리』 이후, 냉전의 1970년대와 새로운 물질주의의 향연이 펼쳐진 1980년과 1991년에 이르기까지 총 다섯 권의 시리즈물이 차례로 등장했다. 놀랄 만큼 죄의식이 없는 성실한 개인주의자이자 지독한 쾌락주의자로서의 '취향의 인간'인 리플리가 각 시대의 특징적 양식에 기민하게 대응하는 모습을 통해 20세기 중후반의 디오라마를 만들고자 한 건 아닐까. 이를테면 1권 『재능 있는 리플리』는 1955년에, 2권 『지하의 리플리』는 1970년에 발표됐는데, 작중에서는 단 6년만 흐른 것으로 되어 있다. 작가는 1960년대를 통째로 건너뛴 것이다. 기존의 질서를 모두 뒤집어 버리겠다며 혁명과 사랑과 평화를 부르짖는 시절과 리플리가 어울리지 않기 때문일까. 정확하게는, 리플리를 위한 무대일 수 없기 때문일까.

이 비밀스러운 남자는 탁 트인 공간으로 나가길 열망하지 않고, 안락한 밀실 안에서 자신만의 자유를 만끽하길 원하며, 취향과 기억의 아카이브로서의 밀실을 엄격하게 수호하고자 한다. 그래서 역설적으로 리플리는 수많은 개인의 부르짖음으로 절절 끓는 시절보다, 개인을 억압하는 고집스러운 질서와 규칙이 지배하는 시절, 혹은 개인이 완전히 압도당할 만큼 거센 쾌락의 추구가 만연한 시절에 더 잘 어울린다. 개인주의자의 성취를 돋보이게 하려면 거대한 전체주의적 배경이 필요하기 때문이다. 또한 살인이라는 범죄야말로 내밀한 속성의 극단적인 사례 아닌가. 섹스와 더불어 가장 사적인 행위인 살인을 저지르기 위해, 그에게는 자신만의 공간을 찾아내고 유지하는 것이 가장 중요했다. 발터 벤야민이 「사유이미지」라는 글에서 '흔적을 보존하는 이들'과 '파괴주의자'를 비교했던 것을 떠올려 본다면, 어떤 의미에서 실내의 살인자 톰 리플리는 모순되게도 가장 보수적인 전통주의자, 자신의 흔적을 세세하게 기록하는 작업에 몰두했던 부르주아의 첨병이었다.

범죄자 리플리의 여정은 그렇게 20세기 후반을 관통하는 특이점이 되어 간다. 위조를 통해 예술에 다다랐고 살인을 통해 생을 보존했던 이의 '집을 찾는 모험담'이라고 부를 수도 있을 것이다.

옮긴이의 말

퍼트리샤 하이스미스는 1921년 미국 텍사스에서 태어났다. 그녀가 태어나기도 전에 부모가 이혼한 까닭에 홀어머니 밑에서 자랐는데, 하이스미스라는 성은 어머니와 재혼한 계부에게 물려받은 것이다. 스스로 '작은 지옥'이라 칭했던 불우하고 우울한 어린 시절을 보내면서 당대 작가들의 추리 소설보다는 톨스토이와 도스토옙스키를 탐독하며 작가의 꿈을 키웠다. 바너드대학을 졸업한 후 1950년에 발표한 데뷔작 『열차 안의 낯선 자들』이 이듬해 앨프리드 히치콕 감독에 의해 영화화되면서 주목받기 시작했다. 이를 계기로 하이스미스는 전업 작가로 집필에만 몰두하게 되었다. 1952년에 두 번째 소설 『소금의 값』을 발표하면서 당시 금기시되던 동성애를 다루느라 클레어 모건이라는 필명을 사용했다. 동성애를 소재로 한 기존 소설들이 주인공의 비극적인 죽음으로 막을 내리는 것과는 달리, 『소금의 값』은 해피엔드로 끝나는 파격적인 이야기로 백만 부 이상 팔려 나가는 대성공을 거두었다.

하이스미스를 범죄소설의 대가로 우뚝 서게 한 작품은 『리플리』 시리즈다. 1955년 『재능 있는 리플리』를 발표하면서 하이스미스 문학의 정수로 꼽히는 『리플리』 5부작의 서막이 화려하게 올랐다. 이 작품은 1957년 에드거 앨런 포 상을 받았으며, 1960년에는 프랑스에서 〈태양은 가득히〉라는 제목으로 영화화되었다. 이로써 리플리는 거짓말을 일삼는 사이코패스의 대명사로 대중의 머릿속에 각인되었다. 계속해서 하이스미스는 톰 리플리를 주인공으로 내세운 후속작을 네 편 더 발표했다. 『지하의 리플리』(1970), 『리플리의 게임』(1974), 『리플리를 따라온 소년』(1980), 『심연의 리플리』(1991)까지 36년에 걸쳐 완결된 『리플리』 5부작은 심리 서스펜스 장르의 대표작으로 자리매김했다.

하이스미스는 1963년 미국 생활을 정리하고 영국, 프랑스, 이탈리아를 거쳐 1982년 스위스에 정착했다. 오랫동안 우울증과 알코올 중독, 거식증과 싸웠고, 나이를 먹으면서 반사회적 기질이 강해져 고양이와 달팽이를 키우며 고립된 생활을 자처했다. 그럼에도 정치적 성향은 공개적으로 드러냈는데, 자신을 사회 민주주의자로 소개하거나 팔레스타인을 지지하는 견해를 거침없이 밝히기도 했다. 평생 미혼이었던 하이스미스는 동성애자임을 감추지 않았지만, 1990년 『소금의 값』

을 『캐롤』이라는 새 제목으로 재출간하면서 클레어 모건이 자신임을 38년 만에 인정하며 '문학적 커밍아웃'을 했다. 평생 넘치는 아이디어로 글쓰기를 멈추지 않았던 그녀는 1995년 스위스 로카르노에서 폐암으로 사망했다.

하이스미스가 창조한 가장 유명한 캐릭터인 톰 리플리는 교양 있고 지적이며 타인을 배려하는 것이 몸에 밴 인물인 동시에 살인을 저지르고도 미꾸라지처럼 빠져나가는 데에 도가 튼 사이코패스다. 『리플리』 5부작 중 1권인 『재능 있는 리플리』에서 톰 리플리는 교활한 거짓말로 선박회사 사장 그린리프를 속여 돈을 타내고, 그 돈으로 그린리프의 아들 디키를 찾으러 유럽으로 떠난다. 톰은 디키와 친해져서 그의 집에 얹혀살지만 디키가 자신을 멀리하기 시작하자 디키의 신분을 가로채려는 모종의 계획을 세운다.

　『지하의 리플리』에서는 그로부터 6년이 지난 후에도 이어지는 톰 리플리의 기행을 그린다. 톰은 1권에서 강탈한 부를 발판 삼아 제약회사 딸과 결혼해 프랑스 파리 근교 저택에서 부유하고 한가로운 삶을 누린다. 과거 시끄러웠던 구설수로 더럽혀진 자신의 명성을 지키기 위해 노력하면서도, 한편으로는 고인이 된 화가 더와트의 위작을 그리도록 사주해 수수료를 받아 챙긴다. 그런 그의 앞에 위작임을 눈치채고 이를 폭로하려는 인물이 나타난다.

　『리플리의 게임』에서 톰은 파티에서 만난 액자 가게 사장이 자신을 무시했다는 이유로 투병 중인 그의 약점을 이용해 게임을 시작한다. 톰의 계략에 말려든 사장은 죽기 전에 아내와 아들에게 얼마라도 남겨줘야 하지 않겠느냐는 감언이설에 흔들려 제 발로 살인자의 길로 들어선다.

　『리플리를 따라온 소년』에서는 미국에서 온 한 소년이 어느 날 밤 톰을 따라오면서 이야기가 시작된다. 소년은 나이와 이름은 물론 출신 배경까지 속였지만, 톰은 소년이 거대 식품 기업의 아들임을 눈치챈다. 소년은 자기가 아버지를 죽였다고 자백하지만, 톰은 살인을 했다고 해서 인생이 달라져서는 안 된다며 자신도 여러 번 사람을 죽였다고 소년을 다독인다.

　5부작의 완결편인 『심연의 리플리』에서 톰은 연쇄 살인마로서 최대 위기를 맞이한다. 그가 사는 동네로 미국인 부부가 이사를 왔는데, 그들은 톰의 과거를 아는 눈치다. 탐욕스러운 미국인 남편은 톰이 죽여서 유기했던 시신을 강에서 건져낸다. 이 일로 톰은 그간의 행적이 만천하에 발각될까 봐 불안에 떤다.

톰 리플리는 누구보다 세련되고 고급스러운 취향을 소유한 탐미주의 자지만 도덕심이라곤 찾아볼 수 없는 소시오패스이기도 하다. 리플리는 디키 그린리프를 죽인 일만 가끔 후회할 뿐, 그간 몇 명이나 죽였는지 기억하지 못하며 죄책감에 심하게 시달린 적조차 없다고 고백한다. 저택의 정원을 가꾸고 그림을 그리고 외국어를 연마하는 리플리에게는 나름의 윤리 기준이 있다. 꼭 필요한 경우가 아니면 살인하지 않는다는 것. 하이스미스는 자신과 주변인의 이익이 침해될 위기에 처하는 순간 가차 없이 와인 병이나 재떨이를 휘둘러 누구라도 단숨에 숨통을 끊어 버리는 톰 리플리의 머릿속으로 우리를 초대해 그가 왜 그런 기행을 저지를 수밖에 없는지를 이해시키고 그의 시각에서 세상을 보도록 조종한다.

그러다 보니 독자는 연쇄 살인마인 톰이 제발 잡히기를 기원하기보다, 무사히 위기를 넘기고 법망을 빠져나가기를 응원하는 자신을 발견하게 된다. 톰이 이번에는 잡힐지도 모른다는 긴장감이 증폭될수록 이야기 속으로 더 강하게 빨려 들어가는 것이다. 하이스미스가 5부작 내내 이런 음산한 경험을 지속적으로 제공하기에 이 책을 읽다 보면 사이코패스 살인마에게 동조하는 듯한 자신의 모습에, 어쩌면 내 안에도 소시오패스 같은 심리가 숨어 있는 것은 아닌지 의심하는 자각에 거북함을 느끼는 지점에 이르기도 한다.

또한 하이스미스는 리플리를 동성애자라거나 양성애자라고 명확히 기술하는 대신 작품 곳곳에 암시적 묘사를 숨겨 놓았다. 하이스미스는 리플리의 성적 취향에 대해 애매모호한 태도를 보였는데, 1988년 『사이트 앤드 사운드』와의 인터뷰에서 자신은 리플리가 동성애자라고 생각하지 않는다고 말했다. 그러면서 그가 다른 남자의 잘생긴 외모를 감상하는 건 사실이지만 나중에는 여자와 결혼까지 한다면서, 리플리는 성욕이 강하지 않을 뿐이라고 주장했다. 그럼에도 리플리와 여러 등장인물 사이에서 묘한 기운이 흐르는데, 이걸 어떻게 해석할 것인지는 독자의 몫으로 남겨진다.

이 책은 연쇄살인마 톰 리플리의 이중생활이 담긴 심리 서스펜스이기도 하지만, 새로운 시각에서 보면 유럽 곳곳을 소개하는 여행 책자 같다는 인상을 받았다. 하이스미스는 스위스에 정착하기 전까지 유

281

럽 곳곳에서 살았는데, 여러 도시를 거치면서 보고 들은 경험과 그때 연마한 외국어 실력이 『리플리』 5부작을 완성하는 데에 크게 영향을 준 것으로 보인다. 이탈리아, 프랑스, 영국, 오스트리아, 독일, 그리스, 모로코의 주요 도시와 관광 명소가 등장하는데, 하이스미스의 섬세하고 생생한 묘사에 그곳의 풍경이 눈앞에 그려질 정도다. 특히 동서로 나뉜 베를린에 관한 소회와 대화를 읽다 보면, 당시 냉전 시대의 대립과 긴장을 간접 체험할 수 있다. 살인마 톰 리플리가 위기를 모면하는 이야기의 흐름에 주목하면서도 탐미주의자 리플리가 여행하면서 보고 느끼는 것들에도 집중하며 『리플리』 시리즈를 즐긴다면 색다른 유럽 여행 안내서가 될 것이다.

　『리플리』 5부작은 따로 읽어도 좋지만, 번역자로서 권하는 방법은 긴 호흡으로 다섯 권을 연달아 읽어보는 것이다. 이 방식으로 읽는다면 고갈되지 않는 소재로 이야기에 살을 붙여 끝까지 힘 있게 밀고 나가는 하이스미스의 저력을 가장 확실히 느낄 수 있을 것이다. 전편에서 스쳐 가듯 등장했던 인물이 다음 편에서는 주요 인물로 활약하기도 하고, 앞에서 완전 범죄로 묻힌 줄 알았던 살인 사건이 마지막 작품에서 큰 걸림돌이 되어 다시 불거지기도 한다. 1권이 가장 유명하긴 하나, 다른 네 권이 그보다 재미가 떨어지는 것은 결코 아니다. 각각의 이야기는 톰이 쓴 가면이 살짝 들리는 순간 숨겨왔던 추악한 얼굴을 드러내며 팽팽한 긴장감과 껄끄러운 쾌감을 저마다 선사한다. 제2차 세계 대전 이후 미국 현대 문학을 총정리하는 시기가 온다면 하이스미스의 『리플리』 5부작은 그녀가 생전에 유럽보다 미국에서 덜 인정받았던 기존의 평가를 크게 뛰어넘을 것이 분명하다.